银发萤光

吴春荣 著

中国文史出版社

图书在版编目（CIP）数据

银发萤光 / 吴春荣著 . -- 北京：中国文史出版社，
2024.11. -- ISBN 978-7-5205-4851-9

Ⅰ. I267

中国国家版本馆 CIP 数据核字第 20249SR065 号

责任编辑：全秋生

出版发行：中国文史出版社
地　　址：北京市海淀区西八里庄路 69 号　　邮编：100142
电　　话：010-81136602　　81136603　　81136606（发行部）
传　　真：010-81136655
印　　装：廊坊市海涛印刷有限公司
经　　销：全国新华书店
开　　本：787 毫米 × 1092 毫米　　1/16
印　　张：23.5
字　　数：360 千字
版　　次：2025 年 1 月北京第 1 版
印　　次：2025 年 1 月第 1 次印刷
定　　价：68.00 元

月是故乡明

（代　序）

一

月是故乡明，土是本邦热。

有多名学生问过我：老师的创作，编的书，在年过七十以后，为什么大都是关于松江的？每每这样的时候，我总是想起著名诗人艾青的诗句："为什么我的眼里常含泪水，因为我对这土地爱得深沉。"虽然而今的我已是枯藤、老树、瘦马，生命的夕阳西下，但只要天假以年，我还要勉力为松江做些力所能及的事。

二

在古稀之年后，我（或与学生合作）曾为三位松江历史人物树碑立传，我称之为"云间风流"三部曲，即长篇小说《夏完淳》《黄道婆》《云间柳如是》。

《夏完淳》由二十一世纪出版社出版，时松江区委宣传部、区教育局曾将其列入中学生课外读物，以进行爱国主义教育。《黄道婆》是遵命文学作品，时区委宣传部负责同志曾三次约谈，指出当代松江人为黄道婆立传、弘扬黄道婆为民众为乡里造福的精神责无旁贷。作为文学创作，两部长篇历史小说均为国内首创。当代著名文学评论家、中国人民大学教授余飘，曾以"爱国主义，中国人民心中的诗"为题，在《文艺报》发文推介。还有作家则以"雕章镂句，生花妙笔——谈《黄道婆》的语言艺术"为题，在《文汇读书周报》发文推介。《云间柳如是》一书，由著名作家竹林握笔作序。序文中说："平心而论，我阅读长篇是比较挑剔的。尤其是当下的许多长篇，不管他们的名气有多大，被炒得多红火，能让我一口气读完的，实在是凤毛麟角。而这部《云间柳如是》，却给了我阅读的愉悦与美感；柳如是这位蕙心兰质、性格正直坚强、追求自主意识的女性形象，在我的心中久久不能拂去。"该书责编江上月以"柔情似水，佳期如梦"为题，在南京《都市文化报·书脉周刊》上作了推介。

另外，通过十多次的访谈，历时半年，撰成国画家、松江籍人吴玉梅传《江南一枝梅》，由上海教育出版社于二〇〇八年五月出版。而我创作的另两部长篇小说及十多部中短篇小说，人物虽然都是虚构的，但细心的读者能明显感知到，故事的地理自然背景，其实都是松江，其中有我曾工作过十八年的松江二中，有松江的某些乡镇等。

<h2 style="text-align:center">三</h2>

除文学创作，还编辑过五本书稿。

一是《岁月的歌——松江当代散文选》，由百花文艺出版社出版，作为新中国成立五十周年、松江解放五十周年献礼书之一。二是《松江历代诗人诗词选析》，由上海教育出版社出版。这两本书，均受时松江区委宣传部委托而主编。三是《道德的力量》，收十位"感动松江"道德模范、二十五位"感动松江"道德模范提名奖获得者的事迹，由上海教育出版社出版。四是受区文广局委托，执编《文化名园醉白池》，由上海古籍出版社出版。五是受中山街道委托，执编《文化中山》，由中国人口出版社出版。

五本书稿中，《道德的力量》一书的成稿与出版，让人记忆尤深。故事很多，但我从未与人讲述过。今天在这里简要说一二。委托我执编的是时任区委宣传部副部长。她的精品意识很强，而且要求在一月后的颁奖大会前出书。在她的直接领导下，我立刻约请、召集了教育系统二十五名教师（其中有些还是校长、书记）开了个会，由她亲自动员；她还请来了道德模范所在单位或行政部门的领导，要求他们支持作者的采访、撰写，并提供一切可能的帮助。在她的领导下，我让作者用一周时间采访成文（有的老师采访、撰写两位道德模范），又与出版社社长、总编、文科一室主任联系，由于我们比较熟悉，因而得到他们的积极支持。我们商定，用两周时间完成校、审。其中整整一周，我每日去出版社"上班"编阅、修改。在这期间，部长还让她部里的一个科长协助我。书稿如期出版后，连出版社的同志都说，从收到稿子到出书，仅两周时间，为他们社史上所仅有。

<h2 align="center">四</h2>

年过八十以来，先后出版了五部著作，几乎每年出版一部。其中四部都是关乎松江的。

一是《松江人物》。编撰《松江人物》，是区文广局的重点项目。由当时区委宣传部副部长、区文广局党委书记兼局长任主编，总抓全书的编撰及出版事宜，在重要问题上拍板确定。其间还亲切顾问并召集作者座谈，鼓励推进编撰工作顺利开展。由当时区文广局副局长任副主编，具体负责与出版社联系，并审阅了书稿的部分内容。由我具体负责编撰业务。

在两位局长的领导下，我组建了一个编撰小组。古代人物，除少数几人，均由我的学生俞仁良和我负责撰写。民国人物，由我拟定名单，将其中大部分人物交其中三名作者撰写，并提供我所拥有的史料；成稿后，我逐一进行修改、补充，有些人物，二稿、三稿才定。全书由我统稿。

编撰、校对历时三年。书稿初收四千人，近两百万字。

书稿由中共中央党校原副校长、第十一届全国政协常委李君如作序。序文热情肯定"区领导提出的编撰一部比较翔实的、能够反映松江优秀文化传统的《松江人物》这一构想"，认为"这是弘扬以爱国主义为核心的民族精神和社会主义核心价值观的重要举措"。二〇一六年书稿出版后，松江籍著名人士、中国作协书记处原书记、《文艺报》原总编金坚范立即发文祝贺，说《松江人物》"既是很好的乡土文化教材，也是传承和弘扬优秀传统文化的有效途径"，"纪念先贤，是与历史对话，向历史致敬，有利于当下的精神文明建设"。接替柳亚子任南社主任的姚光之子、九十多岁的上海文史研究馆终身馆员姚昆田也作了《〈松江人物〉志贺》诗刊发于《新民晚报》。南京水泥设计研究院高级工程师胡祖庆先生，于二〇一六年十月从上海发来信函，言在编家谱过程中，资料"寥寥无几"，《松江人物》的出版对他而言如及时雨，里面有先祖胡宝琼一家三代人的介绍。

二是《〈南村诗集〉笺注》。

几乎是紧接着《松江人物》，蒙时任泗泾镇党委书记诚约，立马投入《南村诗集》的笺注。

《南村诗集》为长期寓居泗泾南村的元末明初著名学者、诗人陶宗仪所作，是中国文学史上一部有一定地位与影响的作品。由于国内外尚未有注释本，时间又紧，我复与仁良合作。我们商定，笺注充分引用府志记载及我们拥有的其他史料，尽可能做到详尽，并力求使笺注本成为元末明初泗泾地区的一部小百科全书。

我们学习了研究陶宗仪的部分资料，也提出了我们的理解与思考。台湾一位研究陶宗仪的学者，为学界所尊重，学界对他的研究成果也多有参照；我们在两处与他进行了商榷。又，《南村诗集》被列入四库全书，馆臣们在抄录时，有两处明显的错误，我们也作了订正。书稿凡五十余万字，由上海教育出版社于二〇一九年二月出版。

在首发式上，君如校长、区人大常委会副主任钱秋萍、雪峰书记等领导同志在讲话中，热情肯定了书的价值与我们的付出；《文汇读书周报》刊发了推介文章，文章后又在"人文松江"网站上转发，点赞、好评颇多。领导的肯定与读者的点赞，让我们备受鼓舞。

三是《松江历代作家作品选注》。关于地方作家的作品集，历来受到府、县及士子的重视。就松江而言，据我所知，先有姚宏绪的《松风余韵》，后有姜兆翀的《国朝松江诗钞》，又有严昌埙的《海藻》。这三种，仅为作品汇编，就其文学样式而言都是诗歌。而每一种，或迄于明代，或限于清代，或始于唐代，都未能独立反映松江古典文学之始终；而且，所选宏富浩繁，无标点，无注释，又是繁体字直排，今天的读者阅读，甚为艰难。如果能精选自晋至清历朝各代的代表作家代表作品，既有诗词歌赋，又有散文小说，辑成一册，并加以注释与简析，绝非毫无价值。所以，在《〈南村诗集〉笺注》完稿后，趁脑子尚可，决定立马启动，以作引玉之砖。

本书稿与一般的古诗文注释本有三点不同。

一、作者介绍尽可能详细。历史人物（包括作家）是传统文化的载体，作家介绍有助于理解作品。读作者与读其作品，是相辅相成的。

二、添了十多篇附文，主要是历史散文。它们所描写的，都是所收的作家，也与所收的作品有关；更想让读者换一种阅读口味，或可作为融古诗文注释与文学创作于一体的一种尝试。

三、女子作品约占书稿的三分之一。施蛰存说："吾松才女，自管仲姬而下，代不乏人。"明清时期，松江经济发达，对女子也开始重视。松江女子的作品，无论内容还是形式，都绝不亚于男子。其中有些作品，是从我所收藏的民国时期的出版物、平时阅读时抄录的作品中选取的，历朝《松江府志》未见编录，一般的选注本中也是很难找到的。

书稿由上海教育出版社于二〇二〇年十一月出版。二〇二一年一月二十三日《解放日报·读书周刊》书事版用显著版面，刊发了以"古典文学中，有松江最美的风景"为题的推介文章，上海教育出版社在网站上专门发了介绍文章，阅读量一千六百多人，点赞评论者四百多，在松江的中小学受到了广泛的欢迎。

四是《共品香茗：与历史碎片对话》。在编著《松江人物》、笺注《南村诗集》及选注松江历代作家作品三稿的过程中，我在原所收藏的松江史料基础上又搜集到不少关于松江的资料，有些已用于上述书稿，还有不少留存着，大多为细节、个例，简短而富有情致的名人书札、小语，还有不少优秀的诗词作品。这些资料，常萦绕于怀，觉得丢了可惜，于是选了一部分，做了些解读，成为我八十岁后的第五本书。稿成，曾填了《江南春》词一首："多少事，过往阅读中。总是传神于耳目，何堪弃掷水流东？整理正东风。"该书已由中国文史出版社于二〇二三年四月正式出版发行，凡三十二万字。《文学报社》原社长、总编，著名文学评论家、作家陈歆耕和作家、资深编辑刘一君分别作序。陈序中说："品读其著，如品香茗，缕缕幽香从历史深处沁入心扉。事涉松江历史文化，其意旨是超越了地域之限、具有普遍的人文价值与意义的。"刘序中则说："将历史遗留下来的一些疑难问题逐一辨证考析，于庞杂零碎之史料书海中独辟蹊径，此等专注于做学问的人生态度，使得先生晚年之作功力愈显深厚、笔力愈发老到。这当是《共品香茗：与历史碎片对话》一书的亮点。"两位先生的点评，当是对我的鼓励，为我指引了方向。

书出版后，上海的《新民晚报·夜光杯·序跋精粹》刊发了陈序，深圳的《宝安日报·宝安文学》刊发了刘序。天津的《文学自由谈》公众号刊发了陈序及《共品香茗：与历史碎片对话》书讯。一面向全球华人的互联网又转发了陈序及书讯，截至二〇二三年五月，两稿的阅读量达二十多万。

五

电视剧《政协主席》主题歌词曰：

> 天心里装着明月，
> 花心里装着芳蕊，
> 在这花香月美的时刻，
> 想想心中装着谁；
>
> 马心里装着千里，
> 鹰心里装着高飞，
> 在这潮奔浪涌的时代，
> 问一问心里装着谁……

在这十多年里，尤其是老病相侵的最近四五年里，如果有人问我心里装着谁，我将告诉他，我心里装着我的故土，我的家乡，装着拥有几千年历史的松江。

目 录
CONTENTS

附　宋词佳句解读

卷 一

流光容易把人抛，
红了樱桃，绿了芭蕉。

——南宋·蒋捷

红了樱桃

喜欢蒋捷的词。

蒋捷，字胜欲，号竹山，阳羡（今江苏宜兴）人。南宋咸淳十年（1274）进士。宋亡不仕。著有《竹山词》。清刘熙载《艺概》云：竹山词，洗练，缜密，语多创获。《四库全书·竹山词》云：其词练字精深，调音谐畅。

有《一剪梅·舟过吴江》词。尾句为"流光容易把人抛，红了樱桃，绿了芭蕉"。

李佳《左庵词话》认为此句"久脍炙人口"。潘游龙《古今诗余醉》认为"两用'了'字，有许多悠悠忽忽意"。按，"悠悠忽忽"，意遥远迷离。"有许多悠悠忽忽意"，我体会，含有丰富的深远而难以言传的意味。两个"了"字，揭示了"流光"给事物带来的变化。时光如流水，不知不觉间，春天离人而去，春光催红了樱桃，催绿了芭蕉。用王国维的话说，这既是景语，又是情语。

语言有两种，一种是说明性语言，一种是文学性语言。在作品（尤其是文学作品）中，文学语言更形象，更具感染力。"红""绿"本为形容词，今用作动词。又符合诗词的平仄要求，"红了樱桃，绿了芭蕉"，如改为说明性语言"樱桃红了，芭蕉绿了"，就逊色多了。

相传，著名诗人拜伦，曾在街上见一盲人身前挂着"自幼失明，沿街乞讨"的牌子，可很长时间过去，手中的破盆子依然空无一币。拜伦抬起那牌子，在那句话下面也写了一句："春天来了，可我什么也看不见！"此后，路过的人纷纷投币。两句话的效果为何有如此大的差别？原因也在，原来的话，只是一种说明性语言，而拜伦的句子，则是一种文学语言，这富有感染力的语言，让人感受到了盲乞内心的痛苦。

王老虎抢亲

王老虎抢亲的故事，少时就听人说过。后来又好像看过由故事改编的电影。这次看到了黄梅戏《王老虎抢亲》，甚觉亲切。

全剧讲"吴中四才子"之一的周文宾（历史上，有"吴中四才子"之称的是唐寅、祝允明、文徵明、徐祯卿）扮成娇美女子，在元宵夜游赛月台时，被王老虎（王天豹）抢至王府。王欲与之当夜成亲。周巧与应对，无奈之下，王将之安置于自己的妹妹王秀英房中。机缘巧合，周文宾与王秀英本就暗相爱恋（周曾向王府提亲，遭拒），这一"同房"，自然得以互吐爱慕之情。

全剧结构巧妙，情节生动。许多笑料让我枯眼湿润。剧终时，突然觉得这剧名虽通俗、浅白，却奇妙无比。王老虎欲抢的"亲"，自然是妻（或妾），但他抢错了，抢的是男扮女装的周文宾。因此，他抢的不是亲；但歪打正着，他抢的其实还是亲，因为周成了王老虎的妹夫。妹夫不也是亲吗？

由此想到，无论诗文还是剧曲，题目很重要。题目，在诗是诗眼，在文是文眼，在曲是曲眼。京、昆等经典戏剧，题目大多拟得好，如《贵妃醉酒》等，既简洁，又切合剧情，精当得让老外（即使是中国通）简直无法翻译，即使译出，或令人喷饭，或俗不可耐，原题的美感、韵味，荡然无存。而这《王老虎抢亲》则是另一类趣题。《王老虎抢亲》中之"亲"，既不是所需之亲，又是真正的亲。这样的题目真是妙极，不知还能从别的诗文戏曲中找到有如此之妙趣的题目吗？

大自然的语言

在拙著《大自然的语言》一书的前言中，我曾写过，大自然中的山河日月、花鸟虫鱼都是有生命的，每时每刻都在与人进行着某种交流，或给人启示，或让人联想。它们是人类的老师。

生活于明清之际的华亭人吴履震在《五茸志逸》中，曾引杨维桢语云："蚕有六德：衣被天下生灵，仁也；食其食，死其死，以答主恩，义也；身不辞汤火之厄，忠也；必三眠三起而熟，信也；象物以成茧，色必尚黄素，智也；茧而蛹，蛹而蛾，蛾而卵，卵而复茧，神也。"

在《云间柳如是》中，我曾让夏允彝说："圣人提倡的仁、义、礼、智、信，雁都具有。"这"五德"之说，非我创作而于以往阅读时所录，但录时忘了注明出处。夏允彝是这样说的："一群大雁，互相关爱，万里远征，避寒趋暖，这是仁；队列整齐，或'一'字，或'人'形，个体服从群体，绝不特立独行，这是义；雁阵中有领头雁，或处中间，或在一端，在中间时，队列为'人'形，在一端时，成'一'字，其他雁鸟，服从指挥，绝不僭越，这是礼；雁群远征，飞行时能避风雨，栖息之处也有选择，来自何处，去向何方，早有考虑，无有差错，这是智；大雁往来，按时节，秋分时南飞，春分时北归，绝不有误，这是信。"

日本永平寺熊泰禅师认为石有五个特性，据此立"石德五训"。石的五个特性是：一、默默无言，却具说服力；二、沉着忍耐，立于土而取大地精髓；三、历经寒暑，饱受风雨，仍悠然矗立；四、质地坚硬，担当大任，可做高楼基础；五、形状各异，富有情趣，供众生利用。

误 读

曾有多人说过，有些古语（包括词）是被误读、误解了的。其中不少，笔者也似有同感。

试举几例。

一是"无毒不丈夫"。《汉语大词典》有此词目，解为"不心狠手辣就不成为大丈夫"，引了元·王实甫《西厢记》中一例，鲁迅《且介亭杂文末编·半夏小集》中也用了此词语。然笔者以为，"大丈夫"，有志气、有节操、有作为的男子，当为褒义词。大丈夫而心狠手辣，不心狠手辣就不能成为丈夫，实在难以理解。如果丈夫两字加上引号，为"丈夫"，还可理解，可是就我所见，均未有引号。元关汉卿杂剧《望江亭中秋切鲙》中，让权豪势宦杨衙内说过"量小非君子，无毒不丈夫"，倒是符合其内心。有人认为，原句当是"无度不丈夫"。度，这里是指度量，气度。大丈夫者，当有度量、气度，就合乎事实，合乎逻辑了。

二是"惟女子与小人难养也"。此语出自《论语·阳货》，杨伯峻的解释为，只有女子与小人是难得同他们共处的。（中华书局1958年6月第1版）。这种情况，生活中确实存在。但有人说，孔子为大儒，他似不会说出打击面如此之大的话。还说，论语中，未见有其他歧视、诋毁女子的文字。持此论者，认为当这样读："惟女子，小人难养也。"《故训汇纂》（《商务印书馆》2007年7月第1版）在"惟"字下，有"惟'犹无'"的义项。有人又认为，"惟"意同"微"。微，如果不是，如果没有。还引范仲淹《岳阳楼记》中"微斯人，吾谁与归"句。这里的"微"，就是如果没有的意思。这样理解，强调了妇女（尤其是母亲）在抚养孩子中的作用。似也有道理。

三是"舍不得孩子，套不住狼"。以孩子为诱饵来捕狼，这风险太大了，一不小心，孩子被狼吃掉或咬伤，绝对是不划算的。有人认为，"孩"

应是"鞋"。我在职时，一次与同事们外出旅游。那时的旅游，实际上是"穷白相"（上海方言，这里意为穷玩）。住的是小旅社。一晚上，下大雨，住处水漫，一同事的鞋子被漂走。早上醒来，只听他说："我的孩子呢？我的孩子呢？"我们说，你这次出来没带孩子啊。该同事系苏北籍，他常将"鞋"读成"孩"。由于鞋子带人气，以鞋引狼，似也讲得通。

还有一例是笔者读小学时听语文老师说的。他说"射""短"两字读倒了。射，身子只有一寸，这人身子就不长，该读"短"。而"短"是"矢"字旁，矢，箭也。成语有"有的放矢"。就是说，"短"应与射箭有关，当读"射"。现已年届奔九，几分钟前的事忘得一干二净，几十年前的事记忆犹新。扯远了，就此打住。

在师院就读时，语法老师告诉我们，语法是根据社会现实而不断变化的。本来说名词前不用副词，现在"很上海""很青春"之类者，屡屡可见。许多词语，既然已形成共识，也就一以贯之吧；就是错，也一错到底吧。

垂钓与阅读、藏书

垂钓与阅读，有着某种相似之处。

不少垂钓者，主要的目的其实不是得到鱼，而是享受其过程，享受那种悠闲、清静、自在；还有那春的萌发，夏的繁茂，秋的成熟，冬的冷峻，享受河水的涟漪，树间的鸣声，河岸草丛间小生命的跃动。

而阅读真正的收获，在于进入某种被作者营造的意境，享受战士的勇猛，文人的雅致，侠士的豪迈，阁楼的情调，享受商圈里的竞争，仕途上的博弈，享受儒家的入世追求，道家的顺乎自然与养生，释家的普度众生；一言以蔽之，享受人生的百般况味。

如果说，前者享受的是自然，那么，后者享受的是人生。

垂钓又与藏书有着某种相似之处。

美国爱德华·纽顿说过，藏书人、聚书人是垂钓客。

他还说，垂钓是时间的艺术。没有等待，不能体认拥抱等待，成不了伟大的钓客。

通常是，垂钓者从太阳跳离海面开始出发，寻觅一处理想中的河岸，然后放下水桶，取出钓竿，在钓线端钩上鱼饵，然后甩下水中，接下去就静静地等待，等待一个上午，甚至等到太阳落山，最后默默地或是哼着小曲回家。没有这份能耐，就成不了真正的钓客。

藏书也需要时间，需要体认拥抱等待。有人购买了一套新房，因为原来不爱书，没有多少书，为了附庸风雅，下狠心买了一套廉价的"醉"美书籍。这一蹴而就的做派，哪是在藏书或是聚书？这是为了装饰，为了显摆，为了让访客认为你是个文化人。而真正的藏书者或是聚书者，可能是穷其一生，在聚书或藏书。"聚"与"藏"，都有个"觅"与"访"的漫长过程。有时甚至需要跑旧书店，踏破铁鞋。知悉友人处有自己需要的书，不好意思索乞，只能借回家手抄，手抄的时间，长至数月。近当代有时发现网上或书店（摊）有心仪已久的书时，不惜代价购取之，为之还乐了好几天。常常是，每天要取出几本，抚摸良久，即使不读，也自有旁人无法理解的乐趣在。

真　趣

有一传说，一退朝官员在苏州造一园林，刚成，适逢乾隆第四次下江南。园主人请乾隆游览，后恳请为园林题名。乾隆即兴题了"真有趣"。随行之纪晓岚说，万岁爷这园名题得真有趣，题得好，只是这园主人家财万贯，而臣却两袖清风，求万岁爷把这个"有"赏给臣吧。如此，园名成了"真趣"。

苏州园林甚多，有人说有一百〇八座，比较著名的为拙政园、狮子林、网师园、留园等。既为乾隆帝题名，应该视为名园。但查苏州市园林和绿化管理局发布的园林名单，似无"真趣园"。由此看来，这只是一个传说而已。再说，乾隆大概还不至于题出"真有趣"这般俗名，传说想必是为突出纪晓岚的才学。

但我由此想到我们中小学的语文教学。语文教学如能让学生悟出"真有趣"与"真趣"的高下优劣，或许就达到了一种境界。已故中学语文教育家徐振维有段名言：我们的语文教学要分两步走，第一步，从语言入手，正确理解课文的内容；第二步，在理解内容的基础上，引导学生领悟作者语言运用得准确、生动，即所谓因文悟道，因道悟文。这两步中，第二步是尤为重要的。因为学会正确运用祖国的语言文字，是语文教学的重要目标。现在的不少语文教师，只停留在帮助学生理解课文内容的层面上。

佳　对

桐城李仙芝寓居方氏一梅斋时，半夜起来关门，宿鸟惊噪，得了"推窗惊鸟梦"一句，自以为很有点贾岛得"落叶满长安"似的。岛常跨驴张盖，横截天衢，时秋风正厉，黄叶可扫，岛因以有此句。为求成一联而唐突大京兆刘棲楚，岛被系一夕才获释。但他是得了一联的，这就是"秋风吹渭水，落叶满长安"。李却是久续不上，未能成联。直到五年以后，为山馆虫声所触发，终于又得一句而补全了一联，这就是："推窗惊鸟梦，就枕听虫声。"

得一佳对不是易事；在五彩缤纷的人生旅途中，要真正寻觅知己、感知到真相，怕是更难。某人曾说某人"高朋满座知音少"，细读之，这"少"其实是"无"，还真是说透了真相。正为此，古人才云，人生得一知己，足矣。

一字之师

这里的"一字诗",非指一首仅二十八字的诗中竟出现十个"一"字的诗;而是指因他人改动自己作品中的一个字而认之为师的"一字之师"。前者是指诗,后者指的是师。

古代记载一字师的资料很多,涉及的人也很多。《五代史补》记载一则齐己的掌故。

时郑谷在袁州,齐己(本姓胡,名得生)因携所为诗往谒焉。有《早梅》诗曰:"南村深雪里,昨夜数枝开。"谷笑谓:"数枝非'早'也,不如'一枝'则佳。"齐己矍然,不禁提衣叩地膜拜。自是士林以谷为齐己"一字之师"。

近日看央视四套《向经典致敬》。节目被致敬人物为歌词作家克明。在叙及其歌词《往日时光》时说,词一句中原为"破衣裳"。对此,他的黄金搭档乌兰托嘎的妻子托娅说:"克明哥,给你提点儿意见行不?"克明欣然回应"当然行"。托娅说:"把'破衣裳'改为'旧衣裳'。"克明于是称托娅为自己的一字之师。细细想来,这一字确实改得好,不仅衣裳的形象美了,而且这"旧"能勾起遥远的回忆。

《回家吧》歌词中有一句原为"家中有座蒙古包",诺尔曼小姑娘唱时,把"家中"改为"老家"。克明觉得,这一改,乡土气息更浓厚了,而且用词更符合实际,更为贴切。克明又认小姑娘诺尔曼为一字之师。

由此想到而今常见的情况,一是将自己的作品(大都是诗词)发于朋友圈内,目的主要是"晒",而非诚挚征求意见,因而呼应者几乎都是点赞,很少有人提出修改意见;二是认为"文章总是自己的好",即使有人善意提出修改意见,也很少见到虚心接受的。这恐怕就是这些作者难有长足进步的重要原因。

而克明正相反，他给人的启示在：一是诚挚欢迎大家对他创作的歌词提意见，而正是这种诚挚，大家也乐意对他的歌词提意见；二是不论是同行还是行外的，也不论是年长还是年幼的，只要意见正确，都虚心接受，并都由衷地认为是自己的"一字之师"。

表　达

中国的汉语言可谓浩如烟海，博大精深。但大千世界，包罗万象；人的情感，丰富复杂，直至极致。即便是学富五车，甚至是天赋神智者，在他们面前，也常感到语言的贫乏，有一种不能言传的笨拙之困。

大致有三种情况。

诗词曲赋文等文学作品的创作，如遇到人心中之所有而未能表达者，你能将其精准地表达出来，这样的诗（文）句，就成了脍炙人口的佳句。《瓯北诗话》云："人人意中所有，却未有人道过，一经说出，便人人如其意之欲出，而易于流播，遂足传当时而名后世。"唐·王维"劝君更尽一杯酒，西出阳关无故人"便是这等佳句。

还有一些物象，你可以提出问题，但只能意会却无法言传（即只能心领神会，无法用语言表达）。唐·张若虚的《春江花月夜》中，有"江畔何人初见月，江月何年初照人"等句所提出的此类现象，你可以"悟"其深含的哲理（当然这也可说是一种表达），但你永远无法找到正确的答案。

又有一些作品，你也只能意会而不能言传。清·刘大櫆《论文偶记》云，凡行文多寡短长，高低抑扬，无一定之律，而有一定之妙，可以意会，而不可以言传。释家之核心要言，大抵如此。能够写出此类文章者，无疑也是高手。不过话又说回来，创作者既是高手，阅读者中相信也会有高手来解读，所谓"不可言传"，只是强调解读之不易。

细　节

人们常说，细节出性格，而性格定命运。细节是"斑"，由一斑可见全豹。细节在文学作品中至关重要，作家们因此十分重视细节描写。

电视剧《开封府》里，少年包拯用弹弓弹鸟时，嫂嫂教三黑一定要睁一只眼闭一只眼，可小包拯就是做不到。

这个细节表现了包拯从小就具有的秉性。这为以后为官的包拯最终对高压绝不屈从、坚持对皇帝的女婿陈世美绝不"开一只眼闭一只眼"的刚正不阿打下了基础。这一细节确为该电视剧的一个亮点。

有一年的高考语文作文题大意为：一个青年背着"健康""美貌""诚信""机敏""才学""金钱""荣誉"七个背囊渡江，到江中风浪大起，艄公要求青年舍弃一个背囊"方可安渡难关"。青年思索之后将"诚信"抛进了水里。命题者要求考生以"诚信"为话题作文。据说有考生以为这"青年"做法是明智的。

这个题目出得好。说明当时社会在诚信问题上已出现令人担忧的现象。那个青年在"思索之后"将"诚信"抛弃，就是一"斑"。孝、悌、忠、信、礼、义、廉、耻，是孔子德育的精髓，是中华民族的传统美德。其中，信即诚信。俗话有"忘八端"之说，"忘"为"无"，"八端"即为上述八德。"忘八端"，意为无做人之根本。所以，诚信为做人处世之本，其重要性毋庸置疑。明·薛瑄《读书录》云："处己，事上，临下，皆当如诚为主。"宋·周敦颐《通书》则认为"诚者，圣人之本，为行之源"。在当今社会中，商家造假，官员贪墨，人以利益为中心来调整与他人相交的距离，社会公德沦丧，等等，与诚信的缺失都不无关系。

有一则史料记载，明季松江才子宋徵舆热烈追求柳如是。时柳如是的雪篷浮居正泊松江白龙潭中。柳如是在船上让人对在岸上的宋徵舆传话："宋郎且勿登舟。郎果有情者，当跃入水俟之。"时值寒冬季节，宋犹豫再三，最后不得已在水中被冻得瑟瑟发抖，最后身子僵得不能动弹。

这个细节反映出柳如是性格的独特之处。这与她平日里作儒生打扮，即使寒冬也开窗睡觉，爱捉迷藏等，可谓"一脉相承"。柳如是当时对陈子龙深有好感，可在第一次叩访时因自称女弟而让子龙"意滋不悦"被拒，柳姑娘愤而闯入恚然詈子龙"风尘中不辨物色，尔何足为天下名士"后离去，而宋徵舆又在热烈追求她，于是同意一见。宋这次算是通过了考验，可他终究不是柳的意中人，在又一次的考验中终于暴露出他屈从母亲的"软骨"本性，致后来很快入仕新朝，就不奇怪了。该细节又刻画了"官二代"宋徵舆的性格。

语　序

报载，一九四九年九月，正准备起义的云南省主席卢汉曾发电报给蒋介石，为关押的九十多位爱国民主人士说情。蒋回电说："情有可原，罪无可逭。"逭，读 huàn，这里是宽恕、免除的意思。明·徐霖《绣襦记·汧国流馨》："有恶必惩，不以贵而少逭；有害必劝，不以贱而或遗。"蒋强调的自然是"罪无可逭"。协助卢汉筹划起义的李根源，阅后提笔将电文改成："罪无可逭，情有可原。"如此一改，意思侧重在了"情有可原"上。在昆明的军统特务头目阅后，以为蒋"恩威并举"，也就未对关押的爱国民主人士下毒手。

这是语法上词序的改变引起语义改变的典型例子，类似的例子，还有将"屡战屡败"改为"屡败屡战"，反映了李根源等的智慧。李与卢运用这一智慧做了一件大好事。

而今，运用这一"智慧"的也不乏其人，只是目的是为个人，而且手段更加高明得真假难辨。

关于抄袭

抄袭，向为人们所不齿。

但何谓抄袭？

宋·李淑曾将抄袭分为"三偷"，即偷语，偷意，偷势。

三者的区别，皎然曾举例说明。

陈后主《入隋侍宴应诏》诗："日月光天德。"取傅长虞《赠何劭王济》诗："日月光太清。"偷"日月光"三字，而"太清"与"天德"义同。这谓偷语。

陈佺期《酬苏味道》诗："小池残暑退，高树早凉归。"取柳恽《从武帝登景阳楼》诗："太液沧波起，长杨高树秋。"这谓偷意。

王昌龄《独游》诗："手携双鲤鱼，目送千里雁。悟彼飞有适，嗟此罹忧患。"取嵇康《送秀才入军》诗："目送归鸿，手挥五弦。俯仰自尊，游心泰玄。"这谓偷势。

三者之中，偷语最为不当。

但皎然所举之例，放在今天，恐怕都不能算偷。

只是下面的情况，不仅在古代，即使在当代，也难免有抄袭之嫌，至少有争议。

北宋宋祁有《鹧鸪天·画毂雕鞍狭路逢》词：

画毂雕鞍狭路逢，一声肠断绣帘中。身无彩凤双飞翼，心有灵犀一点通。　金作屋，玉为笼，车如流水马如龙。刘郎已恨蓬山远，更隔蓬山几万重。

此词中，有两句出自唐·李商隐的《无题》诗：

身无彩凤双飞翼，心有灵犀一点通。

宋祁取李诗两句，按皎然的意思，属"事虽可罔，情不可原"。

类似的情况还有，苏轼有《定风波·重阳》词，其中"与客携壶上翠微，江涵秋影雁初飞。尘世难逢开口笑，年少，菊花须插满头归。"

这几句诗实际始出于唐·杜牧的七律《九日齐山登高》诗：

江涵秋影雁初飞，与客携壶上翠微。
尘世难逢开口笑，菊花须插满头归。

苏词只是调换了开头两句的顺序。苏轼的这种截取（按皎然的说法，"偷"得比宋祁还多），还真是有点匪夷所思。

那么，作为两位大家，为何会出现这种情况？

可能古代文士的作品多为自娱，兴之所至，就随手写来，最多也只在亲戚、同道好友间交流；结集刻印，也不像现在互联网时代，传播迅速、广泛。他们还或许不像李淑、皎然那么想的。在他们看来，截取他人的语句，将其组织在自己的创作中，也不算什么大事，上升不到道德层面，反而能表明自己识得佳句。清·赵翼就曾说过："而行墨间兴之所至，偶拉人诗一二句，更不足为病也。"（《陔余丛考》）当然还不排除另一种情况，即袭者非袭，压根儿未看到过被袭者的作品，而所写全同；但这种可能性，微乎其微，概率极低。

话又说回来，当代有人将古人的诗句完整地引入自己的作品中，人们似也认为并无不可。

究竟何谓抄袭？

抄袭即引用吗？但语法学家明明说，不管是直接引用还是间接引用，都得说明所引之语句出自谁的作品，或是谁说的。出版社的编辑，职称评审大员，对此要求更严。古代作品虽然无须标点，但既取他人语句，总得在篇中或篇末注明该句为谁所作。

笔者也糊涂了。

翻　译

以往阅读时，曾摘录过一些有关翻译的事例；而今再读，仍觉有趣。

《四郎探母》，被译成"第四个儿子去看他的母亲"。《贵妃醉酒》，被译成"喝醉了的小妾"。这么好的剧名，竟被译成这样！内容似无太大的出入，但汉语的文采、韵味及美感荡然无存。

还有将"胡适先生驰骋文坛"，译成"胡适先生经常在写字台上跑马"。"写字台上跑马"，这写字台竟大得如同跑马场。

汉语中的成语、典故、民间俗语，更是难倒了一些译者。

二十世纪五十年代中苏交往中，中方有位翻译把"胸有成竹"译成"肚皮里有根棍棒"，苏方急了，说："那为什么不赶紧送医院！"京剧著名唱段《苏三起解》中，有句唱词"苏三离开了洪洞县，将身来到大街前"，美国夏威夷大学有位女教师将其中的"大街"，译成"高速公路"。还有人将"丈二和尚摸不着头脑"中的"丈二和尚"译成"有个名叫'丈二'的和尚"。对"一诺千金"，则译成"只要一答应，就要付一千元美金"。

有位汉学家将"月是故乡明"，译成了"家乡除了月亮明亮，其余一片漆黑"。一视频上，某与一老外闲聊，说他的朋友，你也认识，最近欠了一屁股债，老外说"一屁股债有多少钱啊"，某说"大概十万吧"，老外说"他不是有辆车吗？那辆车至少得有三十万，可以抵三个屁股"。

翻译如同演员演戏，是再创作，不容易。

一次在茶室听到这么一段对话，还真是莫名其妙。

"你这次到她那里，总得意思意思。"

"'意思意思'，什么意思？"

"你不懂'意思意思'是什么意思？真没有意思！"

"你这'没有意思'又是什么意思？"

"这就更没有意思，简直是对牛弹琴！"

不知哪位洋汉学家能把这对话的意思确切地译成外文？

汉语的运用

语言是人际交流的工具，为达到交流的目的，当力求语言运用的规范与精准，尤其是书面语言。

可进入互联网时代，汉语言的运用出现了让人担心的趋势。

一、在汉字中夹入拼音与同音字。如"他"用"ta"等。美国用"米"或"老米"等等不赘。还有滥用谐音字，如"用'苏'式庆贺"，你知道这个"苏"是哪个字的谐音吗？又有许多微信，没标点，似古文。手机上的微信或许不能与书面文字相比，但有些句子，没有标点，尤其是句末，是陈述句，还是疑问句？还真可能产生歧义。一次我去地铁站接友人，友人发微信云"到了"，我就不解，是友人已到，还是问我是否到达。

二、"的""地""得"的运用。"的""地"的运用，以前专家们曾有过不同意见。某专家认为"的""地"可以不分，意无区别。绝大多数专家认为，三字都是结构助词，但还是有区别的，"的"，是定语的标志，用在名词和代词前；"地"，是状语的标志，用在动词谓语前；"得"是补语的标志，用在动词谓语后。

三、一些生僻字甚至是死亡了的字出现了。二〇二四年春节前及期间，频繁地出现了三个词组：龙行龘龘，前程朤朤，生活鱻鱻。对第一组词中那个笔画繁多且重叠的字，我查了下《汉语大词典》及《故训汇纂》等（其他两个重叠的字我懒得去查），只发现由两个繁体的"龙"并列组合的字，《汉语大词典》解释为"两条龙"；《故训汇纂》解释为"飞龙"。但均未能找到由三个或四个繁体的"龙"组成的字。（据说南北朝顾野王的《玉篇》

中有三个繁体的"龙"上一下两组合的字）。四个繁体的"龙"组合的字不知出自何处。即便有这个字，两本大辞书均未收录，或许可说明是生僻的。

上述所举，如出现在中考、高考生的作文试卷中，不知评委们能认可吗？

一九五一年六月六日，《人民日报》发表了《正确使用祖国的语言，为语言的纯洁与健康而斗争》的社论。标题中用了"斗争"一词，可见祖国语言的纯洁健康问题的严重性。社论中说，正确使用祖国的语言，对于我们的思想的精确程度和工作效率的提高，都有极重要的意义。

语言的运用，对个人来说，关系到其文化、文明程度。语言如果被污染而任其泛滥，将影响到我们的中小学生，并影响到国家的形象，汉语言毕竟是母语。

文 学 语 言

不少学生怕写作文，写出的文章也是干巴巴的，更谈不上文采。这恐怕与平时忽视了语言，尤其是文学语言的积累与运用有关。

二十世纪八十年代后期，曾为一大型工具书写过一"文学语言"的条目。兹收录如下，这类学生不妨读之。

文学语言指文学作品里的语言。

文学语言以民族共同语，包括人民大众生动的口头语为基础，经过作家加工、提炼而成。它包括叙述人语言和作品中的人物语言。

叙述语言指文学作品中叙述事件与物象、描写人物形象、抒发感情与议论、说明事理的语言。

人物语言指文学作品中人物的对话与独白、日记与书信等。它们是组成文学语言的基本成分。

无论是哪种语言，实际上都是作家的语言。

文学语言是文学作品形式的要素。有人称文学是语言的艺术。文学语言在文学作品中有着特殊的地位。

尽管不同个性的作家，有着不同的语言风格，但文学语言的共同的基本特点是富有形象性与艺术感染力。这是文学作品的本质属性所决定的。

学习与丰富文学语言的途径，一是向人民大众学习口头语言，二是学习古人中有生命的语言，三是从外国语言中吸收我们所需要的成分。

再议文学语言

近重读《英华浮沉录》。在《〈宋家皇朝〉随读随钞》中，董桥先生有如下一段文字——

宋庆龄握着孙中山的手在总理遗嘱上签名。众人鱼贯退出，病房里只剩下他们两个人。孙中山对宋庆龄说："我也没有什么留给你，只有一些书，和他们捐给我的这所房子。"宋庆龄说："还有书上你的血，和房子内你的回忆。"孙中山说："还有房子外我的梦想。"他说："我就把这一所里面有回忆、外面有梦想的房子送给你。"孙中山就在这断续的呢喃中辞世。过了好多好多年，弥留中的宋庆龄蓦然回头叹了一口气，老仆人忍不住问了一句话："夫人，如果孙先生不是那么早逝世，中国的历史会一样吗？"宋庆龄惘然说："如果？历史没有如果……"她默然故去了。

这段文字十分感人。董先生倡导用形象的文学语言。上引文字，就是文学语言。如"回忆""梦想"等，换用说明性语言就是中山先生所从事的革命事业。整段文字，让人具体感受到革命家的情怀，革命家的爱情。中山先生一生为革命奔波，临终送给宋庆龄的除了精神上的，几乎一无所有。

标　点

　　小时候，听村里老人常讲到徐文长（明文学家徐渭，字文长），说徐很会作弄人，而作弄的几乎全是地主老爷。作弄的目的，无非是蹭顿饭吃，或让爱财如命的地主老爷出点"血"。

　　比如一地主老爷刚造好房子，请徐文长给题个匾作堂名，徐文长让备好笔墨，欣然前往，题下了"竹苞堂"三字，然后饱餐了一顿，捧了酬金离去。地主老爷择吉日，请县太爷及乡邻宿耆前来相聚观赏。一老一见堂名，发现"竹"字中间稍稍空开了些，立刻意识到了题写者的意思，于是摇了摇头。地主老爷问其故，此老说："这堂名前两字实为'个个草包'也。"地主气得差点吐血。

　　一财主让徐文长在厅堂里题副对联。讲好条件后，徐如约前往。题完，让付了酬金，按理得离去了，可天忽然下起了雨。徐想想，自己的中饭尚未有着落。财主问，徐先生还有事吗？言外之意，你可以走了。徐文长遂提起尚未收好的笔，在砚台上蘸了墨水，在纸上写下了"下雨天，留客天"，然后索性坐下了。老财主知晓这徐文长不是盏省油的灯。于是在六字下接着写下"天留我不留"五字。徐见状，又提起笔，在"不"字后加了个"？"在"留"字后用了个"！"财主的五个字变成了：天留我不？留！

　　这些小故事流传于坊间，常为饭后茶余谈资。细细一想，杜撰的痕迹明显。古代人为文是无标点的，在标点上做"文章"，就是一大破绽。

　　但这杜撰的故事启示我们，当代人作文，标点不可忽视。

　　抗日战争时期，日军为对付八路军，实施清野，不仅抢了百姓的粮食，还在墙上贴出标语：有粮食不卖给八路军！标语贴出后的第二天清晨，人们发现，原标语中多了个标点，原标语变成：有粮食不卖，给八路军！

我在松江二中执教时，在一次运动会后，一学生在教室后黑板上写：第一队战败了第二队取得了胜利。我在上课前让全体学生转身往后看，并让学生读一下。一学生读成"第一队战败了，第二队取得了胜利"，另一学生则读成了"第一队战败了第二队，取得了胜利"。我告诉学生，不点标点，原句就可两解，意思也截然不同。

标点是文章的组成部分，标点的重要性，由此可见一斑。

标点还可以作为信件。

相传，法·雨果的长篇小说《悲惨世界》寄出版社多时，未见回复。作者想询问一下，写了这样一封信："？——雨果。"出版社很快回信："！——编辑。"

当代流行手机，发微信时往往不点标点，尤其是句末。

一次，市区有人来松江看望我，我于是去地铁出口处迎他。抵达地铁站时，忽然收到对方微信：

　　　　到了

我不解。

是问我到了吗？

是告诉我他已到了？

我首先理解为他已到达，于是在各个出口处找了个遍而不见其人。

其实当时他还在地铁中而快要到站。

见面后才得知，他是问我是否已到。如此，"到了"后应加"？"，道地一点，在后面再加个"我快到了。"

类似的例子，在手机微信中屡屡可见。

微信，也是信，是为了准确传递自己想要说的。奉劝各位为师者，给我们的中小学生做个榜样，在写微信时，尤其是句末，千万加个标点，标明是陈述句，还是疑问句。

聪明有时会弄人

近来闲闷得心里发慌,虽然视力不济,但还是随手抽一册《史记》看看。发现此册中正好有《张耳陈余列传》。印象中似曾读过,列传大意为,张、陈曾为刎颈之交,后竟反目成仇。

这是历史上较为典型的卖友故事。

读歆耕先生《何谈风雅》时曾得知,北宋时,大文豪苏轼与章惇(曾为宰相)曾是最亲密的朋友。在苏轼遭"乌台诗案"后,章惇冒了很大风险,挺身而出,仗义执言,立场鲜明,为苏轼辩护,苏轼终于被免去重罪。但苏轼后来犯了一个不可宽宥的错误,他联合其弟苏辙,欲置章惇于死地而后快。苏轼与章惇,由密友而成仇敌,有其政治等方面的复杂因素,但于苏轼而言,无疑是其人品上的污点。在了解此事者眼中,苏轼就不再是一块无瑕白璧。

由此,不由得浮想联翩。想到当今社会里,有些人,能力很强,但总是根据自身的名利需求来结交朋友,投靠领导,通过价值规律来调整与他人关系的亲疏浓淡。

我的一位电大的学生,当了十多年的正处级干部,提拔了不少人。一次来访,谈起此类现象,还愤愤地说,老师当年言及两成语:门庭若市,门可罗雀,当时以为理解了,其实直到现在才真正理解。他还说,其中之尤甚者,当认定的目标达到以后,为了实现下一个奋斗目标,不仅视其为陌路,而且为实现新的目标搬弄是非,伪造事实,泼污抹黑,挑起矛盾或加剧矛盾,将之出卖,作为给下一个需要巴结的人的见面礼。

作为一个读书人,不谙官场一套。我听了后,沉思良久。古人云,滴水之恩当涌泉相报。这种人,估计不曾读过这等古人之云;即使读过,未必接受;即使接受过,也早被风刮走了。

在我看来，人生路上总有一个个具体目标，为了达到这一个个具体目标需要奋斗，也需要他人的帮助，这本来无可非议，毋庸置疑。但受恩于人，不报也就罢了，因为真心施恩者大多不需图报，但此类做派，就有点不择手段了，就不是君子之所为了。

这种人看似"门槛实精"，实则愚蠢至极，而且听下来，其所为还是浅表层次的。再说，就是城府很深的，是神，总会口吐莲花；是鬼，总会露出獠牙。纸包不住火，真相是掩盖不住的。

人们不都是"小学生"，其所为或很快或最终被人所了解。因为这关乎人品，所以一旦被了解，就为人们所不齿。人们就有理由从此不屑一顾，或者"敬"而远之。从此你就成了孤家寡人。这就是代价。

不要小看了这种代价。坊间云，金碑银碑，不如人们口碑。口碑之重要，不言而喻。而口碑之好差，通常由人品决定。

一个书呆子，近年来，又注重佛学，因此，我常对此悲天悯人，常为之惋惜不已。

短而不失深刻

报载：英国伦敦《每日镜报》搞了一次小说征文赛，征文规定只能用三个字。

后竟收到八千篇作品。经众评委评定，一位名为鲁顿的作品荣获一等奖。

这篇作品内容为："God Lay Dying."

译成汉语为："神垂死。"

按，神不会死，而今将要死。

评委会的评语云："主题忧郁，表达了这个动荡不安、陈旧腐败的世界的种种忧虑。这三个字十分有力、生动。"

笔者在编撰上海市语文教材（H）时，在"剧本的阅读"单元的综合训练题中，曾收编过法国剧作家特里斯旦·勃纳德的一个剧本。这位剧作家一生写了四十个剧本，收编的这个剧本名为"流亡者"，创作于一九三二年。全剧如下：

（幕启。边境附近山间一幢木屋里，一个山里人正坐在炉边烤火。一阵敲门声，流亡者进屋了。）

流亡者："不管您是谁，请可怜一个被捕的人吧！他们在悬赏捉拿我呐。"

山里人："赏金多少？"

（流浪者马上离开了。幕落。）

这剧本被认为是世界上最短的剧本。剧本内容主要是流亡者的一句话及山里人的一句话。流浪者的话凡二十四字，山里人的话凡四字。

小说及剧本既如此之短，笔者的话当不宜长。笔者只想说，短，可以深刻；短，更为含蓄而能激发读者想象。

"护猫将军"

在整理存藏的资料时，发现一份复印件，只一张纸，是一篇文章的后半部分，因而不知道文章题目及作者姓名，但文后注明文章刊发于《看历史》二〇一七年第十一期。

文中说到钱锺书的一则逸事。他养有一猫，甚为喜爱，当看到自家的猫在与别人家的猫互相抓打时，他就拿起准备着的竹竿，跑过去帮自家的猫打架，因之而获得个"护猫将军"的雅号。

这则逸事如果属实，则反映了这位有"民国第一才子"之称的钱大师对猫的至深之爱，也反映出他的个性，自有其可爱之处。

其实，爱猫者大有人在。相传陈寅恪大师也特爱猫。一次某在陈家吃饭，大家尚未坐下，陈唤阿姨，猫呢？猫闻声跳在陈腿上，两前脚搭上桌沿，与大家共食。

当今社会，爱养宠物者可谓比比皆是。我一学生养的一只猫，一天突然离家出走，很长时间不见回归，自然也不知去向，到处寻找不着，于是贴出猫照广告，如能找到她的猫，愿以一小套房相赠以作酬谢。还真是猫价值房。爱猫如此，倒是让人感动。

钱大师爱猫，厚非无可，薄非也不能。但话又说回来。如情况真如该文中所写，"拿起竹竿去帮自己的爱猫打架"，那就是一人一猫联合起来打人家的猫。且不论是您的猫与人家的猫打架，还是人家的猫与您的猫打架，总只是猫与猫之间的事，你插手其间帮打，不是有点……那个吗？我猜想，事实的真相很可能是，用竹竿吓唬一下，让人家的猫赶快逃离，"架"不再打下去，然后抱了自己的猫回家。

但此逸事让我联想到当今学校里的事。学生之间常因一件小事，引起矛盾激化致互相扭打。父母爱自己的孩子在理，如陈让猫与人共食也无可挑剔。但有家长在听了自己孩子的诉说后，不了解事发缘由，不问清是非曲直，一味地帮自己的孩子，找到另一方严加训斥，甚至向学校领导告状。

唐·韩愈有《原毁》一文，开头一句就是："古之君子，其责己也重以周，其待人也轻以约。"成语也有"严以律己，宽以待人"。有君子修养的家长，在处理这类矛盾时，当让自己的孩子反思自身有无过错（因为毕竟有了矛盾，甚至于扭打，总是事关双方，俗话说，一个巴掌打不响），加强对自己孩子的教育，也应该相信，学校会作深入了解，分清矛盾主次，做出正确的处理。

平　衡

有人说，人一生下来，就有一种禀赋。不同的人，有不同的禀赋。

有人喜欢画画，有人喜欢数数，有人讨厌书籍却对大自然的花鸟虫鱼情有独钟。如此这般，没读过大学的人，可以成为杰出人才，如工匠、企业家，等等事例，不胜枚举。

曾经读到过一个故事。法国一名为法拉利的"低能儿"，天生失明，精神似也不正常，于是被父母安置在一家精神病院里。他整日在地上爬行嬉戏。可他被发现有一种超乎寻常的运算能力。一次，十二位欧洲学者给他出了一道题：有六十四只木箱，在第一只木箱放入一粒麦粒，然后依次在每只木箱里放入两倍于前一只木箱的麦粒，最后一只木箱即第六十四只，应有多少麦粒。答案几乎是一个天文数字，可他仅用了三十秒便计算出来。

类似的例子相信不少人都可以在生活中找到。盲人的听觉，比正常人敏锐；而聋哑人的视觉，比正常人更好。肢体残疾者，智商常常超越常人。

想起一个华亭人。明代唐汝询，五岁而瞽，目不辨点画，但授以《千家诗》，即能成诵，后又授以"四书""五经"《左传》《国语》等诸书，即能全篇自诵，铿金戛玉，琅琅不遗一字。后留校杜诗，时有新义，为前人所未及。曾撰《唐诗解》《唐诗十集》等著作，另有《编蓬集》十卷、《编蓬后集》十五卷、《姑蔑集》等，并传于世。用今天的话说，是位大学者。施蛰存在《云间语小录》中，称"云间有'诗窠'之称，风雅所钟，解颐匡鼎，不乏其人"，其中尤其提及唐汝询，"盖其学问皆成于耳受神识，心解冥悟，真性分之灵慧，古今罕有"。陈继儒作《十异人传》，其中就有唐汝询。

这还真应了《圣经》里说的，上帝为你关闭了一扇门，就一定会为你打开一扇窗。甚至是，关闭的是一扇窗，打开的反而是一扇门。

通常的情况是，当你失去某些时，相信会有所得。所谓"舍得"，有舍，就有得。反之也一样，你在得到时，也会失去。就如伊丽莎白·泰勒自己说的，在得到美貌、声名和财富时，却失去了幸福。所以在失去时，不要悲伤；而在得到时，不能忘乎所以。

再想开去。每个人有所长，也有所短。长短总是并存的。年轻人缺少阅历，但精力充沛，富于想象；老年人老病相侵，力不从心，但可以闭目回忆，过滤岁月。

人的生命当是平衡的。

不知道，这是否符合庄子"齐物"的理念？

盘点二〇二一

二〇二一年已融入历史。

二〇二一年对国家来说，是不平凡的一年。对我来说，也是值得记怀的一年。

二〇二一年是牛年，是我的本命年。我生于一九三七年正月十二（阳历为 1937 年 2 月 22 日）。昨日正是正月十二，按我的理解，只有过了昨日，才算真正过了本命年。为此，得词一阕。

浪淘沙·过本命年

桂叶屋前繁，冷气阑珊。东风命晤暖阳天。欲卸棉衣扔拐杖，享受宽欢。　　阅写伴休闲，度过牛年。阎王忘我抑成全。老病相欺由尔去，静美人间。

盘点这一年，有几件事。

一、重阳节前夕，区委书记携区委部分领导及教育局党委书记、卫健委主任、街道主要领导及学院院长等光临慰问，区电视台也开来了中巴，我所居小区一时为之震动；几天之后，区党代会召开，邀我列席开幕式，聆听书记报告，说是钦点的，必须参加。我虽然受邀与书记见过几面，但这两次通知突然，我毫无思想准备，一时有点受惊。

二、出版了《松江历代作家作品选注》。此书由李君如、松江区推进人文松江建设工作领导小组办公室作序，由泗泾镇政府出资。版权页上注为二〇二〇年十一月第一版，实际上是二〇二一年上半年才拿到书的。书出版后，区委还开了个发布仪式，由区委常委、副区长兼区委宣传部部长主持，区发改委主任、区文旅局党委书记、教育局局长、泗泾镇党委书记及宣传委员、区教育学院院长（区人大常委会副主任）等，还有部分学校校长，出席了发布式。李君如作了讲话，院长、教师代表也作了发言。电视台等媒体事后作了报道。

三、继"小作家培训班"之后，在区教育学院支持下，举办了"青年骨干教师培训班"，主旨为解读新部编语文教材。为期一学期，两周一次，一次两小时。方式为茶馆式，可以喝茶，休息时吃水果，问学，质疑，交流，气氛宽松、活跃，颇受大家欢迎。大家反映很受启发，达到了"要给学生一杯水，教师得有一桶水"的办班目标。区教育行政部门主要领导作了肯定，并说"切入点好"。这期培训，与小作家培训一样，都是公益活动。

四、进入鲐背之年，与教育界诸多校长、书记以及一些老朋友，始终保持着真诚的来往，观摩、讲座、聚谈交流不断，还帮助两家国企编审季刊，从而与一些青年结为忘年交。所有这些，让我的退休生活过得充实，愉悦。曾有《无题》小诗一首，记我心情。

两扇窗扉待月明，一盅散淡赠重逢。
峰丛赏尽歌吟畅，但愿时常感尔情。

五、总是留出些时间，给身体放假，让心情松弛。所以，常与三五好友，到茶室轻啜浅尝，共品香茗。其时，不受拘束，聊自己的所见所闻，所思所感；有时也会有稍稍的放纵，些许的奢侈，尽情地享受生活的悠闲与岁月的美好。

在新的一年里，拟再出一部书稿，还是关乎松江历史的。书名暂定为"共品香茗"，意与松江历史老人喝茶交流。已报送出版社。

在新的一年里，准备再写些散文、随笔，以让晚年生活有点质量，也以读写自娱。

开 口 难

坊间云："上山打虎易，开口求人难。"

打虎其实也不易。

但开口真的很难。

有多位干部，致仕后上门"看望"我这个当年的"老师"，说话间，都曾说过一句意思差不多的话："老师很硬气，我在位置上时，从来没找过我。"言外之意，他在位时，我有什么私事都可以解决。

这话听多了，觉得其实并不是在夸我。我深知，其中有些人，即使在位时，顺水推舟可为，真有事找他（她），多半是会借故拒绝的，或者是有条件的。而今这么说，只是放马后炮而已。

但我确实很少开口求人。这或许是秉性使然，或许曾碰过钉子，或者兼而有之。

近十年来，尤其不想求人。在这么个资本膨胀的社会里，不少人往往以利益为中心，追求"礼尚往来"，追求利益交换。我求人一次，等于欠了一笔人情债。我的一位佛学老师说过，这世上，有两种银行，一是通常意义上的有形银行，一是无形的银行。有人说，在（有形的）银行存的钱越多越好。而我的佛学老师认为，重要的是要在无形的银行里多存"钱"。我理解她的意思，平时要多做善事，如荀子说的，积善成德，久而久之，就有了"圣心"。欠了人情，等于在那家无形的银行里贷了款，也就是欠了债。

一次，一主流媒体人前来松江看我并向我约稿，她正主持着一个刊发文艺作品的版面。我与她很少交往，所以一开始我较谨慎。这一次不是我开口求人，是她主动找上我的，所以臭话说在前面，说我可帮不了您什么。但她显得很有诚意。其时正值吃饭时间，我邀她去附近酒家，以尽地主之谊。她说，不用了，我得去找另一个同志，已经快到了约定的时间。没有时间余地了，她于是直奔主题。原来她要我帮她解决一个问题。但这个问题我实难解决。我说，这类事政策性很强，我无此能耐。

文章自然没有给，她之后也不再与我联系。我算是保持了一份自尊。

事后，一报社朋友告诉我，现在就这样，有些人用自己负责的版面结私人的缘，包括借此与一些名人结交，然后用私人的缘，名家的影响，谋取私利。更有甚者，往往给你一只羊，然后索要你一头牛。

这类人不少。时代变了，原来办报需要读者与作者的支持，可现在，在某些人那里，版面是谋取私利的阵地或资本。

我绝不为了发一篇文章，陷入这个套路。

好在还有不少编辑，一身正气，录用的作品，凭的是文质兼美，坚决不谋私利。他们是报刊界的脊梁。

"随　便"

一次，与曾经的五六学生于一餐厅小聚。做东的学生尊长者，要我点菜，我则坚持推让。学生无奈，说那就点一道老师喜欢的菜。我说我随便。学生笑而问在旁拿着手机记录菜肴的服务员，有"随便"这道菜吗？服务员认真回答说"有"。我们相视而愕然，还真有啊！

上完菜，有学生发觉未见"随便"这道菜，而其中一道菜似未点过。我看了下，一柳条编织的浅篮里，盛着毛豆荚、带壳花生、玉米、紫薯、土豆等农作物。学生说，这不是"五谷杂粮"吗？服务员回答说，一般饭店是此名，也有名"忆苦思甜"的，我们老板就叫"随便"，因为以往也发生过类似你们的情况。那时我刚从山区出来，不知道这道菜，就去问老大。老大有点为难，就把"五谷杂粮"改了这名。

这服务员老实、可爱得可以。

学生朝我看了看，我说，没关系的，待会我多吃点。

席间，我想起董桥先生曾有一文，文中引了《堪隐斋随笔》里的一段话，记得大意是——

从前豪门公子、风流名士听北方大鼓书时，狂捧鼓槌，争相点曲。有名士怜香惜玉，只说"随便她唱吧"。于是，前台子高声喊道，"某某随便唱一段吧"。该名士原是怕累坏了美人，让她就选简短的、熟悉的曲子唱，没想到反而苦了美人，跟琴师商量了半天，也决定不了唱什么。而如果指名唱哪段，美人款款移步出来，响弦就唱，倒是省事。

"随便"也者，还真让人家为难了。从此，至少是点菜，我再也不"随便"了。

一声问候一颗心

在那段特殊的日子里，我每天都会收到一些摄影作品，山色波光，朝日晚霞，花鸟虫鱼，让我发现自然的绚烂，生活的美好。每天早晨与上午，还会收到不少微信，或问候祝愿，或询问需求；一声问候一首诗，一句询问一颗心，我收获的其实是诗一般的挚情，从而感觉心情愉悦，精神富有。

尽管手机储存空间已经很小，但我依然珍藏着，兹摘录几则微信：

风吹不散的是友情，日晒不枯的是问候；雨淋不着的是牵挂，真心不忘的是祝福。

早上好，吴老师！

世界那么大，有人记着你，是欣慰！

人心这么小，有人装着你，是自豪。

岁月这么长，一直联系你，是珍惜。
感恩有您，彼此保重！
早上好，尊敬的吴老师！

窗外青山楼外楼，银发垂髫家中留。
不求三月下扬州，但求四月上茶楼。
待到春花烂漫时，摘下口罩会亲友！
早上好，敬爱的吴老师！

敬爱的吴老师，我和德君等几位同学约好，等"雨过天晴"后，我们陪你去旅游。

在这段时期，除了邻居，还有一些领导或送来一些生活必需品，或询问需要什么。有一位学校党支部书记还发来微信：

吴老师，您家蔬菜、口罩什么的备足了吗？我可以给您送点来。蔬菜有青菜、莴苣、生菜等，还有消毒纸巾。您可别客气啊！

我每周需要打针，这段时间，接通知得暂停。无奈之际，小区内一位已退休的医生（曾经是我在松江二中工作时的学生）获悉后，马上告诉我："吴老师，针不能停，我替你打。"有些药，如降血压药，也不能停服，但一次只能配一周的量，很快就会用完，一学生通过关系，在昨天配了半月的量送来。生命至上，打针、送药于我来说，比"雪中送炭"更为重要。

人世间有许多圣洁的情。家人之间有亲情，夫妇之间有爱情，伴侣之间有恋情，朋友、师生之间有友情，客居他乡有乡情，等等。俗话说"患难见真情"。我在回复一书记的微信中说："你的这份情，让我深感温暖，倍觉珍贵。"

说 喝 茶

　　说起茶，想起了《红楼梦》中的一个细节。贾府大管家王熙凤借吃茶对林黛玉说："你既吃了我家的茶，怎么还不给我们家作媳妇儿？"这"吃了我家的茶"，意接受了婚约。吃茶，这里是"受茶"的意思。旧时女子受聘叫"吃茶"。明·郎瑛《七修类稿》提及，茶籽种下后，不能再移植，否则不存活，又说："女子受聘，谓之吃茶。"（见中华书局2020年1月《红楼梦》注解本注）用以喻女子从一而终。原来茶还与"姻缘"有关。百家评咏《红楼梦》（上海古籍出版社2007年8月版）引王希廉评："借茶叶作趣语，又是一段灵巧文字，真读之娓娓动人。"

　　沏茶时，茶叶在杯中慵懒地展开身姿，或沉或浮，或卷或舒。别看它被揉得变了形，可一旦置于沸水中，又恢复到了原来的样子，呈现出春天的绿和生命的力。

　　沏茶，在古代谓之"炮茶"，即用柴条细火慢慢烧煮，现在讲究"凤凰三点头"，这"三点头"，是指在冲沏茶叶时把水柱拉长又拉短，目的是让茶叶在水中不再慵懒，而是有节奏地舞动。从动作之优美、手法之柔和中获得另一种陶醉感。

　　喝茶则讲究浅尝徐饮，细细品味。一倾而尽，谓之牛饮。因此，品茶者往往啜饮一小口，让茶水在口腔内流转。此时，流转者已不仅是茶水，而是一种芳香，或清纯，或醇郁。而举杯人将茶杯时拿起时放下，其动作之自然、优雅，又让自己感到了一种享受，享受一种诗意的生活。

　　人生就如这茶，这沏茶、喝茶。茶叶的沉浮、舒卷，讲的是一种生存状态；沏茶的技巧与喝茶时的拿起、放下，则讲的是处世方法。两者不是一回事，但有联系。通常的情况下，处世的方法，决定了生存的状态。

咏 茶 抄

　　贵客莅临，国人讲究以茶相敬。俗话说"清茶一杯"。如是好水沏好茶，杯上则有青烟升腾，杯中似涟漪泛漾，嗞嗞作声，未及品尝，就有一种飘逸之感；而一待喝上几口，那茶香立即沁脾入胃，浑身顿觉舒坦适意。这时，客人就是赶怕也赶不走了。

　　李德裕云，茶是九华英。正是由于茶有如此功效，古人十分注重寄茶赠友。而受茶者，在急急地品尝之后，也常常乘兴吟咏，以寄谢忱。

　　近日翻《全唐诗》，发现两首有趣的诗。

　　……
　　一碗喉吻（嘴唇）润，二碗破孤闷。
　　三碗搜枯肠，惟有文字五千卷。
　　四碗发轻汗，平生不平事，尽向毛孔散。
　　五碗肌骨清，六碗通仙灵。
　　七碗吃不得也，惟觉两腋习习清风生。
　　蓬莱山，在何处？玉川子（卢仝自号玉川子）乘此清风欲归去。

　　这是嗜茶成癖的卢仝的《走笔谢孟谏议寄新茶》中的几句。诗中的"杯"，估计是小盅之类茶具。否则连饮六碗，岂不胀腹？卢仝收到孟简（为谏议大夫）所寄新茶时，正值日高五丈而睡意正浓。诗把自己那初醒口渴而急切品尝（其实早就不仅是品尝了）的神情，饮茶时那破孤闷、生快感、飘逸欲仙等的内心，写得活灵活现（尽管稍有夸张，但恰到好处）。那位孟谏议要是看到这首诗，怕是也要被陶醉而感慨不已了。

　　如果卢仝在收到孟简的新茶而反闭柴门"自煎吃"的话，李德裕的《故人寄茶》则是这样写的：

……
半夜邀僧至，孤吟对竹烹。
碧流霞脚（原指垂近地面的云霞，这里为经煮泡后沉至杯底的茶叶）碎，
香泛乳花（烹茶时泛起的乳白色泡沫，宋·梅尧臣也有"汤嫩乳花浮，香
新舌甘永"诗句）轻。
六腑睡神去，数朝诗思清。
其余不敢费，留伴读书行。

两首诗都随性写来，挥洒自如。与卢仝在喝了六碗新茶后"通仙灵"
而向往上蓬莱山隐居不同，李氏顿觉睡意尽消，精神一爽，思路也清晰
而通畅，从而便于读写。侧重点的不同，反映了诗人喝茶时的不同心境。

认 识 自 己

曾经被邀担任某单位一内刊的编审（用当时领导的话为"把关"。但实际
上包括组编、修改、核校稿件）。区内，局、镇级办内刊，在整个上海，该单
位是首家。虽然没有经验，但几年中，一直合作顺利，也很愉快。我们
向外地的松江籍著名学者（如中国作协书记处原书记及《文艺报》原总编金坚范、
动物学家徐亚君等）盛情约稿，也诚心向多位高校名教授（如红学家徐辑熙、民
俗学家及国家非物质文化遗产评委陈勤建、古诗文研究专家陈建芬等）约写关于松江
的文章。当时的局长及分管领导十分重视，对送审的刊物逐字逐句审读，
斟酌修改，还与我这个外聘的"把关"者商量。所以，刊物不仅从未出错，
也得到社会的肯定及市局的热情表扬，在北京及外地的几位领导及专家
（松江籍），也多加称赞，认为一个区的下属单位能办出如此有质量的刊物，

挖掘并解读了一批珍贵史料，实为难得。刊物影响所及，几个区也相继办起了类似的内刊。

后来，单位领导调整，分管领导似不熟悉此项业务。按工作顺序，内刊责编与我先商定，然后交分管领导终审。突然有一期，我处理完整本内刊内页，却一直未见到封面，后在设计处偶然发现，封面刊名用的是篆字，而且被告知，已经分管领导审定。这已经不符合顺序，但我不计较，仍提出，面向大众的报刊，刊名用篆文书写不妥。这似乎是个常识。但分管领导告我，就这样定了，不改。

后获悉，区宣传部门也不同意刊名用篆字书写。于是，刊名仍改换成读者认识的字体。

但我决定辞去。

近读喻血轮《认错自己》（收《绮情楼杂记》，九州出版社 2017 年 9 月第 1 版）一文，其中引长函云——

> 在世界上，有一个人最爱你，而常常和你作对，最忠于你，却能（从）根本（上）陷害你，常常和你在一起，而你不容易认识。这个人是谁？就是你"自己"、你也许有朋友爱你多过你自爱，却没有仇敌能够害你多过你自害（原文在"爱你""害你"后各有逗号）。因为别人害你，你知道趋避，自己害你呢，你不知道，不承认，过火的（地）说一句，恐怕至死不悟！如果你因认错人而上当，不要紧，一次之后，下次不会再上当，如果认错自己呢，一世上当。

看来，认识他人，认识客观世界，不易；而认识自己，认识主观世界更难。在"认识自己"中，认识自己的错误尤难。

编·编著·著

《小窗幽记》流传的版本甚多。一九三五年，中央书局就将该书作为国学珍本文库第一集第一种出版发行。一九九四年,浙江古籍出版社则将该书列入"幽兰珍丛"、由陈铭点校出版。新世纪前后,该书尤为出版界所重视。我手头就有三种,一是吉林文史出版社二〇〇七年三月版,二是崇文书局二〇〇七年四月版,三是中国社会出版社一九九七年十一月版。这三种,内容也不一样,有的似为摘录而非全文。但三种均署"陈继儒(或陈眉公)著"。确切地说,《小窗幽记》一书属"编",或"编著"。陈文敬仲思氏于乾隆三十五年为《小窗幽记》所作的序中,有"撷经史之菁华"等语。吉林文史版"卷二"中,有"渔舟唱晚,响穷彭蠡之滨;雁阵惊寒,声断衡阳之浦",显然摘自唐·王勃《滕王阁序》;"卷六"中的"野旷天低树,江清月近人",则是唐·孟浩然《宿建德江》中的诗句。如此等等。

凡书,或曰"编""选""编选"(如《晚明二十家小品》,署的就是"施蛰存编"),或曰"编著""编撰"(如《宋词精选全解》,署的是"蔡义江编著"),或曰"著"(如《管锥编》,署的是"钱锺书著")。"编""编著""著"三者,是有严格区别的。三者中只能取其一。近见有些出版物,所署不切书稿性质,《小窗幽记》就是一例。更有不可思议者,书的封面上,既署某人"著",又署某单位"编",不知依据出版条例中的哪一条?

沉 默

由著名作家竹林老师握笔作序的景青先生的《与岁月握手》最近由中国文史出版社出版发行。我有幸读其校样,算是先睹为快。书中有《寂寞的老屋》一文,作者写道:

> 因为挡不住单元的诱惑,我弃老屋而去,已有三十个年头了,想想真有点对不住它。

三十年，岁月流逝，世情沧桑，人事更迭……唯有对老屋的一腔真情难以释怀。年复一年，它总是寂寞地矗立在村头的那棵古柳旁，承受着霜雪的侵袭，风雨的剥蚀，晨迎朝阳，夕送晚霞。而我却疏于照料，一任它孤独凄凉度日。

景青先生对老屋始终怀有深情，可圈可点；但觉"对不住它"，为它的"寂寞"矗立、"孤独凄凉度日"而多少有点感慨，我以为大可不必。

我由此老屋的"寂寞""孤独"想到了"沉默"。对浩如烟海的中国汉语中的这个词，当像景青先生之于老屋，不能忘，不能让其湮没。我以为，沉默，是独处时内心的宁静，是面对下作者的不屑，面对张扬与喧嚣最高的轻蔑和最强的自尊，是留给自己相当的空间从事创造的一种绝佳的生活方式。

沉默是金。

"奴 书"

报载：沙叶新在饭桌上说了个笑话，说李鸿章一次宴请法国外交官，法国人不知道如何吃中国菜，只能模仿李鸿章的吃法。李用筷子挟起一个饺子，他们学着用筷子挟起饺子。李不小心让挟起的饺子掉在了酒杯里，法国人也故意让饺子掉进酒杯里。接下去是吃面条。李想起刚才法国人让饺子掉酒杯里的动作，不由得扑哧一笑，这一笑不打紧，一根面条从鼻孔里喷了出来。法国人看着傻了眼，连说这吃面条的技法太高超了，学不会。

这个笑话可能有"创作"的成分。法国外交官尚不至于蠢到将挟起的饺子故意放到酒杯里。但这个笑话说明了一个道理。模仿对初学者来说，或许是需要的，但模仿只能接近被模仿者，而如果一味模仿下去，就难有创新，难有属于自己的东西。相传，画家张大千年轻时在巴黎举办画展时，特邀毕加索参观。毕加索看完全部展品，对张大千说："这些作品中，看不到属于你的一幅画。"张大千日夜思索，终于领悟，自己的画缺乏创造，没有自己的风格与个性。我工作的学校中有一位美术老师，基本功扎实，但一辈子只是模仿，于是只有仿作，而不见有自己的创作。欧阳修《学书自成一家说》："学书当自成一家之体，其模仿他人，谓之奴书。"学书如此，其他亦然。

不凑热闹

春暖风和，百花盛开，彼此斗艳争宠，一时烂漫无限，热闹非凡。但有两种花，不凑这个"热闹"，却卓然高标，令人敬重。

这两种花，一是菊花。有大朵重瓣的，有长瓣的，其瓣如丝、如爪，其色或黄或白，或赭或红。待百花凋落，其却独盛而清香四溢。唐·黄巢"冲天香阵透长安，满城尽带黄金甲"诗句，写的是黄菊。那形象之光辉，那气势之冲击力，如在目前。

二是梅花。疏影横斜，凌寒独开，暗香浮动，占尽风情。宋·石曼卿《红梅》诗云："认桃无绿叶，辨杏有青枝。"苏轼则云："诗老不知梅格在，更看（岂只能看——笔者）绿叶与青枝？"看重的是梅的风骨与品格。喻血轮云："梅花居群花之首，其冷淡清高品格，玉骨冰肌形质，素艳幽静风姿，在显其华贵。"（《绮情楼杂记》）当代伟人还云："俏也不争春，只把春来报。待到山花烂漫时，她在丛中笑。"

这两种花，均为花中君子。

流　泪

历史上，关于流泪的典故及诗词，不胜枚举。

最有影响的，首推舜的两位妃子。舜为百姓与恶龙搏斗，后力竭而亡。舜妃子娥皇、女英悲伤至极，泪洒竹子，凝结斑点，此竹史称湘妃竹或斑竹。

还有个故事流传也广。司马相如因作《上林赋》，得宠升官，欲纳茂陵女为妾，文君丧心痛哭，作《白头吟》。

纳兰性德有《南乡子·为亡妇题照》。

> 泪咽更天声，止向从前悔薄情。凭仗丹青重省识，盈盈，一片伤心画不成。　　别语忒分明，午夜鹣鹣梦早醒。卿自早醒侬自梦，更更，泣尽风前夜雨铃。

按，"亡妇"为词家妻子庐氏，卒于康熙十六年五月，词抒发了他面对遗像时的无限悲伤。词中，省识，意为辨认。盈盈，泪水盈眶，画不成，意因泪水而看不清画像。"别语"句，分别时的话语太清晰、明白了。鹣鹣，比翼鸟。尘梦，喻人生。"卿自早醒"句中之"早醒"，意早离尘世，即亡故。侬，作者自指。更更，一更又一更。词最后一句，用唐明皇在听到夜雨铃声时悼念杨贵妃之典。唐明皇在逃亡中闻夜雨铃声作《雨霖铃》。白氏《长恨歌》："行宫见月伤心色，夜雨闻铃肠断声。"严迪昌《清词诗》曰："纳兰的悼亡词不仅开拓了容量，更主要的是赤诚淳厚，情真意挚，几乎将一颗哀恸追怀、无尽依恋的心活泼泼地吐露到了纸上。"

这真是因悲伤而流泪。

二〇二三年四月十四日，北京人民大会堂东门外广场上，隆重举行了一场仪式，欢迎巴西总统。仪式进行过程中，中方演奏了巴西二十世纪八十年代经典名曲《新时代》。巴西文化部长梅内塞斯一边跟唱，一边抹泪。

这是因感动而流泪。

眼泪通常是悲伤或感动的表达方式。

但又不尽如此。

我已届奔九之年。如果身体是一架机器，那么各种"零件"都已老化。眼睛就是如此。不仅患有白内障、青光眼、散光，而且经常流泪不止，严重时，要流一整天，闭了眼也流。曾在一文中写过，一次与曾经的学生小聚，本来还算"争气"，犹属正常，不知怎么的，忽然流泪。坐对面的学生愕然，轻声问旁座，刚才说什么啦，让吴老师感动如此？我于是赶忙解释。有了这次，以后如有聚会，我就预先说明，免得误会。

还有一种情况。

读中学时，还住农村。村上死了人，常是哭声一片。但我留意到，有人的"哭"，其实是装样子。某人家，妇人因与一男姘居缠绵，致其夫与之争吵不止，村里一老人说，这样下去，糖都是苦的。一日丈夫暴卒，其妇在夫尸旁边哭边说"你这一走，我怎么办"之类的，村里一邻居说，你就别哭了。妇人乘势下了台阶。仅一支烟工夫，大家见其与人又说又笑的。

这其实是假哭。

中国历史上，还有一种陪哭现象。东晋义熙三年（407），燕王慕容熙王后苻氏卒，燕王哭得昏了过去，苏醒后，命百官在宫内设牌位而哭，并派人逐一检查，"无泪水则罪之"。此事见《资治通鉴》。

表达悲伤或感动的方式，也不一定都得流泪。

刘若英拍《人间四月天》时，剧中有三名女性。当了解徐志摩去世的消息时，如果三名女性，都哇哇地哭，这戏就有点……那个了。刘被安排最后一个拍。她对着镜子，稍稍整理了一下，然后，缓慢、仔细而安静地折徐的衣服，为他做最后一件事。我看到这里，还真感动得热泪盈眶。由此悟到，要避免重复地描写。重复地描写，一般地说，是写作的大忌，当然，反复地描写祥林嫂的"我真傻，真的"，是一种大手笔。

奸 商

抗美援朝期间，上海大奸商王康年，买通检测人员，卖假药和劣质急救包，害死了无数志愿军战士。此事惊动高层，王康年被判死刑，立即执行。

一个人，如果把自己的灵魂交给了私欲的膨胀，那么他被广大民众所唾弃、被时代车轮所碾碎、被永远钉在历史的耻辱柱上的下场，势在必然。

王康年这一事件，在老一辈人中记忆犹新。而今，奸商们公然为一己私利，无法无天，制造伪劣，扰乱社会防控，坑害广大民众，公然违抗总书记人民至上、生命至上的指示。是可忍，孰不可忍？不严加惩处，民心怎安？

想起了李汝珍的《镜花缘》。书中有"君子国"。国人"好让不争"，"耕者让畔，行者让路"，无论贫富贵贱，举止言谈，莫不恭而有礼。有一隶卒在商店购物，不但不讨价还价，还请商家增价，说如不增价，"教小弟买去，如何能安？"

此等情况，当然为小说家言，犹如"镜中花""水中月"。即使有，也属特例，无普遍性可言。但为商而不贪、不奸者，历代均有，虽为数不多，但绝非绝无仅有。民国时期，杭州胡雪岩在胡庆余堂推行"戒欺""真不二价""采办务真""修制务精"等一系列理念与措施，就是一例。胡雪岩推行的这些理念与措施，与今日之奸商相比，简直有云泥之别。

法网恢恢。相信国家会采取有力措施，彻查并严惩那些贪得无厌的奸商，还有与奸商相勾结而牟取暴利的贪官墨吏。

追 求

自二十世纪八十年末，普教系统开始评职称，最高为"中学高级教师"，为副高级，相当于高等院校中的副教授。中学教师可以申报，小学教师也能申报。后又设"特级教师"称号，在上海，由市政府审批授予，有一度被认为是正高级，其实是一种荣誉称号。职称也好，称号也好，体现了国家对普教的重视。

上海中小学设正高级，始于 2016 年。由市教委、市人社局发出通知。这几年，每年评一次。中者不少。不排除有人通过种种关系（比如某些专家）混了进来，名不副实，但不能因此而认为此"正""门槛不是很高"。

笔者支持并希望一些优质的并已评上"中高"多年的教师申报"正高"。可他们中有些人被这个"正"字吓住了。正高相当于正教授。左思右想，觉得自己与正教授尚有距离。仅就师德而言，他们就比滥竽充数者（至少是不符合条件的"正高"者）高尚得多。

笔者原对教授、专家也一向仰视之。想当年钱锺书、季羡林、朱东润、徐中玉、夏承焘、钱仲联等等，还有西南联大的那些教授，其道德文章，都堪称楷模。每读其著作，总有一种振聋发聩、醍醐灌顶之感。他们是真正的大师、专家。现在想想，他们是教授中的佼佼者，可谓是教授中的教授。

当然应该直面，而今，有相当一部分教授、专家，不仅学识平平却自视甚高，其实浅薄却好胡说八道，致坊间称之为"砖"家。这种讽刺式的称谓，或许只有当代才有。有不少自媒体人甚至要他们去农村、山区体验生活十年，切实了解实际以提升自己。

而已被评为正高的中小学教师中的绝大部分，几十年来，忠诚党的教育事业，孜孜以求，专而有长；他们不尚空谈而注重实际；学识上或许有待进一步提升，但富有实践经验。他们自然不能与钱锺书等大师相比，但称得上是教育领域的真正专家。而与那些"砖"家相比，还真有过之而无不及。

中小学中还有些优质教师，与正高的条件可能尚有些差距，但只要百尺竿头更进一步，正高的门槛还是可以跨进去的。

笔者想起两个成语：愚公移山，精卫填海。一度有人嘲愚公、精卫，认为他们愚蠢，明知不可为而为之；认为他们失之过痴，为古人附会。但众所周知，这两个成语由两个神话凝结而成，其实表现的是一种精神，一种志气，一种不懈地对目标的追求。这些没有申报正高的优质的中小学教师应该具有这一精神、志气与追求。而如不为难为而可为之事，一旦省悟，则将为教育生涯中之憾事。

锤镰光耀一百年

二〇二一年七月七日是中国共产党一百周年华诞。中央与全国各地开展了隆重而热烈、丰富而多彩的庆祝活动。松江区两家国企单位也十分重视，党政班子领导从年初就开始谋划组织一系列活动，其中之一，就是编一本纪念册。一家为《纪念，新的起点》，另一家为《特刊·致中国共产党百年华诞》。因为多年受聘为内刊编审，他们希望我参与策划与编审。

我郑重考虑了编纪念册的指导思想与目的。我以为，纪念册应该在庆祝党的百年华诞的大背景下，注重联系本单位的实际。一是着重回顾与展望，回顾企业在党的领导下走过的路程，总结经验，展望新的征程，谋划新的战斗。二是比较全面地介绍企业各部门的情况与职能。两家国企都与民生密切相关，这样做有助于更好地服务民生。三是加深企业干部及员工对党的忠诚度，进一步调动员工工作的积极性与主动性。

我先为一家企业策划，得到基本认同后，设置各栏目。在卷首，我还题了几句，另一单位看到后，也希望我写几句。我于是写了：

　　　七十年的风雨路与更伟大的征程

　　　在此刻交接

　　　既有的创造与新的辉煌

　　　在这里结合

　　　老供销的风骨与新员工的"三牛"精神

　　　已开始融汇

　　　为什么会这样

　　　为什么是这样

　　　因为有锤镰的光耀

　　　为此

　　　我们满怀忠诚

　　　谨以此交接、结合、融汇

　　　庆贺党的百年华诞

纪念册在领导的具体关心与指导下，在两家单位部分干部具体执编下，经过不断完善，终于在七月一日前印制成。普遍认为，纪念册不仅精致，而且大气。

"气管炎"

教材组一同事是位"气管炎"患者。

一次闲聊时说，他在家里，只管大事，其他事，一概听老婆吩咐。我问："你结婚三十多年了吧？"他说正好三十三年。我复问："你管过多少件大事？"他做认真回忆状，说："好像还真没发生过什么大事。"他见我们忍着笑，对着一个年轻的同事说："你还未成家，你不懂。作为一名党员，我坚决服从两个支部的领导。"这位年轻同事不解，问："两个支部？哪两个？"他说："我说你不懂吧。在单位，我接受党支部领导，在家里，接受'嫁子部'（上海方言，嫁子婆，即老婆）领导。"

那天闲聊后，他约我去一家餐馆，说想喝点酒。我说我不会喝酒，但可以陪你。上酒后，他未尝一口菜，闷声不响地连喝了三杯。我从未见过他这般情况，有点呆了。他看了看我，干脆把酒瓶拿在手里，将瓶口对准了嘴，我见状立即起身，可还未来得及抓住酒瓶，他已把头一仰，将剩下的都倒进了嘴里。然后，让我退回坐下。

过了会，他说："你大概不知道吧。每个月一发工资，我连同工资单悉数交给老婆，几角几分都交。然后她从中抽出一些，作为我这个月的烟钱及零用钱。你也许认为，作为一个男人，在家里，我毫无话语权，自主权，甚至无尊严可言；是的，我有时想，确也心有不甘。但——"呃，呃，他打着酒嗝，继续说，"家里的事，这般琐碎、具体，细细理理，有多少原则问题！于是，我就采取'悉听尊便'的态度。我这样做，无非求个'太平'，你说，是……不是？"说完，他伏倒在桌上，竟呼呼睡了过去。

我在搀扶他回家（他的家就在餐馆附近）时想，他在家里采取这个原则，看来有个过程。但我想，就总体说，他或许是对的。在家里，如果为一些小事，特别为钱，针尖对麦芒，久而久之，糖都会是苦的。

《平安经》

一无思想、二无文采，无论从哪方面看都不该出版的书出版了。

不该出版的书，受到了某些专家与媒体的热烈吹捧。

这本名为《平安经》的书，引起了网上的热议。

人们想到了两个问题。

一、是什么原因让这本书一路绿灯而顺利出版？一本书的出版，一般得经过三审。三级审阅的编辑，真的未能看出书的质量？想想也不至于如此。出版社现已承认把关不严、出版流程不规范。只是如此吗？有人直白地说，真正的原因是书作者为一位现职的厅级干部。

二、是什么原因使一些专家、媒体热烈吹捧？"权威媒体站台背书，隆重推荐；行业协会集中研讨，朗读品鉴；更有人称此为'跨国传世的经类大作力作'"……网上如此说。他们不妨扪心自问，真有这般质量？想想也不至于如此。有人直白：真正的原因是书作者为一位现职厅级干部。

这家出版社出书的宗旨何在？原则何在？

这些专家的斯文何在？操守何在？风骨何在？

因为是现职厅级干部写的书，出版社可以不讲规矩？专家们可以不顾脸面？

如此"平安"，令人不安。

《平安经》现象的出现，说明了什么？

报载：七月二十九日，吉林省委决定，成立由省委政法委牵头、省纪委监委、省委宣传部等部门组成的联合调查组，对《平安经》有关问题进行调查核实。

一生草根

近重读唐师曾写张中行一文，感触尤深。该文提到，常有媒体把季羡林、邓广铭、金克木、张中行并称为"未名四老"，作者认为，前三位住北大风水宝地——朗润园，张则寄居女儿家，直到八十五岁，才分到一套七十五平方米的居室。该文还提到，张生活几近清贫，室内一床、一桌、一椅、一柜,别无他物;而那张藤椅,还是一九三二年在北大上学时买的,扶手、椅背磨得油亮,破损处缠绕着白塑料绳;九十岁时,张大师还挤公共汽车,往返两千多公里,自带干粮、咸菜、烧鸭、啤酒,像个走亲戚的老农民;直到九十六岁时,还偷偷独自下楼复印手稿,不料突发脑出血,突然歪倒在路边小店旁。如此等等。

该文还引了一位高级将领的评论说,张中行没能活到一百岁,是深受官本位之害,也是深受官本位之福;作者感叹,张中行柴门布衣,一生草根,无权无势,在权势社会生存艰难,但也锻炼出他绝世独立、思想自由的老知识分子人格。

张中行生活中的种种艰难情状,或许有自律、自为因素,他说过的"一个人能享大福不算本事,能吃大苦才算本事",或许可证明之。

但由此我想到,一生草根,不凑热闹,不占风光,独处自养,静心读写,精神独立,思想自由,岁月同样美好。吾等草民,未必能做到,但当心仰望之,努力追求之。

相 貌 不 凡

有文云:唐僧携三徒见太宗皇上时,皇上初为一惊,接着说:"你的这些徒弟真是相貌不凡啊!"

"相貌",词典上的解释是"容貌""容颜",通常指外貌。皇上的"初为一惊",是因为徒弟中至少是悟空、八戒的外貌为猴、猪而非人;然后的"相貌不凡"一语,符合悟空、八戒"相貌"实际,但不是嘲讽,而是一种夸赞。悟空等护师去西天取经,降妖除魔,战胜各种自然灾害,历九九八十一难,才取得真经,这实为不易,非常人所能,诚英雄也;既为英雄,"相貌"自然"不凡"。因此,这"相貌"更主要的是指他们的本领、能耐,是指精神面貌。仅此一语,足见太宗圣明。

由此想起"云间"一词。词出陆云的自我介绍"云间陆士龙"。所以作如此自我介绍，一、陆云既字"士龙"，《易经》中有"云从龙，风从虎"（意龙起生云，虎啸生风，同类事物相感应）之说；二、时洛阳不少士子以中原为中心，以中原人自居，而陆机、陆云从国破家亡的东南而来，常遭到洛阳士子的讥讽，陆云如此说，含自尊之意，当然陆云这样说，比有些场合其兄陆机的反唇相讥，要委婉多了。

不少词义有感情色彩，这是语法常识。对词义的理解，要放到特定的语境中，这也是常识。对动词词义的理解，也不能只局限于实在的肢体方面，不能太拘泥，甚至"死扣"。对类似"满天的星斗我们亲手点亮"（《光明的心》，邓玉华唱），如责问"请问有人点过吗""你给我点点看"等等，不暴露出自己的浅薄吗！

逸　事

清·张潮《幽梦影》云："春雨宜读书，夏雨宜弈棋，秋雨宜检藏，冬雨宜饮酒。"如我等不会饮酒者，在冬天该"宜"什么，未有说明。我忽然想作个补白，冬雨宜回忆。

一次由昆山返回松江途中，感晕眩难受，问小车司机，还需多少时间可到松江。我强调的是"需多少时间"。司机说："半小时不到。"想到半小时内可抵达，就尽量坚持不让呕吐。半小时过去，仍在路上。我于是再问："不是说不用半小时？"他说："老师，我不是说半小时不到？"原来他想表达的是：半小时到不了。我默然。再想想，此君类似此等表达不明不是第一回。

台湾一报曾载一教员写道："伤心亭子间中，暗淡灯光，替学生改么呢的了；埋头故纸堆里，凄惨稿费，为举家筹柴米油盐。"我阅改学生习作几十年，平时为文，也常提醒自己，遣词造句务求确切、得体，可还是会出错。某地区注重绿色的生态环境建设，致一种小动物繁殖甚速。经专家鉴定，此小动物即貉。虽则在成语"一丘之貉"中，常用以指坏人，但年届耄耋，我渐渐信奉佛教。闻此消息，不假思索，率尔操觚，立发"评论"，其中竟用了"不可杀害，但可诱捕而转移放养"的句子。事后甚觉不安：我是谁？凭什么用此口吻对领导这么说？我十分后悔。用语的不得体，反映的是文化素养问题。

想起了齐白石一则逸事。是从哪篇文章中读到的，文章作者是谁，已全然忘却，但记得大致内容。白石老人有一年春节前孤身守家。北京人喜欢在节前预买些大白菜藏着，作过节时包饺子用。他也想买几棵，但忘了钱放哪里（平时可能不管钱）。无奈之下，画了棵大白菜，并郑重其事地签上名盖了章。及闻楼下卖大白菜的叫喊声，立即下楼，想以此画换几棵大白菜。卖者是一位农妇，见是一老人，说，可以替你送上楼，但你用假的换我真的可不行。

"为道文章不值钱"

法国有个叫德斯坦的，曾立志当作家，读了莫泊桑的作品后，感到自己写不过莫泊桑，于是就"降一个档次"，当了总统。

唐·罗隐有《送灶诗》：

> 一盏清茶一缕烟，灶君皇帝上青天。
> 玉皇若问人间事，为道文章不值钱。

德斯坦所谓"降一个档次"云云，不可信其真，但多少可以看出他对作家的重视。而罗隐则借送灶神诗讥当时不重文章的世风，当是真诚的。

其实，作家是否被重视并不重要，重要的是能否写出经得起历史检验的作品。有个时期，文坛曾传某某人还活着，其作品却已"死亡"，作品的"寿命"比作家还短。当代作家、《文学报》原社长、总编陈歆耕先生认为："如果以史为鉴，百分之九十九点九九的写作将归入文史的垃圾堆中。"他这是用"经典"的标尺衡量之后作出的判断。但毋庸讳言，而今，粗制滥造、文理不通的作品可谓屡见不鲜。我曾参加一个座谈会，一作者给每位与会者赠送了一本新出版的小说。坐在我旁边的竹林老师让我看看小说的开头一节。我立即发现短短的七八行文字，不知所云，语病多多。还是一家品牌出版社出版的。

当今许多文学作品，包括一度被炒得红火的，实为粗制滥造之物，完全可能被投入"文史的垃圾堆中"。产生这类东西原因很多，一个重要原因是人心浮躁。

全国人大常委会原常委、《人民日报》原总编、清华大学新闻与传播学院原院长范敬宜一次让同学们讨论何谓"浮躁"。范院长认为，有两条还成形一点。一条是"浮躁是指社会转型期，由于过高、过早、过急、过多的欲望一时得不到满足，而产生的一种社会心态和行为"。另一条是"浮躁是指，在商业化竞争日益激烈的情况下出现的急功近利的心理，但是又不愿意付出必要的代价"。范院长认为，这两个定义多少沾一点边，但不够全面。这是当年。而在资本过度膨胀的今天，又该如何定义呢？

要有文化自信，优质的文学作品是不可或缺的。但要出优质文学作品，社会风气是重要的，作文者同样是重要的。

"我们当干部的"

一九五九年我入松江二中，在三尺讲台上一站就是十八年。先后任教过十四个班，做过七个班的班主任。七个班的学生毕业后，各有过多次聚会。

聚会时，多忆就读故事，别后境况。常常是七嘴八舌，无拘无束，气氛和乐。有时也"揭"我笑事，引得满堂欢跃，我也乐大家所乐。

一次，一生云，由于在中学时期受我"教诲"，走上工作岗位后当了干部。言谈时，"我们当干部的"几乎成了他的口头禅，与之相应的，还有他的"做派"，他那种志得意满的神情。我听了有点不安，悄然问左边的学生，他当了什么干部，答曰松江某局中层，右边的学生补充说，是副科。口气中，似也有些想法。

在觥筹交错之际，我想起了一个故事。有一年，北大开学，有个新生带着行李在校门口下车后，大概急着办什么事，看到门口站着一位衣着陈旧的老者，以为是工友，就招呼说："老同志，帮我看一下这行李！"老人说："好。"于是认真地给他看管起行李来。到了开学典礼上，该新生见替看行李的老者竟坐在主席台上，原来他是季羡林。这个故事有多种版本，我这里想起的是董桥文章里写的。

可惜我已离开讲台多年，如下辈子还做教师，我一定不忘给学生讲这个故事，这个真正的大师的真实故事。

歪打正着

歪打正着，词典上的解释是，比喻采用的方法本来不妥，却侥幸得到满意的结果。

西周生的《醒世姻缘传》中写道：晁大舍伤孤致病，杨郎中鲁莽行医，谁想歪打正着，晁服了杨开的药后，安稳地睡了一觉，病好了四分。次早"便省的人事了"。

中外历史上，这种歪打正着的事，还真不少。

相传清代才女有《寄夫》云：

碧纸窗下启缄封，尺纸从头彻底空。

应是仙郎怀别恨，忆人全在不言中。

　　这位才女是郭怀远之妻。这郭氏因经商长期客居他乡，一日思念妻子写了封信，以寄思念之情，却在匆忙间误将一页白纸塞进了信封寄了出去。妻子收到后，见只是一张白纸，思来想去，作了其思念"尽在不言中"的理解，从而成就一则佳话。

　　英国科学家弗里明，一天离开实验室下班，匆匆间，忘了在培养容器上盖上盖子。这容器中正培养着葡萄球菌。第二天上实验室时发现，培养液中长出了一种绿色的霉菌，而葡萄球菌的培养前功尽弃。他在懊丧的情况下正要倒掉培养液时，突然发现，被绿色霉菌覆盖下的溶液变得澄清透明。他于是将这些溶液放在显微镜下进行观察，发现溶液中原有的病菌都被消灭了，绿色霉菌消灭了病菌。就是说，这绿色霉菌就是一种抗菌素。在他的继续研究下，终于发明了抗生素。

　　歪打正着的现象，启示我们：首先，许多事物之间的联系，人们尚未知晓，无意间一经触及，就有了发现；其次，世界上充满了随机性，当出现意料不到的情况时，不要轻易放过，要有打破常规的思维，抓住它，进行深入的研究、实验，这样，有可能会有重大的发明。

塔 的 启 示

　　有人说，古塔是从天上宫阙掉落于地上的一枚钉子。这话道出了古塔的珍贵与价值。古塔，饱受沧桑而依然矗立，融工匠的精湛与智慧而千年不朽，含深邃的哲理而成为一种时代文明。

　　松江方塔园内有座塔，名兴圣教寺塔，俗名方塔，建于宋神宗熙宁至宋哲宗元祐年间。塔形典雅优美。有诗曰："巍巍楼阙梵王宫，金碧名蓝杳霭中。近海浮屠三十六，怎如方塔最玲珑。"但细心的游客会发现，塔基西北处高于东南处，致塔身向东南方向微微倾斜。少许游客看到后总觉有些遗憾。

略早些的宋仁宗时，被誉为"宋朝开国以来木工第一人"的喻浩，受命在开封设计玻璃面砖瓦式开宝寺塔。整座塔，气势恢宏，登塔远眺，京城风光，尽收眼底。但让人不解的是，西北方的塔基比东南方的低，整座塔向西北方向呈缓坡状。

两座塔为何要作如是设计、建造？原来，设计者在设计时不仅要考虑地势，还要考虑气候。喻浩发现，开封地区，一年四季大部分时间吹西北风；同样的道理，方塔的设计者考虑到了松江地区一年四季中大部分时间吹的是东南风。

两则塔事，说明设计者富有经验与智慧。而我则感悟到，凡事都得作长远考虑。而今社会，人气浮躁，急功近利，也多是做三分而说成十分且到处张扬者，以及以职谋私、将自己掌握之权发挥到极致者。殊不知，这类喧嚣，在时间之"风"的吹拂下，终将烟消云散而趋于沉寂。这类"塔"，可能一时耸然，但终将招致"倒塌"的下场。

亲　自

一次某领导来学院做报告。说实话，报告内容并无不妥之处，条理也清晰，从头到尾充满激情。但屡屡提到"我亲自"。如，"这个讲稿，是我亲自起草的""那几场活动，我都亲自参加了""许多事情，我得亲自关注"等等。

报告结束后，院长招待其在食堂吃便饭。其间，见我在另一桌，不知何故，招呼我过去。我端了饭碗前去，说："领导在亲自用餐啊。"虽是句说笑，桌上气氛顿时凝固。这说明，至少桌上人其实也感知到了"我亲自"。院长朝我瞪了一眼，抱歉地对领导说："他（指我）就是这脾气！"

但我不后悔。

"亲自"云云，无非是说，原是不该由他做的，如今亲自做，可见重视非凡，显然有着显摆自己领导身份的意味。《汉语大词典》对"亲自"的解释中引杜甫《病后遇王倚饮赠歌》诗句："遣人向市赊香粳，唤妇出房亲自馈。"《现代汉语词典》在"亲自"条目下举例说："你亲自去一趟，和他当面谈谈。"一般情况下，极少用"我亲自"。"我亲自"有一种居高临下的意味，有违中国传统文化中"卑己尊人"的美德。作为领导，许多事，不能亲力亲为吗？就比如讲稿，就非得由秘书写吗？一些活动，领导就不能去现场吗？作为领导，不该关注自己管辖下的"许多事"吗？

啤酒是酒吗

一次被邀参加七六届学生聚会，餐后娱乐，要求每人表演一个节目。我不会歌舞，被掌声所逼，百般无奈，即兴说了一个段子——

警察测出一司机酒驾。

警察："你喝酒了。"司机："我没喝酒。"警察复看了下测酒仪器，加重了语气："你喝了！"司机："只是喝了点啤酒。"警察："啤酒也是酒！"司机："啤酒不是酒！"警察："不要强词夺理，请交出驾照！"司机："请问，姑娘是娘吗？"警察："当然不是。"司机："河马是马吗？"警察："不是。"司机："蜗牛是牛吗？"警察："不是。"司机："傻瓜是瓜吗？"警察："不是。"司机："笨蛋是蛋吗！"警察："不是。"司机："餐桌上，小笼包是包吗？"警察："不是。"司机："狮子头是头吗？"警察："不是。"司机："啤酒是酒吗？"警察："不是。"司机得意地："这不就对了吗！"
……

说这个段子，无非是想说明，而今的不少文章（包括宣传松江的），似是而非。与段子中的司机不同的是，这类文章，被不少人抄载、点赞，个别领导也认可，于是"三人成虎"，成了"共识"。假作真时真亦假。真实隐去了，符合实际、还原本真的议论变成了谬误，至少未能引起应有的重视。有人就方塔园的宣传栏、醉白池的对联等，在主流媒体上发文，说松江文化古城没文化，说得偏激了些，但还真不是毫无依据。

说外来"和尚"念的"经"

不知从什么时候起，崇尚请高校教授和其他区教育学院研训员到松江中小学来听课评点。

坊间有云：外来和尚好念经。

此语的真实含义当为：外来和尚念的经比本地和尚念的经好。

真的是这样吗？

应该承认，有一些外来的"和尚"念的"经"，有一定的理论深度，还可能有一定的信息量，加上其头上有个光环，光鲜得很，让人仰视。笔者也不是一概反对请外来"和尚""念经"。

然而笔者曾多次听外来"和尚""念经"，总觉得多为泛而空，脱离松江教育、教学的实际；有些评点，也未必到位。

一小学某日开展班主任节活动，请来的一位有名望的外来"和尚"，大讲开展少先队活动的重要性、其当年开展少先队活动的经验。我听得莫名其"妙"。一是，所讲的内容与该校此次活动的主题显然有所偏离。

班主任与少先队有关系，但毕竟是两个概念。二是，所谓的开展少先队活动的意义，已众所周知，又未能联系当前实际提出新的见解。坐在旁边的一位特级老师也问我，今天学校举办的是什么节？他（指在台上讲话的）讲的都是些什么？活动后，我想与校长做些交流。校长直言：吴老师，您想说的，我都知道。我说：那您说说我想要说的。他说：这位专家说的，句句正确，但句句是空话。原来，校长也早已意识到了。

另一所学校一日开展学科融合教学活动。请来的一位高校教授还是位博导，在作主旨讲话时，用三分之一的时间点评，用三分之一的时间讲自己带博士生在某国的活动，剩下的三分之一时间强调被融合学科要加大分量，大力开展。笔者认真地全程听讲，觉得点评并没到位；所讲之经历与此次活动无多大关系；而被融合学科所占比例，新课标有规定，后松江区教育学院一位领导在讲话中似也有不同意见。这位外来"和尚"念的"经"，水平高则高矣，但因不了解实际而其所讲也不切合普教实际。

还有一校开了一堂语文课外阅读指导课。开这样一堂课，已经表明，该校已十分重视学生的课外阅读，并正在积极探究如何更好地对学生的课外阅读进行有效指导。所请的一高校教授在点评时大谈、空谈"读万卷书，行万里路"。校长及师生岂不知"读万卷书，行万里路"的道理？说此话的是明代书画家董其昌。此话精神可取，而你面对的是小学生，是学业负担很重的小学生，完全不同于当年的董其昌及其他以书画为专业的"家"们。面对对象，针对实际，当为点评者点评的原则。这似乎是常识。点评者当把重点放在教师如何指导学生的课外阅读、教师上的观摩课有哪些可取而可供推广的长处以及在哪些地方需要改进等方面做切实的分析，而不是空谈人所共知的大道理。

这类实例还有不少。

请这些"专家"来点评，除了在工作总结上洋洋洒洒的空话"收获匪浅""甚受欢迎"，不妨扪心自问，师生们究竟所得几何？

外来"和尚"到松江"念经"之所以盛行，可能还有些潜意识因素。中国崇尚礼尚往来。你请了我，我当然得回请你；所请的"和尚"多为专家，有影响，你既请了我，以后你如有需求，我可以为你说说话。

其实，本土也有专家，真正的专家。比如某校长，曾上过哈佛讲台，被外省一地区用年薪一百万聘请（只是这位退休校长婉拒了）。不仅该地区，全国各省市多地区都曾热情聘请他去讲学，为学校的发展出点子，拟规划，其所讲，所出点子，所拟规划，都被接受，学校的教育教学质量在一段时间后有了明显的提高。

呜呼！本土的"和尚"，当了远游的"高僧"，到外地"念经"去了。

趋　势

而今社会，由于人们思想活跃，理念多元，加上政治环境比较宽松，在茶室，在手机上，常会听到、看到在我看来是负面的议论。比如查出了一个贪官，热议中总不乏这样的愤愤不平："这种人，本来料子就差，五毒俱全，也不是没被举报过，怎么长时间受到赏识、重用？""许多时候，连起码的场面上的规矩都敢践踏，是谁给他的权利？怎么就没有人管？怎么都视而不见？"等等，等等，最后都提升、归结到当今社会。

我曾经写过，黄河九曲十八弯，"九""十八"，当然是泛指，究竟多少"曲"，多少"弯"，未见有资料具体说明。《简明不列颠百科全书》也只是大致勾勒了黄河的弯曲。黄河，宛如一条巨龙，蜿蜒横亘于祖国的大地；又似一个巨大的"几"字形镶嵌于神州的版图上。从某一段看，黄河可能向北，也可能向南；但谁也不会否认她东流入海的总的流向。

对一个地区、一个社会的观察，也当如此。重要的是要看其总体趋势，只看某一段、某一个局部，而忽视其总体发展趋势，就无法做出公正的评论。

君不见党和政府正在依法治国？查出贪官本身，不正说明党和政府的惩腐力度、社会在不断前进！

尊　师

为天地立心，为生民立命，为往圣继绝学，为万世开太平，须尊师重教。这是古人的警言。

尊师重教，是立德树人的基本法则，是中华民族的优良传统。

国将兴，必贵师而重傅。

但应该直面，当前的教育存在着不少问题，需要进行深层次的改革。

别的不说，就尊师这一点就未做到位。两会中，已有代表建言"把戒尺还给教师"。许多老师反映，现在的学生批评不得，一批评，就被家长"投诉"给教育行政部门，有些干部不经深入调查，为息事宁人，就让校长批评教师，从而使许多教师对学生的不当行为缩手缩脚。

学生的成长，需要有鼓励，而且应当以鼓励、正面引导为主，但对其不当行为，尤其是关乎方向、习惯等方面的不当行为，同样需要进行恰当的批评。

在我的人生旅途中曾经历过两件事。

一次发生在二十世纪八十年代编写教材期间。一次是教材组同事外出。在火车上，突然冒出两彪形大汉，手持凶器与蛇皮袋，要车厢内乘客将所带财物放车窗下的小几上，由他们逐一收去；但声明，凡教师，只要出示工作证，可不在此列。我们疑惑地相视之后，终于将工作证放到了茶几上。两名歹徒，翻看了一下，果然放过了我们。

事后，我们忆及此事，仍觉匪夷所思。我们的主编笑着说，大概、或许是，在他们的经历中，曾经遇到过良师，这两行凶者也懂得"尊师重教"。

另一次发生得更早一些。一次傍晚回家，发现房门被打开，但小厅里经检查，倒也未丢失什么东西。其时，我们夫妇俩都将工资放五斗橱抽屉内，也不上锁。我们拉开抽屉，钱在，大概数了数，似也不缺少。我们邀来派出所的同志（其中一位曾是我在松江二中工作时的学生），他们分析，可能刚进门，未及行窃，就听到有人上楼的脚步声，于是立即溜走。后问同层三家邻居，隔壁邻居说上午确实回家过一次。于是我们信了派出所同志的分析。

大概三四个月后，派出所的学生再次上门。他先在小厅内看了一下，然后告诉我，杭州一户被窃，警方抓到了偷窃者。审问中，偷者交代，曾到松江一人家行窃，但未偷任何财物。小偷之所以破门而未窃，是因为他们家是教师；杭州警方问小偷，何以知晓破门的是教师家。小偷云，他们小厅里挂有一幅"忠诚党的教育事业"的条幅。我明白了，他这次来，是为了证实小偷所说，上次来时大概未曾顾及。我们同时看了一下条幅，相顾而笑。

这也许是两个特例，不一定有普遍性。但人性往往是复杂的。盗贼的内心世界中未必都是漆黑的，或许还有未泯的点滴光亮。至少上述两人，心目中还有"教师"两字。

难 得 糊 涂

已到米寿之年，自知生命卡上余额不多了。乘而今尚可活动，决定将车库装修一下。一是许多书籍堆放在地上（包括儿子的），得再做几个书橱，但已经没有地方了，只能做在车库里；二是许多杂物多年不用，该清除了；其中还有一二百本书已经读过，今后怕是不会再读了，就送给了一爱书的学生，也挪出了一些空间。

没想到，在清理过程中，发现了一些物品，还值得保存。

有"难得糊涂"一匾。

几十年前的往事，竟清晰地浮现于脑际，如发生在昨天。

二十世纪八十年代初，在醉白池公园游览时，发现一石刻，觉得很有意思。于是花了一整天，在一学生的帮助下，经公园管理人员同意，拓了几张，因不谙此活，开头几页，多不成样子。散霞成绮时分拓的三页，稍觉满意，就带回了家。后将其中两页，分送给了他人，留着的一份，花钱装了个镜框，保存到了现在。

当时为何要拓这一碑刻，是因为曾读过一个故事。

故事说，一次，郑燮在山东莱州云峰山观览碑刻，晚宿于一山居人家。屋主人是位老人，虽居茅屋，但谈吐儒雅；屋内还陈列有一方砚台，方桌般巨大，细细察之，石质细腻，制作精良，令他大开眼界。主人见其气度不凡，又对方砚观赏有加，于是请他题字。郑燮感觉主人不似一般山民，想必有来历，而今远离红尘，在此翠绿中隐居，便题下"难得糊涂"四字，用了"康熙秀才、雍正举人、乾隆进士"方印。主人对题字玩味良久后，写下"得美石难，得顽石难，由美石而转入顽石更难。美于中，顽于外，藏野人之庐，不入富贵之门也"。方印用的是"院试第一、乡试第二、殿试第三"。郑燮明白面前的老人果然是一位退隐官员。有感于此，见自己所题之下尚有空白，于是复题曰："聪明难，糊涂难。由聪明转入糊涂更难。放一着，退一步，当下心安，非图后来福报也。"

我在镜框前伫立良久，不由感叹不已。我阅世不能说深，但也不再是青少年时般天真。尤其是这几年来，想尽力做个没心没肺之人而不能，看来，糊涂还真是难得。但我还想努力。这或许也是我想继续保存这块匾的一个主要原因吧。

卷 二

JUAN ER

寸阴是竞。余日既然不多，一分一秒都当珍惜。欧阳修云："吾生本寒儒，老尚把书卷。眼力虽已疲，心志殊未倦。"

疗　养

　　人的一生，无非生、老、病、死。四字中，"老""病""死"占了其三。于我来说，"死"正在前方招手，但好像还有一段距离，可以暂不予理会。而"老""病"，早已与我握手，并亲热地整日整时相伴左右。

　　曾读过多位古人的《老态诗》。元代书画家赵孟頫诗的首句为"老态年来日日添"，明代吏部尚书魏骥诗的首句为"渐觉年来老病磨"。接着他们写尽了自己的种种老态、病态。韩愈《祭十二郎文》曰："吾自今年来，苍苍者或化而为白矣，动摇者或脱而落矣。毛血日益衰，志气日益微，几何不从汝而死也！"

　　韩愈撰《祭十二郎文》时，年也就四十左右，而我今年逾八旬，在我，因为"老"，两膝关节老化、病变，举步维艰，即使走动，不仅缓慢，而且常常东倒西歪，身不由己，像初学步的孩子。还跌过两跤。老人是最怕跌的。患高血压病的老人尤其不能跌跤。我这两跤，一次是前扑，致多处皮破血流，一次是后仰，因为正拿着东西，造成一胸骨骨裂。或许跌得突然，未来得及发微信打招呼，来不及办相关手续，因而被另一世界拒绝接收。有那么大半年时间，十个脚指头、十个手指头，溃烂得不能走路，不能执筷，握笔得让人用胶布把笔固定在手指上，才能歪歪斜斜写上几个字。至今十手指尚肿而麻木。视觉茫茫，看什么都如雾中看花，对面之人屡屡招呼，我却视而不清，常被误解为我清高无礼，但我多少有点委屈，想总不能逢人便笑脸相迎，吓了人家。都说老人两眼干枯，可我这两眼，尤其是曾受过伤的左眼，似有擦不完的泪水。一次与几位学生在一家茶室喝茶聊天，聊着谈着，眼泪就下来了，大家呆住了，一学生说："老师怎么啦？刚才说什么来着，至于感动如此！"有人说，人的眼泪，有个固定的量，以前流多了，或流完了，以后就少了，或不流了。如是说，我以前大概流少了，还有相当的存量。流泪几乎每天影响着我的阅读与写作。汉·焦赣《易林·震之比》云："耋老鲐背，齿牙动摇。"我一口牙齿，七十岁时还好好的，可至今，四颗已经下岗而不知去向，三颗则松动罢工，在我饮食时不忘刁难，用疼痛抗拒我咀嚼，让我常常囫囵吞咽。脑子日趋痴呆，简单而常用的连小学生都会写的字，有时竟一下子不知该如何写。身子移动时，麻木得常会碰落物件，破碎器皿。如此下去，恐怕就要如启功先生说的那样了："春至疑晨暖，灯高讶日西。"（《终夜不寐，拉杂得句，即于枕上仰面书之》）《山海经》里，有一种叫"人鱼"的，说是食之无痴疾，不得老年痴呆症。可哪儿能买到这种东西呢？我的痴呆可能还会继续，或将日趋严重。如此等等，不一而足。

"老""病"相连。因为"老"，各种疾病，频频来袭。八十岁时，来了个总暴发。二〇一六年十一月二十四日上午七时，我躺着被推进了中山医院的手术室。在被抬上手术台后的几分钟里，我想到了昨夜做的一个梦。我沿着幽幽的通道，来到了一个陌生的所在。好像是一个入口处，两名守卒，肃然立在两旁。我抬头，大门上方墙上，"冥界"两字正赫然盯着我。我终于清醒地意识到我到哪里了。但不容我思考，大门徐徐开启，门内走出一人，一守卒告我，这是他们的领导。我同样未来得及反应，"领导"说："阎王有旨，你得转身返回，还得为生你养你的松江做些事，还得出几本书。"

家人告诉我，我是下午一时许被推进重症监护室的。大概是下午三时左右，我终于完全苏醒了。也就是说，我终于又回来了。

出院后，每天服药，每周打针，每季去医院复诊一次，至今已两年有余，还将继续。而腹部的那足有两虎口长的伤口，虽然早已愈合，但几乎时刻在提醒着我它的存在，像出院时那样。

"老""病"左右掣肘，时时作梗，天天折磨着我，要耗尽我的意志、毅力、耐心，有着逼我举手向它们投降才罢休之势。

明·憨山德清有"老病死生谁替得"诗句。我曾经写过，当命运之神示意我应当结束我的人生之旅时，我能够说"我够了"。周国平说，人不应该持占有的态度。这"占有"，当包括生命。揪住了生命舍不得放手，其实也是一种"占有"。睿智者都知道要戒除"贪"念。而所"贪"的，应该不只是名与利，不只是物质享受，还应该包括对生命"占有"的执着。有那么几次，我曾想，算了，就举手吧。有人还说，有一种幸福叫放手。这"放手"中，应该包含着这"举手"。"死"是相对于"生"而言的。每个生命，都得有结束的时候。概莫例外。据说彭祖活了八百岁。即使生命延续了八百年，也得结束。人的一生，总是在告别，告别亲友，告别昨天，告别各种各样的风景，告别恩怨情仇，告别曾经的拥有。告别是不可避免的。死，也是一种告别，告别这个生活了几十年的世界及这个世界中所有的一切。释家讲"死"为"往生"，与死神握手，只是一个生命托付另一个生命的转换。那就"往生"吧，我的许多同学，也已经在这几年先后跟我"拜拜"而"往生"去了，我该做的，也大都做了，该经历的也大多经历了，与已经"拜拜"的那几位老同学相比，可以不必自愧了，可以说：我够了。

可是，在《八十岁路口》一文中，我曾写过："我也要像简媜，要在路边想一想。当然，我不是想要不要继续走下去。命运赐给我的，我是不能也不应拒绝的。我得坚定地跨过去。"我的这段话，是在读了简媜的《谁在银闪闪的地方，等你》一书后写下的。在那本书里，简媜就说过："我知道那是艰辛且寂寞的末段旅途，说不定也有狼狈的路段。""老，这令人生厌的字，像脚底厚茧，怎么避就是避不了那股针刺之感。厚茧虽痛却要不了命，但老会要命，它慢慢延（沿）着脚踝往上爬，把血管塞成枯枝，那曾经像小鹿奔跳的心脏越来越像老牛拖着破车，车上唯一的家当是一包袱羽毛似的记忆，拖着拖着，连这记忆也随风而去，只剩空壳。""银龄老舟摇到七十五号码头上，野风怒号，恶浪喧腾。"既然是读了简媜这些话后写下"我得坚定地跨过去"的，我得一本初衷，得兑现我的承诺，得积极面对"老""病"，面对"老""病"带来的一切。

那么，怎么才是积极面对？保持一种良好的心态？有人说要把"老"看作是一杯醇香的陈酒，一壶红浓明亮、回味甘甜的普洱茶，一棵四季翠郁的苍松。可以随心所欲，优哉游哉。看看电视，听听音乐，忘却一切，和神乐幽，没心没肺地高高兴兴过好每一天。一直关心着我并与我始终保持着密切联系的几位学生这么劝过我。为了让我"高高兴兴过好每一天"，他们还不时约我聚会，或喝茶，或吃饭，或打八十分，或到其工作单位"参观""讲课"等等，花色品种繁多，而且每次用小车接送。"人生白发故人稀"，我感到欣慰的是，有这么多曾经的学生在我疗养期间能如此关心我。一段时间里，倒也过得可以，似乎也很充实，充实得几乎忘记了自己已经老、病相侵。

但渐渐地又觉得，如此下去，不就等同于在等待那个人生旅途的终点的到来吗！不就等同于渐行渐近地去与那个死神握手吗！有人曾诠释"生活"不等同于"活着"。我这样，是生活？是活着？"不行，不能这么过！"一天早晨醒来时，我突然对自己说。周国平对萧伯纳说的"人生有两大悲剧，一是没有得到你心爱的东西，另一是得到了你心爱的东西"，曾深以为然，后仔细玩味，发现这话的立足点"仍是占有"。他说，"我们岂不可以反其意而说：'人生有两大快乐，一是没有得到你心爱的东西，于是你可以去寻求和创造；另一是得到了你心爱的东西，于是你可以去品味和体验。'"我得按这位大哲学家说的去做。

既不持"占有"的贪念，又尽力于"寻求和创造""品味与体验"。于是，一个理念，在我懵懂的脑中渐渐清晰起来：我得做点事，做点让我"快乐"的事。《千字文》里说"寸阴是竞"。我的余日既然不多，一分一秒都当努力珍惜。记不起来谁说过，一个老人，在人生的海上垂钓，黄昏时就是提一只空鱼篓，也应轻松地吹着口哨回家。这话说得有道理，但如果鱼篓不空，不是更能让人愉悦吗？我或许做不到"优雅地死"，但我可以做点喜欢而又力所能及且不是十分费力的事。而这样的事，于我来说，就是读书与写作。欧阳修曾云："吾生本寒儒，老尚把书卷。眼力虽已疲，心志殊未倦。"（《读书》）我或许还做不到"心志殊未倦"，但我仍得努力去做。好的文字是一种芬芳，是一种精神的寄托；在读写中，我可以找到乐趣，并成为我与"老""病"友好共处的最佳方式。

星在夜空中闪烁，鸟在树林中欢鸣，鱼在河池中自由自在地游乐，在这个充满生机的古城里，即使在耄耋之年，也应该有我合适的生活。

《〈南村诗集〉笺注》《共品香茗》等书稿，就是在这样的心态下完成的。

住院散记

> 东城渐觉风光好，縠皱波纹迎客棹。
> 绿杨烟外晓寒轻，红杏枝头春意闹。
>
> 浮生长恨欢娱少，肯爱千金轻一笑？
> 为君持酒劝斜阳，且向花间留晚照。

一

许多名人都写过病榻生活的文章，印象最深的是季羡林的《病榻杂记》。其中，他写道，他曾到阎王爷殿前报到，大概因为手续不全，图章没有敲够数，或者红包不丰，被拒收。这次，我也住进了医院。我想，写这方面的文字，当不是名人的专利。于是决定也写一篇。

二〇一六年十月十九日，在每年一次的例行体检中，在 B 超医生检查时，陪同我的学生（该医院医生）郑重对他说，这是我的老师，请求他查仔细。经反复检查，在我的肝左侧发现了一硬块，约 6.5mm。遵医嘱做 CT 后，仍不能确定，复建议做 B 超，依然。于是到上海市中山医院做磁共振，经读片专家曾医生认真察看，认为是一肿块，我问其性质，答曰"初步判断，不好"，停了停，他说："找找樊院长吧，知道你也是有一定知名度的人，让你们区的领导出面，跟樊院长疏通一下。"整个过程，态度亲切、诚恳。

在这种情况下，我们设法（当然不是通过"区的领导"）与樊院长联系上了。这是十一月十七日（周四）的事。

门诊时，我是被照顾加的号。

轮到我了。

在询问了一些基本情况后，樊院长一直在仔细翻阅血检报告等各种资料，看电脑上关于我病灶的图像，足足有一刻钟。我感觉到，后半段时间，似多半在思考，在作决定。之后，才转向我，果断说："还是吃一刀吧。"

我当时想，这肿块，无非两种可能，一为良性，一为恶性。如属后者，采用保守疗法，能拖个二三年，我也知足了。于是，我与樊院长有了以下一段交流：

"樊院长，我今年已经八十岁了。"

"我已考虑过这个情况。"

"根据目前的检查情况，多半可能是恶性？"

他顿了顿，点点头。

"如果进行手术，能否请樊院长亲自主刀！"

"我做。"他爽快地回答。可能已经觉察到了我的心理压力，又说："你放心，这类手术，我们做得多了。"

我站立，拱手向他致谢，他微笑着与我告别，再一次强调："你不要有思想负担。"

二

二〇一六年十一月十八日，即门诊后的第二天，我就接到了通知，住进了中山医院四十六病区的病房。大医院，床位紧张，我为如此快住进病房感到欣然。

我是十一月二十四日（周二）上午七时许被推进手术室的。

一九五九年，我曾经进过这家医院的手术室。

当时正面临毕业分配。其时我们的思想都很激进，抢着要去内地甚至边疆等艰苦的地区。我因小时候得过血吸虫病，致脾脏肿大，不小心跌倒或被撞击，容易破裂，而当地的医疗条件可能较差，学院建议，分配前将脾脏切除。

是一种巧合，还是冥冥之中早就定了的？

我的心情是平静的，平静得如同一口井水。

尽管昨晚医生找我家人签字时（我被允许在场）曾说过，不排除"回不过来"的可能性，但对于生与死，我已比较淡然。法·拉伯雷说："喜剧已经演完，应该谢幕的时候了。"卢梭临终时对妻子说："别伤心，你看，那边明亮的天空，就是我的去处。"佛教净土宗称死亡为"往生"。星云大师认为，既是往生，死亡只是一个阶段的转换，是一个生命托付给另一个生命的开始。佛门又称一个人的死是"生西"，即往生西方，如是，死亡就是到西方去生活。再说，我以为一切都是命数。

被放到了手术台上，开始做手术前的准备。

在一部小说中我曾写过，手术台是幸福的诞生地。许多人，离开这里后，摆脱了病魔的纠缠，享受到了健康阳光的抚摸。当然，也会有人在这里永远地睡了过去。人生多忧患，死于如此平静，也算是一种幸福。我从小体弱多病，读中学时曾因盲肠发炎穿孔致腹膜炎而两次住院，退休时在一次车祸中幸免于难，但断了四根肋骨、一根锁骨，头顶血流如注，有人告诉我，两场大雨过后，地上的血迹仍隐约可见。能活到今天，我已经知足了。

季羡林曾写道：天佑善人。我也问自己，我是个善人吗？

不管怎样，我得感谢上苍，让我醒着回到病房。

家人告诉我，是下午两点多钟被推出手术室的，先进了重症监护室，第二天转移到了二十一号病床。

三

病房生活是简单的。一清早，护工先来替洗脸、擦身、洗脚，帮助洗漱。接着护士进来量体温、测心跳，询问大小便情况。上午七时至九时，医生查房。

整个病区由一位姓杨的医生负责（他对我的称呼一直在改变，由二十一床到老先生，到吴老师。他给我的感觉，办事干练，说话简明扼要，力抓患者的主要矛盾）。此后，给药、输液等，尤其是输液，一袋（瓶）接一袋（瓶），常常持续到下午甚至晚上。晚上又有一次查房。

同房有三床。病友之间，很少交流，甚至不知道对方姓名。但都能互相体谅，为此，彼此关系融洽。对我而言，就受到邻床家属的三次眷顾。一次送了一大碗冰糖银耳羹，还说"要是不介意的话"，一次送了两只鸡蛋，说是苏北乡下草鸡生的，还有一次送了一大碗鸽子汤，这一次我言明，这十多年来，我从未食羊肉、牛肉，还有兔肉、鸽肉等，谢绝了。另一床的一位家属，一次特地过来夸我"了不起"，边说边拿着手机让我看网上关于我的介绍。

病房的生活总的说是平静的，平静得如小池里的水。但小池里的水有时也会有涟漪，甚至是水花。这主要发生在上午七时开始的时间里。

这段时间，所有病人家属都得撤离病房。这样的规定，可能主要是为方便医生查房。但有些病人时刻需要家属照顾。于是往往与执行此项规定的保安发生冲突。

家属开始比较直接，说明不能离开；保安一脸严肃，无丝毫商量余地。有些家属于是略施小技，保安催离时，或躲进卫生间，或到公用厨房、晾衣房，或佯装撤离，伺机潜回。慢慢地，保安确定了几个"难缠户"，重点遣离。

于是这样的情况就免不了要发生。我邻床似为一单位领导，家属也很能耐。一次被保安"逮住"。

"我就知道你又偷跑回来了。"

"请您理解，我先生需要我照料。"

"你马上离开！"

家属指了指吊液："快吊完了，万一有事怎么办？"

"这我不管，我只管赶你走开。"

"执行规定得有灵活性，你懂不懂？"

"我只懂你必须立刻走！"

"你这人真不通人性，你知不知道管理要人性化！"

"别废话，马上走！"

我觉得这样下去也不是个办法。病人（属一级护理对象）确实需要照料，保安则要按规定办。这矛盾看来一时解决不了。于是对她说："也快到九时了，您就离开一会儿，只是一会儿，我替照看着吊液，有情况我会及时按铃让护士前来。他，”我指了指保安，“也是色厉守职。”

保安冲着我，一脸怒气：“你们一伙！”

家属朝着我：“那就麻烦您了。”转对保安，“你这人没文化，连好话也听不懂！”说完，就离去了。

四

这里虽说是天使聚集的地方，但毕竟是生命与死神搏斗的前沿阵地；对大多数病人来说，虽然一天比一天好，但这过程中始终伴随着痛苦。

尽管我所住医院规模大，设备全，医生心仁手妙，护士呵护备至，整体水平在国内外享有盛誉，能住进这家医院，可谓上了天堂。但作为患者，痛苦是免不了的。

术后病人最怕咳嗽、呛、打喷嚏，有痰而咳不出，也不敢咳，等等，因为这每一项都会牵动伤口。

在我，还有晚上。

晚上于我来说，从来是十分珍惜的。夜深人静，我耽思傍讯，精骛八极，心游万仞，我的大部分文章，大多是晚上成就的。还有阅读。阅读时，或仿佛置身于山川乡野，或似乎就教于先贤明哲，或觉天广地袤，或感茅塞顿开。

然而在病房里，我不能写作，也无法阅读，因破了这个几十年来养成的习惯，加上上述种种，几乎是每个晚上，我通宵未眠。

整整七八个小时，当什么事都不能做、又无法入睡的时候，那种不堪，那种痛苦，非亲身经历者，是无法了解的。

也曾想过一些办法。比如背古诗词，“流光容易把人抛，红了樱桃，绿了芭蕉”，“七八个星天外，两三点雨山前，旧时茅店社林边，路转溪桥忽见”……可背着背着，就背不下去了，因为全然没有了以往读时所感受到的那种意境，没有了那种身临其境的感觉，也不想再背了。再比如回忆，但回忆往往更让人痛苦。回忆美好的，那些美好的早已成为过去而不再，回忆痛苦的往事，无异于伤口上撒盐。在这种境况下回忆，尤为如此。于是也不想回忆。于是清醒依然。

有一个晚上，除了护士台上不时响起别的病床的呼叫，我的病房里，难得地没有鼾声，出奇地死一般寂静。我难挨着时间的一秒一分，已经持续了三个多小时。突然发现前方墙壁左侧地上有样东西，扁扁的，似我在家喝茶用的小瓷杯口大小，黑色；有一段时间，在缓慢地向我移动，停止一会儿后复缓缓返回；如此反复了五六次。我先猜它是蝙蝠。蝙蝠能飞，可它始终未飞。一种甲虫？可一般的甲虫没这么大，这么薄，甲虫多半是圆形的，可它是方的。它究竟是什么？是我故去的亲人所化之物？如果是，那么他（她）来干什么？来探望我，还是带我走？手术前，曾做过一梦。我好像正与几个人在一起，我哥哥关明突然来到我面前，说我该回去了，让我跟他走。跟了几步，我依稀意识到他已经作古。我就说我不想回去。后来就醒了。

这么观察、猜想了半个多小时，我决定叫醒喻小鸣，告诉她，如果是一种动物，一定要放生。喻说，你别多想，那是开门后将门固定的一种装置。

人在很多时候、很多方面需要保持清醒；但清醒有时也会带来痛苦，比如晚上，而通宵清醒，简直是一种精神上的折磨。

五

探望是一束鲜花，美丽而温馨；

探望是一只援手，给人以力量；

探望是一扇心窗，让人看到一种衷心的祈愿；

……

从反复检查到住院，我把所有的情况都封锁了起来。

但真的是"纸包不住火"。

很快，几个人知道了。

手术前，沈旻莺及其先生小袁，就来到中山医院病房。

她建议我，立即通知学院，还有区教育局。

我不同意。

"吴老师，从多方面考虑，应该向他们告知这一情况。"

"这样，全松江的人都会知道。"

"这是没办法的事，知道了又怎么样！"

"我一怕欠别人的情，二怕疲于接待。"

"领导与学生来看你是应该的，你认为因此而欠情，以后可以还；接待可视情况而定，探望者会理解的。"

我仍犹豫着。

"吴老师，你如此封锁消息，一是不可能如愿，二是与你亲近的学生一旦知道了要生气的。"

她不再劝说我。消息就是她第一个捅出去的。她通知的是区教育局局长。

大概是局长通知了我退休前的所在单位，于是学院一副院长、工会主席来了；后来院长也来了，她来时，我正睡着了，不知道她等了多少时间，临走，又紧紧按住了我的手，让我感到了深情的抚慰。

局长先发来了短信，后亲自前来，同时来的还有局办主任；区教育督导室副主任也来了，第二次来时还租用商务车接我出院。

我的学生区燃气公司董事长来了。

区教育基金会法人代表胡银弟、卫民校长来了。

我的学生高根良从南汇赶来，杨安匡、柴文飞（都已是奔八之人）来了；侯、徐、陈、张等先后来了。

伴我体检、门诊等的郑来了。

竹林知悉后甚是关心，要特地从嵊城赶到医院看望，我坚决劝阻；其他不少同志也被婉拒。

······

无法被阻的同志来时，尽管身上插着许多管子，我能坐则尽力坐起来，实在不能，就实在对不起了。

有这么一次，我至今感到内疚。

探望者紧挨着我的身子，亲切地问这问那。当时我嘴唇上满是干裂的片片死皮，口内干燥得无一丝津液，实在无法发声。出于尊重，我勉强应着。可她一个劲地问着，我无奈，只得闭上眼睛，示意她别再问了。我们有时会做出些弄巧成拙的事，明明是好心好意，却使对方难受；情意的传递，有时也会受到某些制约。

我一生尽力勉励自己不欠别人人情，除了几位已经谢世的师长，似也从未亏欠过人。而今，这么多人情，我该如何偿还？

就是为释去这个思想负担，我也得尽快康复，并且争取多活几年。

温汤日记

原本为疗养，意外识人心。

二〇一六年十一月二十二日，中山医院樊嘉院长（中科院院士）为我切除了腹内的一个肿块。十二月一日出院回家，十二月二十二日去樊院长处复诊，并请示可否外出疗养，得到允可。又去昆山试住了一晚。二〇一七年元旦，在×与一女子相陪下，由上海虹桥乘高铁去宜春，再乘出租车去温汤。前后计十二日，每日有所记，虽散漫信笔，但录下了这段生活之大概；不仅如此，还着重录下一个人，即那女子。

一月一日

下午一点半，乘坐开往长沙南站的一三五三次列车出发。

离开上海后，列车进入浙江省境内。

我的座位正靠车窗。窗外多为丘陵，有少量梯田。

"梯田"一词，在南宋词家范成大游记中曾见过。"岭坂上皆禾田，层层而上至顶，名梯田。"这是他在游览仰山时之所记。进入江西境内后，梯田就更多了，土是红色的。在寒风的肆虐中，草木凋零，天地萧瑟。

车至进贤站时，一直阴沉沉的天，才露出了太阳。想起一九七七年春节后，我曾被上海人民出版社（时由五家出版社组合而成）特约，赴江西组编《红日照征程》一书，约半年时间，几乎走遍江西全省，自然也到过进贤。

这次在列车停站的时间内，我与露脸的太阳对视了几分钟。

我对他说，你还认识我吗？

他笑着说，当然，但当时你为组稿撰稿，似乎无暇顾及我。

在返回松江整理这篇日记时，我翻找到了那年赴江西的日记。到进贤的时间是三月七日，"晴转多云"。"在共大进贤分校，我们听了分校革委会陈主任（相当于校长）的介绍，十分感动。进贤分校师生头顶青天，脚踩荒山，住无房，睡无床，露天教室，野外食堂，艰苦创业。""陈主任很健谈，谈话中还唱了几首民歌。一首是：'衙前的禾，亩产一箩，两人就扛，一人就驮。'一首是：'栽禾栽过节（端午），割禾割到年，有就收，没有就丢，多就割，少就勒。'"

想当年赴江西时，我才四十，而今我已八十，而且有病在身，生命已如枯藤老树，西下夕阳。岁月真是无情！

一似为呻吟的声音，让我回顾车厢内，立即发现了一幕。

对面座位上，一女子侧脸紧贴着一男子的胸膛，头枕在男子的大腿上，斜躺着；那男子则旁若无人、无所顾忌地将手伸入她的羽绒服内，按在了她的胸部。那呻吟声正是她发出的。

他们，正是陪我前往疗养地的一对男女。

我咳了一声，意在提醒×。×咕哝了一声"手冷得难受"后，伸出了手。

我复转脸窗外。列车离开进贤后继续前行，且渐渐加速，太阳也被云层遮掩。

再次收回视线，是因为有两名女乘务员先后从中间的走道经过，一为收取食品垃圾，一为销售饮料、食品。她们长得空姐般漂亮，但缺乏空姐的微笑、热情、亲切，脸上无表情，也很少言语。我忽然想起过去坐火车时，总能听到售货员喊的一副对联：香烟啤酒矿泉水烤鱼片唉嗨；白酒饮料方便面火腿肠了啊。横批是：腿收一下。这次我们乘的是无烟列车，自然不卖香烟，但手推小车上，除了各类饮料，几无其他。不像过去的火车拥挤，但与车窗外的空阔相比，仍让我感到逼仄。

我大概有点累了。

下午六时左右抵达宜春站，在车站底楼叫了辆出租，七时左右到温汤镇。

转了几家宾馆，最后入山水温泉疗养院。据大堂架上放着的一份资料介绍，该院有地下温泉，自采自供，原汁原味，是一种罕见的富硒的温泉。

入住一号楼一二〇八房间，晚上只洗了个澡。

一月二日

这次来温汤，由×安排，考虑到他有生意上的诸多业务，不可能全程陪同，我意由他替我找个护工，年龄在五六十岁的比较朴实的农村妇女，照料我在温汤的生活。出发前在千灯的夜晚，他却找了个名为莎莎的女青年，他刚结识（半年前）的情人，我表示作罢，希望在温汤本地另外找一个。他做我工作，说她很懂事，很乐意并定然会照顾好我；之后，她也前来表态，态度极为诚恳。我这才勉强同意。

考虑到×特地陪我前来，而一著名风景区明月山就在十公里外处，我就在当地卫生院打完针后，让他们去粗略游览。而当我了解到上、下山有缆车，也想一游。

至明月山下，×坚决不让我上山，打出的理由是为我负责。我知道他的小心思。为不影响他们的方便，我尊重了他的意见，但想起昨日在公共场合的不雅举动，还是叮嘱他"注意影响，不要太过分"，他爽快地答应了。

我问他游览需要多少时间，他说不超过三小时，争取两小时返回，让我坐在吃中饭的一家农家饭店的场地上等候，不要乱走动。

在前往明月山的路上，莎莎曾表示，上山坐缆车，下山一路走，一路观赏。我就问出租车司机，下山需要多少时间，他说，他们走，大约两个小时，你们走，至少得四小时，并强调，山路很陡，劝我们别走。我于是反复提醒×，一定得坐缆车下山，得想着我这个刚开过大刀的病人等候在山下，他表示绝对没有问题。

可是两小时过去了，三小时也超过了，仍不见他们返回。

因时间太久，我不仅感到疲惫不堪，而且伤口也隐隐作痛起来。饭店老板见状，让我去他的床上躺一会。我犹豫了一下，还是谢了他的好意；他于是陪我去附近的商店或摊位走走。转了一圈回来，还未见他们身影。

直到傍晚，已是五个多小时过去，才见他们下山来。

接下去，我与×有了下面一段对话——

你是如何承诺的？

他顿了许久，勉强说，不超过三小时。

现在几点了？

是你让我们上山的，上了山，总得多游览几个景点。

我本想，事已至此，也无法挽回，只要认个错，也就算了。可他这个态度，非但不认错，还强词夺理。我觉得对他已无话可说，就让饭店老板帮忙，开车送我去宜春，并当场给了一千元。老板说，他可以开车送，但用不了这么多钱。

×见状，急了。他知道我的脾气，知道事态严重。马上说，昨日刚到，今日就回去……他没有说下去。

我正告×，我原许诺过，他来回的所有费用（车钱、用餐、游览等）由我承担，我决定不予兑现。

他从饭店老板手里要回了我给的钱，对我说，我们回疗养院再说。说完，要搀我上他的小车。我推开了他。

莎莎于是上来说，都是她的错，她向我赔了个不是，希望看在她面上，先回疗养院。

在回疗养院的路上，原坐在副驾座上的她，坐到了我的旁边，并紧紧靠着我。我让开了她。她又挨近我，抓起我的手，放在她的腿上，我赶紧抽回手，让她坐车窗边。

晚上回疗养院，在食堂用餐后，×来我房间，向我真诚道歉，承认迁就了莎莎。作为成就他的客户及十多年交往的忘年交，他对我是十分尊重的；但这种尊重还是比不上在我看来不会有结果的情人的需求。

他自己也承认重色轻友。

他说，在山上，她找到了一个僻静处，我们……耽误了时间。

我说，打住，别解释了。

我原谅了他，并收回我在饭店说的话；他说，来回车费他自负，让自己长点记性。

他回莎莎的房间后，我翻阅了有关资料，想了解几个问题。

一是"明月山"名称之由来。相传乡村姑娘夏云姑（小名明月），由于长年洗浴温泉，出落得美丽动人，被选进皇宫，后被南宋孝宗帝立为正宫娘娘。明月姑娘十分留恋昔日的温泉，于是下懿旨，将家乡的温泉井所在地赐名"温汤"，当地百姓为纪念她，将她家乡的这座山命名为"明月山"。

有意思的是，十九世纪初，瑞典化学家贝采尼乌斯发现了"硒"，遂以希腊月亮女神塞勒涅（selene）的名字命名之。这个名字与明月山重合。

二是关于"硒"。宋·袁州知州曾孝序引用宜春《图经》中的文字："城南三十里有温汤，其中出鱼，能熟鸡卵，祛风疾，至今如故。"明·王守仁也曾留下"童冠尽多归咏兴，城南兼说有源泉"的诗句，而"城南"即宜春城南，即温汤。

又，一九八三年，美国亚利桑那大学癌症研究中心对一千三百一十二例癌症患者进行了长达十三年的补硒试验，每天补硒二百微克，可降低癌的扩散率，从而降低死亡率达百分之五十。这项研究引起世界的极大震动，被称为"硒防癌里程碑"。

三是关于我们住的山水温泉疗养院。二十世纪六七十年代，在地矿部原部长李四光倡导下，全国掀起了地热水勘查开发大热潮。一九七一年九月，利用温汤温泉地热水建成了江西省第一座（全国第二座）地热发电站；后经国家有关单位检测鉴定，温汤温泉水质无色无味，口感纯正，富含硒等二十多种对人体有益的微量矿物质元素，为此，政府决定在此设立疗养院（简称"矿疗"）。

至今，共有六栋景观客房，二栋森林温汤别墅，计三百五十床位，房内均提供"矿疗"自采的富硒温泉，可饮可浴，被中央四套"走遍中国"栏目介绍为"中国第一温泉"。

这次入住于此，看来住对了。

一月三日

上午十一时左右，×离去。

那难舍难分的情景，她这边含泪频挥手，他那边三步一回头，这场面还真让我有点动容。我想对他们说，两情若是久长时，又岂在朝朝暮暮。可再一想，他们又不懂，我说了也是白说。

与莎莎在矿疗餐厅用了中饭。她闷闷不乐，神不守舍，只是扒了几口饭，挟了几筷菜，就不想吃了。我又吃不了多少。最可惜的是那条鱼，竟与刚上桌时一样，"毫发无损"。

矿疗内有山路，我们就去山路上散步。

时正值雨后，烟雾濛濛。路面宽阔，起伏不大。路一旁是山。山上满是竹子，长得既高又粗，是所谓的毛竹；历历羽林状，疏疏烟露姿。这满山坡的竹子，让我想起了古人的一些诗句。"雨洗娟娟净，风吹细细香"，杜甫的诗句写出了竹子的色与香。只是我未能闻到这"细细香"。"高节人相重，虚心世所知"，张九龄的诗句道出了竹子的品格。"多节本怀端直性，露青犹有岁寒心"，刘禹锡则以竹喻人，赞美了好友元稹在权阉面前所表现的节操。竹林中，间有不少新竹；虽为新竹，但其团团之节，"坚贞大小同"。白居易甚至认为，竹本固，固以树德；竹性直，直以立身；竹心空，空以体道（躬行正道）；竹节贞，贞以立志。

莎莎身虽在矿疗内的山路上，但我看出来了，心还在离别时的矿疗大门外的街道上。我本想讲一二首诗给她听，让她从迷茫的烟雾中走出来。凭着我对×的了解，他们的恋情是不会持久的。可刚开了头，就被她扯开了，看来，她对古诗句兴味索然。我知趣作罢，否则岂不成了对牛弹琴者！

散步结束，在房内各自休息了一会，就上街转悠。

温汤的街，不像江南古镇的街。江南古镇的街，由青石板铺成。石板面被千万双脚打磨得黝黝发亮。温汤的街，是用水泥方块铺成的。大概两车道般宽，但车辆经过时，无灰尘，而且防滑，据说是前几年政府投资修筑的。街两旁，几乎都是饭店、卖当地土产的商店，间有卖泳装的（供泡温泉者购买）。还有几座雕塑。一雕塑为两人在边泡脚边下棋，昨晚上经过时曾看到过。我于是对他们说："两位先生，你们这盘棋下得好久了！"灵敏的莎莎朝我看了一眼，说，这是座雕塑。哦，她总算还知道"雕塑"两字。

有一广场，甚为气魄。周边有走廊，走廊两边有长椅，上面坐满了泡脚者。他们边泡脚，边喝茶聊天，也有打牌的。问了一下，自己带桶的（街上也有卖），出一元买含硒的水；也有好多店家，供有靠背的座位，供桶与水，每人十元。附近有一古井，比地面低下多丈，周边有栏，除供水的，游客不能下去。我们在栏上看了一会，见热气腾腾，井内不断有水上冒，设专人不停舀水给供水的人，水面总也不见降低。有人对我们说，这口井，水已冒了几百年。宋朝词家阮阅出任袁州知事后定居宜春时，有一首诗赞颂温泉："谁将炎热换清凉，可使澄泓作沸扬。从赐骊山妃子沐，人间处处得温汤。"二〇〇六年，在一旅游发展高峰论坛上，与会专家提出："黄山归来不看山，九寨归来不看水，温汤归来不泡泉。"看周边这众多泡脚者，此话似不虚美。

离开古井，莎莎说，不远处有一汤池，建议去看看。

我们于是来到汤池边。

池四周，有铁丝网拦着，但可见池中泡者。所谓汤池，其实是游泳池。池中人不多，大半是两人一组，散落各处池壁，也有几人在池中游泳。莎莎让我去进口处看看。

来到进口处，莎莎说，想泡泡吗？我说，宿舍的浴缸也可泡。莎莎说，两者的感觉不一样，在这里泡，舒服多了。

我发现，此时的她，与在山路上散步的她，简直判若两人。

见我不言语，她进一步鼓励说，要不试试，感觉一下？我借口说，天气太冷了，我免疫力差，易感冒。她说，正相反，即使正在感冒，泡一会，立马就好，鼻子也爽了。试试嘛，就算是一种体验。

她只是一个劲地继续劝，说刚才我看到，在泡汤时还可按摩，甚至是互相按摩。换衣服下池吧，我陪你。你们这一代人，辛苦了大半辈子，又不缺钱，也该好好享受享受了。

我说，看来我要辜负你的一番好意了。

我决意离去。

在回宿舍的路上，我以为她会生气。可我错了。她似乎一点不生气。

晚上，她陪我看了会电视，八时时返回自己房间。

宿舍的隔音设备较差，我隐隐听到她一直在与×通话，直至我迷糊睡去，好像还有声音传来。

一月四日

问雇用的司机，附近除明月山，还有没有景点可游览。司机说，有两处。上午去卫生院打完针后，直接随车去一寺庙。

据相关资料，唐会昌元年（841），我国佛教禅宗五派之一沩仰宗创始人慧寂禅师创建仰山栖隐寺（太平兴国寺）。自此，一千多年来佛事活动绵延不息，沩仰宗风遍传天下，成为中国古代佛教丛林胜地。为了修整和恢复栖隐寺，再造佛界生机，栖隐寺于二○一○年重建完工，祥云绕宝刹、钟磬答晨暮的景象重现于仰山幽谷之中。

如果我们造访的确为栖隐寺，那么这栖隐寺绝不如资料上所说的。这里几无香客，寺前也未见香火，也没有一般寺庙前常见的各种摊位或商铺。整个寺庙内外，冷冷清清。问寺内一商店店主（不穿僧装，但很熟悉佛学），答曰，未有施主化缘、捐助，无资金，为此，寺内三层以上的建筑未能继续修建；另，不允许寺前设摊，也不收门票。

我想，既然来了，总得走走，兴许有所发现。但走了一圈，除了一些杂物，几乎遍地衰草。而第二层，我又无力上登，为我们驾车的小伙子自愿上去，想为我取一些资料，结果空手而归。

在整个过程中，莎莎一直跟着我，但不说话，只是在商店里，对一款项链产生了兴趣。朝我看了一眼，再一看标价为八千元，也就离开了。

离寺后，司机让我去一处看古树。

抵达时，只见两棵银杏，估计也不会超过千年。未见一个游客，几个农家妇女，在场地上或晒太阳，或操弄家什，三条狗，见我们来，摇着尾巴表示欢迎，其中一条黄狗还引我步上土坡。但土坡上，除了两棵银杏，全是破砖碎石，枯草败叶，我于是不再上去，引领我们上去的黄狗于是不再引领，回头看着我们，那神态，似在告诉我们，对不起，让你们失望了。我俯身给了它一个面包吃，抚了抚它的背，它的头顶，友好地与它告别，上了车子。

在一农家乐用午餐时，已过十二点。鱼、鸡等都是鲜活的，而且给客人看后再宰杀。莎莎要了一只两斤多的草鸡（两吃，一为炒，一为汤），一盆香干炒芹菜，一盆红军菜，还有一盆腊肉烧大蒜。我因亲眼见店主人的宰杀（其他食客点的），鸡的两种烧法的菜，均未动筷，只吃了些蔬菜。手术以来，胃口一直不好。

回来甚为疲惫，且觉毫无收获，有点扫兴。

晚上，我让莎莎先回自己房间休息，她说洗漱一下就过来。

可两个小时过去，仍未见她来。我于是先打电话，未接，复去敲房门，也未见有应答声。我有点急了。再敲，里面应道，门未关，让我推门进去。

她躺在床上，脸上红红的，双眼也红红的。我问，怎么啦？她说，没什么，随即让我看她的手机。我不会操弄她的手机，她于是按了个部位，让我看视频，还说左面是×发的，右面是她发的。手机上显示了她与×通话的全部内容。字太小，我目力不济，只看了个大概。

她与×显然出现了感情纠葛。她想与×中断关系，×最后表示尊重她的选择，但语气间透出不愿，用松江话说，有点"嘴硬骨头酥"。我在粗略阅读过程中，她竟流泪了。

我还真有点看不懂了。来温汤的开头两天，卿卿我我，晚上则同床共眠，分别那天，还情意绵绵，难舍难分。刚分离一天，怎么就要闹"分手"了。她的心，真如大海，深不可测。是在哪一点上真有了矛盾，还是在演一场戏？

且不管什么，我想，她是由×安排来这里照顾我的，虽然我是付了费的，费也不菲，言明请的是"护工"，可不能在这里有事。这么想着时，我当着她的面，拨通了×的电话，批评了他；然后做她的工作，一个多小时后，她才渐渐平静下来。还说，她是看在我的面上。

如果不是演戏，或不掺杂演戏的成分，那么，多半是这样一种可能：感情越深，就越显得脆弱，一有敏感，就生不悦，因为太在乎了。

一月五日

莎莎的情绪终于复归正常。

早晨，去矿疗出口处的一家米线店各吃了一碗米线，她加了带辣的牛肉，一种带葱荤菜的拌料，我加了一点肉末及几片猪心，每人各加了个蛋。我看出，她心情很好。

俗语云：女孩的脸，四月的天。

下午在山路上散步时，与她闲聊了起来。

她出生于安徽合肥郊区（估计在一个小镇上），父亲是搞建筑的（可能就是江南一带的泥木工），母亲经营着一家水果店。有个弟弟，比她小十岁。

大概由于自身原因，她未读完初中。先去了北京，因只有十五岁，未能找到工作，于是去了浙江嘉兴，在一家美容店打工，然后再到北京打工，再后到昆山，也搞美容。由于与老板不和，去年上半年闲居在家。已结过婚，并有一个男孩（目前在安庆由她父母领养）。

她说，与×已相识三年（其实只有半年）。初次见面的地点就在美容店里。×与老婆去美容，大概×注意到了她的姿色，开始有意接近她，并让她意识到自己是个大款。

有一次，×打电话给她，要她到某处饭店（或歌厅之类），她去了，于是正式开始往来。这也就是二〇一六年七八月间的事。

此后，×经常发信及打电话给她，并带她游览一些地方，包括几次来过松江。她说，对她，×出手大方，她说，他从未拒绝过她的要求，发觉自己说漏了嘴，马上更正说，其实她从未提过什么要求。这次，她对他说，二〇一七年一月十五日，是她二十二岁生日（可能对我是一种暗示），她说，×送了她一块手表（价值两千多元）。表面上，她确实让人觉得可爱，有一种勾人的魅力，是×以往所接触的女性中最为引人注目的。我当面曾说她是年轻的老江湖。她不否认，不生气。

一月四日晚上的事，在我看来，有演戏的成分，但主要是由一种失落感引起的（因为×于三日离开温汤返回昆山），由失落感，又联想到他们的关系可能没有结果，之所以认为没有结果，一是他们之间差了二十六岁，二是她料定×不会与老婆离婚，自己只能做个小三。而之所以重续既往（就是说，我那天不做工作，他们也不会马上断交），一是自己目前尚无工作，经济上需要×提供援助（仅是化妆品消费就很大），二是因为单身独居，又年轻，×能满足她感情上的需求。

一月六日

今日有雨。

下午，我与莎莎有一次较为深入的交谈。

她果然以为×是个大款，平均月薪至少在五万。聊着聊着，她就说，我才不管他有多少钱，我只考虑、只在乎我能得多少钱。

我猛然醒悟，这才是九〇后！不是所有的九〇后都这样，但其中的一部分就这样，很功利，很现实。也就在前几日，她曾对我说，在情与钱之间，我主要考虑情。现在看来，这是一种包装。说着说着，她就更直白了，情算什么，情什么都不是，一文不值！我也不考虑年龄，我只考虑钱。

她继续说，在你老先生面前，我也不怕难为情。顿了顿，她说，你跟×很要好，你保证，我今天说的，到你为止。

我说，不利于团结的话，我从来不搬。

她这才说，×这个人要求很高，我是指……一晚上要……但派头不大。昨日我说他出手大方，其实是骗你的。

我说，你其实是说给我听的，对吗？

她说，你知道就好。

我说，你说下去。

她低下头，说，我满足了他的要求，他却未能满足我的要求。

我问，你的要求就是钱？

她默认了。

我开始为×担心。但转而又想，×才不蠢，他只为自己的需要付出，或者说，自己得到多少，他将付出多少。

我想起来了，有一次，×曾对我说过，男女之间的事，是相互的，我满足了，对方也满足了。

多么可怕！他们之间的关系，说穿了，只是一种交易，一种以获取与满足为基础、为核心的交易！但再一想，这不就是当今社会的一种现象！我可能少见多怪了。我落伍了。

但我坚信古人说的，人与人之间，以义相交，才是君子之交，才稳固、久远；而以利相交，则脆弱，不会长久。×与她，不到半年断了往来，就是明证。当然这是后事。

一月七日

今日继续下雨。

我与莎莎就继续在房间里聊天。

上午，她给我讲了一个她目睹的故事。

再次去北京，她满了十六岁。

她有一个女友，比她大几岁。这个女友（她没有说姓名，为叙述方便，姑且以 N 代之），被一个老板包养。老板经营着一家公司，年薪（或者说每年盈利）一千多万。他给 N 在北京买了一套房子，说是为她买的，但只是让她居住，不给房产证；另，每月给一万元。N 就像一只金丝鸟被关养着。有时老板因回家探亲，或因业务，离开十天半月是常有的事。这种离开，理由冠冕堂皇，但不排除与另一情人同居的可能性。在他离开的日子里，N 就独守空房，实在无聊时，就让莎莎去陪她。如此有四年之久，终于被老板抛弃，就像抛弃一件穿厌了的衣服将她抛弃。

听完这个故事，我为莎莎分析（其实我是个书呆子，她根本无须我的分析）：一是物质生活虽然十分优越，但精神生活未必愉悦；二是这四年中，N 可以学一些东西，或得到某种锻炼，拼搏一下，不定有所成就，可如今什么都没有。三是四年的青春其实是被玩弄了，而这四年在她的一生中弥足珍贵，因为年轻。

我问莎莎，你从这个故事中得到什么启示。她不假思考，说，一是不管对方拥有多少（金钱、住房、首饰等），我得考虑自己能拥有多少，即当下能拥有多少；二是那个老板，既有一千多万的年薪，至少得把给她买的房子的房产证给她，不这样做，说明这种人不值得与之交往，N 应该早有醒悟。

莎莎说到她自己。如果对方能将自己收入的一大半花在自己身上，这就值得与之交往。当然，所谓的'自己的收入'必须在一万（月薪）以上，否则，自己的身价也太低了。

晚上，莎莎又讲了一个故事，这是她自身的故事。

她表述流畅，像是事先备好了"课"，或曾给多人说过。

但故事有点复杂，我不能确保，读者能否读懂我的叙述。C 啊，D 啊，还有两个"她"，让人有点混。

那是在十五岁那年，在嘉兴。

她（莎莎自己）在一家公司打工。同在这家公司打工的 C（安徽人）与 D（洛阳人），同时爱上了她，并追求她。两人中 C 长得帅，D 待她更好。三人同时出入饭店及各种娱乐场所。从内心深处，莎莎更爱 C。

很快，公司老板的妹妹也看上了 C，并在莎莎面前诋毁 C，以挑拨莎莎与 C 的关系。

莎莎轻信了，于是独自去喝酒，以酒浇愁。

D知道后，一次找到了她，把她接回到他家中，在她床边陪了整整一夜。

与此同时，老板的妹妹约C去酒吧，把C灌了个酩酊大醉，之后，与他上了床。第二天，老板妹妹拿了一张照片给莎莎看。照片上，一为C，一为老板妹妹，都赤身裸体。待看完照片，老板妹妹向莎莎连声说"对不起"，说自己抢走了莎莎的最爱，但既成事实，只有请你原谅。

莎莎气得失魂落魄，接连几天上酒吧，每天都喝得神志无知。

C见状，对莎莎说"对不起"，说自己没有控制住，伤害了莎莎。言语间，C透露，那晚上与他上床的是莎莎。

D也找到了莎莎，也说"对不起"，因为之前没有穷追莎莎，因为他看出莎莎在他与C之间更倾向于C，因而多少作了点让步，以示对莎莎的尊重。

C与D都对莎莎说"对不起"。C是为由于酒醉而与"莎莎"发生了关系，D是为既深爱而又未能穷追莎莎。

又一天，C与D相约去了一次酒吧。莎莎闻知，去找他们，但不知是哪家酒吧。她说，我几乎找遍了嘉兴所有的酒吧及酒家。终于找到他俩时，D说，你来干什么，这是我们两个男人之间的事。莎莎立刻拿了酒瓶，灌了满满一杯，头一仰，喝了个滴酒不剩，随即离去，从此她与C绝交。

我问，那么，你与D呢？

她说，他待我很好，真的很好。可我当时心灰意冷，立即去了北京。

我又问，之后呢？还有联系？

她说，有，直至现在。就在上月，×带我去上海，我当了他的面与D联系，因为×在场，我特意问D，你想我吗？对方说想。我又特意问，那天你在我床边陪了一夜，为何不碰我？对方说，你还小，如果我趁你酒醉时碰你，我在你心中定然是禽兽不如。

我又问莎莎，与D，现在还有可能吗？

她说，不可能了，已经隔了这么多年，没有多少感觉了。

我似乎从她讲述的故事中找到了莎莎所持理念的原因。但是，莎莎，在这个世界上，还有许多很美的故事，散发着正能量的故事。

莎莎回自己宿舍后，我详细地记下了她讲的故事。一个时期来，像她们这样的人，已遍布我国的大中城市。我一直想写一部长篇，反映她们这个领域的比较深入的情况。

一月八日

我的身体，渐渐在康复。大便正常了，胃口也好多了，创口虽有感觉，但已经不怎么疼了，体力已基本恢复到手术前，走路的时间与路程，也延长了。

为此，我与莎莎商量：从今天开始，一、早、中、晚三餐，都在街上用（一天晚上，突然下雨，我们没有带伞，饭店老板主动提出用小车送我们回"矿疗"，为此，晚餐每次在这家饭店用）；二、早餐后，去街上、广场上、街心公园散步；三、午睡后，在"矿疗"的山路上散步，每天多走一个来回。

莎莎说，没问题，只是……

我问，只是什么？你尽管说。

她说，老是在街上、广场上、街心花园转，你不觉得太单调？

我问，你的意思——

她说，换些我们以往没去过的地方，是不是有一种新鲜感？感觉不是更好吗！

我没有考虑其他，欣然同意了。

她说，今天我就带你去个地方，你跟我走。不过要走一段路。你要是累了，我扶你。

她穿过街道，拐了弯，继续往前。

我们来到了一个僻静的地方。这里好像是温汤镇与乡村的接合处。

面前有一条小河，河水还冰冻着。河对面是一片空旷的农田。我们站立的地方，本来是一条小路，估计很少有人走。路是人走出来的，没有人走，路也就消失了。现在正被厚厚的枯草掩盖着。背后是一小树林。有不少树，苍翠依旧。

冬日和煦，也没有风，因为走了一段路，感到身上暖暖的。

我问她，你是怎么发现这里的？

她说，昨天讲完第一个故事后，我在宿舍闷得慌，就走了出去，走着走着，就走到了这里。怎么样，这里不错吧！你也走累了，我们在这里坐一会吧。

她先扶我坐在了枯草上，然后她也坐在了我的身旁，紧挨着我。

我似乎有点醒悟。稍坐了会，就想站立离开。

她正了正身子，不再紧靠我。她说，你别紧张，也别急着离开。我找这个安静的地方，是想请教你两个问题。

我问她的第一个问题。

她说，我们到这里几天了？

我说，今天是第八天。

她说，八天来，你觉得我怎么样？

我说，你的护理很到位。

她说，我要问的不是这个。直接说吧，你觉得我可爱吗？

我愣了一下，觉得这问题很难回答。

忽然想起一次旅游时，导游（一小姑娘）与我们刚见面，第一句话就介绍自己很可爱，接着说，可爱，就是可以让人爱。原来是句俏皮话。

我于是回答说，你很能干，很可爱。

她说，那吴老师，你认为什么是爱。

在我的印象中，来温汤以来，她从未提过此类比较深层、比较敏感的问题。我猜想，她已然有了自己的想法，或者想了解抑或获取什么，于是反问，你的理解？

她说，我是问你，你怎么反问起我来了？

我说，这大概是你要问的第二个问题吧。你显然有备而来，而我毫无思想准备，所以，我想还是先听听你对这个问题的理解。

她说，好吧，我拗不过你。我的理解是，爱，就是付出。付出多少，就意味着对对方有多少爱。

她接着又讲了个故事（她的故事真多）。有一个男子，有家室，还有一个深爱着的情人。这个男子临终时，将一百万元的存折给了他妻子，当然还有房子、车子之类，而那个情人，则一无所有。

说完这个故事，她转过脸来，看着我。问，这是爱吗？

我没有回答她的问题，对她的理解也不置一词。我说我坐久了，有点不舒服。她立即起来将我拉了起来。

我径直朝街道走去。

她追了上来，搀扶着我，突然问，你能为我付出多少？

我站住，对她说，莎莎，你受×的委派，这次来温汤，照顾得很好。我会兑现我的承诺，按说定的数酬谢你。你只是×替我请的护工。

我本想还说，我可以做你的父亲，甚至是爷爷，但话到嘴边，还是咽了下去。

她沉默了好久，看得出，有点不甘心，但还是说，我这是随口一说，你别多想。

在此后的时间里，我们都不说话。我则在思考，她讲的这些故事，是真实的，还是故意编造的？

一月九日

今日仍按约定进行。

在广场上转悠时，正好有一家公司在这里设摊推销化妆品。莎莎在其处伫立许久。推销员见状，一个劲地鼓动我说，你闺女长得好漂亮，皮肤也嫩白，得好好保养，给她买一套吧。看到莎莎喜爱、期盼的眼神，我给她买了一套。

她一手提着化妆品盒，一手女儿般拉住我的手以示亲热地离开了。

在街上散步时，她在一家泳装店让我替她选一款泳装（这是前几天我答应过的）。在纷繁缭乱的各式泳衣中，我为她选了一款。

晚上，她要试穿给我看。

我说，你还是去你的宿舍试穿吧。我指了指我宿舍的镜子，你宿舍里也有面大镜子。

她说，是你挑选而赠我的，我应该试穿给你看。看泳装又怎么啦！你不要生气，你这人太……她还是怕我生气，没说下去。

这款泳装，粉红色，带一件披纱。还真适合她。而在我，有了昨日的警悟，更有了定力。当她换上泳衣从卫生间出来的瞬间，我只把她当成一件艺术品，当然还不能算是完美的艺术品。

我的房间没有开暖空调，我怕她受凉，让她赶紧回卫生间换上衣服，回自己宿舍去。

从卫生间换好衣服出来后，她对我说，我要给×打个电话，问他，吴老师康复得这么快，他该怎么谢我。说完，就拨通了×的手机，×这家伙也够狡黠的，说，这得让吴老师谢你。她朝我看了一眼，说，是你安排我来照顾吴老师的，怎么好意思让吴老师谢我！显然，她这是话外有话，我装作老年痴呆，反应迟钝，装作听不懂，不予理会，对她说，你早点回房休息吧。

这次来温汤，我带了本岳南著的《南渡北归》。该书厚厚三大册，我带的是第一册，描述的是抗战爆发前后，中国知识分子和民族精英的故事。作家搜罗宏富，堪称中国知识分子抗战时的群雕。除了阅读有关温汤的资料，每天一有空闲，就读上几页十几页。民国时期的那些大师，那些专家学者，真是不容易，不仅在业务、学术方面钻研深入，而且很有爱国心。抗战时期，国土沦亡，民不聊生，烽火遍地，朝不保夕，但他们念着国家，念着教育，尽力为国做好工作；在国外的，宁愿放弃安定、优越的学习、工作、生活环境，告别确有专长的导师，毅然回国，投身抗日救亡斗争。

莎莎回自己宿舍后，我又继续看下去。

我忽然想，如果那些大师了解到有这么个九〇后，不知作何感想。

一月十日

莎莎告诉我，即将到来的新年，准备去老家过，看看孩子。离开温汤后，先在千灯过一夜后就启程。

我的疗养期也快结束了，得买些土特产回家。

温汤的皇菊、皮蛋、大米，都是这里名列前茅的开发的富硒产品。我各类都买了些。然后打了一大包寄回家。也给莎莎购买了一大包，她说她直接带回家。

莎莎告诉我，他们老家有个风俗，外出的人回乡来，村子里的孩子们都会上门来讨瓜果吃。

我明白了，还要给她买点年货。我说，那你挑一些吧。

她挑了不少瓜果，其中，夏威夷果就要了二十斤。她解释说，村里孩子多，少了怕不够，脸面上不好看。我看在她为我提供创作素材的分上，替她付了钱。

莎莎说，回次老家，仅路费，就一大笔。所以，往年不想回。

我问，来回得花多少钱？

她说，得有好几百。

我说，六百够吗？

她马上说，够了，足够了。

我说，这笔回老家的路费我出。

她说，那多不好意思！

她曾说，她从不向人提要求，可不时在作某种暗示；一旦目的达到，可能会愉悦一阵子。接着又有新的要求，新的目标，于是再作暗示。

九〇后身上，确有不少长处，注重自我，不盲从，有个性；但也存在着让人担心的东西。中央领导最近提出要关心与加强对青少年的教育，看来有着现实的针对性。而所谓的青年，主要是九〇后、〇〇后。

购物归来时，见前面一老太，举步维艰，还哼哼着什么。我以为是个中风病人。莎莎说，什么呀，她是在唱歌，也绝不是病人。

我上前，与她并行，看了她一眼，莎莎的判断是对的。她脸色红润，见我上来，朝我微笑，算是打了个招呼。

我问，您今年高寿？

她说，已经七十六岁了，她问我"贵庚"。

我告诉她比她虚长几岁。我问，您刚才在哼一首什么曲子？

她说，是在唱一首歌。说完，又从头唱了起来。

我因听不清，就问是什么内容。

她告诉我，这是一首情歌，她自己作词作曲。

我就与她聊了起来，希望她讲慢一些，以便让我听清楚。

原来，她年轻时，丈夫有外遇出轨了，要与她离婚。她不同意，但无怨恨，花了几天，编了这首歌，唱给他听，并耐心等待。以后只要他来劝说要她答应与之离婚时，她就唱这首歌，歌词、曲调不断调整，不断完美。

她说，他（指她的丈夫）终于回心转意，破镜重圆。一首歌，挽救了一桩实际上已死亡的婚姻。后来，她就把这首歌，传教给自己的儿子，自己也每天唱，唱了几十年。

我不禁感叹，一个多么美丽的故事！爱情重活的故事！

但莎莎说，别相信她说的，她这是编造后用来自我安慰的。她的丈夫不可能为一首歌重新爱上她！

我看了莎莎一眼，说，一首歌体现了一种情，情是珍贵的，就像你第一次说的，情比钱珍贵。我借机发挥。破镜也不是绝对不能重圆，比如你和你的丈夫，你们毕竟有过一个孩子，孩子需要妈妈，也需要亲生的爸爸。

一月十一日

从昨日开始，莎莎对我的照顾，似乎更热情，更主动了；而我反而不需要照顾了，我的生活，都能自理了。她几次要搀扶着我，我都拒绝了。倒不是为其他，主要是因为这样走两个人都累。

晚饭还在街上那家饭店吃。菜一直是她点的，常是四菜一汤。菜是两荤两素。荤菜中，除了猪肉、鸡肉、羊肉等，往常不是鱼，就是虾，这次她点了两只四两的河蟹。我从不吃羊肉、鱼与蟹，与往常一样，都由她全包了。

为此，她还"责怪"我，说来温汤后，发胖了。她说，女孩子是不能发胖的。你得赔偿。

我说，明天，我们绝食一天。

她说，不吃东西，我难受。

温汤的伙食，比松江贵。都是给来温汤的上海人哄抬起来的。

饭后就散步。

街上往来者，多上海人。在我们前面走着一对青年男女，听口音，也是上海人。两个人穿着都很入时，男的穿一件中长风衣，一条红色围巾特长，也十分显眼；女的穿着长筒靴，靴长至膝盖以上，一条裙子下端则与靴只有一点点距离，上身是一件羊绒衣，也围了一条围巾，但打的结偏在左边。

从两个人的交谈中，似有点文化。他们大概以为在这温汤没有熟人，因此可以放开说话，无所顾忌，声音也不是悄悄的，我在后面完全可以听清。说的是昨晚两个人共浴的事，粗粗听来，有点"黄"，细细辨之，不失为美。两个人或许是新婚之旅，或是外出幽会。

尾随其后，开始我觉得有点不好意思，后想到一名人一次在浙江山区曾尾随一窈窕女子好长一段路程（后超前一看，原来是个麻脸女子），也就继续听下去。

随着男女的讲话，在我眼前仿佛出现了一幅图，一幅现实版的《长生殿》中的华清池共浴图。

莎莎因为听不懂上海话，对他们毫无兴趣。我离开那一男一女回顾寻找时，发现她在一购买首饰的商店。

路过一家名为"大滋然"的商店时，发现店里有精包装的金丝皇菊一朵一小包的。我昨天买了散装的，但我还想买一些精包装的。明天就要回去了，还能买点什么呢？除了皇菊和各种本地产的蔬菜，实在没有什么可买的了。

一月十二日

今日中午离开温汤。

雇出租车到宜春车站约三刻钟。

在车站一家肯德基一类的店里吃了中饭，因时间充裕，多坐了一会，我后侧的一女子，大概也是等车子的，开始玩手机，后干脆伏桌打起瞌睡来。服务员也不干预，店里反正有空位置。

莎莎说，在高铁上要坐五个多小时，要不买点零食？

我说，你去买些喜欢吃的，回来向我报销。

她说，一起去选购吧。

我说，我想在这里休息一会，顺便看管行李与拉杆箱。

她说，那你喜欢吃些什么？

我说，我什么都不想吃。

她于是去了超市。

好一会，她买回了大大小小好多包。她报了价，我付了钱。

此后一段时间，我们都无话可说，就这么干坐着。

我觉得有点无聊，于是建议检票进站。

下午四点十八分，去上海的高铁启动了。

莎莎从手机上发现十多站中有"松江南站"（×买的回程票是到虹桥站下车），我猛然想起，上次从杭州返回松江时，也是在松江南站下的车，于是让莎莎查看手机，我们乘坐的列车是否经过杭州站。

她说有杭州站，为确证，问乘务员列车是否经过松江南站，乘务员让我等一下，让她查看，然后回答说，本次列车经过松江南站，停车六分钟。

我于是让莎莎赶紧与×联系，让他去松江南站接我们。

我与莎莎各有两件行李，一拉杆箱，一大包（我装的是一身睡衣裤，她装的是零食及我给她购的年货等）。

一路上，她对我已丢弃了幻想，也不再讲"故事"了，而是沉浸在与×会面的想象中，闲下来的时间，不停地吃零食，吃完了一包再开一包。

从到宜春开始，我们各拿一箱一包。但到松江南站时，她坚持要将我拉的一并由她拿，我开始并不理解其用意，表示我已能自己拎拉，后意识到，她这是要做给×看的，于是成全了她。

另有一细节。在温汤街上时，她想买一盒铁皮石斛，一看价格，要四千多元。我说，我家有一盒，比这个好，送给你吧。就在×送我回家时，她怕我忘记，就问了×一个问题：铁皮枫斗与铁皮石斛，是否同一物品？由此启示我不要忘记自己的承诺。她可真是处心积虑。不愧是年轻的老江湖，果然有一套处世本领。

晚上十时左右到家，十二天的温汤疗养终于结束。

卷 三

JUAN SAN

爱是一种情怀。

爱，"是人间的春风"，是"生命的源泉"。

爱，应该是圣洁的。

当爱人世间与大自然中的一切美好。

曲水园中的寻找

拙荆大姐之外孙与一小妹喜结良缘，邀请我们全家参加他们的婚礼。我大病初愈，可以不赴，但地在青浦，想起了那座古城里的曲水园，便决意前往。

就在婚礼正日午后，我提出要去曲水园。大姐、二姐、三姐及二姐夫欣然相陪。

这曲水园始建于清乾隆十年（1745），本为城隍庙的附属园林，供香客休憩之地，时名灵园。嘉庆三年（1798），取王羲之兰亭会饮之义，易名为曲水园。几经修整，园内美不胜收。说它是上海市的五大古园之一，实不为过。

但我这次重访此园，不是因为它的历史悠久，也不是因为它的风景优异。

一进园内，尽管举步维艰，但我还是冲在了前面。池旁的翠绿柳帘，路边的灿烂黄花，还有翼然亭角、蜿蜒小径、粉墙游廊，种种的精致，种种的含蓄，种种的诱惑，都未能留住我的脚步。

我在寻找，寻找一幢两层小楼。我有思想准备，几十年过去，那幢小楼可能已不复存在，那么，我要找到小楼坐落的地址。

我尽力回忆着。这幢小楼，应该在园门（当时只有东门）内的左侧不远处。拙荆似有心灵感应，在一幢新建的楼房前也不由得随我站定了，说："好像是在这里的！"我于是进一步确认，我们面前的，就是小楼的旧址。

我之所以这么在意那幢小楼，是因为小楼里曾经住过一位农村文化工作者，一位曾被著名作家魏金枝称赞过的"农民作家"，一座著名报告文学作家周嘉俊"心中的雕像"。

十多年前，我收到了有关部门寄给我的《上海群众文化志》（上海文化出版社 1999 年 8 月第 1 版）。该志"根据人物对上海群众文化的贡献和影响，分别撰写传略"（见"凡例"）。全市苏局仙等七十二人获此殊荣。

这七十二人中，有一位叫吴关明的，他的传略是这样的：

> 吴关明（1933—1992），上海县人。群众文化工作者。毕业于上海七宝农校。1953 年起，在青浦县龙（重）固区文化站工作。1958 年，经江苏省文化干部学校培训后，调入青浦县文化馆。1973 年和 1975 年，先后调入青浦县广播站和中共青浦县委农工部工作。吴关明从事群众文化工作 20 年，特别对组织、辅导、开展青浦县的新故事活动作出了贡献。1962 年，文化馆举办故事员培训班，以报纸上的长篇通讯为蓝本，通过辅导，改编成《雷锋》《大庆人》等故事。他与沈尔立合作，根据新闻稿《六粒种子》和故事员吕燕华的家史，创作了《两个稻穗头》《母女会》等故事。吴关明的故事代表作《第二次上任》，刊登于《故事会》。1964 年，《故事会》发表了青浦新故事专辑。

> 20 世纪 60 年代初，青浦县建立了县、公社、大队三级故事会网络。吴关明抓了朱家角镇、青浦镇和徐泾乡的故事组，作为重点，以点带面。他大力推广茶室故事会，涌现了吕燕华、徐雅珍、钱昌萍等小有影响的故事员。1964 年，吴关明曾组织这些故事员，在朱家角镇茶室讲青浦县作者创作的故事，上海人民广播电台前往现场录音，并将录音呈送国务院文化部，推荐上海市的新故事活动。

这篇传略，记述了吴关明为农村文化建设事业作出的贡献，介绍了他组织践行、推广用讲故事传播思想、传播文化，弘扬正能量的方法。

他其实不是上海县人。他的家乡，中华人民共和国成立初属青浦县，后划入松江县；他的籍贯应该是松江县。他还在青浦县委宣传部、县委办公室工作过。他一辈子属于青浦。

我在那幢新建的楼前久久地站立着，一些尘封的往事跳了出来。曾经写过一篇悼念文章，其中说，他一生清贫，求学时家庭经济拮据，工作后条件好多了，但仍保持着艰苦朴素的作风。一次我从松江去看望他，可正逢他要下乡。我见他穿着布鞋，但未穿袜子，就建议他还是穿上袜子。他说"不用"。走了几步，回转身，对我说："前几天下乡时，听到一个传闻，我想把它写下来，已写了两页，放在我卧室的桌上，你待会看看。"

目送他离去，我来到他的卧室，果然见桌上放着一沓稿纸。上面的两页，记了这么一件事——

夏衍（时为国务院文化部副部长）到青浦视察。到达时，已近中午。县委十分重视，在一饭店预先安排了一桌酒席。可夏衍让小车直抵农村，来到一村民家，问婆婆吃过中饭没有，婆婆说，已经吃过了。夏衍说："老人家，我还没吃，家里有没有剩饭？"婆婆自然不知来的是位部长，但热情地招待他坐下，先端上一碗白开水，让他稍等。旋即炒了一碗菠菜，煎了个荷包蛋，连同一碗米饭，一起端了上来。夏衍拿起筷子，立刻吃了起来，吃得津津有味，吃了个碗底朝天，还连说"好"。然后与婆婆聊起了家常。

显然还是份草稿，而且似乎没有写完；已经写就的，也只是个大概，应该还有随行人员，他们的中饭是怎么解决的，也没有交代。我估计，他要把这件事写成一个故事，以让故事员宣讲。但后来在编他的文集时，没有见到这篇稿子，就连那两页稿纸，也不知去向。

而今，物已非，人故去，我不禁有一种沧桑之感，重访旧址，又在心头涌起一股深深的怀念之情。曾写过一篇悼念文章，记得开头是这样的：

　　他去了，在病床上躺了三年，终于去了。

　　有人说，他去的那个地方是一个无比遥远、遥远得即便是圣哲也难言其详因而又是无比神秘的地方，是去的人都不再有痛苦、烦恼，因而谁都不想再回来（事实上也确实没有人再回来）的地方。

　　也许是这样。但我至今仍认为，他还不应该马上到那地方去。

他还不到正常的退休年龄。即使是在弥留之际，他依然有着强烈的生之愿望。

那篇文章写于他逝世十周年前夕。又是十多年过去了，我的想法依然。我将永远怀念他，因为他还是我的胞兄。

家乡逝去的风景

江南地区与北方地区有着不同的风格。北方如是一种气概，江南则是一种情致；北方是一马平川，江南则是河网交错；北方是大碗豪饮，江南则是浅盏小酌；北方是坦荡和强悍，江南则是朦胧和委婉……

一

我的家乡就属江南地区。

原属松江泗泾地区。该地区后析出部分，设九亭镇（乡），又析出部分设九里亭街道。我的家乡就属九亭镇（乡）管辖。

我曾居住过的村落距今属闵行区的七宝古镇很近。所以，我初高中均就读于七宝中学（该校后来成了上海市的重点中学）。

虽然我现在的家与家乡同属松江区（县）。但由于种种原因，很少回去。难得的几次，发现家乡在逐渐远去。

记得第一次去时（已踏上工作岗位），只见熟悉的几间老屋依稀还在；几位老人正好聚在场地上，见我上去，有的从椅子、凳子上站立起来，看了我好一会儿，才记起我是谁家的孩子；我搀扶着站立的几位长辈先后坐下，然后搬了条长凳也坐下，与他们说了会话。他们问我"你是我们村里读书读得最高的一个，现在在哪里做事""成家了吗""你的家已搬走，宅基地的钱怕被××独吞了"等问题，对有些问题，我如实作了回答；有位叫锡仁的，还陪我到处看看。

家乡的房屋大多已是新造的二三层楼房；家乡的青年都外出打工去了，即使有偶尔回家相遇的，也互不相识；而大量的新人见到我时，只是微微笑了笑，算是打个招呼，随即操着自己家乡的方言，继续熟练地忙起家务活来。

因筑了一条公路，村子已被一分为二。我家的老屋，也被铲土机铲掉了。

我原来的家乡，实际上已经消失。

已有二十多年未去，听说几位老人已先后故去。而今我也已届奔九之年，今后怕是去不成了。

<h2 style="text-align:center">二</h2>

但家乡时在我心中。

曾听村里的老人说过，家乡自有其醉美之处。

异花、野草、古树，劳作了一天而在回家路上渴望着喝一壶暖酒香香甜甜睡一夜晚的青壮年、披着夕阳骑在牛背上短笛无腔的孩童、场地上扎堆而家长里短地议论着的妇女，散在各处觅食的鸡、遇见生人路过而吠叫的狗、夏秋季节里拉水车灌田的水牛，还有老人们在门口为孙辈们讲"从前的故事"、放学回来的学生发音不准的朗诵、个别爱好吹奏者吹奏的乐声在月夜中悠扬的情景，等等，等等，都鲜活在我的家乡，一个江南地区极为寻常的村落。

犹记得，一些客居或旅游的文化人写文章道，如果能融身其中，往往美不胜收，可获得一种超脱，获得一种陶醉。其中之智者，会向村居老人讨教人生哲理，在各类景物中颐养情致，从清静里的潜心著述中获得一种成就感。

对其中的一些景物，幼时也曾亲眼见过。还有如牛拉水车，人拉水车，以及一些劳动场面等，至今历历在目。

三

记忆深处，村子南面，有一口很大的池塘。听老人说，原是一条河，后大部分被填掉了，成为农田。所以池塘不是通常的圆形，而呈长方形。

池塘西岸上，是一大片农田。

春夏之际，正是插秧时节。叔叔、伯伯们弯着腰，边插秧边后退。只是眨一会儿眼的工夫，原来水汪汪泛白的前方就出现绿油油的一片。不是韩愈说的"草色遥看近却无"的那种刚探出牙尖形成的微绿草色，而是十分分明的绿，在远近处都能发现的春天的绿。

放学回家路过时，我总会在稻田边站立一会。见叔叔、伯伯们娴熟的动作，见他们后退时前方不断扩大的绿色，我觉得他们不是在插秧，而是在铺展春色。看着看着，也想下田试试。一叔叔说，插秧是件技术活，秧苗的根插得深浅要把握好，既要后退，又要笔直，你还不行。

当时的我，已就读初中。在课堂上，老师让我们多思考。见此情形，我觉得插秧还真是不容易；感悟到，原来后退就是前进。

插秧季节，可见燕子来来去去地忙着衔泥，可闻从村落树林中传来的布谷声声。燕子与布谷鸟给这个季节增添了一派忙碌景象，一派勃勃生机。

四

在池塘与稻田之间，有一车棚。说是车棚，其实四周没有遮拦，只有四根圆木支撑着用稻草编成的棚盖。下面就是一圆盘状的木制机关，大大的。棚外有一伸入池塘的水车，长长的，由许多畚箕状的水斗组成，有上下两层。水车勾连着棚盖下的大圆盘，被拉动时，下面的水斗盛着水，向上，上面的水斗是空的，向下。如此循环往复，似一条静卧着的吞吐池水的龙。

这就是江南地区常见的水车。

从春末到初秋的这段时间里，棚盖下总有一头水牛，被蒙着双眼，拉动着大圆盘。圆盘通过轮轴与咬齿，拉动着水车，将池水拉上岸来，灌入稻田，滋润禾苗。有时候，会有几条小鱼同时进入田里。

这就是牛拉水车。

一个多月后，禾苗已长高，已有了茎秆，长出了新叶。一些稗类杂草也长了出来，为了保证稻苗有足够的营养，要将杂草除去。我被允许下田。小鱼也已长大。常感觉小黄鳝之类在小腿边擦过，感觉滑滑的。

这段时间，正是稻苗的苗壮生长期，稻田里需要更充裕的水。

牛也就更辛苦了。

牛转着圈，脚步不快不慢，保持着一种永久不变的节奏，几乎没日没夜。拉动圆盘时发出的摩擦声，和着水车载水时弹出的调，似一首诗，没有抑扬顿挫，却沉郁动人。

还在读小学时，与小伙伴们常去池塘边玩。见牛累得气喘吁吁的，嘴里流着白色的唾沫，有时候会上去帮牛一起拉，可只拉几圈，就感到头晕目眩。我属牛，虽只拉几圈，也算同"牛"相怜。

牛拉水车，是江南地区的一道风景。

五

在牛拉水车旁，往往有四根杠管组成一类似"口"字形状的框架，框架下面一横杠上有两副踏板。

这是人拉水车。由两人手拉住上面的横杠，脚踩踏板，拉动水车。

人拉水车的，一般为女子。熟练的女子，往往是边踩边聊，天南海北地聊，张家生儿李家死人地聊。年长的妇女，有时会聊些私密的话，让年轻而漂亮的姑娘羞得脸上开了红花，有时候也会禁不住"咯咯"笑出声来，显得分外迷人。聊啊聊，聊得云里雾里。聊累了，就哼起了江南小曲，缠绵得很，也算是放松一回。毕竟是江南女子，即使是农村的，也只读过小学，但也有"小资"潜质。有时也会稍稍释放甚至放纵一下。

这种劳作，简直充满诗意。

在有雾的日子里，人拉水车，宛如一幅水墨画；在朝霞与夕照中，则是一幅油画或水彩画。

初学者，常常踩空或不合节奏，此时，熟练者往往教其立即收起双腿，吊在上面的横杠上，人称"吊鳗"。我也试过，常常吊鳗，被阿姨、姐姐们友好地取笑。

设人拉水车，是为了让牛有时间进食，然后去池塘里泡一下，喝喝水，或者牛不够用时，保证给稻田不停供水。

人拉水车，与牛拉水车不同。它不仅有节奏，而且节奏可徐可疾。除了水车的歌唱，还有女子的吟诵。如果牛拉水车是一首不需讲究格律的诗，人拉水车则是一首词，属婉约派的那种平平仄仄、有韵的长短句。

人拉水车更是江南地区的一道独特风景。

六

再一次回乡时，发现不见了池塘、水车、草棚和稻田。陪同者告诉我，农村变化大，有人租赁了大块农田，盖起了厂房。这原有的一切，早已不再。

我为农村的快速发展感到高兴的同时，心中也夹杂了些许淡淡的伤感。

远去或消失的风景之美，总是让人留恋；即使对有些已经朦胧，但朦胧更让人追忆。因此有时候想，在机械化、城市化的进程中，如能酌量保留一些遗迹旧物，让我们的子孙后代知晓，江南地区就是这么走过来的；一些久居于钢铁森林者，在回到自己的出生地时，能忆及自己的家原来还有这些，从而了解我们的祖辈父辈曾经这么生活过，以与现在的生活有个比较，以引发一些感慨与回味，绝非毫无意义。

这或许是一个文化人不合时宜的胡思乱想。

触物忆旧

金山民营企业家 D 君，邀我去他那里做客。他说他在朱泾办了个展览馆，希望我去看看，提提意见。"提提意见"云云，自然是谦辞，但盛情难却。

六月二十六日，他派人开车前来松江接我。

展览馆很大，除了中间一个大天井，四周的十多间屋内布满了展品。房屋是他自家的，所有的展品，也都是自己出资搜集的，据说花去上千万元。

整个展览馆中的二三间屋陈列着过去农村中的农具、生活设施与用品。虽然季已入梅，天气湿热，我又有病在身，但一进入这相通的二三间屋，恍若回到了过去的农村，感到十分亲切，心情立时愉悦起来。

或许由于出身农村，我对农村总留有一份眷恋。在上海市区工作时，曾多次提出回松江，后终于如愿；而在松江城市化进程渐趋加速中，只要有机会，总想去农村走走，让双目拥抱无边的寥廓，让双耳充盈翠绿中的天籁，让我呼吸带有泥土味的清新，让我感受生命的旺盛与自由。或许由于怀有这种乡土情结，早年农村的种种情景，有时竟出现在梦境中。低矮的篱笆，闲散的鸡鸭；菜畦花垄，瓜棚豆架；还有牛被蒙着双眼，在牛棚里为抽水转圈，乡亲们披着蓑衣，在水田里因插秧而后退；还有狗吠深夜，鸡鸣黎明……一切都是那么历历在目，那么生动。

在一间屋里，安置了几只灶头，有两眼的，有三眼的。灶上有画。我在为一画家作传时，曾写过，灶头画是江南民间艺术的奇葩。我或吃力地蹲在灶膛口前，或在灶锅前伫立良久。在我的印象中，家乡的灶上，画得最多的是灶君。相传自农历腊月二十三（或二十四日）至除夕，灶君要上天向玉皇大帝做述职汇报，并反映人间世情。宋·范成大因此有《祭灶词》曰"古时腊月二十四，灶君朝天欲言事"。听大人们说，为了让灶君在玉帝前多多美言，每家人家届时都供以纸马、饴糖之类。纸马为上天的交通工具，饴糖是让其嘴甜。这反映了淳朴的农民对来年风调雨顺、国泰民安的良好愿望。在另一个灶头前，我还想到了唐·罗隐的《送灶诗》："一盏清茶一缕烟，灶君老爷上青天。玉皇若问人间事，为道文章不值钱。"罗隐借此诗讥讽了当时不重视文章的世风。我则由此联想到，罗隐的诗要是写在今天，肯定会引起热议。

在另一间屋里，我看到了一种工具，很是眼熟，但一时想不起它的名称。我曾经的学生Y君知道我来朱泾，就从金山卫上赶来，一直陪伴着我。我向他征询，他说："这是一种捕蟹的工具。"我不由得又想起小时候的一次见大人捕蟹的经历。那是个晚上。我跟着村里的一位叔叔，在溶溶的月色中，踏着柔软的长满野草的田埂，来到一河边的草棚内。叔叔把提着的一盏灯，安放在棚内的河滩上方。

他告诉我，这灯是用来诱引蟹的，蟹是夜间活动的动物，见灯光，就会爬行过来，让我不要出声，不要动作。

不一会儿，果见一只蟹横爬过来。叔叔全神贯注，候及最佳逮捕的机会，立刻伸出手去。那只握惯了锄头、铁鎝、镰刀的粗壮的手，灵活地用拇指与食指捏住蟹盖两边，轻轻地捉了上来。这瞬间的及时，这出手的敏捷，在当时的我看来，简直是世上最优美的动作。

走出展览室，来到天井里，发现在一角有一个稻草堆。这个看上去十分简朴的稻草堆，又在我面前幻化成了一个生动的场面。

好像是在一场阵雨前夕（农村里人称之为"滚阵头"），宅上的叔叔阿姨要在阵雨到来之前，将稻草贮堆起来。开始堆放时，我们小孩子没多大兴趣。等到堆得比我们的个子还高时，就兴奋地要大人让我们上去"帮忙堆放"。任我们胡搅蛮缠，大人硬是不同意，说这不是拾稻穗一类活，是一件技术活。我们于是搬来一条长凳，站在凳上看。稻堆基础很大，堆得高一丈许时，需要有人将稻草捆用杈一个个挑上去；堆放者接住后，按原来的放法，稻根朝外，稻梢向里，先放周边，后放中间。到达近两丈时，逐渐缩小周边。最上面一层，堆得像屋面。堆成后，下面的阿姨架一扶梯让上面的叔叔下来。

叔叔刚下来，就起风了，接着就是倾盆大雨。真是不可思议，在大风中，稻草堆稳如小山；下雨时，雨水会顺着顶部的稻秆徐徐流下。尽管淋着雨，我们这帮孩子（也早已跳下凳子），围着稻堆，叫喊着，转绕着，心里那个欢畅啊，至今仍鲜活在心中。

离开展屋前往饭店的路上，我的心仍留在展屋里，继续着由展品引发的联想。我想到了十多年前游览桂林时所见的奇景：几十个大大小小的山头，"直跑到城里的马路边，钻到机关的院子里，蹲到人家楼前的窗户下，或者就拦在十字路口看人来人往"，与桂林人朝夕相处，磨鬓厮鬓。现在的城市建设，已重视扩展绿化面积，但我仍期望着，让农村中原有的清新与诗意，农村中原有的自然与和谐，农村原有的质朴与敦厚，以及农村中传承着的中华民族的优秀文化，融入城市中来。

我　爱

爱是一种情怀。

爱，"是人间的春风"，是"生命的源泉"。

爱的对象，应该是人世间与大自然中的一切美好。

爱，应该是圣洁的。

每个人都有爱，我亦然。

我爱之一

一

我爱山岚。

读古诗词，常见"山岚"。

《汉语大词典》中，在"山岚"的词目中，就引用了三位古代诗人的诗句：

> 茅屋山岚入，柴门海浪连。（唐·顾非熊《陈情上郑主司》）
> 珍重加飧省思虑，时时斟酒压山岚。（宋·徐铉《和江西萧少卿见寄》）
> 泽气沉沙白，山岚过野红。（明·刘基《旱天多雨意五首呈石末公》）

明·袁宏道认为，山岚设色之妙，皆在朝日始出、夕舂未下，"始极其浓媚"（见《晚游六桥待月记》）。夕舂，即夕阳。

我初步体味到山岚之"媚"，是在一九七七年春夏间。其时，一场持续十年、遍及大江南北的运动刚结束。上海人民出版社（由上海教育出版社等五家出版社组合而成）的编辑特约我在春节过后，赶赴江西，组编一本关于"共大"的书稿（后署其名为"红日照征程"）。忙碌了一天、傍晚散步时，偶尔发现，日薄西山，余光横照，在那重重紫翠中，缓缓升起团团烟雾。初以为是山居人家的炊烟。至炊烟起，发现那炊烟是细细的，袅袅而上，久之则散而消融于山色，而那烟雾，其色逐渐浓重，并不断弥漫开来，始染层峦，渐缭绕于危峰之腰。待返回共大分校宿舍时，发觉路边草木湿湿的，而前路一片迷茫。原来那就是山岚。其时，组稿已近收尾阶段，时节也已入夏。江西与上海不同，气温偏高，空气干燥，这山岚，让我感到润润的，很舒适。

　　爱山岚，还因为一名学生。

　　这名学生名"岚"。二十世纪八九十年代，在一个暑假里，上海市有关部门组织了一期"文学夏令营"，参加者均为中学生。我受聘，带领松江的七八名学生前往市区参加。其中就有她，这才得以与她相识。夏令营（大概有一周许）期间，我读了她的几篇习作，发现她有灵气，有才气，是个可以培养成"家"的学生，于是答应收她为徒。她好学多问，而首问的就是她的名字，我解释后，她才把这个名与自己的姓联系起来，说："我明白了。"

　　她在就读大学期间，正是我编写上海市中学语文教材进入最紧张的时期，几乎没有一个节假日，每年的除夕，六点多时还在返回松江的路上，根本没时间与她见面交流、辅导。她于是每周寄我一信，附寄一文。我告诉她，信不复，文必评。

　　她在信里告诉我学习生活时，依然问学，而且所问由学而至于人事。记得有几封信，总涉及其校一青年教师。已经是大学生了，成年了，被人追求，与之恋爱，虽不普遍，但算不上是特例。学校领导既不提倡，也不反对。我于是也不便多说，只告她，当以学业为重，多了解其为人。那段时间，她可能处于热恋之中，但仍坚持每周一信一文。我至今还保留着这些信。

　　参加工作后，依然与我保持着联系。不幸的是，后来她患了癌症，由于动过手术，经过放疗，当年的靓丽不再，精力与文学上的追求不再，为了保持在我心目中的形象，终于痛苦地决定与我断绝联系。

二〇一六年年底，我也身患癌症，经手术后，又一度被几位"专家"诊断为已经扩散，于是开始整理旧物，料理后事。在考虑是否再保留这些信件时，我拆包逐一重阅，仍深感其情之诚、之深，又深感惋惜。还未来得及决定如何处理，中山医院院长断定"没有扩散"，终于得以放心。去年，曾想以这些信为素材，著一长篇，无奈被别的书稿所挤，至今未曾动笔。

二

我爱傍晚。

傍，《说文》："近也。"傍晚，临近晚上。

这段时间，是白昼与黑夜交替的时间。

这段时间，是太阳将要告别他哺育的万物又恋恋不舍地离去、月亮已披好银纱正等着闪亮登场的时间。

这段时间，是勤劳了一天的农民伯伯荷锄、短笛无腔的放牛娃骑牛回家的时间。

这段时间，是情侣们已经谱好心曲并迫切期待着互相弹奏的时间。

······

国家实施改革开放政策后不久，一种传统的养身方法作为一种行业开始兴起，这就是足浴。

商家们很快看到了商机。渐渐地，足浴的内容也由起始时的单纯变得丰富起来。于是，一支庞大的队伍形成了，并很快遍及各地的大小城镇。

这一"新生事物"激发了我的创作欲望，作为一名业余作家，我想做深入的了解。

S是个起步较早的商人。我开始的几次足浴，都由他引领并陪同，地点是昆山境内一个名为"南港"的小镇。而那里的一名技师也就成了我关注的对象。

不知道她的姓名，只知道她是十二号。

作为一名技师，技法其实一般，但人较朴实。

一次从酷日下（其时S还没有小车）进入时，大汗淋漓。但一进入空调间，一躺上专用的沙发，渐渐凉快起来，以致睡意频袭。她见状，说，好好休息会儿吧。为让我休息好，轻轻哼起了家乡的小曲，按捏足部的力度也稍稍减了些。

　　因为她的服务态度，后来的几次，我都"点"了她。

　　因为多次被"点"（行业用语叫"点钟"，意客人进店时，点明需要的技师，被"点"的技师有奖金），她很感激，于是邀请我与S去茶楼喝茶，以示酬谢。

　　喝茶时正是傍晚时分。包房在三楼，西壁有窗。我看了看窗外，视野开阔，正要下山的太阳将窗外低矮的民居抹上了金色。

　　S了解我的想法，希望她谈谈她自己或同行小姐妹的情况。她很聪明。想了想，说："那就谈谈我的恋爱故事。你们可能会有点兴趣。"

　　她于是娓娓地说了起来。

　　她的家在皖北农村。在读高一时，就与同村的一个青年相好。他希望结婚而被拒绝。在多次恳求后，她仍未表态，但提了个要求。

　　离村三里有座山，她提出，去山岩上各刻"我爱你"三字，每周刻一画，刻成后再说。

　　两个人相约，每周六傍晚，同时跑步去山上，风雨无阻，雷打不动。"就是发汗热，只要不超过三十八度，仍坚持。"他说。

　　三个字共二十四画。他们用了整整六个月，终于各自刻成三个字。于是结婚。

　　讲完这个故事，已经到了该上班的时间。她起身告辞。

　　大概是一个月后，因另一本内刊排版，我又去了昆山。S告诉我，他已与十二号商定，先替我们进行足浴，然后下班再喝次茶。S说，她很高兴，说要把她的经历讲完，供老先生写作时参考。

　　在足浴时，我给了点小费，补给她上次请我们喝茶的付出。

　　依然是那家茶室，依然是那间包房。我依然在西窗边站了会儿。待服务员沏好茶退离后，她接着上次的故事，继续说了起来。

　　结婚后，她就辍学，开始寻找工作。

　　找到第一份工作不久，老板看上了她，且强迫非礼，她无奈逃辞。第二份工作，三个月不发一分钱。她多次索要，最后举报，仍无结果。

找到的第三家厂，因污染环境，她只上了一个月班，就被关闭了，当然仍然拿不到一分钱。

"生下孩子后，我就来到甪直古镇，"她说，"可整整半年，也找不到工作。"不得已，她才在一家足浴店做所谓的技师。"我其实没经过培训，只是看小姊妹做了几次。而那时，有些足浴店已经异化，名声不好。我本也不喜欢这项工作。"她顿了顿，继续说，"老板为了招徕顾客，要我们放开。什么是'放开'？你们懂的。我只得离开。经多方打听，才来到了南港的这家。几个月来，证实这家店确是正规的。但因为正规，你们可能已经看到，顾客寥寥，已经濒临倒闭。"说到这里，她停了下来。

沉默一会后，她看看墙上的钟，站了起来，说："我又得去上班了。"走到门口，又回过头来，对我们说："欢迎下次再来，如果店还开着。"

她离去了，带着对未来工作的担忧。

再一次去那家足浴店时，发现已关闭，如她所预料的。

也不知她的去向。

回到宾馆，我沉思良久。我知道，这类行业的从业人员所说的，多为虚假，我问 S，他认为不像是编造的，至少他知悉，她确实去过甪直那家足浴店，而那家足浴店也确有色彩。我也相信她说的，在山岩上刻画这种细节，是很难"创作"的。我不无感慨，并写下小诗一首：

茶楼夕照抹窗帘，俏丽相陪品味甘。

为我需求身世诉，人生道路让人怜。

她可能回了老家。我想，她还是回老家好，带着自重，带着尊严。再说，得相信老家在发展，会越来越好。

两个傍晚，让我听到了一个有趣的故事，了解到了一段凄美的经历，还收获了一首小诗。而这些，就值得我爱。当然，值得爱的傍晚，绝不止这两次。

傍晚这段时间，还应该与白天、黑夜一样，是有收获的时间。

三

我爱学生，曾经的学生。

我的学生分两类。一类是作为教师，在松江二中、在电大、在学院执教过的；这一类，又分两种，一种只是任教，一种是既任教，又担任班主任。还有一类是作为作家在文学创作方面辅导过的，本文第一部分写的那名学生，就属于这一类。

二〇二二年元月二十五日，被邀参加一次聚餐，松江二中七六届五班部分学生的聚餐。这些学生属于第一类中的第二种。

P生如约而至我家接我。

进入包房。听说L生正在赶来的路上，我们于是边喝茶边闲聊起来。我们聊当年往事，聊坊间趣闻，谈吐随意，气氛宽松。一生还带来红茶、瓜果，红茶味醇，瓜果可口。大家一时十分活跃，我的心情好极了。

L生一到，大家就开始举杯。

在整个过程中，我所吃的，都是坐在我旁边的P生给搛的。我说我不喜欢海鲜，也不爱吃河鱼河虾。她先搛一块龙虾，说那就只吃一小块，尝尝味道；过一会儿，又搛了一块鲍鱼，说也只吃一块。又一会儿后，她搛了一片鱼，说没有骨刺，让我尽可放心。如此一块又一块，我很快就饱了。她当年是我推荐的整个年级的学生干部，毕业后，负责全区的拆迁工作，曾有几年，她每年组织员工吃一顿"年夜饭"，区长每次都去，与员工同餐同乐。这次席上的这种看似勉强的细节，让我感受到了一种发自内心的关怀与尊重。

L生是从珠海赶来的。他本是中邦集团公司的高管，还主营一五星级宾馆。三四年前，他曾邀我到他那里疗养，并且让他的几个同学陪我前往。我因有病在身，加上腿脚不便，怕被照顾而影响他们的游览，没有去。去游览的诸生回来说，他们这次享受的是首长级的待遇。我问他："还在中邦？"他说，他已退休。现正经营一座规模很大的椰子园。国人所吃的椰子及其产品，绝大部分是从东南亚进口的。为了从根本上改变这种状态，政府鼓励自产自给。他说今年上半年可以建成，已有几位中央首长前去视察过。他对我说："吴老师，这一次你一定得去，你点几名学生，我让他们陪着你。那里气候宜人，风光优美。我还在山腰上构建一茶室，茶室三面除矮墙外，全无遮拦，你可以坐着喝茶、观光。当你纵目远眺时，你会发现，山下平地上，房屋如丘，河流若带。"他刚说完，大家极力鼓动我去。

几个小时仿佛只是须臾间，已到下午两点。大家虽有不舍，但不能不散席了。

两女生立即过来，在左右两边扶我下楼，扶我走到停车处。我其实还不至于需要人扶。但她们自觉、主动、亲切的搀扶，这种不是子女而胜似子女的照顾，这种圣洁而体贴入微的柔情，让我在这个寒冷的冬天感到温暖如春，为我这个鲐背昏耄者注入了一股生命之力。

类似这样的活动记不清有多少次。

我爱之二

一

我爱江南水乡。

江南地区，河湖相衔，泖浦交络。《松江府志》云，承受源水之来者，为湖，为泖；导引委水之去者，为浦，为江。这湖、泖、浦、江，为江南地区孕育了万物，孕育了生命。

"交流四水抱城斜，散作千溪遍万家。深处种菱浅种稻，不深不浅种荷花。"清代阮元的这首诗，写的是湖州。诗把"水"与"乡"连接在了一起，把水与人们的生活连接在了一起。

写江南的古诗词中的相当一部分，绕不开"水乡"。读这些诗词，眼前就会出现柳醉杨迷、莺啼鹭飞，出现小桥、流水、人家，出现渔舟钓翁、岸边浣女、牛背牧童，出现烟雨楼台、夕阳渡口、溪上茶室……这等胜景，不说为全国之最，起码可让国人为之沉醉。

唐人有首乐府诗：

君家何处住，妾住在横塘。

停船暂借问，或恐是同乡。

　　横塘，如果是实指，那么苏州有，松江也有。除了其他，我还读出了这名女子家住江南水乡的自豪感。

　　江南水乡之美确实让人自豪。

　　江南水乡之美，在景。

　　我的老家就在两条小河边。两条小河，一为东西向，一为南北向，东西向的小河一端就衔住了南北向的小河。两条小河，如一名温柔多情的姑娘的两条手臂，紧紧拥抱着二十多户人家，拥抱着我儿时居住的这个江南地区极为普通的村落。

　　由于两条水流的滋润，村落美如一帧中国画。"乱点碎红山杏发，平铺新绿水蘋生。"白居易写的就是春天里我家乡的村落，只是这个村落虽有杏，但不是山杏。

　　江南水乡之美，在人。

　　有人说，江南与其说是一个地理概念，不如说是一个人文概念；还说，江南的灵魂是女子。在我看来，上一句话说得绝对精准，而后一句话虽然稍有偏颇，但不是绝对没有道理。江南女子身上，有一种天然的江南文化韵致。另，读历朝历代写江南女子的诗词，你脑海中浮现的女子形象，多半是风姿绰约，情致缠绵，美得让人倾心。

　　我有幸与三位江南女子结为忘年之交。一方水土养一方人。她们经历过江南水乡优美的自然风情的濡染，水一般清丽灵秀。她们接受过悠久而优秀的江南历史文化的熏陶，而今或事人文，或治理工，职业不同，而出类拔萃的文才艺质，谦恭厚实的高格学养，严谨负责的工作作风，让我这个昏耄，不由得心生敬畏。

二

　　我爱月亮。

　　无论什么样的月亮，新月、残月、圆月，都爱；新月如镰，残月如玦，圆月如盘、如轮、如璧，都美。

　　小时候就喜欢看月。那时候学校几乎不布置作业，即使布置，在校就可完成。回家就能读闲书（都是新翻译出版的苏联小说及中国历史演义小说）。到晚上，家里为了省灯油，不让点灯，但刚读到的故事特别紧张，牢牢地吸引着你，为此，只得到邻居家窗外借其灯光继续阅读。好在这不是常有的，于是只有坐在门槛上读月亮。

当时对于月亮，除了一首诗、一个故事，几无所知。这首诗，就是李白的《静夜思》。我当时想，这月光还真像在地上铺了层霜。但不明白李白为何"思故乡"。这不仅是"小时不识月"（李白《古朗月行》），还是小时不懂情。而这个故事，就是嫦娥奔月的故事。我当时想，嫦娥到了月亮上，怎么样了呢？那吴刚既然砍不倒那棵桂树，为什么还一个劲地不停地砍呢？这种想法还可说是小时候不懂故事。

这些问题后来当然得到了答案，但真正对月亮产生感情，是在一九七七年上半年赴江西组编《红日照征程》一书时。

那天在一"共大"分校组编完一篇文章时，已经下午五点左右。分校的同志希望招待顿晚饭，留宿一晚。我考虑到明天要与出版社的同志商量下阶段的工作，所以执意要回总校。分校的同志于是决定用车送我，但仅有的一辆车正好外出，让我等等。可谁都不知道车何时返回。返回晚了，司机肯定也够累的，我怎么好意思让其再开一个来回！虽然该校距总校有二十多里山路，但我仗着还年轻，胆子不算小，不怕走夜路，决定立即出发。

出发时已是薄暮时分。周边的校舍、树木、农田、山丘等，都被晚霞笼在绮般的余韵里，给人一种眷恋之美。

夜幕降临，但月亮披着银色的薄纱，款款地升上天际，及时地洒下柔光。

我大步奔走在山路上。在一岔路口，我犹豫了一下，选了其中的一条。

又走了近一小时，发现不对。路越走越窄，两旁的山岩，比上午来时看到的低矮了许多，还是光秃秃的。这才发觉选错了路。

其时其地，除了山中偶尔传来的不知什么动物的叫声，空寂得让人紧张。该地区三月的山林之夜，气温较低。我奔走了两个多小时，身上已经冒汗，夜风吹来，全身一阵紧抽。我意识到今晚上肯定赶不到总校了，还突然想到这地区山中有没有狼或其他野兽，又想到刚才听到的叫声……所有这些，让我禁不住有点害怕起来。

怎么办？再返回分校，还得走两个多小时的路。到达时，估计分校的同志都已离校回家，而我又不知道他们的家址。

无奈之际，偶尔抬头，原来这天上的月亮一直陪伴着我，我走她也走，还把一片清光满满地披在我身上。我稍稍镇静了一下，开始四顾，月光下，终于发现不远处一座山坡上有一点灯光，正顽强地抵御着浓重的夜色。那灯光点亮了我的心。有灯就有人家。我于是朝着灯光奔去。

从那以后。我爱上了月亮，也因此关注起歌咏月亮的诗文来。"江畔何人初见月，江月何年初照人。"（唐·张若虚《春江花月夜》）这样的问题或许永远无人会回答，但永远让人深思。"大江阔千里，孤舟无四邻。唯余故楼月，远近必随人。"（南朝梁·朱超《舟中望月》）这简直是在写我那一夜迷路的情景。"夜来闻清磬，月出苍山空。空山满清光，水树相玲珑。"（唐·岑参《冬夜宿仙游寺南凉堂呈谦道人》）月光净美了苍山。"海底有明月，圆于天上轮。得之一寸光，可买千里春。"（唐·贾岛《绝句》）海底之月光金贵如此。"但愿人长久，千里共婵娟。"（宋·苏轼《水调歌头·明月几时有》词）原来可让明月寄思传情。

月如佛，月光如佛光，普照古今，普照万物，无论富贵还是贫穷，无论宫殿还是茅舍，都同等眷顾，"直到天头天尽处，不曾私照一人家"。（唐·曹松《中秋对月》）

三

我爱山区人家。

我这里所说的山区人家，不是指被商业所污染的现今的"农家乐"一类人家，这类人家，其实是变相的旅店。我所指的，是古诗词中所描写的山区人家，或是现今仍像古诗词所描写的山区人家。

奇峰异石，飞瀑流泉，古洞幽壑，炊烟袅袅，草木葱茏如云蒸霞蔚等等，构成了山区人家的胜景。

不论是"白云生处"的人家，还是"隔溪翠微"里的人家，都爱。

"白云生处"出自杜牧的《山行》。自古山入画，这高山上的人家可入诗，而此《山行》中的"人家"，我相信是实实在在的山居人家。

"隔溪翠微"出自清代松江府娄县才女金淑的《自题山水》。此诗不如《山行》为大家所熟知，兹将全诗录如下——

> 尺素烟霞起，孤峰户外斜。
> 隔溪翠微里，犹有几人家。

这是一首题画诗，可谓诗画一体。

无论是山顶上的人家，还是山坡上或山麓下的人家，都为山区增添了生气，丰富了山区的内涵，也美化了山区。他们都远离尘嚣，与大自然融为一体。他们的生活未必富裕，但简单、实在、安宁；他们虽然平凡，不为大众所知，但质朴、敦厚、好客。

我爱山居人家，就是因为这类描写山居人家的古人的诗章。

爱这类山居人家，还与上节所写的那件往事密切相关。

那一晚，我几乎爬行了近一个小时，可已经走在了那家的门前，灯突然灭了。月光下，我看到，那是间木屋，屋前有小块场地，场地三周，是用石块垒成的矮墙，场地上还堆着枯柴、农具等杂物。我已经筋疲力尽，别无选择，只得敲响了他家的门。

只一会儿，灯又亮了，门开了。一位婆婆出现在我面前，我直言想借住一宿。不知道她是否听懂了我的不标准的上海普通话，但她把我迎进了屋，让我坐下，沏了一碗绿茶，然后从里屋叫出了一位青年。

这后来的事就很顺利。

那一晚，我喝完了他家的两碗茶，是绿茶，是他们自种自制的；

那一晚，我饱吃了一餐，记得婆婆还特地炒了一碗韭菜，很新鲜的韭菜，是他们自产的，但我吃得很香；

当然，那一晚我美美地睡了一觉。

用现今常用的一句即"为了表示一点心意"，第二天清晨告别时，我拿出了包中仅带的几十元。他们执意不肯接受，我趁他们不注意，将钱压在了床垫的被单下，飞也似的跑出了家，跑下了山，像个做错了事的孩子。

我爱之三

我爱花木。

花木与人为伴，为大自然增色。

花木是诗，是画，是生命的千姿百态，让人得以怡情养性。

我对每种花木都爱，包括可制鸦片又可入药、花极美艳的罂粟，而尤爱梅、葡萄、竹。

一

明·季文震亨（1585—1645）著有《长物志》一书。其中的《梅花》一文写道："幽人花伴，梅实专房。"（花伴，意以花为伴，专房，意最受宠爱）"花时坐卧其中，会神骨俱清。"我爱梅花，倒不是附庸风雅，做"幽人"状。

二十世纪七十年代末，我被借调上海市教育局教学处工作，受徐振维老师委托，应全市中学生课外阅读之需，曾于业余搜集到古人写松、竹、梅的诗词千余首，从中选一百多首，加以注、析，成《松竹梅诗词选读》一稿，后由上海教育出版社于一九八五年三月出版。其间，曾重点研读了百多首咏梅诗，被感动而萌生爱意。

南朝梁·何逊颇受唐·杜甫推许。逊曾在扬州为官，后到洛阳，因思梅，请求重回扬州。重到扬州时，正逢梅花盛开，于是大开东阁，延请文人雅士，欢游终日，并作《扬州法曹梅花盛开》（法曹，官署名）诗，诗中有"兔园标物序，惊时最是梅。衔霜当路发，映雪拟寒开"，写梅花在百花中最早开放，反映出梅花不畏严寒的品性。

宋代林逋长期隐居西湖孤山，二十年不进城市，与梅、鹤做伴，人称其"梅妻鹤子"。其《山园小梅》中有"疏影横斜水清浅，暗香浮动月黄昏"诗句，被南宋王十朋称誉为"暗香和月入佳句，压尽今古无诗才"，历传不衰，脍炙人口。两句中，一个"疏"，一个"暗"，写活了梅的姿态和幽香。

宋诗人杜耒《寒夜》诗中，甚至写及"寻常一样窗前月，才有梅花便不同"（才，繁体为纔，犹"一"）。宋·辛弃疾《夜游宫》词："几个相知可喜，才厮见说山说水。"才厮见，意为"一相见"）。梅花的开放增添了月夜之美。

我曾欲购绿梅、红梅各一株，后只得红梅，价不菲。植屋南，冬春之际，先见枝条上几百花蕾，日见增大，已是悦目，后满树红花，烂漫如霞，更为怡心。我八十四岁为本命年，或云，七十三、八十四，阎王不招自己去。就在这一年，这棵红梅突然枯死。我以为其代我而死，于是对红梅由爱而至感激、敬重，油然而作七绝两首以寄意。

其一

雪里冰魂物已尤，门前璀璨报冬休。
平安旧岁谁怜护，尔去西天让我留。

其二

朵朵红花绕树头，年年伴我过寒流。
如今不忍干枯状，勉力牛犁作报酬。

二

关于葡萄，明·徐渭有一首著名的诗：

半生落魄已成翁，独立书斋啸晚风。
笔底明珠无处卖，闲抛闲掷野藤中。

此诗为题画诗，作者以葡萄（即诗中的"明珠"）喻自己怀才不遇，落魄被弃。联系作者的身世，我能理解作者何以这般写，对其遭遇也深表同情，但我以为其过于悲观了；再说，葡萄还不至于落到"无处卖"而被"闲抛闲掷"的境地。

记得我曾读一文，写江南葡萄园的，写的景美，文字也美，美得让我心颤。我开始关注葡萄，可能受此文影响。可惜只摘录了文中最精彩的一段，也未录下作者姓名及刊载的报刊名称，因此不敢引在这里。

几年前，学生曾赠我两棵葡萄树，并替我种植于院子里。因病未加管理，一棵已死去。另一棵在去年冬天及今年初春，主干及枝条，都呈干枯状。我以为与另一棵一样，也死了。可上月中，发现已有嫩绿点缀枝条。葡萄树长出了新叶，还有些许卷须。葡萄树旁，本有个铝合金晒衣架，但是从未晒过衣被，这棵葡萄树移植过来后，就让其枝条架于其上，这架上的枝条，长出的叶片尤多。

文氏《长物志》将葡萄列入"蔬果类"。汪曾祺说，葡萄是吃的，不是看的（《关于葡萄》，收《人间草木》，人民文学出版社 2020 年 6 月第 1 版）。我让种葡萄树，正相反，不是为了吃葡萄，而是为了观赏。这几年，因有更好的葡萄可品尝（后面会写到），我每年只摘一串（也很可口），其余的约二三十串，都留着，用以观赏。这藤条错落、枝叶纷披、卷须缠绕之状，还真让人感到神清气爽。而葡萄，汪氏言，白的像白玛瑙，红的像红宝石，紫的像紫水晶，黑的像黑玉。汪氏还用了一个词："璀璨珠琅"，甚至说："你就把《说文解字》的玉字编旁的都搬了来吧，那也不够用啊！"我只有一棵，没有那么多品种，而且，我还达不到他的赏识水平。我以为，我的这棵上的串串葡萄，用人们常用的"晶莹剔透"形容，似更为确切；如果再加一词，那么"芳鲜圆绽"也很形象，这个词，清·陈维崧在《青玉案·夏日怀燕市葡萄》中用过的。

汪氏还说，葡萄也开花，"只是葡萄花很小，颜色淡黄微绿，不钻进葡萄架是看不出的。而它开花期很短。很快，就结出了绿豆大的葡萄粒"。我相信他写的，因为除了无花果，有果应该有花，但我未曾见过，今年，我得留意。汪氏说，开花在五月中旬，这时间段也快到了。

我爱葡萄，主要是因为著名作家竹林。我初见她，是在二十世纪八九十年代编撰上海市中学语文教材期间。我读了她的《冰心与萧乾》一文，觉得文质兼美，很适合中学生阅读。为教学需要，文中个别处有微改。一次去上海作协开会，我带了校样，在会场上找到她，征得赞同后，才正式选入教材。对选文，要求高，关卡甚多，后又作过重大修订，但她的这篇文章一路绿灯，而且保留在教材中达十年之久。

从此我与她有了真诚交往，直至今天。连续几年，每至葡萄成熟时，她都赠我马陆葡萄，每次都有十多箱（每箱十斤），我不客气，但告她一箱足矣。她说，你学生多，与他们一起分享吧。我由人及物。我以为，这葡萄中，蕴含着人世间一种弥足珍贵的、圣洁的友情。我有另文记此事，兹附录于后。

附：

品　尝
——谨以此短文谢竹林

竹林电告，要送我十盒（每盒十斤）马陆葡萄。我谢了她，并说太多了，一二盒足矣。她说，你学生多，与他们一起分享吧。她不仅想到我，还想到了我的学生，我只能接受。真情、诚意是不能拒绝的。

汉·张骞出使时，从大宛国带回葡萄种子，从此我国就开始栽培欧洲葡萄。这在徐光启的《农政全书》中有记载。而马陆葡萄则于一九八一年开始培植，至今已享誉三十多年。

马陆葡萄还真是个名牌特产。竹林给的，一盒内有多种品种，形状各异，颜色不一，但都有一股淡淡的清香；主要的，还难以名状地可口，一颗进口，一种滋味，一种享受，立即沁入五内，溢满全身。我血糖指标较高，但竟贪婪得欲罢不能。

曾经叩访过赵元真老师的家。他家门前就有个葡萄廊，长长的，茂盛的枝叶将阳光挡在了上面。廊内的空气也被染得绿绿的。那一串串的葡萄悬垂着，似翡翠，如玛瑙，风吹进廊，它们摇曳着，显然在迎候我们。赵老师好客，让我们自摘而食。几年过去，那情景至今还在眼前。

许多人写过葡萄的吃法。有人先剥开薄薄的皮，观赏其绿莹莹、水汪汪的鲜肉后才放进嘴里，咬时还得轻轻地。我则先将若干放在自来水中洗干净，再用纯净水（或冷开水）冲洗一遍，然后，性急地将整颗放在嘴内，用舌与齿去其皮，尝其肉，有时连同皮一起咽下。

品尝时间，在我看来，两段最佳。一个是午睡后。其时，身子已起，脑还未全醒，晕乎乎的，吞咽几颗后，渐觉神清气爽。一是好友、爱徒来访时。我们边聊边尝，增了不少雅兴情趣。

在品尝前（其实在午睡前或友徒来访前），我还找出古人歌咏葡萄的诗句，一边品尝葡萄，一边赏读诗句；或一边品尝，一边研讨。不是要附庸风雅。眼前物，诗中景，葡萄味，古人情，相互辉映，相得益彰，让人回味，让人联想，还真别有一番风味。如若不信，不妨试之。

这几日品尝葡萄时，我曾赏读或与友徒研讨过下面的诗句。

> 掬罢盈盈娇欲语。
> 轻明晶透，芳鲜圆绽，小摘西山雨。
> ——清·陈维崧

> 西园晚霁浮嫩凉，开尊漫摘葡萄尝。
> ——唐·唐彦谦

> 满筐圆实骊珠滑，入口甘香冰玉寒。
> ——元·郑允端

> 晓悬愁欲坠，露摘爱先尝。
> ——清·吴梅村

遵竹林嘱，我留下两盒，其余的都送给了我的学生。李塔汇学校校长唐健康发来短信："十分开心，万分感谢。在吃每一粒葡萄的时候，都回味着您的关爱。"我以为，这短信应该是发给竹林的。

> 二○一七年八月十八日匆就时，尚有一盒
> 盛放在冰箱里，以慢慢而省着点享尝

三

一提起竹，我会立即想起宋·苏轼的《于潜僧绿筠轩》诗：

> 可使食无肉，不可居无竹。
> 无肉令人瘦，无竹令人俗。
> 人瘦尚可肥，士俗不可医。

旁人笑此言，似高还是痴。

若对此君仍大嚼，世间那有扬州鹤！

诗最后两句中，大嚼，出自"屠门大嚼"一典，喻羡慕至极而又得不到，姑且凭想象以自慰。扬州鹤，则出自《殷芸小说》：有客相从，各言所志，或愿为扬州刺史，或愿拥有财货，或愿骑鹤上升。有一人曰"腰缠十万贯，骑鹤上扬州"，想三者兼得。两句意为，如面对竹君又想食肉，正如世间不会有腰缠十万贯又能骑鹤上扬州那样的事，说明庸俗与高雅不能相容。诗中，诗人以竹象征高雅。

《世说新语》里记，王羲之之子子猷，平生爱竹，相传其曾暂居别人空宅时，"便令种竹。或问：'暂住何烦尔？'王啸咏良久，直指竹曰：'何可一日无此君？'"。

我自然远未达到古人如此爱竹的程度，自然也还没有古人如此之雅致。但我也爱竹。

曾写过《爱好》一文，其中写到，在读初二时，在我家的竹林里，写了一篇记述当日学校里发生之事的作文。"竹枝摇曳，凉风习习，红红的蛋黄般的太阳已沉到了竹梢下。我写得很投入。"我把这"很投入"写的作文投给了一家杂志社。这是我第一次投稿（结果当然被退回）。

后来读了不少古人咏竹的诗文，加深了我对竹的认识与感情。

在中篇历史小说《南冠草》中，写了夏允彝与夏完淳的一段对话：

允彝在一株新竹前站住。这株新竹，傍河而生。几个月来，尤其是几场春雨之后，箨落竿长，梢拂霄汉，枝长节坚，皮抹春粉。允彝借着月光，不由得抚摸起来。

"存古，为父曾对你说过，这竹，有三个特点，可曾忘了？"

"孩儿铭记在怀。"

"说来听听。"

"一、凌云，此其志；二、心空，此其德；三、有节，此其质。"

"这其三，当最为重要。"

"孩儿记下了。"

我虚构这一细节，是想以竹写人。后来，允彝自沉殉国，完淳也遭被捕，坚贞不屈而牺牲，都践行了自己的理念与承诺。

随着生命之路的延长，渐渐悟到，所管的事应越来越少。从远的、大的方面说，俄乌战争你管得了吗？从近的、小的方面说，即使是家里的事，恐怕也做不了主了。能管的恐怕只有自己，但常常感到无奈的是，自己也不一定管得了自己。大概只有对自己的爱好（包括对大自然绰约多姿的观赏），还有回忆，是可以做得起主、管得了的。奔九之年，"凌云"云云，早随岁月流逝，已成下一世的追求；但我依然常以梅、竹、葡萄提醒自己，不畏寒冷，不能张扬，不忘感恩，保持晚节，以不负此生。

享　受

在松江二中执教时的几位学生约我小聚，说是小聚之处环境幽静、餐具别致，"老师肯定喜欢"。

小车在路边一场地上停下，我被扶下车。前面，一条河流与路并行。寒季河浅，水落石出，石多而奇，欹嵌盘曲，不可名状。河对面，翠竹丛生。我估计，聚地可能就在竹林内。

"今天是吃饭，还是喝茶？"我问。一生答："先吃饭，后喝茶。喝茶是附加的。"

在经过一座木桥时，忽然想起一绘事来。宋徽宗是个蹩脚皇帝，但深谙绘事。他曾立画院，召诸名家，摘唐人诗句试之。一次以"竹锁桥边卖酒家"为画题，多数画家"向酒家上著功夫"，惟一个叫李唐的，于"桥头竹外画一酒帘"，徽宗对之十分赏识，认为画出了"锁"的意境。我于是在桥上站定，说："这桥边，应该竖一竿挂一帘，上书酒店名。"

一生曰:"老师,'酒香不怕巷子深'嘛。这酒店已闻名遐迩!"我朝他看了一眼,说:"你是说,这'帘'已挂在了许多人的心中。"

酒店果然坐落在这竹林中。我们沿着用碎石铺成的弯曲小径,来到了酒店前。

还真是别具一格,这酒店竟是一排五开间的茅草屋。时入隆冬,但那茅屋周围的竿竿青竹,生机勃勃,虚心自持,婵娟霜姿。要是在盛夏,竹子可以遮阳挡暑,摇曳生风,定然会让人阴凉舒爽。与闹市中的豪华酒店不同,这里给人一种都市里的村庄的感觉,让人有一种回归原始的心境。这里显然不具备婚庆等大型宴席的条件。但会受到一家几口或三五好友的青睐;有度的放纵,稍稍的奢侈,再渗入一点诗意,让亲情、恋情或友情融化在这舒适和享受中。

尽管预料到这屋内的小环境或陈设绝非遍布内地的"农家乐"一般简单。但进入屋内,我还是惊呆了。这里竟五步一间,十步一阁,廊腰缦回;小桥流水,高低冥迷,不知西东。我随着他们,七转八弯,进了一包房。包房不大,但墙上挂着名人字画,几上置有花木盆栽。气温被调得温暖如春。

我刚入座,一生立即用手机放起了歌曲《天边》。正是云飞唱的。尽管歌词中有一个词错了(应是"采撷"却唱成了"采拮",不知是歌词作者写错的,还是云飞唱错的),但这位学生还真有心,知道我喜欢他唱的这首歌:

> 天边有一对双星
> 那是我梦中的眼睛
> 山中有一片晨雾
> 那是你昨夜的柔情……

曲调舒缓,音域宽广,饱含深情。歌曲把我带入了蒙古大草原。天似穹庐,笼盖四野,天苍苍,野茫茫……我习惯性地双手合掌,向这位学生表示感谢,感谢他为我营造了一种宽广,让我感受到了一份深情。

我们聊了会儿,一生提议上菜。首先上的是碗筷。一盅般的食具引起了我的注意。圆圆的,浅浅的,洁白如玉,周边有两个凹口,凹口光滑。我指着凹口对服务员说:"姑娘,你看这,怎么破了!"服务员认真地回答:

"不是破损，是我们老板特意设计定铸的，便于放筷子。"我故作恍然大悟："哦，原来是这样。"说完，将筷子放上面，确实稳稳地。

看出我情绪很好，一生命立即上菜。第二道上的是一只提柄很高的篮子，里面装着毛豆、玉米、山芋、花生等五谷杂粮。满满的、沉沉的一篮。这道菜，激发起了我的又一波兴奋。不是因为这篮里的菜。这些菜，过去屡屡见之，尝之。让我兴奋的是将这些东西装在了篮子里，而不是盛放在碗里或盘子上。这让我想起了江南地区村姑上集市时手腕中的篮子。那篮里装的是她们的收获，她们的汗水与欢乐；装的是块块农田，个个季节；装的是她们的生活。不信吗？她们那甜甜的吴侬软语会告诉你，会让你相信。我高兴地夹了颗毛豆，发觉味道比过去尝过的好多了。

再上来的一道菜又让我眼睛一亮。一只鸟笼，笼着一只"鸟"。这只"鸟"显然是一种蔬果雕刻成的，但雕得栩栩如生。一生说："老师，认出没有，这只鸟是用什么制的？"另一生说："好像是上了色、煮熟了的白萝卜。老师先尝尝。"我迟疑着，觉得这简直是一件艺术品，不忍举筷。我又一次召唤服务员。还是那名服务员，微笑着走上前来，叫了声"老先生"。这回我看清楚了，她脸上有两个浅浅的酒窝。我问她："这道菜什么价？"她报了个数。我进一步说："你是说，这道菜，总共这个价！"我在"总共"两字上用了重音。她说："是的。"我答复说："就是说，吃完这只'鸟'，我可以将笼子带回家，或者可以整个提回家！"姑娘这回笑得很灿烂，说："谢谢老先生对本店的肯定与点赞，欢迎天天光临！"

午餐在一片愉悦的氛围中结束。回来在写这篇小文时，回味着这一切，觉得这是一次艺术大餐，是这几天来的一次赏心悦目的享受。

第 一 次

每个人的人生路上，都会有许多个第一次。

第一次见"月上柳梢头";第一次在内蒙古大草原裹着棉被等看日出;第一次发现晚霞成绮得如此美丽;第一次发表小说时感到内心似从未有过的那般兴奋;年轻未婚时第一次遇见意中人时的那种怦然心动;在人生的转折点第一次领受恩师教诲或他人帮助时所产生的以后一定要"涌泉相报"的心愿……

第一次总是难以忘怀。

一

始终保留着在松江二中上的第一堂课的情形。

上的是高二年级第一学期的一篇现代文。

为了上好这踏上工作岗位后的第一堂课,我几乎用了吃奶的力气,花了足足一周准备,数易教案,记得最终一案有十多张学校发的八开的备课纸。

听说学校教导主任(同学们都称呼他"孙教导")要来听课,我提前去了教室,站在后排一同学旁。该同学见状,让出了半个座位,让我与他合座,还拍了拍我的肩,说:"你是插班生?"我未及回答,上课预备铃响了,教导主任走进教室,走上讲台,扫视了整个教室,看到了我,就招呼我上去,并向同学们介绍说:"这位吴老师,刚从师院毕业,分配到我们学校,将任教你们高二(二)班语文,并担任你们班的副班主任。"说完,正好响起了上课铃声,他示意我开始上课,自己则走到了最后一排,原先与我合座的同学立即与另一同学合座,让出一个座位让他坐下。

我几乎是照着教案读,读完最后一页,发觉还没到下课时间(后来才知道还有十多分钟)。当时的教学,主要是教师讲解,有空余时间,有经验的教师,会布置学生自习,教师则走下讲台,在学生中巡视。可当时的我,头脑中一片空白,只是低着头,呆呆地站在讲台上,不知道该怎办。

彼时的松江二中,已从江苏省的重点中学转为上海市的重点中学,招收的学生大多是来自市区的优等生。见此情况,他们都安静地坐着,坐在前排的一名女生,佯装有疑问要求解答,招手让我走下讲台,指着课文后的练习题,示意我布置让同学们做。可我呆得要命,直到课后才得以领会。

时间真会"弄人"。剩下的这段时间，竟成了半小时，一小时，几个小时。

总算响起了下课铃声，我一惊之后，如释重负。然后站到了教导主任面前，像一个不懂事的孩子等着挨批。可他只是笑了笑，说"没事，回办公室吧"。我几乎是逃跑着离开了教室。

几年后，我把这堂课写进了一篇小说中，还加了个细节：

> 下课铃声还未停止，他飞也似的逃离了教室。还没出走廊，一学生连喊着"老师，老师"追了上来。他又紧张起来，不知道又出了什么事。原来仓皇间忘了拿粉笔盒，这学生追上来是送粉笔盒的。

一九九六年五月十八日，我执教过的几届学生（近四百人），在一酒家为我的"六十华诞暨从教三十周年"（他们拟的主题词）组织过一次"雅聚"。主持人（时为区检察院检察长）言及我的那第一堂课时，说了句"看来，吴老师的从教起点也不算高"。

这第一堂课，是警钟。它一直警示着我。穷则思变，低则思高。

起点低，未必不是件好事。

二

我家与西邻间有一块空地。属于我的一半，陆续种植了枇杷、柿子、橘子、葡萄、无花果等果树（大多是学生替种的）。还有一棵红梅，一棵桂树。清·龚自珍有《病梅馆记》一文，言文人画士"明告鬻梅者，斫其正，养其旁条，删其密，夭其稚枝，锄其直，遏其生气，以求重价"，龚氏认为经此修理的皆为"病梅"。此文自有深意。我对这些树，从不修理，"纵之顺之"，倒不是由于受到龚氏之论的影响，而是由于懒，耄耋之年，体力不济，想培土施肥都不能，就更谈不上修理了。再说，种这些果树，其实也不是为享其果，而是为了引鸟、养鸟。宋·翁森有"好鸟枝头亦朋友"诗句。在家的日子，每天清晨，我总是在众鸟的歌唱中醒来，开始新一天的生活。因此任由果树自生自长。一株红梅病故后，只关注那棵桂树。

这棵桂树，虽然也从未管理，但长得高大繁茂，有些枝条，甚至伸到二楼的阳台旁。在家的日子里，无论冬夏，无论晴雨，我每天起床后都要在阳台上站一会，与它相看两不厌。曾一度，阳台上有一藤椅，如再置一小几，就可以坐而相对品茗了。而到中秋时节，还真是"叶密千层绿，花开万点黄"，"弹压西风擅众芳，十分秋色为伊忙"。桂花盛开时，"人与花心各自香"，而这香，我无法用一个精准的词来形容它，"浓郁"似重了点，"芬芳"又过于宽泛，"暗远悠长"稍妥些，但仍觉得不甚贴切……还真是书到用时方恨少；只觉得它沁腑而可人。

从未见它掉叶。二〇一六年十二月一日，天晴明，但寒风劲厉。我在上海中山医院住了十许日后要求并被允准回家。在下车瞬间，突然发现一片桂叶掉落，我站定，见它在离开枝条后，在风中飘飞着，不停地翻转着，悠悠地，款款地，似有诸多不舍，百般柔情。最后掉落在我脚边。我右手按着腰部的创口，慢慢弯下腰，用左手捡起，发现厚厚的叶片上，网状的脉络，错落有致；壮实的叶柄，直挺不屈；整片叶子，包括叶柄，枯黄中犹有微微青翠。它还不应该掉落，当为风摧残所致。想起了"叶落归根"，于是将它放到树根处。正要拾级进屋，它忽然又被风吹了起来，又翻了个身，才缓缓地掉落在地，只是离树根稍有了些距离。

这次住院，时间不算长，但想得很多，似也省悟了一些，对佛教，对老庄之学，也增添了一份兴趣。进屋后，因暂时无力上楼，先在底楼儿子为我新购的躺椅上坐下。

我闭目养神。但刚才目睹的一幕，又浮现在眼前。曾看到过满地落叶，但这叶落的过程还是第一次真切地看到。原来，枯叶的掉落，竟如此舞蹈般美丽。那么，它的这种呈现，想告诉我什么？一切得顺其自然？即便掉落了，也要从容，也要优悠自在？我的思绪开始飞扬起来。我明白了，坠落的树叶虽然"归根"了，但春天到来的时候，新绿又出现在它原来的枝条上；它的这种呈现，还蕴含着它的无所畏惧。

我想起那年的一场大雪，厚厚的积雪覆盖并压弯了桂树顶部的所有树枝；想起有一年的酷暑，气温高达四十摄氏度，不少花卉都被烧焦了。可雪融烧退时，这桂树葱翠依旧。

我于是想应该写点什么了。

两天后，终于填成了一首词。

浪淘沙·咏桂

　　岁末六出飘，负盖天天。寒流肆虐众花凋。尔自欣然持本态，尽显节操。　　酷日顶头烧，劲干繁梢。枯颓百卉汝昂高。似伞枝条成绿水，本性高标。

在《八十岁路口》一文中，我写过，岁月有两部不朽的著作，一部是《历史》，一部是《生活》；我还写到，在《散步思絮》（2016年6月中国文史出版社出版）后，还要写一本。在这本书的内容中，还应加一个：无惧寒暑，而这"寒暑"，当包括老、病、苦，还有死亡。

三

曾经写过一篇题为"回顾"的文章，其中写道：

　　今日去一单位，办完事回家时，我钟爱的一位门生要用小车送，我想走走，就谢辞了。她于是执意送我到楼下。我告别她离去而偶一回头时，发现她仍站立在大门前的路边，见我回顾，又向我招了招手。已经有了一段距离，看不清她的表情，但她高挑的身材，深色的中长大衣，白皙的脸，还有那扬起的手，定格在了我的脑海中。
　　这一次的回顾，让我再次感悟到，人在赶路时，有时是需要回顾的。

在那篇文章中，我还提及：

情况往往是这样，最美的发现，有时竟在回顾之中。

其实，早在十多年前，我就感悟到了这一点。在我的人生路上，那是一次新的感悟。

那是在学校组织的云南、广西旅游途中。一天，游览了一座山。因车停在一广场，下山后，需要走一段山路。我落在了同事们之后。偶尔的一次回顾，我不由得呆住了。

我惊喜地发现：刚才游览的那座在我看来极为一般的山，此刻竟静美如画。

那山上的各种石头，正如唐·柳宗元写的，欹然相累如牛马在饮，冲然角列若熊罴登临，嘉木则直浮于云海之中。刚才都曾见过这些石，这些树，但都未曾有这种感觉。那陡峭壁立的悬崖，倾泻而下的瀑布，此时也才得以见其全貌，感其雄险，感其气势。山下平畴似织，河流若带。诸多人家，或点缀于山坡，或棋布于平畴河畔。那屋顶上，正升起缕缕炊烟；炊烟袅袅向上，萦绕在山间。宋·王禹偁词云："水村渔市，一缕孤烟细。"其实岂止是江南的水村渔市有"烟"，这里同样有。久居城镇，这久违了的炊烟，是一份亲切，让人想起了儿时的生活，想起了时在心中的家乡。"人"与"山"相伴，山居人家，就成了仙家。那里（可惜我们未曾去叩访）定然没有喧嚣，没有纷扰，没有鲁迅所谓的"碰"与"撞"，而纯净得只有诗。

夕阳已经在山，正悬挂于林间。她虽不如朝日醒目，但霞散成绮，依然明丽着上下，满怀着殷殷眷顾之情，呈现出恋恋不舍之态。这生命的最后情怀，让人油然萌生出一种无以名状的敬重与神往。她神圣无比。

自那以来，我开始注重回顾，当然，回顾的内容，随着阅历，由景扩大至于人与事。

四季风情

春

一年四季，春为首。

古人曾给我们留下许多春的华章。

"柳絮时依洒，梅花乍入衣。"（南北朝·萧绎《春日》）柳絮轻柔飘舞，梅花骤落衣上。

"几处早莺争暖树，谁家新燕啄春泥。"（唐·白居易《钱塘湖春行》）一"争"一"啄"，写出了春来时之忙碌。

"儿童散学归来早，忙趁东风放纸鸢。"（清·高鼎《村居》）草长莺飞的二月天，没有作业负担的孩子们都开心啊！

"春风疑不到天涯，二月山城未见花。"（宋·欧阳修《戏答元珍》）没有春天，真是无趣！

在我看来——

春是计划一年的季节。一年之计在于春。对个人来说，二〇二一年，已经以成就、成长谱写成曲而融入人生。那么，当二〇二二年开始迈开脚步时，我们计划过新的一年怎么度过吗？

春是播种的季节。《管子·权修》云："一年之计，莫如树谷。"春若不播，秋无所望。我们打算在新的一年里播种什么吗？准备如何播种吗？当不会碌碌无为地度过吧！

春是生命的季节。天朗气清，惠风和畅；草木蔓发，百花争艳；轻鱼出水，白鸥矫翼。人与大自然同步，无论黄发还是垂髫，都应是一条朝霞映照下的色彩斑斓的河，在职的中青年，尤当如此！

夏

采茶歌里春已老，乱穿四季衣的四月还没有离去，夏就加紧脚步，匆匆向我们走来。

云物变，草木繁。夏没有春天的明媚，也不如秋天的富有，但夏自有其特点。

> 绿遍山原白满川，子规声里雨如烟。
> 乡村四月闲人少，才了蚕桑又插田。

这是南宋诗人翁卷写的一首题为"乡村四月"的诗。

如果春是花的世界，秋是果的天地，那么，这首诗告诉我们，夏是绿色的专场。

告别百花争艳的春，夏给山岭与原野换上了绿装。山岭上，层层佳木，重重葱翠，蔚然深秀。原野中，青草如织，绿秧似画，碧水绕村。如置身其内，你会发现，风都是绿色的。整个世界都是绿色的。

绿是生命力旺盛的表现。因此，诗还告诉我们，夏是繁忙的。

如果春是播种的季节，那么夏是耕耘的季节。不仅是才了蚕事，马上得去插秧。"昼出耘田夜绩麻，村庄儿女各当家。童孙未解供耕织，也傍桑阴学种瓜。"古代的农家人白天忙，晚上也不闲着；大人忙，童孙也找事干。农耕社会的这种情状已经不再，但夏天的忙碌依然。草木忙着生长，人们忙着干活。一切都忙得不亦乐乎！古人有诗云"我爱日长"，清·张潮也谓"当以夏为三余"。于珍惜时间的人来说，夏提供的机会确实最多。

夏还是火热的。

赤日炎炎似火烧。但这炎热，会让你想到烈阳下的各类工作者，穿着军装值班和训练、在边境线巡逻的军人，正在工地上抓紧分秒紧张操作的师傅，还有赤膊急着送货的小哥们……他们火热似烤，挥汗如雨。想到他们，你会油然而生敬意，他们的心，他们的情感，也是火热的。

夏也是诗。

慈竹笋如编，蜻蜓立荷尖，池塘处处蛙，溪流绕山行，梅逐雨中黄，又有带月荷锄归，牧童骑黄牛，萤火雨中燃，还有乡先贤倪瓒写的"隔江眉黛横"，等等。处处是景，处处有诗。古骚人墨客对此多有吟唱。

秋

如果春的主色是红色，夏的主色是绿色，那么秋的主色是黄色。

菊花是黄色的。唐·黄巢有"冲天香阵透长安，满城尽带黄金甲"诗句，菊花的香气弥漫着整个长安城，遍地都是铠甲般的金黄色。伟人则认为"战地黄花分外香"。桂花也是黄色的。弘一法师《咏菊》诗中有"花中正式自含黄"句。我家一棵有几十年历史的桂树，长得枝繁叶茂，每逢中秋，就有桂花开放。我附庸风雅，曾填《蝶恋花·桂》词，中有"万点黄花秋日照"句。深秋的银杏叶也是黄色的，风吹过，片片黄叶翩翩起舞，飘落在地，成一片黄色。秋天是一个黄色的世界。

秋是收获的季节。

小学与初中，我家住农村。在一段时间里，每天放学回家，总见大人们忙碌着。我放眼望去，几十亩稻田连成一片海。风吹过，稻浪汹涌，但除了几顶草帽飘浮，不见人影。几小时后，就发现一个个排着长队，挑着割下的稻谷，"嗨哟嗨哟"地哼唱着走向场地。这时的稻田，有一部分露出了泥土。我感觉这情景像是柳永的词，有一种铺陈的手法。

之后，就轮到我们小孩子工作了，就是拾遗落在田中的稻穗头。大人们说，一粒谷，七担水，从春天插秧后，经过夏天的耘草，几个月的悉心灌溉管理，终于到了收割的时候。我们拾着，发觉稻谷颗粒饱满。哪怕浪费一粒，也觉得愧对几个月的劳作。

于是懂得了什么叫收获。

秋天，还有一种声音。这种声音名之为"秋声"，为秋天所独有。

宋·欧阳修一次捧卷夜读。一声音突然传来。他悚然听之。开始时，淅淅沥沥若雨声，萧萧飒飒又似风声；顷刻间，如波涛汹涌，咆哮澎湃，似金属相击，铮铮钅从钅从，又像是夜战士兵，衔枚疾走。

"奇怪，"先生凝神辨认，随即吩咐书童，"出去看看。"

书童进门说："星光皎洁，月色如泻，浩瀚银河，悬挂中天。没有人声，声出自林间。"

先生想了想，明白了：这是秋声！秋声到来之前，草木繁茂、葱茏，欣欣向荣，令人神怡；秋声一旦来临，将使绿草变色，树木脱叶。先生不由得想了开去……

冬

冬是冷峻的季节。

北风呼啸，大雪纷飞。草木凋零，花事沉寂。天地间呈现出一派肃杀，一片萧条。"柴门闻犬吠，风雪夜归人"，当归者将享受那份醇厚的温暖时，当有怎样的感受？

但冬季里，有两种花凌寒绽放。一是梅花，一是海棠。梅花疏影横斜，暗香浮动，占尽小园风光。海棠则"枝间新绿一重重，小蕾深藏数点红"，鲜嫩的绿叶，猩红的小蕾，互为衬托，交相辉映，并"强饰春妍嫁北风"。他们用自己生命的顽强，给这个空旷、凋残的世界带来妍丽。除了梅，还有两种植物傲然挺立，苍翠依旧。"风声一何盛，松枝一何劲！""多节本怀端直性，露青犹有岁寒心。"松竹与梅被称"岁寒三友"。他们让这个死气沉沉的世界充满生机。

他们是冬季的风骨，是冬季的脊梁。

冬是积蓄与收藏的季节。

这积蓄与收藏，不只指粮食。草木虽已凋零，并被冰冻损，被雪覆盖，但其根须还活着，时刻在用力吮吸大地深处的精华，以积蓄能量，收藏活力。一旦东风吹拂，大地复苏，它们将会"死"而复生，给人类重新带来绚丽和勃勃生机。"人畏冬山肃，我爱冬日丽。老木妍新霜，浅红透深翠。"这位诗人认为这经霜的老树在这个天寒地冻的季节里显得更为妍丽，体现的不仅是自己的情怀，还是对冬季的深情吟咏。

冬季还是休闲的季节。张而弛，是自然的规律，也是人生的规律。对农家来说，老农们可以笼袖曝日，尽享晚年幸福。但对大多数农家人来说，休闲时则在思考，在酝酿，思考来年的生活，酝酿来年的图画。而对文化人来说，冬季里，正可围炉夜饮，切磋交流，吟咏词章；正可拥被读书，增进学养，构思新作。唐·白居易曾问刘十九："绿蚁新醅酒，红泥小火炉。晚来天欲雪，能饮一杯无？"在寒风呼啸的夜晚，朋友此邀，传递了一腔炙热的情意，这位刘十九能不欣然应邀吗？

梦聚天庭

——雅聚之二

一

我非鲲鹏，也非杨柳，但忽然如庄子与一伟人所写的，展翅扶摇，轻飏直上。开始时还见行人如蚁，蠕蠕而动；房屋似丘，鳞次栉比；河流若带，曲折蛇形；丛林为毯，覆盖大地。渐渐地，一切都消失了，周围是白茫茫一片。

似乎继续在上升。脚已经踩在了云朵上。抬望眼，远处有重重建筑，似海市蜃楼，在浮云中若隐若现。

忽然有乐声传来，如丝似缕，优美细柔得动人心弦。

记得有一次在苏州游览时，在一园林的曲廊里观赏过一次演练。奏乐的是几位高龄的民间艺人，两年轻的女子，随着乐曲，翩翩起舞。我伫立良久，倾心观闻，不由得吟起了杜甫"此曲只应天上有，人间能得几回闻"的诗句。

那么，刚才听到的动人心弦的优美乐曲真是天宫仙乐？我真来到了天上？

循着乐声前去，远远地，见一女子，轻盈移步，款款前来。

"吴老师来了。"

我一愣，觉好生面熟。

她上前一步："吴老师不记得我了？"

"你是章……"

"对，我是章兰。"

"你怎么在这里？"

"这个问题，容我以后再告。"她微微躬身，伸出一手，"现在请吴老师随我来。"

所经之处，还真是琼楼玉宇，廊腰缦回，朱阁绮窗。

苏轼曾言，高处不胜寒，但我此时觉和煦如春。尤感到意外的是，我这几年，由于两膝关节退行性病变严重，因疼痛而举步维艰，可这会儿，不仅痛感全无，还伸屈自如，仿佛回到了年轻时代。

章兰引我至一亭子里，让我在一椅子上坐下，说了声"吴老师稍候"后，离去了。

一路上，除了建筑，我未曾留意过其他景物。直到此时，才起身来到亭沿，想看个究竟。这一看不打紧，吓得赶紧后退几步。四周空旷无际，虽然远处有红光四射，华彩腾霄，近处祥云缭绕，紫雾缤纷，但总觉亭子悬浮在一个偌大的空间里，腾涌的云雾，仿佛使亭子也在晃动。

忽然想起，一次在江西黄洋界，想一睹界下情景。临近边沿十许步时，我们合仆爬行至边沿，探头见下面深不可测，烟波翻卷，于是赶紧退回。黄洋界上地面开阔，而这亭子则似孤立于空中，亭四边好在有着防护栏杆。

我赶紧在一椅子上坐下，感觉安稳了。面前有一圆桌，桌上有瓜果数盘。桌边除我就座的，还有三张椅子。无论是桌子还是椅子，都不是木制的，好像也不是石制的。过去在电视剧中看到过天宫里的布景，感觉这桌椅显然是玉制的。

如此看来，我是真的来到了天上。

费我所思的，这章兰怎么也在这里。她自身患癌症后，与我断了往来。

二

章兰领来一儒生。

儒生方巾匹发，羽衣霞帔，手持折扇，英姿脱俗，潇洒出众，有林下风致。他在我对面的椅子上坐下。

章兰说了句"两位先聊，桌上瓜果尽可享用"后，又离去了。

我与儒生对视着。他肤色润白如玉，脸庞灿若朝霞，正忽闪着的双眼秋波般纯沏、亮丽。

他微笑着问我："不认识我了？"

"您是说，我们曾谋面过！"

"一次，你们区开过一个座谈会什么的，请了一些人，好像搞得挺隆重的，可你们把我忘了。"

我想起来了，因思念殷切，我做过一梦，梦中与陈子龙……哦，是她，就是她。她喜欢女扮男装。

"想起来了？"

"想起来了，"我忙站立，双手抱拳，"晚生失礼了。柳——"

该称呼什么，匆促之间，我未及考虑。

"还是称柳姑娘吧。"

"恭敬不如从命，我就称柳姑娘。柳姑娘，那次的事，我真诚地向柳姑娘致歉。"

"你只是负责接待么。再说，已是过往的事。不是说过往云烟吗！像云烟一样过去了。"她顿了顿，"刚才说什么来着？对了，称呼。我就称'你'，不介意吧。我获悉，在你们那里，现在'您'啊'您'的，似乎很尊重，但距离拉开了。'你'这样的称呼，也显得亲切。"他将折扇放到了桌面上。"你记住，要写一个人物，即使是几百年、几千年前的故人，要尽量拉近距离，甚至要让其活在你心中。"

我深味这位才女的话，觉得颇有启发。于是说：

"晚生受教了。说起来那只是一个梦。"

"是的，只是一个梦。但梦中相见，也是相见。通常的情况是，梦醒之后，梦中之境，就依稀模糊了，甚至全然忘却。难得你如此清晰，还撰成《雅聚》一文。另外，我还得感谢你，蒙你不弃，为姑娘我作传。"

"只是写了柳姑娘在云间的三年，不能算是作传。"

"但这三年，在我的一生中，是至关重要的三年。在这三年中，我以师生之谊与男女之情与云间的才子们交游，那情景，至今仍历历在目；更重要的是，就在这三年中，形成了我的文艺观。所以，我在我的著作中，常署自己是云间人。"

"晚生不才，区区小作，让姑娘见笑了。"

她让我坐下。"我笑话你了吗？"

"乘此机会，正想向姑娘讨教。"

"倒是可以说说我的想法。我们能再次见面，也算有缘。我就一吐为快了。"

柳姑娘缓缓说了起来。一口的吴侬软语，如东风拂面，春雨润心。说着说着，她话锋一转，说：

"我对徵舆，本没有感觉，虽为一美男，只一官家子弟耳。让其在白龙潭水中候之，倒是让我见其真心。但说实话，我仍不深爱他。你知道，我深爱的是卧子。所以——"

她停了停，看了一眼桌上的瓜果盘。"杜牧有诗句'一骑红尘妃子笑'，宫门重重，次第大开，快马驿传，只为区区荔枝以博妃子一笑。这里，已视荔枝为平常物了。"说着，她取了一荔枝，去其半皮，递给我；随后，为自己也取了一颗。

她的随意、洒脱，让我有了具体的感觉。待我们都品尝过后，她继续说：

"所以，他要在我的雪篷浮居上过夜，被我拒绝了。你写的是对的。但在嘉兴的那个除夕之夜，你写我们两个'一夜绸缪，整宵缱绻'，还'一个''一个'的，句式虽然齐整，但——，你不要误会，我不是说不雅。如果不是道貌岸然，现实生活中这类事也是有的；但不符合我当时的实际。我虽放诞不羁，但对一个我并不深爱的人，我做不到这一步。"

"晚生十分愧疚。一出版商，见《云间柳如是》销售尚可，拟再版发行。为此，我已删除了这段文字，已改成：'她要找的，毕竟是相陪终生的爱侣。想到这里，她将他请出门外，并说，辕文兄，今日我累了，你也早点休息吧。徵舆仍苦苦相求。但她就是这样一个女子，一旦作出决定，就不再随意改变。'"

"这样写，就符合实际了。"

她又看了一眼瓜果。这回我脑子拎清了。我来不及挑选，就取了两颗并连的樱桃递给她，为免她选递，我赶紧为自己抓了一棵。

她又随意说起来："不说樱桃红了，芭蕉绿了，而说红了樱桃，绿了芭蕉。我不是掉书袋，但睹物及人，这蒋捷还真会写。这样写，不仅合了词律，而且简直写活了樱桃与芭蕉。"

她品味着，若有所思，好一会不说话。

"我在松江的三年，"她终于又说了起来，"你是把我作为才女来写的。在后记中，你又为我辩诬。我离开周府到抵达云间，其间仅几个月。在这短短的时间里，有人诬我在苏州'独张艳帜'，可能吗？那时我才十四五岁；再说，独张艳帜就那么容易吗？在云间时，我与钱谦益曾同游白龙潭。与卧子分手、离开云间后，我就嫁给了钱。更无可能独张艳帜。陈寅恪大师，耗时十余年，写成皇皇三大册，洋洋八十万字，为我翻了案。有你们，真好！如果《云间》一书能再版，我可以提供一些为时人不了解的细节……"

她正说着，我也未来得及表示感谢，章兰又带领一女子过来了。

三

见章兰只领来了婆婆一人，柳姑娘问："完淳贤弟怎么没来？"

我惊喜地问："完淳先贤也在这里、也要来吗？"

章兰说："刚起身要来，又被拖走了。"

柳姑娘："不是说好的吗？什么事，这么急？"

"说是有篇文章，急着要。"

我问："完淳先贤在你们这里是做什么的？"

"相当于明、清时代的中书舍人。"柳姑娘说完，面对章兰，"小妹，你老师喜欢喝茶吗？"

章兰："喜欢，喜欢喝红茶，尤其是正山小种。"

柳姑娘对婆婆说："刚才我与他已聊了好一会儿。我先去方便一下，然后弄点茶水来。婆婆您与他接着聊。"说完，转向我，说，"你可能还不知道，那朝晖的绚烂，晚霞的绮丽，过去是七仙女编织的，现在则是婆婆的创作，你是否留意到更美了？"说完，又转向章兰，"小妹你留下。"

柳姑娘离去了。

章兰在我耳边悄然说，老师面前的，就是你们为之作传的黄道婆。

我面朝黄婆婆，发现她就是我想象中的那样，丰神秀逸，慈眉善目，和蔼可亲，宛如菩萨，只是双眉及头发都已若银丝。

她微笑地看着我，又朝向章兰。

"小妹妹是吴老师的学生？"

"是的，我曾跟吴老师学文学创作。"

"看得出，吴老师很喜欢你。"

"是的，婆婆。我也很爱吴老师。"

"你是说你很敬重吴老师。"婆婆说，"那《黄道婆》一书，还有个作者，为什么不是你？"

婆婆随即转向了我。

"她当时正生病，"我替她说明，"患的是癌症，虽已切除，但还在治疗中。"

"哦，这样啊。"婆婆又转向章兰，"以后要好好跟吴老师学，把缺掉的那段补回来。"

"婆婆，章兰谨记。"

"跟老师合作，是最好的学习方法。"说完，婆婆又转向我，"吴老师——"

"且慢，婆婆，"我打断了婆婆的话，"您是我无比敬仰的长辈，您称我为老师，不仅不妥，而且让我坐立不安！"

"好吧，那我称你的大名，春荣。就这样说定了，春荣，与学生合作，是培训学生的最好方法。当年，我改革纺织机具，就带了几名学生，用的就是这种方法。"

我起身向婆婆鞠躬："晚生铭记在心！"

"想起了一个问题，当年你怎么会想到写我？"

"不瞒婆婆。有一个人一直想着婆婆，他是位领导，一直想找人为您立传。但在他原来工作的区里找不到合适的人选。后来调来我们区，大概了解到了我的一些情况，先后三次提示我写您。"

"你为何两次拒绝？"

"第一次，刚写完《夏完淳》，还想做些修改。交出版社后，出了校样还要校对，有很多事要做。"

"明白了，你当时无暇顾及。那么，第二次又为何拒绝？据了解，《夏完淳》已定稿并进了印刷厂。"

"在一次座谈会上，有人主动提出，他可以创作，说已开始写了。"

"于是你让了，可领导还是坚持让你写，是这样吗？"

"是的。"

"那第三次为何又答应了呢？"

"那一次领导让我到一家名'壶中天'的茶室里。领导郑重其事地又提了出来。开始时我仍未应允。领导似乎有点不高兴了，提高了声调，正告我，像黄道婆这样世界级的科学家，作为同郡后辈，为她树碑立传，责无旁贷！"

"还世界级？"婆婆微微笑了笑，"于是你答应了，但有点勉强，是吗？"

"主要是史料很少，只有两篇，一篇是陶宗仪的，一篇是王逢的。两篇史料加起来，不到五百字。"

"史料少，或许是件好事，给作者提供了更为广阔的想象空间。"

"他也是这么说的，我想也对，于是接受了。"我顿了顿，说，"今天正好是个机会，我想听听婆婆的意见。"

"我知道你的需求，知道。但改个时间，好吗？"

在婆婆与我对话的过程中，章兰或看看婆婆，或看看我，但一直在认真听取。

好一会儿，婆婆面对章兰："小妹妹，这就是你老师！没想到一本书的问世，有这么多艰难吧！更让你想不到的是，只半年，你的老师就交出了三十万字的初稿，着实让人吃了一惊。当然，后来还有很多事，书稿差点胎死腹中。这些，我们就不说了。"

婆婆与我的对话正好结束时，柳姑娘与完淳正从不远处走来。柳姑娘手中还捧着茶具。章兰见状，立即迎了上去，从柳姑娘手中接过茶具。

四

完淳过来后，大家只是吃吃瓜果，喝喝茶，随便聊了会，考虑到我年事已高，黄婆婆建议大家各回自己的休息处休息，一个时辰后再到此处相聚。

章兰带我到早已安排好的一个处所。该处外有一厅，内有一室。另有一卫生间。器具简单，一如通常的宾馆；但质地都是玉一般的材料，如刚才的亭子。章兰带我浏览了一下后，让我进了内室，问我累不累，我说还好。

"要不我们聊聊？"她在"我们"两字上加了重音。

"好。"

我建议到厅里，因为厅里有两椅一几。她同意了。

她沏了两杯正山小种，放到了小几上。然后我们在几旁的椅子上各自坐下。

各喝了几口茶水后，她将椅子移到了我的对面，坐下。

开始一段时间里，她只是看着我，许久，才说：

"老师，我们多少年不见了？"

"我也记不清了，总有十多年了吧。"

"老师真的老了。"说着，竟流下泪来。

"八十六岁了，能不老吗？但你不必为我悲伤。我能有今天，已经知足了。我写过，那天真要来临时，我可以说我够了。"

"在就读大学及工作期间，我曾先后给老师寄了许多信，可以说每周一封，再忙，也坚持。"

"我知道，我至今仍保存着。上个月，还花了整整半月时间，逐封看了一遍。"

"老师说那些信还保存着！"

"确切地说，还珍藏着。"

"上个月重读那些信，感觉如何？"

"老泪纵横。"

她又哭了起来，还哭出了声。我递过几张餐巾纸，她接过，擦去泪水，又啜泣了一会。

"有新的发现？"

"依然是一颗心，一颗真诚而炽热的心！但对其更感珍惜。"

"当年就发现？"

"当年……章兰啊，知道我为什么会一封不漏地珍藏那些信吗？现在很多人喜欢收藏，书画、印章、各国的钱币，甚至是各类车票、各种邮票等等。但我以为，最值得收藏的，是真情！我珍藏那些信件，就是珍藏你的那份真情，那颗心。"

"老师！"她用餐巾纸捂住了眼。"我——"

我不想让她说下去。我紧接着说："本想以这些信及我们的交往为素材，著一长篇。无奈老病相侵。"

她渐渐地冷静下来。"当前，老师还是以身体为主。本来可以与老师合作。可我这该死的病！"停了停，她继续说，"这几年来，我一直在后悔！"

"不要后悔。这一切都是命，我相信命。抬起头来，不许再哭。"我喝了口茶，"就在上个月，我写完了'我爱'系列，凡一万多字。其中一篇写到我爱山岚。我说，爱山岚，一个重要的原因是，我的一名学生名'岚'。当然，我用的是谐音。"

她又哭了起来。

"刚才不是说好不许哭吗？"

忽然响起了叩门声。我让她迅即去卫生间，又移正了椅子，去开了门。

门口站着黄婆婆，这回拄了根龙头拐杖。我让她进来。

"不了，约定的时间快到了，我们边走边谈吧。"

在关门的时候，婆婆问："章兰呢？我让她陪你、照顾你！"

"她一直在我这里。婆婆来时，她上了卫生间。"

"要不，我们等等她？"

婆婆刚说完，门开了，章兰走了出来，唤了声"婆婆"后，要扶她。婆婆看了眼自己的龙头拐杖，说"我有这，你还是搀扶你老师吧"。章兰于是上前来搀扶着我，向亭子走去。

婆婆看了一眼章兰红红的双眼。

五

在去亭子的路上，婆婆说到了《黄道婆》。

"春荣，我知道你想了解我对书稿的意见。但我先要告诉你，对稿成后个别人为阻止出版而作梗的事，你不要放在心上。我获知，这几年，你在拜一位曾经的学生为师学习佛法。"

"是的，婆婆，但进步不快。"

"慢慢来。佛教导我们，一切唯心造。要学会宽恕。一切该有的，终会有，任何人都阻挡不了你的拥有。相反，一切不该属于你的，你即使获取了，也会遭到报应。"

"我记下了，婆婆。"

"你们呕心沥血，著成此书，不容易。出版时，国内外，关于我的书，好像还是第一部，为此，我先表示感谢。"

"婆婆千万不要这样说。我在序言中说过，为您立传的过程，也是我们自己的心灵不断净化、升华的过程；其间，我们多次因您的精神与人格魅力而激动得热泪潸潸。"

"你们写得很投入。但我要提两点意见。"

"婆婆快说。"

"第一点，在乌泥泾推广植棉的过程，比你们写的，其实要复杂、艰难、曲折得多。俗话说，好钢要多锤炼。孟子有段'天将降大任于斯人'的名言。我是说，只有尽可能地写出推广植棉过程中的复杂艰难曲折，人物形象才能更丰满地站立起来。"

"婆婆切中了文学创作的要害。"

"不仅是文学创作，为人也是如此，所以佛门十分讲究修炼。"

"弟子明白了。"

"第二点，你们写到了我离世前后的情景，写到了各种人的情思，铺得很开，顾及了方方面面，让我欣慰。但你们忽略了一个人，或者说对这个人重视不够，没有用浓墨重彩渲染。他就是我的丈夫。"

"请婆婆具体点示。"

"我虽死，但我的灵魂还在现场。我能看到，也能听到。我不了解他返回路上的种种情形，你们写了些，但我是他的妻子，我当时是多么地想尽可能多地知道！当然，我不是要你们重复已写的。相信你们会有办法，让他在我的病床边、遗体旁向我进行不同于你们描述的诉说。他既是我的丈夫，他当有作为丈夫的叙述方式与语言。"

她抬头，说："我得打住了，春荣，看，亭子就在前面了。顺便说一下，正扶着你的学生，是一名女性，女性么，总是绵绵密密，难断难除。你当理解。"

她回顾章兰："小妹妹，这一路上，委屈你了。我本想让你参与我们的讨论。但你们坊间有句哲理名言，什么决定什么。这段路，决定了我们说话的时间。你老师很在乎我这个书的传主。你们文艺界怎么说来着，哦，想起来了，叫女一号，是啊，你们老师很在乎这书的女一号的意见。我估量过，这段路，也就是说这段时间，只能容我一人唠叨，你就只能做个听众了。"

"做个听众好啊！婆婆，于我来说，真的受益匪浅。能得到婆婆的指导，我为老师高兴，我也为老师的高兴而高兴。"

"另外，小妹妹，趁今日有缘见面，我多说两句。我们老一辈人讲究魏颗结草，黄雀衔环。"

章兰："谨遵婆婆教诲。有道是，滴水之恩，当涌泉相报。何况远不是滴水。婆婆的教诲，老师的培养，章兰我永铭于心，没齿难忘。"

"春荣啊，你看这丫头的嘴，怪不得你如此喜欢她。"

六

重新相聚于亭子里时，桌面上的瓜果已经撤去，只留下茶具。只是每个人的茶杯里已是不同的茶叶了。婆婆的是莲叶，柳姑娘的是碧螺春，完淳的是佘山绿茶，我与章兰的依然是正山小种。

大家都坐下了，只有章兰站在我身旁，说是"学生侍立"。

"春荣，不愧是你的学生，说得文绉绉的，"婆婆说，"我们都坐着，她却侍立。"

"小妹，"柳姑娘说，"你这样站着，我们还喝得下茶？去，自己搬个椅子来，坐老师边上。"

章兰听话，搬来了椅子坐在了婆婆与我之间。

大家喝着茶，闲聊着。

我犹豫再三，还是打断了他们的闲聊，说：

"夏先贤，有个问题一直萦绕于我心胸，不知当问不当问？"

"尽可直言。"

"有人说，清兵南进，势如破竹，列城望风而下。朱明王朝的覆亡，已为必然。您明知不可为而为之。几百年过去，您如何看待自己当初的作为？"

"我一本初衷。"

"当初的士子，面临三种选择。一是入仕新朝，二是遁迹山林，三是如您这样，誓死抗清。您为何做这样的选择？"

"就如贵著里写的。"完淳目光如炬，"家父已以身殉国，犹龙、待问等前辈也壮烈牺牲。仅凭这一点，我也不能有别的选择。"

"我的同事们说，您如选择第二种，既保持了气节，凭您的才气，还可为后人留下不少佳作。"

"离开了现实，离开了抗争，您以为我还能写出《别云间》这样的作品？"

……

柳姑娘看了一眼婆婆。

"看来，"婆婆知道柳姑娘有点忍耐不住了，"柳姑娘也许有话要说。"

"气氛有点沉重，有点严肃，我建议，不讨论这类话题了。"柳姑娘说，"我们难得相聚一次，应该聊些轻松的、愉悦的话。"

"好吧，"黄婆婆说，"再这么下去，我估计，柳姑娘可能要退场了。"

"婆婆说对了。"柳姑娘佯作生气的样子，"再这么沉重下去，我可要练书去了。"

"那么，我们聊些轻松的。"婆婆向章兰看去，"谁先开个头呢？"

聪明的章兰敏感到了婆婆的眼神。"按我们那里开会时的通常做法，由每个人的身份或年龄决定发言顺序。在这里，无论身份还是年龄，我应该是第一个说。还有，夏季，有各种瓜，各种瓜中，黄瓜的味道最差，于是抢在前面成熟。如果与西瓜、甜瓜等同时成熟，谁还会吃那无味的黄瓜？我是黄瓜，我先说。"

"这小妹还一套一套的。有道理。"柳姑娘说，"可小妹，你得开好这个头。"

"昨日在网上看到一个段子。"章兰说，"要不我说一下这个段子？"

"小妹妹，这里有你的老师。"婆婆说，"你可不能说黄段子。"

"好，大家请听，"章兰喝了口茶水，清了清喉咙，说——

一名年轻貌美的女服务员说，我们领导请客户吃饭，让我上了一道红烧王八蛋。桌面上已放不了，我看了一下人数，就张嘴说了一句："正好八个王八蛋，一人一个分一下吧。"我抬头一看，所有人都在看我，我就赶紧补了一句，"各位老板都不是好东西，大家趁热吃吧！"

气氛顿时活跃，婆婆双眼笑成了线，我差点把刚喝的茶水喷了出来，柳姑娘笑得前俯后仰，一直正襟危坐的完淳说："不少不法商人，是该嘲讽嘲讽。"

下面应该轮到我了。我想起一则逸事。就说——

国民党一高级将领曾在清明节去给他母亲扫墓，还要求拟个带点文气的新闻稿供各报刊发。新闻稿为："昨日，×××扫其母之墓。"第二天，许多大报头版刊登"×××扫他妈的墓"。

这回完淳倒是笑出了声，他是吴郡吴人，知道坊间所谓的"他妈的"是一句骂人的话。婆婆沉思了一下说，这个将军看来不得民心，如这样的将、官一多，这个王朝离灭亡就不远了。

轮到完淳时，他想了想，还是朗诵了《别云间》一诗：

> 三年羁旅客，今日又南冠。
> 无限山河泪，谁言天地宽。
> 已知泉路近，欲别故乡难。
> 毅魄归来日，灵旗空际看。

该是柳姑娘了，可她突然不见了。大家正在纳闷之际，一支乐队来到了亭子里，并在亭栏上分别坐下。

随着乐曲响起，柳姑娘飘然而至。犹如一道彩虹降落，我惊呆了。章兰更是贪婪地直盯着她。她踩着节拍，巧翻彩袖，娇折腰肢，袅袅婷婷起来。那手臂的流波，那眼神的飞扬，那灵动，那盎然，简直是一泓湖水，春意荡漾。节拍舒缓时，她如蝴蝶吻花；节拍紧凑时，她则似一团彩云在旋转。而乐队所奏的乐曲，音韵悠游柔转。仙乐与妙舞，可谓相辅相成。

大家纷纷鼓起掌来。

婆婆搁稳拐杖，慢慢站立起来，说：时间也久了，春荣及小妹妹那里，天快亮了，我估计，春荣虽年高，但还是想回去，因为还有几部书稿要撰写出版，但春荣要放慢节奏，毕竟老病相侵。还是早点回去吧。我不多说了，就只说一句，既给自己，也送给诸位：

"一切唯心造。"

附：

雅　聚

一直寄希望于现代科技，能让我穿越时空，与松江历史上的一些名人见见面。而每当冒出这一想法时，我总禁不住哑然失笑，笑自己的痴心与妄想。

可让我怎么也意料不到的是，奇迹竟真的出现了。有关部门拟召开一个历代松江部分名人（包括寓居松江多年的）座谈会，以研讨如何继承与弘扬松江的优秀传统文化。为此，成立了一个接待组。部门的这位领导思路有点特别，接待组由当今松江的一些文化人组成，某不才，承蒙领导器重，也跻身于接待组中。

用电脑打印的名单上列着被邀的人：战国四公子之一的春申君黄歇，晋朝的二陆（机、云）兄弟及苦思鲈的张翰，唐内相陆贽，高僧、我国早期的大词人船子和尚，宋华亭知县唐询，元书画家赵孟頫、管道昇伉俪，棉纺织机具与技术革新家黄道婆，"吴越诸生多归之，殆犹山之宗岱，河之走海，如是者四十余年"的杨维桢，学者陶宗仪，诗人袁白燕（凯），权力场上的老法师徐阶，先后结庐小昆山、东佘山的隐士诗人、书画家陈继儒，明末复社重要成员、几社创始人陈子龙、夏允彝及其子夏完淳，被乾隆称誉的"羲之后一人，舍照谁能若"的张照，还有相当于今国务院部长的张祥河，还有才女夏淑吉、王清霞等，凡四十多人。历朝各代基本上都有代表，而且大都是彪炳史册的大师级人物。

座谈会安排在新建的一座十分豪华、十分气派的大厅进行。大厅中央，是一圈椭圆体的桌椅，每个桌面，都有扩音设备，考虑到出席对象都是古人，已经安放好的笔记本电脑都已撤走；椭圆体中间，置有多种花卉，其中有松竹梅兰菊等各种盆景。大厅四周墙壁上，悬挂着出席座谈会的各位大师的巨幅图像。新华社、《人民日报》及各省市的各大媒体等，都设有专位，已经到达的部分记者、摄像师、摄影师等，正在准备着，忙碌着。

二陆、张翰、袁凯、陶宗仪、陈继儒、陈（子龙）夏（完淳）师徒姓名前被打了"√"，表明这八人由我负责接待。我很希望能同时接待船子和尚，向他求教佛学、词学，可惜他被安排在了别的组。

领导派给两名年轻漂亮的小姐供我差遣。

会前休息处在大厅右侧第一接待室。想到即将与这八位曾让我朝思暮想的前辈见面，用琼瑶阿姨常用的口吻来说，真的好幸福、好高兴。

领导想得十分周到，各接待室摆放着松江的各种风味小吃，如叶榭软糕、泗泾豆腐干、佘山的兰笋干、泖港的蜜瓜、五库新培植的西瓜，还有某茶室特制的被茶客一致称好的捏小茄子、酱萝卜；茶杯是委托景德镇特制的；这位领导还亲自去了一趟佘山，要来了几罐年产仅几十斤的饮誉全国的"上海龙井"，领导笑着说：当年东坡先生手题"夕阳在山"时，也未曾饮过此茶！

在我的接待室里，两位小姐穿着一色的枣红色旗袍，端庄地站立着，以随时听候我的调遣。室内静静的，气氛有点庄重，有点肃穆，有点紧张。我看了看表，对她们说，时间还早，你们先坐下，尽可以随便些。可她们只是朝我微微笑了笑，依然肃立着，我于是干脆走了出去。

大厅通向前方进口的道路上，铺着红地毯，两旁，高高地悬挂着大红灯笼，那灯笼比巩俐主演的影片中的灯笼要大得多，只是这里的灯笼不点烛，只为了装饰，为了迎宾。靠近大厅处，是松江民间的老年丝竹队；不要小觑了这支丝竹队，民间有高手，许多国家曾留下他们演奏的美妙。依次过去，有手持鲜花、穿着时尚服装的高中女学生与女演员组成的舞蹈队。说起这支舞蹈队，还有个小插曲。导演曾主张不妨开放一些，为之，他为每位演员设计的形象是：上身抹胸束一条窄窄的绸缎带，再套一敞开的小马夹，下身穿热裤，再着一双高过膝盖的靴子，而所有这些，全都是金黄色。身体的其余部位，都是裸露的。每位演员，不仅要求身高在一米六五与一米七之间，还必须有一头披肩长发。导演说明，舞蹈中有若干甩发动作，"当她们的乌发一律地飘扬空中时，那种对视觉的冲击力绝对是空前的"。导演说这话的那天，实际上还只是讨论会，当他"出台"这一"构思"时，就立即有人表示反对。很快，我感受到了火爆的气氛。"必须体现当代青年的青春、热力、朝气、开放、时尚与美！"导演显然有些激动。导演的创意虽也得到几人的全力支持或基本支持，但多数持反对意见。最后，领导一锤定音："我们迎接的是古代先贤，不能裸露太多，尤其不能露肚脐；再说，中学生免疫力较差，肚脐最易受寒气，如果因此而伤风感冒，我们对不起她们的家长。"领导说这话时，表情严肃，显得一本正经。除了丝竹队、舞蹈队，还有区少年活动中心组织的小学生鼓乐队，这支鼓乐队，在上个月上海市的一次比赛中，又捧回了一个金奖。每支队伍一律地分列道路两旁。进口处还设了一签到桌。

已经有贵宾前来，鼓乐队立即奏起了迎宾曲：

> 欢迎啊，
> 欢迎您踩着五彩祥云
> 从天国走来；
> 欢迎啊，
> 欢迎您乘着时代舟帆
> 从古代走来……

两名迎宾小姐也立即迎上前去。远远看去，一青年峨冠博带，风度翩翩，我感觉是夏完淳来了，于是赶紧退回接待室。

果然是他。迎宾小姐介绍过后就退去了，这儿的小姐立即沏茶邀座，我随后上前说："晚生吴春荣，久仰先生，今日幸得一见！"完淳抱拳致谢。我问："令尊允彝公——"完淳打断说："正想告君，家父一生秉持安于无用、坚守不夺之念，此类活动，他是不会参与的。"

随意交谈间，一迎宾小姐多嘴，对完淳说，这位吴老师，最近出版了一部长篇历史小说《夏完淳》。一闻此言，但见完淳神情专注，我分明读出了他想了解我对他的总体评价。我略一思索，告诉他，在中国历史上，不乏战斗英雄，不乏诗坛巨星，也不乏少年才子，但像完淳先辈这样三者兼备且年少殉国的，怕是绝无仅有的。"只是——"我欲言又止。

"同乡共井，但说无妨。"

"有人说，中国是个多民族的国家，满族与汉族一样，同是中国的民族，只不过是少数民族，言外之意，您如此作为——"

他目光如炬，英气逼射，打断说："您的观点？"

"先辈之父夏允彝公、老师陈子龙公，长荷国恩，为朱明忠臣，当清军入关南下时，你们必奋起抗清勤王无疑。你们又都是儒门弟子，元文天祥诗云'辛苦遭逢起一经'，你们的抗争之举，实在也是起于孔孟经书。作为后人，如果历史地看，我想是不难理解你们的抗清斗争的。而你们所表现出的那种知其不可而为之，在经历无数挫折和失败后仍坚韧不屈的斗争精神，则尤为吾辈所深深敬仰。"

他严峻的脸上终于舒展开来，露出了欣慰的神色："扬州十日，八十万民众被杀，尸气散布十多里之远；嘉定三屠，城内血流成河。这等惨状，即使是满族民众，怕也不忍目睹吧！"

正谈话间，迎宾小姐又领进了两个人，并向我介绍："两位陆先生。"我上前相迎，完淳闻言，也起身站立，拱手道："两位先生，存古这边也有礼了。"

我简略向二陆兄弟介绍了完淳后，大家就坐了下来，呷啜清茶，品味小吃，高兴地交谈起来，不一会儿，彼此竟亲切得用当今的话来说是零距离了。陆机对我们说："如你们已知道的，我祖陆逊，父陆抗，均为东吴将领，朝廷大臣，后吴被晋所灭，家被晋所破，对我兄弟来说，确实既有国恨，又有家仇。为此，我兄弟俩闭户读书十载。后无奈入洛。时人为此是议论了好一阵子的。人生实在有很多无奈！曹孟德诗云，人生几何，譬如朝露。人生如此短促，总得抓紧为社会做点什么，不是吗？但不知你们作何评论？"

我看了看完淳，说："关于入洛之事，我们当代倒也很少谈及，当代学者主要为你们卷入八王之乱而无谓牺牲，深为痛惜。"说完，我转而直视完淳，希望他说些什么。但见他沉思片刻，立即言之凿凿："士衡先生曾欲被处死，司马颖上表辩护，不仅免了死罪，而且荐为平原内史，士龙先生也因以为清河内史。两位先生既已入洛，为此而效忠司马颖，当情有可原。滴水之恩，尚且要涌泉相报，何况还是救命之恩，知遇之恩！"

二陆兄弟为完淳的理解，感动得热泪盈眶，三人紧紧拥抱在一起。

三人正紧抱之际，迎宾小姐又领进了一男一女。但见那男的，长眉过目，一副神闲气定、月朗风清的高士名流的神态；那女的，方巾匼发，手握湘竹折扇，萧然有林下风致。"这位是陈子龙先生！"迎宾小姐介绍说，"这位是柳如是小姐！"

"先生！"完淳闻言，立即松手放开二陆，来到子龙跟前，拉他去接待室一角坐下。想必师生已有一段时间没有见面，此刻需要单独叙谈叙谈了。

我忙将柳姑娘介绍给二陆兄弟。二陆也是才子，风流倜傥，与柳姑娘攀谈时的愉悦之情，是可想而知的。由此，我想起柳姑娘的两件逸事。

她初到松江时，有钱有势的花花公子趋之若鹜，争相求先。有一位徐三公子，知柳在佘山，以三十金与鸨母求与柳一见。刚见面时，徐即致语云："久慕芳姿，幸得一见。"柳不觉失笑。徐又云："一笑倾城。"柳乃大笑。徐云："再笑倾国。"柳怒而入，呼鸨母，问："尔得金多少，乃令此俗人见我！"原来，柳喜欢与社会名流交往，来松江后，闻陈子龙大名，以名帖投之。陈性严厉，且视其名帖，见自称女弟，意兹不悦，竟不之答。柳一向自视很高，不见回复，就气愤地找上门去，詈陈曰："风尘中不辨物色，何足为天下名士？"子龙奇其才气、胆识，终于与她相恋，且一发而不可收。但有情人难成眷属，罗带同心结未成。"世情已逐浮云散，离恨空随江水长。"没想今日两人双双前来参加座谈，真乃一风流雅事！

"这位先生，"子龙显然在大声招呼我，"这柳小姐，你们大概没有邀请，但我想，她在松江住过好些日子，还倾其首饰珠宝，补充义军军饷，支持过我与夏先生的抗清事业，她在自己的著作中署'云间柳如是'，对松江也算是有感情、有贡献的了。"

"是的，是的，应该请柳小姐来，应该请！"刚说完，我立即省悟到，我只是一个接待人员，似没有资格说"应该"或"不应该"之类的话。我意识到有点唐突了。我有点后悔。但说出的话犹如泼出去的水，是无法收回了；再说，我毕竟在负责接待嘛，总得给一点主动权，如果不这样说，难道可以说"对不起，既无邀请，我无权让您进场"？或者说"这样，请柳小姐稍候片刻，我得请示一下"？抑或一味支吾"这个……这个……"从而让对方感到我的为难而自行退回？我复又想到，这又不是开什么秘密会议。这种会议，凭柳小姐的才智，也许能出真知灼见；再说，又是子龙大师领来的。这么一想，我立即与一接待小姐耳语几句，让她速去通报有关人员，并马上准备一份席卡让她与子龙并座。已到如此地步，我愈加自说自话，俨然会议组织者，说："为了弥补我们工作上的失误，座谈会后，我将陪柳姑娘、陈先生去云间第一桥一游。"

"云间第一桥？"陆机不解，"什么时候开发的景点？"

"不，"完淳笑着说，"那里是我先生与柳小姐依依惜别之处。'执手相看泪眼，竟无语凝噎。念去去千里烟波，暮霭沉沉楚天阔。'宋代的柳永可是把我先生与柳小姐当时的离别情状写活了。陆先辈，那情状，古今竟如此惊人相似！"

"既如此，"陆云朝向我，"您还是不去也罢！"

子龙先生和如是小姐不禁失笑，两位供我调遣的小姐也无拘束地朝我笑了笑。

我忙向子龙先生、柳姑娘抱拳："陆先生说得对，请两位自行前往，我就不陪两位了，两位尽兴！"

座谈会快要开始，我示意两位小姐可领着贵宾们去大厅了。我尾随他们之后，也前去大厅，为将亲历这云间盛事而兴奋不已。

但世间的情形常常是这样：好景不长，盛事难续，在大厅刚找到直接进会场的黄道婆、杨维桢、陶宗仪、陈继儒他们，主持人宣布座谈开始时，我突然醒了，睁开眼，发觉天已大亮。雅聚，原来是南柯一梦！

为师救孤

一

公元一四〇三年正月。

北风呼啸。人们记不起哪年曾刮过如此劲厉的北风。

北京。

金銮殿上。

燕王朱棣，打败了朱元璋的孙子建文帝已成为明成祖，正高高地坐在龙椅上。

整个大殿，雄伟富丽，金碧辉煌，象征着皇家的气派。

文武大臣，下列两旁，个个神情肃穆。整个气氛，像是要发生大事。

"方孝孺方先生来了没有？"一脸威严的皇上发话了。

一人衰绖而至，号哭着步上殿陛。

一见此身丧服，大臣们面面相觑，暗暗吃惊。皇上的脸也稍稍抽动了一下；想到他曾深受建文皇恩，如今建文帝已被推翻，他如此伤感，不失忠主之心，反生出一份敬重，于是变得柔和亲切起来，见方孝孺上，立即离椅劳之，曰："方先生，诏书可写就乎？"

"没有！"方孝孺应了句。

"诏书——"皇上曰，果断地命左右授笔札于方，"非先生草不可！"

孝孺掷笔札于地，骂曰："汝为篡臣贼子，岂可即位！"

在此金銮殿上，在众大臣面前，受到如此辱骂，皇上迅即变色，转身缓缓地重登龙位；但顿了顿，仍克制地："违背圣命，可知后果？"

方孝孺大义凛然："死即死耳，诏决不草！"

皇上威胁道："岂止尔死，援例，要诛九族！"

方孝孺正气浩然："即使十族之诛，也决不屈从！"

皇上终于恢复了威严，立即手段霹雳，命诛十族。

下朝伊始，一大臣悄然唤来一心腹，在其耳边密语了几句。该心腹旋即离去。

方孝孺宗族亲友受连累，凡八百余人遇害。仅行刑就持续了八天，头颅及尸体堆积如山，惨状不忍目睹。

王世贞曰："当建文末，天下之名能殉义者，莫如天台方先生；其得祸之烈，亦无如方先生。"

二

诛九族甚至十族，为的是斩草除根，赶尽杀绝，不留后患。

没有料到的是，方孝孺的幼子方德宗被人冒着杀头诛族的风险，暗藏了下来，逃过了历史上恐怕绝无仅有的这次大劫。这个人就是魏泽，是方孝孺的门生，那天下朝之后密唤心腹的大臣，明太祖朱元璋时，就已是刑部尚书。

俗话说，没有不透风的墙。一些有着特殊关系的人，很快知道了实情。

首先得知这一消息的是余学夔，魏泽家的一个家臣，是他的私好。学夔为宁海人（后迁徙松江，为诸生）。初听这个消息时，他吓出一身冷汗。至傍晚，他的心才渐渐平静了下来。这明成祖朱棣，后还是宽宥了几位方孝孺的门生。这魏大人虽为方门生，但只是被贬到宁海做了个典史，地方小吏。

余学夔觉得，这方德宗留在魏泽家，万一事泄，魏泽会进一步遭遇不测。他辗转反侧了一夜，天色微明时，决定将方德宗暗接到自己家，然后举家迁居他乡，隐居起来，对方德宗来说，也会相对安全一些。

这么决定后，他物色可靠之人立即出发，悄然去魏泽大人家，转告他，希望与他见一次面，并约定了时间，约定了地方。

第二天，传信者来到了学夔家。

"见到魏大人了？"

"见到了。"

"魏大人怎么说？"

"我告诉魏大人，是受余大人之托，专程前来造访的。"

"魏大人怎么反应？"学夔急于想知道魏大人的态度。

"魏大人只说知道了，让我赶紧离去。"

"知道了"，按通常理解，应该是默认了，就是说，同意见面。

按所约定的，学夔认真地打扮了一番后，提前离家，前往城中。

城中，房屋鳞次栉比，道路纵横交错。时近中午，仍天寒地冻，但街道上，依然车水马龙，人声熙攘。

从一小弄中，走出一老人。但见其衣履破敝，头发蓬乱，步子蹒跚。还不时哼哼地唱着，时自言自语着，又坏笑着推人一下，从包子铺抢一个包子。完全是个傻子，或是疯子。

他就是余学夔。这么装疯卖傻地来到一处，待与魏泽接头。

可太阳早已偏西，约定的时间早过，却始终不见魏泽身影。学夔相信，所托之人绝对不会有差错，难道匆匆之间听错了时间与地点？还是临时有要事？他决定先返回家中。

所托之人也关心着此事，还等候在余大人家里。见余大人匆匆返家，神情不悦。

"怎么，没见着魏大人？我可是见到了魏大人，也讲清楚了时间、地点的；还特意强调了余大人十分在乎这次见面。魏大人也当是听清楚了的。"

"这么看来，魏大人可能敏感到我与他谋面所为何事。"学夔思忖着，"我估计，他还信不过我。"

一不做二不休，学夔决定自己去找那位魏大人。

这一次，他来到魏大人府第前。见大门紧闭。他徘徊门前，作歌云：

不惭周粟可偷生，首阳节义如飘萍。

向日都俞今反目，区区尚愿效程婴。

学夔唱了两遍，想大概宅主人担心这般持续下去会生事，终于有了点动静，似有脚步声渐近大门。

有人先在门内问："门外何人？"

学夔又将歌唱了一遍。大门终于开启，来人正是魏大人家臣、学夔的私好。他在门口贴着学夔耳朵悄然传言，魏大人说了，两日后，在原定时间与地点见面。来人强调，魏大人请余大人赶紧离去。

两日后，两位大人终于见了次面，才决定择日将德宗及方师的手稿亲手交给学夔。

三

一户人家，大门是铁铸的，紧闭着。四周围筑有高墙。院子很大，放着一张方桌，几把竹椅；还有黄犬蹲伏，母鸡踱步。一张渔网，晾于院子东墙边。西墙边，有一高土墩。一孩子，十岁模样，常站在土墩上，眺望着墙外。

他就是方德宗。

这里就是余学夔的新家，他因此而成为松江人。

平时，他躬自耕作，兼业捕鱼，所以，时着农夫装，时穿渔人服，但人如细察之，有文士气质。此刻，他从屋内走出，见德宗又站立土墩，就让其下来。

"孩子，今天的作业完成否？"

"完成了。"

"那就给为父背首诗。"

"好，父亲。"德宗听话，"举世皆宗李杜诗，不知李杜更宗谁……"

突然敲门声起。黄犬一跃而起，蹿至院门前，朝外叫了起来。学夔看了一眼德宗，德宗悄然潜入屋内，关了室门。

学夔这才来到院门前，抚了抚还在叫的黄犬的头。黄犬停止了吠叫，但仍在主人旁守护着。

"请问哪位？"

"勉之。"

学夔犹豫着。

"余大人，快开门，我是任勉之！"

学夔思虑须臾，还是开启了铁门，将勉之迎了进来。但将他留在了院子里。让他在桌边的竹椅上坐下。

黄犬见状，摇了摇尾，去原地蹲伏了下来。

"任大人，"学夔开口了，"久未谋面，今突然光临——"

"我找你找得好苦！"

任勉之，洪武二十七年（1394）进士，松江府城人。虽是方师门生，但学夔还是警惕地看着他，说："有事吗？"

勉之压低了声音："听说，大人将方师的孩子接了过来……"

学夔干脆拉开了嗓门，说："我能做这种事吗？这可是要——"学夔用手划了划自己的脖子，没有说下去。

勉之从袖子拿出了一个布袋，递给学夔，说"些许碎银，请大人收下"。

学夔站了起来，生气地说："大人这么做，难道要害我不成？大人要没事，我可要捕鱼去了。"说完，推开了勉之的手。

"既如此，你尽可捕鱼去。我好不容易找到这里，累了，得在这里休息会儿。"

"不行。家里就我一人，我得把门锁上。前两天，一个疏忽，忘了锁门，结果少了两件家什。大人还是请回吧！"

勉之指了指学夔的脸，摇了摇头："尔连我也……"他没说下去，无奈站起来离去。

学夔装着取下渔网，见勉之走到门口时，高声说："改天我捕到好鱼时，请任大人来喝两盅！今天实在对不起，失礼了。"

四

两个人正走在通往青村的路上。

这两个人，一为魏泽，一为任勉之。他们行色匆匆，但总是左顾右盼，注意着路上偶尔出现的行人。

青村，属松江府管辖，是一个极为平常的江南村落。

因为平常，不起眼，很少有人注意它。

此刻，它已经影影绰绰地出现在前方。

魏泽环顾着，发觉它的周边环境，不失优美。远处，九山离立，状如幽人冠带拱揖。东临江海，可闻水流激石；一水如悬天际，宽阔无际，可见点点舟帆在缓缓移动。

任勉之见魏泽留恋状，看了下四下，附着魏泽耳朵说，你看这里，南、北、西三边，皆为平畴，田埂水沟隐匿于竹木之间，春天，可观桃花盛开，秋季，能赏黄花灿烂。

魏泽接着说，还真有武陵风貌，这余大人可真会选地方。

两人正行进到岔路口时，忽见前方远处有两人迎面走来。任勉之立即警觉起来，低声说，我们得改道而行。

两人正要向另一条路（这条路通向江边）走去时，前方两人边加紧脚步边喊住了他们。

"两位客官请留步！"其中一矮个子高声说。

魏、任停步。待两人来到面前时，任勉之说："何事？"

"我们要去松江府城，不知该怎么走？"

"问路啊，"魏泽操着浙江宁海方言说，"我们正谈妥一笔生意，刚从府城来。喏，"说着指了指一个方向，"那边。"

"刚才我们经过一院子，那里住的是什么人家？"

"我们哪知道！"任勉之朝魏泽看了一眼。

魏泽应和了一句："不知道。"

"两位客官正欲去哪里？"两人中一高个子低声问。

"这个，"魏泽有点生气了，"你们？"

"随便问问，对不起啊！听说这附近有一户人家——"

任勉之想这里不宜久留，与这两人也不宜多谈，于是说："我们正急着搭船去青浦的青龙镇，两位请便吧！"说完，径自向着江边走去。

魏泽紧随其后，任勉之低声道："不要回头。"

高矮两个自然知道青龙镇有个大贸易码头，但仍然疑惑地站了会儿，然后朝着府城方向走去。

两人来到江边，并在江边足足待了一个时辰，直到夕阳在山时分，任勉之先去岔路口望了望，然后重新来到江边说："我们走吧！"

两人于是返回路口，继续向青村走去。

五

两人来到院子门前时，夕阳已经下山，但晚霞绚烂，有彩虹一道，横卧天际。

黄犬又叫了起来。

德宗赶紧进屋后，学夔才来到门口。

"请问哪位？"

门外沉寂了片刻。

"魏泽。"门外声音低得几乎听不清。

学夔辨味着门外之声，觉得不熟。"请先生报上大名。"

"魏泽！"

院门开了，见是魏大人，正要迎进时，见其后还有一人，是任勉之，这次他聪明了，随了魏大人一起来。魏大人说明，开始时，他也不放心，后听了勉之的一番表白，也明白他已经知道一切，再瞒已无意义，最后同意了。

既然如此，学夔躬身以请。学夔将两位迎进后，看了看门外，立刻闭上门。黄犬见状，又摇了摇尾，去原地蹲伏了下来。学夔又将两位迎进屋内，让德宗沏了两杯茶。

黄犬又叫了起来。

学夔看着两位："你们带来了尾巴！"

本就不被信任，勉之忙声明："绝不可能！来这里的一路上，我们遇见过两人，但都给打发走了。"

学夔关照一句"两位不要出声"后，走了出去，顺手关了门。一会儿，带回一人，原来是俞允。

见是俞允，魏泽与任勉之同时上前："俞大人！"

原来，大家都熟知。学夔于是让方德宗也从里间出来拜见。

"德宗，先给俞大人背诵一二首俞大人的诗作。"

德宗又沏了一杯茶，边捧着茶杯，边吟咏起来："池草生新句，禽言得异名。""倚松招鹤舞，冒雨问花安。"吟咏完，双手将茶杯递给俞大人。

俞允听完自己创作的诗句，专注而怜爱地看着方德宗，欣慰地点点头，接过了茶杯。

魏泽环顾室内，浑然农家模样，一应物具，或用于耕作，或用于捕鱼。

"余大人，"魏泽不禁动容，"为难你了，为难你了啊！"

勉之想了一下，想转移话题。他面朝俞允，说："听了德宗的吟咏，大手笔感觉如何？"

俞允朝任勉之看了一眼，不言语，坐了下来。

勉之生怕刚才魏大人如此开言，会触发方师遇害的悲情。他生性豪迈，觉得这般难得的聚会，似不当过多伤感。见德宗旁边站着，于是说：

"你刚才好像在背诗。"

"是的，先生。"

"再背一遍，从头开始。"

德宗背了起来——

> 举世皆宗李杜诗，不知李杜更宗谁。
>
> 能探风雅无穷意，始是乾坤绝妙辞。

勉之："知道此诗是谁写的吗？"

德宗摇摇头。

勉之："以后在院子里背诵，可得小声点。"

魏泽插言："这任大人是只许州官放火，不许百姓点灯。"

勉之："此话怎讲？"

魏泽："你身高玉立，声如洪钟。你就不能让孩子背得响亮一点？"

"你魏大人明知我意，你……"

学夔面对德宗："任先生说得对。知道任先生的用意？"

"知道。"德宗指了指院门外，意即担心被门外过路人听见，"谢任先生教诲！"

勉之："聪明。我再问你，这诗中之'风雅'，指的是什么？"

"《诗经》中的国风、小雅、大雅。它们是诗歌中的典范。"

"不错。我再问你，这'无穷意'，什么意思？"

"父亲教过，无穷意者，天下之理也。"

"好啊！"魏泽欣然赞赏。但随即话锋一转，说，"孩子，这任大人问个没完。你退下休息去吧。"

德宗向四位大人鞠了一躬，进里间去了。

魏泽："余大人，未曾向德宗言明刚才背诵的，是方师的诗作？"

"过些日子再挑明吧！"

俞允大概走渴了，拿起茶杯，连喝了几小口。

这俞允，洪武二十六年举人第一，次年登进士第，成祖命修《永乐大典》，授礼部主事（后辞官归隐），也是松江人。魏泽见其喝茶，受到启发似的，也喝了一大口。

学夔分别为他们续了水。勉之见状，乘机说："余大人，你这是厚此薄彼！"说完指了指自己的杯子。

"你至今未喝过一口，怎么，怕我在你茶杯里下了毒！"

"余大人，暂时不喝，就因为怕茶中有毒？你这明显是不信任我！"

学夔想起上回任勉之上门被拒之事，知道他这是借机讥讽，于是说："你这是话里有话！"

魏泽也听出了端倪："你们这打的是什么哑谜？"

勉之："魏大人，俞大人，你们有所不知。我得知学夔收留德宗后，怕他经济上有困难，也为表示我这——"他指了指自己的心胸，"向着方师，替送去了一些碎银。可他竟瞪大了双眼，矢口否认救护德宗之事，还说什么我这是要害他。”

"我这不是为了德宗的安全吗？至于这最后一句，我可不是这么说的！"

"反正你明摆着不信任我。"

"勉之兄，这你可不能怪我。"学夒说，"要怪，你得怪魏大人。"

"怎么又怪起我来了？我做错了什么？"

"勉之兄，我得知魏大人藏佑德宗，怕他再有难处，就想把德宗接过来。我改变形貌，佯作痴狂，想与魏大人在城中见个面，可他就是不见我，直到我上门狂歌暗示，他也只让家臣传言，还是不露真身！"

勉之来了兴趣："魏大人，他的痴狂，你知道是佯装的吗？"

"几天后初一见面，我没认出他，真以为遇上了个疯子。"

"他说他狂歌暗示，他余大人歌了些什么？"

魏泽面对学夒："这你得问他。"

勉之："那么，魏大人，你明不明白他的暗示？"

"我当然知道，他余大人想效程婴救孤。"

学夒："那你还叱我离去！"

"你都骂我'向日都俞今反目'了！"魏泽说，"我能不多一个心眼！成祖为避杀忠臣之历史谴责，下令，凡藏方孝孺之文者，罪至死。藏方师文尚且是死罪，何况藏其子！"

勉之："后来又怎么把德宗交给了余大人？"

"两日后，我们在市集相遇，他还轻作狂歌，而后，言语真诚，我这才信任了他。"

"魏大人，这就是你的不对了。"勉之说，"你害得余大人两次装疯，两次狂歌。这装疯，而且装得像，装得不露破绽，装得让人信以为真，可是不易啊！"

"任大人或许官场应酬频仍，练就了这张嘴，"魏泽说着，朝向大家，"我以为，今日他话最多！诸公以为如何？"

学夒："这事，我还要怪俞大人。"

进屋后一直少有言语的俞允又喝了一口茶："怎么又把老夫扯上了？"

学夒："魏大人，任大人，你们还未知晓。前些日子，先后有人在门外探头探脑。有人可能出于好奇，但不排除形迹可疑之人。"

任勉之打断了余大人的话，叙说了刚才路上的情况。

"所以，我反复考虑，俞大人也是方师门生，又深得当今成祖皇上信任，把德宗交托于他，或许最为安全。于是，我潜入松江城内，前后三次，投书于他。"

勉之："这几次，你仍装疯卖傻？"

学夔看了勉子一眼："叩访俞大人，还需要装疯卖傻吗！"

勉之："也对。见到了俞大人？"

"直到第三次，才迟迟得以让我叩见。刘备三顾茅庐，我这是三叩豪宅！刘备三顾，每次都有关、张陪同，第三顾再不见，张拟放火烧茅庐；我这是孤身前往，也没有张之胆量烧尔豪宅。你们看这俞大人——"他本想说"架子好大"，可到了嘴边，还是将这四字咽了下去。

学夔可以装疯佯痴，可以卑躬叩访，平时的言行举止，还是能把握分寸的；就是刚才的"怪"，"怪"魏、"怪"俞，其实为了引述真相，名"怪"实赞，名贬实褒。

勉之从进门后，不时地按着重新带来的银两，一直在候时机。他觉得现在是时候了。他从袖中取出布袋，拱手递给学夔："虽不成敬意，但是一点心意，请大人收下吧！"

学夔将勉子的手推了回去，说："任大人，心意学夔领受了，这银子嘛，我是绝不会收下的。这不都已经熬过来了吗！大家都不容易，不是吗？"

俞允倏地站了起来。大家一惊，担心他生气了；他要是一生气，事情就麻烦了。

"魏大人，任大人，"俞允一脸严肃，"今日两位为何而来？"

勉之："看望德宗，当然还有其'父'余大人。请问俞大人，你又为何而来？"

"今日唐突登门，余大人一定在想，这不速之客，究要何为。三位大人，我郑重相告，我是来接德宗的。余大人说得对，德宗在我那里，或许是最为安全的。"

学夔、魏泽、勉之也同时站立起来，刚才吊起的心也放下了。学夔一一捧起茶杯，先后交给各位，说：

"各位大人，其实学夔心里明白，大家的种种作为，种种的小心谨慎，都是要安妥地为方师留下一根血脉。我们虽不如程婴救赵氏孤儿那样作出巨大牺牲，但也足可告慰先师在天之灵。为此，学夔建议，我们以茶代酒，共饮之！"

六

后事一，俞允将德宗带至家中，悉心护育，十四年后，又将自己养女嫁德宗，德宗改姓为俞，又改为余，迁往另一个叫白沙里的地方。

后事二，至明仁宗（朱炽，年号洪熙，仅1425年一年），谕群臣：若方孝孺辈，皆忠臣，诏从宽典；明神宗（朱翊钧，年号万历，1573年始，凡48年）诏：特许建祠，岁时以礼致祭。万历三十七年（1609），提学御史杨廷筠察访此事，才得知真相，让德宗恢复方姓，并建祠堂祭祀方孝孺，而以俞允、魏泽为配祀。

笔者以为，配祀者，至少再加一人，即余学夔，当年他是出了大力的，也是冒了极大风险的。《明人传记资料索引》（台湾图书馆编）也云："方氏有后，学夔之力也。"

而其时已与方孝孺被害相隔二百余年了。

后事三，后人有诗云：

> 不草诏书皇帝怒，生灵八百惨遭诛。
> 为保先师一血脉，三生冒险救遗孤。

后事四，今人或云：方氏宗族亲友八百余人遇害，固然为君王残忍之举所致，为天理不容，但孝孺此举也可质疑。他可不上朝，于家自尽，既保持了自己的气节，八百余人或许也不会遭殃。殊不知，这八百多人是无辜的，尤其是妇女与孩子。其中不少人，头被砍时，还不知是何原因。

卷 四

JUAN SI

人世间有许多情，家人之间有亲情，夫妇之间有爱情，情侣之间有恋情，师生、朋友之间有友情，等等。这些情，发自五内，只是付出，没有功利，无比圣洁。患难之际，尤为珍贵。

一只小盒子

　　下午，退休教师山秋欣家来了一个姑娘。她多少有点惊奇。她租赁这间简陋的小屋，才刚刚一周，几乎不可能有人会这么快地知道她迁居在这里。

　　苍天对她有点不公。进入古稀之年的她，生活不顺。三年前，她送走了卧床四年的丈夫；今年，她唯一的孩子，还没有成家的孩子，又依依不舍地离开了她随他父亲而去。临走前的情景至今仍让她剜心般疼痛。孩子刚闭合的双眼下，还流淌着两行眼泪。为了挽救丈夫与孩子，为了帮助他们与病魔抗争，她耗尽了所有的积蓄，还欠下了一笔不小的债，最后又卖掉居住了二十多年的住房，孤单地搬迁到了这里。因为退休早，退休工资不高，除了按月交付这简陋小屋的昂贵租金（租金与房价同步疯涨）及尚未还清的债务，已经所剩不多了。她步入了人生旅途中非常窘困的境地。

　　"山老师——"姑娘深情地唤了她一声，让她从回忆中回到了姑娘面前。

　　她开始打量起这姑娘来。个子一米六六左右；一双眼睛，如弯弯的月亮，很迷人；胸前垂挂着的金黄的带一把钥匙的项链，成为她白色羊绒衫上的得体缀饰；手腕上，套着四圈黑色的小佛珠，使她的皮肤显得更加白皙。这么年轻，显然不可能是自己过去的学生。她估计，可能是她过去学生的孩子。但从相貌上，她实在辨认不出是谁的孩子。她倒是觉得，这孩子有点像年轻时的自己。

　　姑娘的美貌，她的造访，就像一道明媚的阳光射进了这小屋，给了她一份愉悦。但她怎么知道自己住在了这里？又缘何而来？她觉得，要了解这一切，也许首先得弄清这姑娘究竟是谁？

"孩子，"她拉着姑娘在床沿上坐下，递上一杯白开水（她已经无条件喝自己喜爱的滇红了），"你能告诉我，你是谁的孩子？"

姑娘懂事地喝了一口水，然后将杯子放在床前的桌面上，站了起来：

"山老师，我爸爸让我来接您去一个地方，他想与您喝喝茶聊聊天。车子就在外面。不好意思，"姑娘顿了顿，笑了笑，"简直是'突然袭击'。"

"孩子，你还没有回答我的问题，你爸爸是谁？"

姑娘犹豫了一下，还是直白："爸爸让我先不告诉您。他已经候在了那个地方。"

"他有事吗？"

"没事，只是想与您喝茶聊天。他没亲自来登门拜访，对此，我也有意见。对不起您了。"姑娘说话时，一脸歉意。

真是个有教养的、可爱的孩子。就为此，她也不能拒绝。

她随着姑娘走了出来。外面，果然停着一辆小车，车首的四个圈告诉她，是一辆奥迪。

姑娘稳稳地驾着车，来到了一个名为"黑渡口"的地方。这地名让她想到了水泊梁山和一些邻水的山寨。

姑娘搀扶着她沿着石阶往下走，两个转弯后，来到了一间包房前，一位有了一定年龄的先生在门口亲热地叫了她一声"山老师"后，迎她进了包房。

包房不大，但很别致。窗占了整个房间的三分之二左右的周边，窗外是湖面。整个房间，约三分之一深入湖面下。粼粼的水波，就在窗下潺动。从窗内望出去，湖面辽阔，远处的一些建筑，也仿佛是从湖中冒出来的。

她知道，这里原是一处古遗址，近几年已开发成一处风景区。她曾几次想来游览，却未能如愿。

室内的墙上，挂着一些名人字画；一张长方形桌的一端，放着各种茶叶与茶具，桌面中央，放了四碟小吃，分别是绿豆糕、杏仁酥、大核桃仁、红衣小花生，全是她过去爱吃的，这说明坐对面的这位先生对她比较了解。

她坐下，以一个长辈的眼光看着他，他面相安详，气宇凝重，隐然有一种泰山崩于前也不会动容的气概，显然经历过生活的磨砺；而一副眼镜，又让他平添了一份儒雅。足足有几分钟，一个个她当年的学生，从她记忆的仓库里跳了出来，但没有一人哪怕是一丝一毫与他有相似之处。在五十多年的教育生涯中，她的学生实在太多了。

"老师，"他为她端上一小盅，为她斟上茶水，"从您刚才的眼神里，我觉察出，您在回忆、在辨认我是谁。"

她品了一口，是她爱喝的滇红，坦然承认："是的，可我——"

"老师再想想，曾经有一个学生，一个很顽皮的住宿生，一次吃中饭时，不慎掉落了饭碗，不仅浪费了饭，碗也破碎了。当时的正班主任，为了让他长记性，罚他饿两顿。您当时刚分到他们学校，是副班主任。

"就在那天中午，您悄悄地带他到街上，在一家饮食店，要了一碗面，上面还加了块大排。您看着他狼吞虎咽的样子，笑了。晚饭前，又让他随您在操场上转了一圈，悄悄塞给他四个肉包子。您看着他吃得津津有味，又笑了。

"老师，想起这件事了吗？"

她还是毫无印象。去年，她被邀参加六二届学生的一次聚会。一女生，说起了当年的一件事。她生病了，作为班主任，她到宿舍去看望，还带了两瓶牛奶。也已经是满头白发的人，忆及时，竟然泪流满面。今年春节期间，她又被邀去参加六五届学生聚会。一男生忆及她曾替他买了双鞋的事（早晨跑步锻炼时因见他赤着脚），虽未流泪，但竟也哽咽难言。这些小事，她都未能记起来。她甚至问自己：我真的那样做了吗？

"老师，那个顽皮的学生就是我。当时，我曾发誓，我将来要报答您。"

他又为她续了水，自己也喝了两小口，然后，娓娓说起了他此后的经历。大学毕业，他在一政府机关当公务员，后来辞职下海经商。虽然十分艰辛，但风生水起，生意越做越大，由一家企业，发展为一集团公司，拥有了十多亿的资金。说着这段经历时，他显得平静，神情是冲淡的，语速是缓缓地。

"但是老师，这几十年来，尽管在政府谋事、商海拼搏，我一直牢记着您的那碗大排面和四个肉包子；可以这么说，正是您的这份关怀，这份爱，支撑着我跨过了一个又一个几乎难以跨越的坎而有了今天。"

不就是一碗面、几个包子吗？需要这么记几十年吗？但他是这么真诚，就像那两个学生。她被深深感动了。

他沉默了一会，似乎在平静自己的情绪。但终于没有再说下去，而是从包里拿出了一个精致的小盒子，站起来，来到她身旁，用双手捧着，要送给她。

她站起，面对着他："盒子里是什么？"

"一点心意。"

"究竟是什么？"

在一旁一直沉默着的他的可爱的女儿也站了起来，走近她，亲昵地拥抱住她，并在她耳边轻轻地说："老师，里面是一把钥匙，一把就在离这里不远处的一幢房子的钥匙。这是我爸爸的一颗感恩之心。因此，您不能拒绝，您得收下。"

她被送回到了这间简陋的小屋，这回是他驾的车。

她当然没有接受这个精致的小盒子。它太贵重了，贵重得她难以承受。但她收下了这份厚重的情，这颗滚烫的心。

这天晚上，她失眠了。辗转反侧之际，她觉得枕头底下似有什么东西。她移开枕头，呆住了：

一只精致的小盒子，刚才见过的那只装着一份情、一颗心的小盒子，正静静地、真诚地看着她。

佘 山 会 聚

经过几个月的联系、安排，聚会活动终于在今天——4月18日上午，如期在佘山森林宾馆进行。

去年底，在一次喝茶时，卫民君提及华东师大中文本科函授毕业后从未单独搞过活动，能否在明年搞个聚会，为我过八十岁生日，借此，同学也可见见面，叙叙友情。我说：一、不可为我过生日，二、你们同学聚会，我乐意参与。当时的我，正值大病初愈。

卫民于是先与杨启栋联系，启栋君提及，当年参加中文函授学习并获取本科毕业证书，决定了今后的人生之路。卫民又与另一名同学Y联系，他说我们想到了一起。于是三人组成筹备小组，由启栋担任组长，着手准备。

四月的天气孩儿脸，忽晴忽雨，乍暖还寒，但今天，天公作美，在连续几个雨天之后，太阳露脸，惠风和畅。春山在旁，草木蔓发。沿着山路蜿蜒而上时，扑面而来的清新空气及一派葱茏，让人陶醉。

会议室既宽敞，又雅致。座位被排成四方形，每人前面的桌上，放着水果，一杯绿茶，一瓶矿泉水，还有一个供记录用的白纸、铅笔的大夹子。用一学员的话说，"很有腔调"。

许多学员，由于长时间失联而无法与之联系，凡通知到的，除四人因故（在境外、外出旅游、生病等）请假，都来了，近四十人。到场后，我才获悉，许多学员穿过整个市区转几路公交车赶来，不少学员已年逾古稀，步履蹒跚，甚至还有学员，两个月前刚刚动过大手术，也"硬撑"着前来。这说明大家都十分珍惜这次聚会。这让我深为感动。

会议由启栋君主持。简短的开场白后，他出示了那张看来有点简陋但盖了著名教育家刘佛年校长的签名章的毕业证书。因为得之不易，一时让大家感慨万分。

我也不由得想起一些往事。

在松江教育学院（时为松江教师进修学校）工作期间，我主办了几个班，其中有两个班影响较大。这两个班均为在职学历培训班：一为华东师大中文本科函授班，从一九七八年至一九八二年，为期四年半；一为上海师大专升本中文班，为期三年，因未能得到当时教师进修学校主要领导的支持，办班地点放在了松江科技馆。关于这两个班的组办，松江教育局原党委书记、已故离休干部朱献成在为我的《草庐磨墨》所作的序文中说我，"曾排除种种干扰，顶住种种压力……两个班毕业人数一百六十多人，现今许多学校的领导，乃至区委、区府各部委办局的许多干部，都或毕业于前一个班，或毕业于后一个班"。前一个班中的两位学员（张汝皋、陈明君），后来成为区委常委。

办班期间，我被借调到上海市教育局教学处工作。返回后，发现二十多位学员由于种种原因退学了。我于是逐个访问，并取得学员所在单位领导支持，终于有十七八位学员恢复学习，并与大家一样获得毕业证书。

启栋君的开场白之后，由Y作主题发言。他还是我在松江二中任教时的六七届高中生。他回顾了自身经历，说了我不少好话，倒也不是虚美，有许多细节及事例。在发言中，他还出示了一些已经保存了三十多年的由我签发并留有我手迹的资料，并说起还有我当年用毛笔批阅的作文本。而所有这些，在我，都被岁月带走了，已经毫无印象。随后，又有两位学员发言。由于时间关系，几位已准备好发言稿的学员未能如愿发言。

在整个活动过程中，还有几个内容让我感动。

一是区教育局局长、区教育学院院长竟出现在会场。局长还带来了一束鲜花。两位都是学者型的领导，一为特级教师，一为博士。局长对我的称誉让我汗颜，以致我不敢在这里引用；院长发言中一时竟哽咽难言，可见所言发自肺腑。

二是杂文家剑云君在发言后向大家展示了一副对联、一首诗。对联与诗，都经过装裱。

对联云：

中文函授毕业三十五周年为恩师联

春到林苑桃李殷殷碑在口；荣载文誉笔墨浩浩酬自天。

邱剑云撰　吴琳手书丁酉年春日

诗云：

欣闻春荣吾师八秩寿诞感怀

人至耄耋性情中，初心未付水流东。

文著十卷坐家勤，师为一生灌园功。

闲气只因礼义廉，憾语每缘尖厚空。

何如忍得瓦釜噪，书斋深处听黄钟。

邱剑云诗　丁酉年春沈福林书于华亭

我将在余生铭记这份鼓励，这份情。

三是由启栋、卫民君出资购买代表全体学员赠送给我一套《朱子全书》，凡二十七册。这套书是我一直想购买而未能买到的。我及我子孙将永远珍藏这套书，连同他俩的由衷祝愿。

四是画家尹东权为我画了一幅速写；两位学员全程观看，连连说，像，像，形神兼备。回家后，我让小孙女看，她看一眼就说"画得像爷爷"，还要求让我联系，要拜他为师。

在会上，我说我今年已经八十一岁，感情渐趋脆弱，但很少感动，而今天，被深深感动了。

情满金山

——金山游散记

幼富曾组织过一次观瞻金山东林寺的活动。可活动那天，一直很想去东林寺的盛德君去了美国，幼富承诺，以后一定再组织一次。为了兑现承诺，十月五日，他又组织了一次金山之行。幼富为人，由此可见一斑。

这次邀请的，除了德君，还有伟瑛等十多人。与上次一样，他也诚意邀请了我。可我这里，出了点新情况。去年年底，我在中山医院动了次大手术，精气神大不如以前，加上年逾八十，已经举步维艰，而且还得住上一晚。我知道，他这次重新邀请我是担了风险的。为此，他采取了一些措施，除了其他的，每个时段，都安排人照顾我。

一

五日上午九时，幼富的大女儿克瑜驱车前来我家接我，同车陪我前往的还有家住松江的两名女生。

从松江到金山嘴，车程大概需要一小时。为不让我寂寞，她一边谨慎驾车，一边聊起了韩、日、美等国的新形势。她知道我对此感兴趣。她是研究亚太地区的专家、学者，讲的许多内容，都是我不了解的。其间，她还解答了我十分关注的几个问题。就这样，不知不觉中，我们就来到了第一个活动地点葡萄园。

幼富原想随车前来接见，为了唯一一个空位让拙荆喻小鸣一同前往（结果她因事没有前往），他在葡萄园等我。见我一到，他就搬了张有靠背的椅子让我先休息一会。在我休息的时候，克瑜采了各种新开的花，用剪刀修理了一下，扎成一束送给我，后来，又去采了两袋葡萄让我带回松江。

这束刚采摘并经过修理的鲜花，让我想起周六的花。自七月开始，整三个月，每个周六，我都会收到邮递的一束鲜花。此刻，我看着花，又看着幼富。他才如实相告，每周六的花是克瑜让他订购的。克瑜曾对他说："爸，天气炎热，你也已年届古稀，不能去看吴老师，就给吴老师每周邮寄一束鲜花吧，让吴老师心情愉悦，尽快康复。"

感受着眼前的一切，回味着每周的鲜花所传递的关怀，我被感动得差点流下热泪。

自古以来，世人能做到同甘乐及锦上添花。能够同甘乐及锦上添花，在许多情况下也是一份情；但相比之下，共患难及雪中送炭，更为难能可贵。自患大病以来，就我曾经的学生而言，有来医院探望的，有来家探望的。按世情，来者或送礼，或送红包，而就红包而言，累计十多万元。我深深地感谢他们，领受了他们的情意及祝福，但除一二人，都逐个退还了红包；送礼的，容我以后逐一偿还。在这期间，获悉我便秘，幼富买了助便器，还带师傅前来安装；我房间里装着空调，但他试了一下，发觉声音较大，为让我更好睡眠（他知道我睡眠一直不好），就又买了取暖器，安装好，调试好。他甚至还想到了夜间的饮水问题，复上街买了套保温茶具。诸如此类，不一而足。他真是想我所想，急我所急。

在葡萄园，我由衷对他及克瑜说："鲜花真好，我每见新花，就油然而生愉悦。鲜花其实不只是鲜花。鲜花如此，其他也是如此。"

二

离开葡萄园，我们前往万寿寺。

万寿寺坐落在张堰秦山。志书上说，寺创建于明成化年间，原为华亭祠改庵，清康熙四十年孙南如重建，同治三年毁于兵燹，民国初年复修。

寺面积很大，但不知何故，这天很是清静。正下着蒙蒙细雨，其状为丝缕，其色为烟雾，亲吻着我的脸。

走进大殿，见殿前的香炉中，香烟缭绕；香炉房的烛台上，烛火摇曳，烛泪流淌。膜拜者中，或老如朽木，或鲜如芙蓉；或衣衫褴褛，或项腕围金。但一个个满怀虔诚。因此整个大殿，气氛肃穆。我在几尊佛及菩萨前，都虔诚地默念佛号。佛眷顾着我，让我增添了一份敬意，一份安全感。我属牛，常发牛脾气，但我大半生辛勤耕耘，培育桃李，也未曾做过一件恶事，尤其在我的后半生，得以省悟，因而尽力做到真爱一切生命。我佛慈悲，定会佑我晚年平安、健康。

走出大殿，来到了一金鱼池边。幼富告诉我，手中放些鱼食，将手沉于水中，就会有金鱼前来吻你手心，为此，福就到了。

他给我买了两小袋鱼食，我分几次握着鱼食沉入水中，还没待我松开手指，几十条鱼围聚拢来，吻我的手指，放开手指后，再吻我的手心。金鱼有大有小，品种也很多，鳞色各异。在后来的几次中，手中的鱼食早已被吃完，但金鱼们仍然围着我的手，亲吻着，我趁势抓了一条，放开，又抓了另一条。它们毫不害怕，任我抚摸。鱼身滑滑的，鱼唇软软的，有一种难以名状的感觉，让我忘却一切，兴致满满。

我的小手指上有一处因蚊叮而被抓破了的小伤口，因此第一次伸入水中时，隐隐有些痛感，但此后几次就感觉不到了。最后一次离开水面后，我不马上将手擦干而慢慢让其晾干。我甚至希望，这金鱼寺中的佛水，能渗入肌肤，渗入血液。

三

　　晚餐被安排在临海的一家酒店。事先，幼富曾告诉我，十月四日是中秋节，五日正是阴历八月十六，不是说"十五的月亮十六圆"吗？到那天晚上，我们一边品尝佳肴，一边观赏月出。为此，在来金山前，我翻出了古人的一些咏月诗句，准备在观赏时吟咏。这些诗句为——

　　　　春江潮水连海平，海上明月共潮生。
　　　　　　　　　　　　　　——唐·张若虚

　　　　海上生明月，天涯共此时。
　　　　　　　　　　　　　　——唐·张九龄

　　　　海月非常物，等闲不可寻。
　　　　　　　　　　　　　　——唐·钱起

　　　　海底有明月，圆于天上轮。
　　　　得之一寸光，可买千里春。
　　　　　　　　　　　　　　——唐·贾岛

　　　　直到天头天尽处，不曾私照一人家。
　　　　　　　　　　　　　　——唐·曹松

　　　　有时海上看明月，碾出冰轮叠浪间。
　　　　　　　　　　　　　　——唐·徐夤

但愿人长久，千里共婵娟。

——宋·苏轼

月光浸水水浸天，一派空明互回荡。

——清·查慎行

在来金山的前夕，我一直在默诵着这些诗句。自这次开刀以来，我的记忆力明显衰退。好在我将这些诗句抄在了一张稿纸上，默不下去时，就看一下稿纸。就在刚才来酒店时，我又默诵了一遍。

幼富还真有心，所选的圆桌在二楼，临窗，窗下就是大海。

大家就座后，我看了看窗外，见云层很厚，海面上，茫茫一片。大海静静地，似乎睡着了。

但我们的精神十足，兴致极高。大家边吃边聊，聊得海阔天空，云里雾里；但聊得最多的，是同窗故事、师生情谊。

我们聊到一次活动。那是"文革"期间，我们十多人离开喧闹的校园，骑自行车来到这里，白天下海游泳，帮助渔民捕鱼，晚上共宿于伟瑛家的客堂。

交谈中，我很少插话，只是享受着，尽情享受着这近乎神圣的同学之谊。整整两个多小时，热烈得没有过片刻的冷场。大家似乎忘却了窗外的大海与天空。

直到传来了一种声音，先是汩汩如流水声，转而浑重为群骑的蹄声，一同学才猛醒过来，并说了声"好像涨潮了"，提议大家下楼去。

我们于是来到海滩边，果见海水汹涌着奔流过来。不远处的大小金山似乎被淹没了，唯有那山上的灯光，还在顽强地抵抗着，闪耀着。海潮很快又吞没了近岸的礁石，撞击到石岸上，飞溅起了阵阵浪花。我似乎感到了大地在震颤。

夜已经很深了，天际仍未见明月共潮生，冰轮叠浪间。环顾四周，几乎只剩下我们一帮人了。带着些许遗憾，我们也决定回旅社。

同学们前去了，留下盛德君陪着我，搀扶着我。我不知道这是不是故意的安排。大家都知道一件往事。一九六六年春，我们全班到松江城东公社长娄大队劳动。一天晚上，有女同学突然来报告说盛德君肚子痛。当地无卫生院，可以找赤脚医生，但我们不放心。当时也没有车辆。不得已，我与班团支部书记周琪（女），轮流着将她背到松江人民医院。还是春寒料峭的季节，又是深夜时分，几十里路，我们背得气喘吁吁，汗流浃背。

回到旅社，我在心中默念：但愿人长久，千里共婵娟。

四

次日的活动，除观瞻东林寺，我们还游览了花开海上生态园。

生态园位于朱泾镇西侧。一页导览图上说明：这是一个以赏花为主题的公园。公园由花海、梅园、樱花园、秋景园四大园区组成。花海绚丽壮观，花色旖旎；梅园中曲径瘦影，早春时节，暗香浮动；樱花园，逢花开时，芳容竞展；秋景园内，枫叶荻花互映，徘徊其间，让人陶醉。

考虑到大家的年龄都已七十上下，考虑到我更是衰老相侵，幼富租了几辆自踩车。每辆车，各由两位男生踩踏。我们坐车上缓缓绕行，先后观览着各园区的花木。我见得最多的，是路两边的各种菊科类花朵，其中最多的是蛇鞭菊、波斯菊，还有低矮的向日葵等。天空晴朗，气温升高，秋风徐来，感到神清气爽。

在观赏期间，还发生了一件事。不知道怎么的，幼富与德君竟争吵了起来。两个人嗓门越来越大，至于推推让让，拉拉扯扯，愈演愈烈。我一时被惊呆了，立即上去拦阻并问其故，才知道了内情。原来，幼富最近迁居金山嘴，为贺乔迁之喜，德君送了个红包；幼富则坚持君子之交当清淡如水。一个执意要送，一个坚决不收。见我询问，就要我表态。我想了想说，红包代表的是心意，幼富已经领受，红包可以退还矣。德君仍固执己见，众同学前来一致支持我的意见，德君无奈作罢。

这是这几年来我见到的一次最美的争吵。花色之美与人情之美互映。发生在花开海上生态园的这一幕，或将作为一景，永远留存在我们的记忆中。

我与他们，可谓亦师亦友。这师生情、朋友情、同窗情，持续了五十年之久，且日久弥深。我以为，这是我一生中的一份宝贵的财富。

有你们，真好

常听说：有你真好！我套用此语，有学生真好，真的真好！

一

松江二中七六届（五）班一平生总是善懂人意。在一次小聚中，她大概敏感到了我的心情，立即组织部分同学，陪我去江浙一带走走，散散心。我感到欣慰。

一平是这次活动的"总指挥"。她原是某单位领导，有极强的组织能力。

她先与晓云商议，最后决定去常熟住几天。

她除了自己驾一辆车，又让庆萍安排一辆车。

晓云与其先生孙钢是旅游达人，十分熟悉此类业务，并且，在职时，在常熟设立过培训中心，对常熟也十分熟悉。由于这两个"熟悉"，加上她的热心、负责，善办事，立即落实好所住宾馆、安排好每天的活动、用膳等所有事宜。熟悉的人都知道，这类事，看似寻常，其实十分具体、琐碎、烦人。但她井然有序地处理得让人人满意。

庆萍能驾车，但她十分谨慎。为了保证大家的安全，决定由公司驾驶员驾车前往，由其先生小吴驾车返回。这种牺牲自我、乐意为人的奉献，也博得大家的一致称赞。

两个人都十分高兴听从一平指挥，并主动、自觉做好托办的事。

一平就这般懂人。

等一切就绪后，我们按期于四月十一日上午八时半出发。

臻虹给我发来一个视频，我将其中的歌词作了些改动，以表达我出发时的心情：

> 想和你们再出去走动走动，
> 虽然已是不同的时空，
> 还是可以在春风与暖阳里，
> 交流陈年往事与心里的梦。

二

常熟的虞山被誉为东南名胜。而虞山公园位于沙家浜畔，阳澄湖边。有资料说，素有"七溪流水皆通海，十里青山半入城"的美称。这等地方，我们是必须要去游览的。

正是暮春季节。是日，天朗气清。

限于时间，可能也为照顾我，我们只游览了公园的一处。

该处有一狭长湖泊。湖水清澈，波平如镜。湖对面，似为一山，山坡上，杂树聚翠，淡烟笼碧，上有闲云一片，随风游戏。杂树与闲云，倒入湖中，照人颜面。

湖这边，有一狭长空地，游人如织。有临湖赏景的，有坐长条椅交谈的，有年轻的母亲教婴童学步的，也有独自沉思的，而更多的人是在舞蹈。我不谙此艺，只见有男女合舞的，有独舞的。舞姿也各呈其美。

我乘诸生拍照之际，与一老闲聊。他出身东北农村，与女儿来常熟定居。儿子为驻美使馆武官，女婿为常熟某派出所所长。聊谈间，透露出满满的幸福感与自豪感。

整个公园，充满了一股勃勃的生机，一种人与人之间、人与自然之间和谐相处的氛围。

我被召集与每位学生合影留念。

我从她们的眼神、亲切和尊重中，读到了我自己的愉悦。

后来把合影发到了常熟游伴的群里。宝妹云："我造型做好，一动不动。""照片看了好几遍。"一平云："花美景美人更美。"我也凑热闹："花还是花，景还是景，人哪还像年过花甲之人！"

是啊，美好的生活，美好的心情，美好的关系，让大家越活越年轻。早些年有句流行语云：去年二十，今年十八。还真是！

在公园里，腹中已有词一首，此刻稍作修改如下：

江 南 春

波镜亮，柳条垂。

虞山园景美，朝日惠风陪。

江南春暮仍相恋，游兴常留能忍归？

三

在常熟的几日里，我们基本上待在宾馆里，用餐、打牌、聊天。

晓云点的菜，价廉可口。早就听说，有"常熟一碗面"之称，所以，中、晚两餐总少不了面。常熟的面，果然汤汁味鲜，面条软硬适度。

每次用餐，一平总将彦慧安排在我身旁，为我搛菜勺汤。我简直成了"老太爷"，享受着她的服务。

每次用餐，常长达两三小时，以致下班的服务员未离去，上班的服务员就来了。

大部分的时间里，是在聊天。菜早已凉，话还在兴头上。我们聊国家大事、松江新闻，当然还有当年的同窗故事。

在这聊天的时间里，留存于我心底深处的他们就读松江二中时的情景，常常会突然浮现出来。

一次在上海消防器材厂学工时，我放下手头的活，想到各处走走。到庆萍劳动的车间看望时，她见我前来，迅速站立起来，不小心手被划破，顿时鲜血直流，于是赶紧送医院，消毒、包扎，还打了破伤风针。

一次在农村学农，在最后一个晚上，大概有七八名同学与我聚集在一农家的客堂里。我们聊生活，聊将来，聊心中的梦。大家无拘无束，敞开胸怀。夜深了，村子睡了，但大家似乎还不想休息。

……

在打牌时，毛新、庆萍与宝妹总是充当服务员，为我们沏茶、续水、递水果等。空下来的时候，常站在我身旁。毛新曾在一研究所工作，是副研究员。庆萍是一家公司的老总。但她们都很低调，从不摆谱。

在打牌的时间里，一平总说："只要吴老师开心，我们输得也乐意。"

一次，我手中有一对K，庆萍已发现下家握有一对A，当我出一对K时，她赶忙阻止……

几个小时的时间，就在不知不觉中过去了。应该休息了，但宝妹大概发现我兴致不减，于是说，难得有这种机会，再继续，于是又打了一轮。

这几天的接触，对——

一平的为人与才干，

晓云的淡泊与处事能力，

（在我看来，她们都可以在在职时进一步肩负重担）

毛新的学养与识见，爽直的性格，

彦慧的快人快语与识人、决断能力（我还一直记着几十年来持续对我的关心），

孙钢的正直、正气，

庆萍的谦和、低调、不卑不亢，诚信经商，

臻虹对困难的抗受力，好客与艺术修养，

宝妹的随和与沉静，有一颗感恩之心，还有一手好厨艺，

有了进一步的认知。

这几天的接触，蒙受着他们的尊重和照顾，我感激，我心动，用琼瑶阿姨的话说，我好幸福！我经济上不算贫困，但精神上更为富有。

臻虹发来一个视频，其中有这么几句：

老师，您好！

您话语中那循循善诱的气息，吸引着我们；

您眼神里那充满赞许的目光，鼓舞着我们；

您著作中散发出的文墨清香，心醉了我们；

您的"腹有诗书气自华",点亮了我们的心灯!

在我看来,这是对我的鼓励与期望;但或许年高情脆,当我听到这些话时,我心中确实涌动起了一股暖流。

有你们,真好!

一位国企人的文化情怀
——谨以此文送杨净退休

一

认识杨净,在二十世纪八十年代初。

当时松江县政府遵上级指示,重视在职人员的学历培训;为能考上高校,时任分管教育的副县长委托两所学校各办一个"强化高复班"。这两所学校,一是松江二中,一是松江教师进修学校(今松江区教育学院)。离休干部钟居正时任进修学校校长,郑重其事地找我谈了次话,要我丢下手头的一切工作,全力以赴,负责办好县政府交给学校的这个班,说如有什么要求,以后碰到什么困难,尽可直接找他。

杨净就是这个班的学员,于是我们相识了。

高复班学员名单是县政府定的,为期半年(即春节后开班,参加该年七月的高考,那时上海的高考从七月七日开始)。学员原有文化程度,最低的为小学三年级,最高的是高中六六届。由于参差不齐,教学难度很大,又因为"强化",且时间短,几乎要日夜兼程。师生们都很辛苦。

我曾在松江二中任教十八年,实践经验告诉我,在语文考试中,最能拉开差距的,是古文与写作。为此,我安排每日上午计四节课,用来进行这两方面的教学,由我执教。

在最初的日子里，我发现有一名学员，个子较矮，皮肤白净，整日不多言语，但学习十分自觉，十分认真、刻苦。后来了解，他叫杨净，来自县供销系统，是该系统中最年轻的中层副职干部，曾在上海市财贸党校理论训练班学习过，后作为后备干部，先进松江商校任教。

"强化高复班"结业后，全班学员除两人外，全被高校录取。杨净以优秀成绩被上海财经学院（今上海财经大学）贸经系录取。

二

与杨净比较多的接触，是他到松江商业发展总公司（下简称商发公司）任领导职务以后。

因为有半年的师生之情，他一直心存感激，一直默默记着我，一有机会，就"报答"我。记得有两件事。一件是长篇小说《云间柳如是》出版后，他曾带我去他的一个亲戚那里。其时，他的这个亲戚创办并经营着一家影视制作公司，杨净希望他能将《云间柳如是》改编成电视连续剧。他的亲戚知道我们的来意后，惋惜地说，为什么不早说？"柳如是曾在松江生活过，与松江文人陈子龙、宋徵舆、李待问等交往甚密。"他说，"吴老师是松江人，松江人写松江人，不是更有意思！可是……"他告诉我们，他已经让上海作家蒋丽萍将自己的小说《柳叶悲风》（同样是写柳如是的）改编成十八集电视连续剧，并正在拍摄中。还有一件事是商发公司曾召开过一个如何加强企业文化建设的研讨会。时任公司党委书记、总经理亲临研讨会现场，认真听取了大家的发言并作讲话。我蒙杨净提名，也出席了这个会议。这两件事，说明杨净对我这个仅当了半年的老师，有着一种感恩情怀。

在我的记忆里，还留存着一个小故事。一次我为公司书稿一事正在商发公司八楼。杨净得知后，要我去十楼他的办公室。去后才得知要我看一篇文章。我这个人有个让人讨厌的臭毛病，让我做事，得问清楚有关情况，他告诉我，公司拟招聘一名文秘，有人推荐了一名女青年，他让她写了篇文章，要我看看她的文字功底。于是，我们有了下面的对话：

"文章题目是事先出示的还是见面后出示的？"

"见面后出示的。"

"作文时，是否带有手机和其他纸质材料？"

"除几张白纸与一支圆珠笔外，什么都没有。"

"写了多长时间？"

"不到一个小时。"

当时的情况，好像是他来应聘的，我在对他进行面试。可他一点不计较，一如往常，一脸谦恭、认真。

文章约千字。我于是说："文章语言流畅、老练，逻辑性强，条理清晰；观点鲜明，我也完全认同。字迹虽稍显潦草，但算得上是好文章。"

杨净笑了，看得出，发自内心。是因为所见略同或全同，还是因为发现了一个人才，我不得而知。我明显感到，他其实已决定录用。想听听我的意见，表明了他选用人十分谨慎，也说明了他对我的尊重。顺便说一下，这名女青年，就是今商发集团公司办公室主任。

感恩与尊重，是我们中华民族的传统美德，也是衡量一个人有否教养的重要标尺。

三

企业文化建设，已普遍引起重视。但不少企业的领导，只停留在布置环境、组织学习、举办讲座、开展讨论等层面上。我想进一步了解杨净的想法，于是就做了一次专访。

"我认为，"他替我沏了一杯茶，"企业文化是企业在经营过程中逐步形成的、为广大员工共同认同的精神与理念。"

我记下了他对企业文化的这一总的诠释，发觉在这一诠释中，有三个关键词组，一是"经营过程"，二是"逐步形成"，三是"共同认同"。

我就抓住这三个关键词组，希望他做进一步的说明。

"首先，我认为企业文化应该与企业管理相结合。"

我忽然想起，有人曾说过，广义的"文化"，应包括管理，比如规章制度的管理；还有人说过，最高层次的管理，就是文化的管理。看来，杨净的理解与这些理念较为接近。

"其次，企业发展是分阶段的。不同的阶段，有不完全等同的目标。作为文化，有一以贯之的内涵，也应该有符合该阶段实际的与时俱进的内涵。"

"就是说，"我插话，"企业文化也应该不断创新。"

"随着企业改革的不断深化，企业文化的内涵也在不断丰富、完善。"

"这就是您刚才所说的'逐步形成'的具体含义吗？"

"对。"他停了停，让我喝点茶水。"再次，任何理念，举措，只有广大员工共同认同了，才是真正落地的，否则岂不成花架子、空中楼阁？岂不成了纸上谈兵？为此，企业文化的建设，要让广大员工有获得感、成就感，有幸福感。"

我曾经在一篇文章中写到美国一位学者型的企业家说过的一个意思：都说顾客是上帝，但我心目中的上帝则是企业的员工；只有服务好员工，才能调动他们的主动性、积极性，才能让他们更好地服务顾客。

……

我们边喝茶，边聊；当然，在我，更多时候是倾听，是请教。

四

在我看来，杨净在燃气公司任职的几年里，在企业文化建设方面，着重抓了四项工作。

一是建设一支推进文化建设的队伍。

他沿袭在商发公司所做的，举办通讯员、信息员培训班。先后共两期，每期为时半年，第一期每周一次，第二期每两周一次，时间为一个上午。第二期分两段，先后由两位中层干部具体组织。两期均由我负责辅导。

辅导方式，经与杨净商议，决定如老中医坐堂，逐一地望闻问切，然后开出治疗处方，即按培训计划，事先出题，一对一地从习作内容到形式，从立意、结构到遣词造句，有的放矢地进行点评，必要时可以展开辩论。在对某学员进行点评时，其他学员可以旁听，参与辩论。这是主要的辅导方式，也有几次集中，研讨一些带普遍性的问题。

杨净对我说过，这样的培训，同时也是公司培养后备干部的一项举措。我听懂了他的意思。在辅导过程中，不仅注重为文，而且注重为人。作为一名老教育工作者，我深知，为文与为人，其实密不可分。

两期培训班，涌现出了不少优秀学员，如杨光、张海康、唐嫣等。他们在公司党组织的培养下，在自己的努力下，现在已是公司的中层干部，同时成了建设企业文化的骨干。

二是创建学习型班组。

燃气公司自二〇一二年四月开始创建"学习型班组"。经过六年的实践，确立了"五个一"（一周一学、一月一论、一季一题、一年一篇、一年一评）体系，已成为公司的一项特色，一个品牌。二〇一四年十二月，公司选编了部分总结与研究文章，印制成《松江燃气公司学习型班组建三年论文选》一书，得到区领导的肯定与好评。

这里仅录下"五个一"实施中的两个实例，以窥全豹之斑。

实例一：公司工程管理部的一次学习、交流会。

时间在二〇一七年六月二十七日。

会议开始，部长傅韧希望大家在改造项目实施中需要改进的方方面面各抒己见。开宗明义，可谓简单扼要。接着班长首先发言，着重就班组中最基本的工作发表了意见。班长一开头，班组成员一个接着一个发言。一成员强调，施工员要勤跑现场，及时掌握第一手资料；一成员针对改造项目中的镶接、置换通气环节的困难提出了几点建议；一成员提出，成型小区内有幼儿园、小学，人流量大，车辆进出频繁，为施工增添了不安全因素，需要引起重视；一成员就此建议，为保证安全施工，需要与居委会、物业加强联系，以取得支持、配合。讨论至此，部长助理对施工过程中的注意事项作了归纳，特别强调安排好施工时间；副部长则指出，地下管的管理人员在施工结束前，要与地上管的管理人员做好对接。会议最后，傅部长作了总结，肯定了同志们的发言，指出每一位同志的发言，都透射出对工作的认真态度，对客户的负责精神；他希望在今后的工作中，不断思考、总结。会议始终，发言踊跃，提出问题，献计献策，气氛热烈。

实例二：应急指挥中心注重评点案例。

在采访杨净的间隙，我采访了应急指挥中心副主任杨光。

杨光告诉我——

中心员工，一为话务员，一为处置员。由于员工流动性大，工作难度大（不仅态度要好，而且要解决问题），有些员工的服务与工作要求有差距。为提升服务水平，提升服务质量，公司购置了一台执法记录仪。这是一台先进设备，有红外线自动调色功能，即使在较暗光线下，也能保证录制的画面清晰流畅。如何充分运用这一设备？中心考虑，在每次学习时，有选择地回放记录仪录下的现场处置实景，由四名小组长轮流当主持人，对其中的重要画面，按需要，或暂停，或放大，进行点评，组织讨论。大家一致反映收获多多。渐渐地，员工的服务效果显著改善，客户的满意度显著提高。

服务，需要热爱，还需要智慧。

三是编好一份内刊。

为编内刊的事，杨净曾与我商议过多次。我们一致认为，内刊作为一个载体，可以展示公司员工的风采，调动员工的积极性；作为一个窗口，可以让社会了解公司改革、发展的进程；而作为一项举措，可以培养一支队伍。在商发公司时，我们已有了初步的规划，可未来得及实施，他调来了燃气公司担任董事长。当我重启旧议时，他表现比较慎重。考虑到燃气公司规模比商发公司小，员工数少，他担心两点。一是能否保证质量。他的精品意识，我是早就了解的。"要编，就要编好，否则宁可不编。"他强调说。二是能否坚持下去。类似于"新箍马桶三日香"及半途而废的事，别的单位不是没有发生过。他说，条件不成熟，就暂缓。

第一期培训班结束，我已基本了解公司编刊的实力，于是重又提了出来。他终于同意了。

先试编了一期，反响不错，于是，《松江燃气》在二〇一五年正式创刊，由公司党总支副书记终审。内页为六十页，大十六开本，彩印，内设"工作研究""燃气之星""工作实纪""员工笔会""风景线"等栏目。

《松江燃气》已走过四个年头。公司内外，对之反映良好。区一领导在一次视察公司时正好见到新出的一期，眼睛一亮，翻阅了几页，立即点赞。刊中"工作研究"栏中的文章，其研究之深，作者之广，在我所见的松江内刊中，难有所匹。

四是实施 EAP 员工关爱项目。

这是一项公司聘请心理学专业人士为员工提供系统、长期援助的福利项目。项目分"日常心理关爱"与"不定期关爱活动"。

"日常心理关爱"又有着两方面的内容:一是员工关爱 App 平台。平台以"员工关爱"为切入点,通过线上加线下的方式,为员工提供一系列综合关爱服务,帮助员工增强身心健康,提高自我认知,密切与同事交流,让员工感受到快乐与幸福。二是心理关爱热线。热线提供二十四小时全天候服务,除法定节假日外,全年无休。公司员工就工作、生活(包括家庭)中遇到的困惑,如职场压力、人际关系、自我认知、婚恋情感、子女教育等等方面的困惑,直接向专家咨询,并得到帮助。

"不定期关爱活动"分"主题心理沙龙""心理体验""员工关爱日""户外拓展"等内容。这"户外拓展",指的是公司组织员工在风景优美的环境中,开展放松身心、舒缓压力、化解矛盾等活动。

一位著名作家说:"文化……是民族存亡的前提和条件,它蕴涵着国家走向未来的一切持续前行和进步的基因,是民族生存发展的全部价值与理性所在。"文化的性质与作用,就一个国家与民族来说是如此,就一个企业来说同样如此。

唐·王湾诗曰:"潮平两岸阔,风正一帆悬。"杨净快要退休了,快要离开他倾力关注的公司及深爱着的公司员工。但他与班子同事及公司员工共同建设的文化,作为企业的灵魂,作为企业的软实力,将使公司乘着改革之东风继续前行;企业的文化建设,永远在路上。

夕 阳 红
——访劳林美

夕阳红,一个多美的词语!

多少大家曾为"夕阳"写下传诵千古的诗句:

余霞散成绮，澄江静如练。

一道斜阳铺水中，半江瑟瑟半江红

斜阳草树，寻常巷陌，人道寄奴曾住。

斜阳外，古道边，芳草碧连天。

……

在一篇序文中，我曾写过：尽管余霞弄彩，紫翠万状，但我凝视着这夕阳，感觉她运行了十多个小时后有点累了，想要休息了。但她是一切生命之母，她仍依然爱恋着这个世界……她要把所有的灿烂献给这世界上所有的生命。

今天，我则要为一位在夕阳下献艺的退休者造像。

她叫劳林美。

她曾经住在与我所住一幢楼相邻的一座民房里。那时我在电大执教。电大学生都在职，所有的课只能放晚上。曾多次，我骑车去上课时，总见一小姑娘开门出来，背着书包，朝另一方向走去。我有点好奇。一次问她，她告诉我，她在电视中专学习。我复问她为何不上电大。她反问我，可以上电大吗？我告诉她，电大有另一类学生，叫视听生，即如获得规定的学分，同样可得大专毕业证书，属宽进严出类。

她于是就成了我的学生，学习中文专业。

凭着志气，凭着一股子劲，凭着天赋敏悟及创新精神，三年后，她成了大专毕业生，马上从车间调至科室。

同样凭着志气，凭着一股子劲，凭着天赋敏悟与创新精神，她后来成了一名成功的民营企业家。

她有多种爱好：古琴、旗袍秀、瑜伽，尤其是沪剧。

一直以来，她始终感恩我这个曾经的老师；直至退休后，我们还时有聚会。

记得一次她用车接我去一名为黑渡口的茶室。从小车里出来时，她背上了用布套的古琴，还朝我戏问"是否像个文学青年"。

该茶室一部分深入湖水下。那天，她还邀了几位朋友。他们或吹箫，或谈论玉石，或弹奏，宽松自由，而湖水则有节奏地拍打着窗玻璃。茶室除了茶水，还提供了一些小点心。环境独特，茶水清香，曲调悠扬，人气和融。整个过程，散发着浓浓的文化气息。除了箫声，我尤爱她的古琴演奏，时舒缓，时急骤，如鸣声上下，如珠落玉盘。一个寻常上午，变得无比美好。

还有一次宴聚。她邀了几人，也让我约了几人。团团一桌。宴饮不一定只有觥筹交错。有人提议，席间无以为乐，请她与她的电大同学清唱沪剧。有人提议唱一段《罗汉钱》选段。我坐在她旁边，当她的同学演唱时，她静静地坐着，神情专注凝重，旁若无人。我理解她是在酝酿感情，进入角色。轮到她唱时，还真是字正腔圆，声情并茂。只是一次聚餐，她也顶真如此。包房一时静寂，大家停止举杯，尽情享受。唱毕，掌声骤起。一位先生还激动地为鼓掌而碰倒了酒杯，五粮液横流。

我决定做一次采访。考虑到她演出频繁，爱好多样，我决定进行笔访。下面就是经过整理的访谈录。

问：你对退休生活持有怎样的理念？准备怎样度过退休后的生活？

答：以前是忙工作忙事业。退休以后的生活，应该是我生命中的"第二春"。不是有"老有所养、老有所医、老有所为、老有所学、老有所乐"的告诫吗？退休了，有了大量属于自己的时间，正可学一些感兴趣的内容，做一些有兴趣的事情，一方面可以充实自己的生活，一方面可以为社会尽一份绵薄之力，这样，自己的心情也会愉悦，也提高了生活质量。我以为，心若年轻则岁月不老，事在人为是一种积极的人生态度。

于是，老年大学的走秀表演班有我充满自信优雅的脚步；每周的沪剧沙龙有我与戏迷们的交流演唱；定期的瑜伽、古琴兴趣班有我的身影。这些爱好让我的生活有声有色，让我感受到生活的乐趣，岁月的美好。数以几十场的街道、社区演出，从观众的脸上，我读出了他们的欢欣，我感到欣慰，觉得自己发挥了余热。

问：我曾看过你的两场演出。一场折子戏中，你出演狱中的江姐；另一场中，你出演一名军统特务。两场演出，座无虚席。谢幕时，多名观众上台为你献花。散场后，我听到了观众们的啧啧称赞。在众多的爱好中，你为什么特别注重沪剧的演出？

答：老师过誉了。如果我的演出能得到观众，尤其是退休老人的认可，是对我的鼓励。

我们二十世纪六十年代出生的人，稍懂事时正逢文艺百花齐放。每家每户差不多都有一台半导体收音机，都可以播放地方戏曲。纳凉季节，街头巷尾，一些老人听得津津有味，摇头晃脑。耳濡目染，我对戏曲就有了一份钟爱，特别是我们江浙沪地区，人民大众对越剧、沪剧更是情有独钟，似乎有一种天赋的亲切感。

问：这几年来，你演过很多沪剧剧目，据了解，都获得了成功。在这成功的背后，有着你的再创作，有着你艰辛的付出。曲艺界有句话，台上一分钟，台下十年功。在排练与演出过程中，你遇到过哪些困难？是怎么克服的？

答：从以前的喜欢哼唱到舞台表演，是个质的飞跃。这过程中的困难，可想而知。最初的试演，心里有点虚，动作不自然，对灯光与台下黑压压一片等也有点不适应。但我是个要强的人。我既然能由一名初中生最后拿到大专证书；学的是中文专业，对经商可以说是一张白纸，但我边学边干，不断总结，一步一个脚印，最后也走向了成功；我就不信，我就跨不过演艺过程中的这些坎，而且我对戏曲这么喜欢。

我凭着中文专业基础，注重挖掘所演人物角色的个性特点，让这一形象在我心中栩栩如生。再反复练习，逐渐地通过演唱、动作，把他（她）表演出来。有些传统剧目，还可以通过影像资料模仿学习，但原创节目尤其需要自己的再创作。

记得第一次的沪剧登台演出是在区大剧场。对一个还没有舞台正式演出经验又是主场表演的我来说，在感到兴奋的同时，又感到紧张。虽然是一场折子戏，但为了饰演好江姐这位英雄人物，在演出前，我反复观看各种剧种的《江姐》，领会、模仿剧中江姐的表演，并对着镜子，一招一式反复演练。我演唱的是《红梅赞》与《绣红旗》。这一次的演出，观众给予了符合人物形象、演唱情真意切、自然流畅的肯定。这让我增添了信心。

为庆祝党的一百周年华诞，我们剧组原创了一部大型剧《杨开慧》。该剧表现的是杨开慧被捕后在狱中跟敌人的斗争。剧作者为了丰富剧本内容，增加演出时的舞台效果，虚构了一个形象，并让我饰演。为了演好这个在国民党一名处长身边的军统特务，我反复琢磨，并阅读观看了有关刻画描写军统特务的书籍及影视剧。在演出时，我通过细节，处理好唱腔，把握好形体动作及面部表情。面部表情中，眼神尤为重要。从而综合表演出了他的媚、凶、奸和狠等特务特性，得到了作者及观众的认可和称赞。

一次偶然的机会，被古琴的古朴典雅的声音所吸引。从此每周的习琴班里多了一个我。学习过程中，我终于悟出了古琴不仅仅是器具，而是一种生命，更是一种精神和文化的象征。

艺术是相通的，各种艺术可以相辅相成。

我以为，尽管是一名业余爱好者，但既是演出，就要对得起观众，要尽最大的努力饰演好角色。

问： 几年来的演出，有哪些体会？

答： 只要有梦、有激情和付出，无论年纪大小，专业还是业余，都可以追求自己的梦想和实现自己的价值。梦想、爱好、激情、艰苦地付出，还有一颗甘愿奉献的心，是一切成功的前提。

卷 五
JUAN WU

　　见微知著，于细微处可见一个人的为
人、精神、情怀、为学与识见。

嵇汝运的家乡情怀

　　嵇汝运（1918—2010），我国著名药物学家。1950 年，获美国伯明翰大学博士学位，1950 年至 1953 年，任该大学药理系博士后研究员。1953 年 10 月回国后，在中国科学院上海药物研究所从事研究，1978 年至 1983 年，任该所副所长，为研究员。1980 年，被选为中国科学院学部委员（后改称院士）。1998 年，转任资深院士。兼任中国药科大学、华东理工大学等四所高校教授，亚洲药物化学学会执行委员等。2010 年 5 月 15 日，在上海华东医院病逝，享年九十二岁。

　　嵇汝运一生主要从事新药研究，后期探索计算机辅助药物分子设计。曾获国家发明三等奖。在国内外学术期刊发表论文两百多篇，出版《神经系统药物化学》等四部专著，被认为有很高的学术价值。被称誉为中国药学界的一代宗师。

我有幸与汝运老师有过多封书札往来。

大概在一九九九年春，松江区委宣传部责成我主编《岁月的歌——松江当代散文选》一书，既为纪念松江解放五十周年，又作为国庆五十周年献礼书，要求在该年九月出版。

时间紧迫。我首先以编辑小组名义向在祖国各地的松江籍名人发信，知道电话的，同时打电话，恳切向他们征稿。

我很快收到了汝运老师的亲笔信：

吴春荣老师：您好！

谢谢编辑小组的来信，只因我出差在南京，回来后才复信，已稽延请谅！

欣悉拟出版《松江当代散文选》，以纪念松江解放50周年，十分有意义，听到后也十分欢欣！

我是一个老科技工作者，不是文学家，不知这本书收集的是否文学方面的创作，因为我过去只写过科学或科普方面的文章，特请教。

再者，我上班仍较忙，每周还要教课6小时，而约好在五月份要在医学信息会议作报告，报告稿要在本月底或下月初交卷，因而如写散文也要在信息会议稿交卷后再写，势必比四月底又要晚一些时间，是否影响，请告！

匆复并致

教安

嵇汝运
4月13日

作为一位著名的科学家，他在信中表现出的由衷支持，他的谦和、诚恳及认真，让我深为感动。我立即去信，答复他提出的问题，并再次诚挚恳请支持。

五月上旬，我收到他家属的信，其中言及："您请嵇汝运先生写的文章，他已写好底稿，正开始抄写时突然发病，现在医院住院手术，所以原定的交稿日期将延迟，希谅！"

我深感不安。汝远老师那么忙，我还在他忙上加忙，以致让他病倒住院。我立即去信，由衷祝福他早日康复，并希望告知在哪家医院治疗，以作叩访。第二天接到电话，说"您组编任务繁重，时间急迫"，不必前来医院看望，务必，务必。语意至诚，且得不到所住医院之信息，只得作罢。

在组编之余，我一直挂念着他。大概在十天后，收到了汝运老师的亲笔信：

吴老师：您好！

谢谢你 4 月 15 日复信。我本准备于 5 月 5 日或 6 日将拙稿寄奉，于 5 月 3 日已写好大部分，不意于 3 日突发病，于 4 日晚去中山医院看急诊，当天半夜进行手术，以后在医院住了 9 天，于 14 日出院，继续写完拙稿，因而延误了预定交稿日期，实为意外，请谅！

现将拙稿《我爱松江》寄奉，至请指正并予斧正为感。

并致

教安

嵇汝运

5 月 16 日

随信收到的，一是他亲自撰写的小传，一是他的大作《我爱松江》。四百格的稿纸，两件长达十八页。《我爱松江》中，他深情写道："离开松江多年，并且愈走愈远，在异国他乡，回忆幼年在松江的岁月，想念着九峰三泖的一山一水，庭园乡村的一草一木，乃至一餐一饮，民风乡音，莫不惹起离情苦思，心头澎湃着对松江的无限怀念。"

《岁月的歌》如期于该年九月由天津百花文艺出版社正式出版。书首有当时的区委书记（后为湖北省委书记）的序。我在"编后散记"中特地写下了以下一段文字："嵇汝运是我国著名药物学家，中国科学院的资深院士，国家发明奖获得者。让我特别感动的是，他在撰写收入本书中的《我爱松江》时，突然病倒去医院急诊，医生在当天给他做了手术，九天后他出院回到家里，立即提笔撰完该文。仅从手稿上的蝇头小楷，我们就可以看到一位科学家的严谨态度。"

书出版后，我立即奉寄两本书及薄酬给汝运老师，并附信诚致谢忱。他又回复：

吴老师：您好！

谢谢寄来《岁月的歌》两册。在短短时间里编辑出版了 16 万字的新书，真是高效率。通过这本书，撰稿者与松江的读者的心融合在一起。

　　拙稿实在非常肤浅，更承惠寄200元稿费，十分惭愧。敬表谢意！

　　致

教安

嵇汝运

10 月 24 日

　　十多年过去，汝运老师虽已谢世，但他寄我的《我爱松江》手稿及信札，还珍藏至今；他作为科学家的人格品行，他的谦逊、认真、负责、严谨的作风，他深爱着家乡的情怀，为我的人生之路树立了标杆，让我仰望，并将继续引导、鼓励我过完余生。

　　后在编撰《松江人物》时，曾读到邓卓玉的一篇文章，其中写道，汝运老师是一个低调谦虚、待人诚恳、品德高尚的人。他"从不以大科学家自居……全所同事，人无分老幼，职务不分高低，都愿意和他接近，把他看作自己的良师益友"。当别人提及他桃李满天下时，他却说：别人都说"名师出高徒"，我却是"高徒出名师"，我的徒弟们在国内外为医药事业作出了贡献，是他们把我带出名了。（《与时间赛跑的人——访嵇汝运院士》）

　　为让他的真迹永存于世，我谨将他的手稿及信札捐献给松江区档案馆。

附：

嵇汝运《我爱松江》

我爱松江

裘沱远

记得我小学毕业后，就读于松江中学（松江二中的前身），自初一至高三，六年间都住宿在校中。学校往西没多路就是"云间第一楼"，这地方是前清府衙门前，园称府前。星期假日出校门后，我好几次登楼游憩。楼上有一幅石刻，雕有"十鹿九回头"一幅画，意指松江色人离松后，十有九人恋念不舍故乡。我从小长大并安居在松江，从未遇到离别之情，当时在感性上并未体会十鹿九回头的真正含义。高中毕业的那年，正遇日军铁蹄肆虐，我远走四川上大学，抗战胜利结束后又负笈欧美，离开松江多年，并且愈走愈远，在异国他乡，回忆幼年在松江的岁月，想念着九峰三泖的一山一水，庭园乡村的一草一木，乃至一歺一饮，民风乡音，莫不惹起离情苦思，心头澎湃着对松江的无限怀念。离开的时间愈长，怀念之情也愈浓。这时才认识我也属于九鹿之列，我爱松江，是深之地爱着。

不管天南地北，人总会怀念自己的故乡。然而松江之令邑人深爱，部分原因可归之于天文、地理。松江有得天独厚的特点，使人们感觉生活在松江有多么甜蜜。

宇宙中的环境

松江处在地球的表面。地球是太阳的一颗行星。太阳发光发热，哺育着地球上一切生命。仰望夜空，繁星点点，天文学家已经发现不少遥远的恒星，也带有行星环绕。然而无线电波探索宇宙深空，试图寻觅遥远的生命踪迹，却从未得到正面的回音。研究这些恒星、行星间关系，结论是它们不具备萌生生命的条件，只有地球有着独特的条件。

恒星的光和热，是从其内部热核反应产生的。恒星愈大，热核反应进程愈快，物质的消耗也愈快，放出的光和热便只够维持几百万年或几千万年，这点时间不够行星上发展生命；反之，过小的恒星热核反应虽可维持近千亿年但行星环绕小恒星的轨道也相应较小，不利于生命的发展。我们的太阳却是不大不小的恒星，不断放着光和热已逾40亿年，这期间地球上发展了形形色色的生物。

宇宙间的恒星，往往二、三个或更多集合成群，行星环绕其中一颗恒星旋转，有时靠近母恒星，有时又受其他恒星的吸引而偏离母恒星，使轨道不稳定，导致行星上温度忽高忽低，生命难于维持。地球绕日轨道很稳定，虽有四季寒暑，温度相差异不悬殊。不同种属的动植物得以万紫千红，繁衍昌盛。这样，松江在宇宙中的地位，也可说是得天独厚的。

地球本身也刚好具有适宜的大小，有利于生命的发展。如果行星太小，地心引力便过小，不够拉住大气层，即使原来有空气，也会逐渐逸散到太空中去。地球有足够大气庇护，得以进化为人类。月球比地球小得多，不够拉住大气，固而月球表面没有大气层，也迄未发现生命。另一方面，如果行星太大，引力过强，大气于密集，遮住恒星的光和热，生物体不能获得足够的能量以维持其生存繁衍。

地球与太阳的距离也很理想，正好接受太阳的光和热，使地表温暖，又不致过于酷热。水星与金星离太阳更近，水星中午的表面温度达千度，金星的表面温度约在五百度，均非生命所能耐受。反之，如离太阳太远，地表尺会过于寒冷。地球的温度刚好适宜于液态水的存在，实际地球是太阳系中唯一被水大部分复盖的行星。海洋可能是地球上生命的摇篮，没有水生命便不能存在。飞船几度探索火星，没有发现液态水，也未见生命的踪迹。

松江不但有幸处在地球的表面，即使在地球上也占有优越的地点。地球既自转又绕太阳公转。地球北极到南极的直线是地球自转的轴，自转的轴与公转的轴并不垂直，而成 66.5 度的交角，这关系造成地球的春、夏、秋、冬四季。夏至的一天，我们可见太阳在天空北面 23.5 度，之后便逐日南移，直至冬至的一天，在天空南面的 23.5 度，然后又再度北移。松江地处北半球约北纬 32 度，正落在温带，又因地濒东海，夏

（20×20＝400）

天太热时，部分热量被海水吸收，冬天太冷时，海水又释放部分热量。松江虽有四季的明显区别，夏天不像印度、埃及等地酷热，不致使人懒洋洋；冬天又不若北方寒冷，仍能度过户外生活，对居民生活与农业生产造成良好的环境。

　　　　松江地处冲积平原

　　松江地处亚洲东缘，但世界上的海陆山河分布，绝不是一个老样子，而是不断地变迁。早在20世纪早期，人们就已注意到拉丁美洲东海岸的地形，刚好和非洲西岸吻合。近年更进一步从海进沿伸的大陆架比较，两洲恰如撕成两半的一样，于是得出结论非洲和拉丁美洲本来是相联的大陆，以后裂开了。更精确的测量显示隔开这大陆的大西洋，还在以每平几厘米的速度扩大。奥地利科学家魏格纳曾经仔细研究世界地图，他惊异地发现，如把亚、欧、非美、澳各洲拼接在南极大陆，正好形成一整片大陆，因而他认为这些大陆在远古时代原来是相联的，称为"联合古陆"，后来裂了缝、缝愈裂愈宽，终于形成今日的分布。

地球内部的形状，可以鸡蛋来形容。地球的核心部分由铁、镍等金属组成，称为地核，质量较重，恰如鸡蛋的蛋黄。地核的外围，由岩石等组成，质量较地核轻，称为地幔，恰如鸡蛋的蛋白。在地球形成的早期，星云中的尘埃、粒子、碎块等因重力的作用逐渐团聚在一起，收缩后产生热量，使整个地球熔化为糊状的亲固体。随着地球逐渐冷却，轻重不一的物质相互分离，重的物质下沉，积聚在中心，轻的物质在外面。在剖地球最外边的一层好象鸡蛋的蛋壳，由花岗岩、玄武岩等更轻的岩石组成，称为地壳，正是动植物以及海洋河川分布的地方。地壳的厚度在大陆下约有二十至四十公里，在海洋下只有五公里左右。

地球正在逐渐膨胀变大，二亿年前，地球的半径约为四千公里，以后每年约以一毫米多的速度膨胀。经过不断扩张，现在的半径已达6378公里。因为组成地球的岩石难以一起膨胀于是地壳（连同下面地幔的一小部分）裂开为好几块，岩石部分成为大陆，裂缝愈裂愈深，形成海洋。

地幔比地壳离地心近，温度与压力都较高，其岩石稍有软化，恰如加热的柏油。裂开为几块的地壳是坚硬的岩石，可在地幔上缓慢滑动。这些地壳称作板块，在地幔上滑动称为板块漂移。由于地幔的岩石中带有放射性物质，不断蜕变放出热量，使所在的地幔发生对流。受热熔化的岩浆从深处向上运动，地幔便产生热对流。熔岩流动到地壳上面，遇冷后又凝固，併入到板块里去，这样就推动板块外移，造成漂移。在两块不同板块漂移而相互接近时，又不免相互碰撞，其中印度次大陆一块板块原在非洲北面，向北漂移了几百万年，终于与亚洲板块相撞，地壳便发生弯曲，印度次大陆板块俯冲到亚洲板块底下，于是把亚洲板块顶起来。亚洲板块逐渐抬高，年长日久，形成喜马拉雅山脉。印度次大陆板块还在继续北进，因而喜马拉雅山还在不断长高。

　　在印度次大陆与亚洲大陆两大板块相撞之前，现在喜马拉雅山的地方还在海洋下面，因而今天在西藏的喜马拉雅山坡上，还发现有海洋生物贝壳化石。并且，喜马拉雅山是由好几千米厚的沉积岩构成的，当时亚洲大陆的河流将泥沙带到海岸附近的海水里，逐渐沉积硬化，成为沉积岩，这些岩石构成高山。当板块活动将喜马拉雅山逐渐隆起时，附近的西藏、青海一带大地也随着抬升，愈抬愈高，终于形成青藏高原。当初那一带河流，本都流向西南方向入海，但青藏高原日益屹立后，我国地形明显呈现西高东低姿态，水总是向低处流，于是高原上冰雪融化的水纷向东流，细流汇集，形成长江、黄河等大江，奔腾向下，到了下游，河面变宽，水流渐缓，部分支流与太湖之水形成水网，松江一带形成江南水乡。

　　在板块碰撞的地区，往往也是火山、地震频发所在，地幔里喷发的玄武岩温度达千度，熔化为粘稠的岩浆，沿着地壳上的断裂处喷出地面，即为火山爆发。火山爆发会形成生命财产的损失，是一种可怕的天灾，但喷出的火山灰岩和熔岩等经千、万年的风化后变成泥土，都变为肥沃的土壤。

火山爆发时，地球内部的气体包括水蒸气、二氧化碳、氮等驱出地面，在地心引力作用下，形成地壳外面的大气层。水蒸气冷凝为液态水后，积聚在海洋湖川。当陆地上的植物和海洋中的藻类在早年出现后，它们的光合作用将大气中的二氧化碳转变为氧。经过漫长的年代，大气中的氧愈积愈多，终于占到大气的五分之一左右。目前动物呼吸以及燃料燃烧所消耗的氧，约略与光合作用产生的氧达到平衡，因而大气中的氧已不再增多。

地壳外面的大气流动时产生风，风力的大小受着气候的支配。岩石长期受风力的慢慢风化为微粒。大气中的水汽饱和后下降为雨水，雨水将风化所成微粒冲刷到河流中去，成为江河中携带的大量泥沙，随着下游河水流速的减低，泥沙逐渐沉积。松江一带正是河流中泥沙沉积所成的平原，因而拥有肥沃的土壤。

大气运动时，海上吹来温暖润湿的气流与北方南下的冷空气相遇时，较重的冷空气俯冲到冷空气的下方，将后者抬高，在高空水汽冷凝下降为雨。长江下游经常是冷暖空气交汇之处，固而往往每隔几天下一次雨。即使是更本是干热的季节，海上的热带气旋或台风也不时侵袭我国东南沿海，带来大风大雨。全世界多少地区都在闹缺水，松江却得天独厚，正是风调雨顺。加上水网的调节，土壤的肥沃，松江深处锦绣江南。天时地利造成了松江富庶的条件，松江便更加美丽，分外怡人，难怪色人要苏故土，十鹿九回头。

药食同源

天时地利，只是大自然给予松江优越的外界条件，长期居住在松江的人民却利用了这外界条件，养成了勤劳节俭的习性，在肥沃的土地上精耕细作，逐渐创建了宜人安居的鱼米之乡。松江人种植、饲养的粮食、蔬果、禽畜等不但有丰富的营养价值，还有健身、滋补、防

中国药学会上海分会稿纸　　（第 11 页）

治疾病的功用。祖国医学向来认为药食同源，因为合理的膳食对防治肥胖病、心血管病、糖尿病、胃肠道病、胰腺疾病、肾脏病、贫血等有密切的关系。食物没有药物的毒性与副作用，本身却含有各种营养物质，从而使体内各种功能保持在稳定状态。松江人生于斯，食于斯，经松江生长食物的哺育，造成健康的体魄，虽不身高体壮，却都脏腑调和，精神振奋，外加聪颖灵活。在封建王朝时代松江迭出状元，解放后更是各类人才辈出，并不是偶然的。

在生产的各种农作物方面，松江大米营养丰富，细糯可口。农民还种植了小部分糯稻，可作糕粗点心。中医认为糯米有补中益气、暖脾胃的功用，对虚汗、盗汗、慢性虚弱等亚健康的人们，有治疗作用。山芋、芋艿等在松江农村普遍种植，用为辅助粮食。山芋的营养价值其实超过米来或面粉，它富含维生素B和钙质，有助于防治骨质疏松。它含有大量粘液蛋白，因可保持人体心脏和血管壁的弹性，予防心脏病和高血压。它减少皮下脂肪，有助于避

（20×20=400）　　　　　　　　　　（发稿总　　页）

卷五 | 215

免肥胖，保持体形。山芋所含纤维素食后并不消化吸收，在肠内吸附大量水分，从而增加粪便体积，因而不致便秘，并吸收掉肠内的毒素，减少肠癌的发生。芋艿烧鸭，其味鲜美，是松江人常见的菜肴，实际上它还有益脾胃、调中气的作用。芋艿和水研细外涂，可有消炎作用，以治红肿及儿童夏日所患热疖头。

　　松江的蔬菜四季不断。早春果临，柔嫩香口的韭菜最是吊人脾胃，不但鲜美可口，在医药上还有补气壮阳的功用。严冬气温寒冷，家居时间居多，户外活动减少，人免不了气血衍结，耗气封藏，阳气不振。冬天过后，却喜见专翠的韭菜，食后有助于补肾气，暖腰膝，这样可增强身体的抵抗力，防止疾病的侵袭。它的特殊气味来自于所含有机硫化物，足以开胃、杀菌。它富含的维生素A又有助于明目润肺，并使皮肤滑润。夏日炎炎时，人们最怕油腻，松江却产有冬瓜、丝瓜等用以煮汤。冬瓜是消暑佳品，有利尿、清热、化痰、解渴的功效。夏天体内蓄积的暑热，冬瓜可以排除。丝瓜有祛风化痰、凉血解毒，并有止咳作用。萝卜、菠菜等是秋、冬的佳蔬。萝卜不但佐食，还是滋补珍品，有赛过人参的美誉。民间有说："吃了萝卜喝热茶，郎中没事闲在家"。萝卜有健胃、消食、止咳、化痰、顺气、利尿、清热、解毒的功效，足以保健、防衰老。菠菜是暖锅汤料。菠菜的成分中含有叶酸，在病原体入侵时促进_{免疫}抗体的产生，从而予防感染。它还促进胰腺分泌，有助消化，并润肠而防止便秘。

松江出产的许多蔬果有防癌作用。西瓜、杏子等含有石蒜碱，可降低癌症发病率。洋葱、大蒜等辛辣食物可防止结肠癌、胃癌、肺癌、肝癌等相关致癌物质的形成。大豆中至少含有五种抑制癌症的成分。麦麸能降低结肠癌的发生。此外，胡萝卜、番茄、卷心菜、花菜（特别青色花菜）、青椒等也有不同程度的防癌作用。

松江还有一些野生植物用作蔬菜。荠菜的营养既丰富又全面，食用的方式也多种多样。民间有说："三月三，荠菜当灵丹"。荠菜更有收缩子宫作用，加速凝血，可用以治疗出血，含有眼底出血、血尿、消化道溃疡等。记得儿时常在乡村挑马兰头，它食用清淡，具有凉血止血、抗菌消炎作用，对咽喉、扁桃体发炎可有治疗作用。

香菇、木耳、麻菇等是食用菌，含有丰富的蛋白质、维生素和微量元素。年老后户外生活渐趋减少，体内生成的维生素D也随而减少，因而必须补充。食用菌中含有丰富的维生素D。国人尤其中年以上妇女往往缺钙，易患骨质疏松，诱致骨折。食用菌中不但含有丰富的钙，而且这种型式的钙质易被体内吸收利用。铁是造血必需的元素，食用菌中也有丰富的铁质。

在松江的池塘或庭园里，种植有一些水生植物。其中莲藕（荷花、莲藕）不但可供欣赏，而且可供食用。莲子是滋补食品，有补气、镇静、安神的功效。莲子的心有降血压和强心的作用。百合在许多庭园中有种植，是可口的食品，有润肺、安神、益脾、健胃、补中、益气等许多功效，有助于治疗肺结核、咳嗽、神经衰弱、心慌不安等症状。

明天更灿烂

松江向来是农业社会，农业生产在解放以前却十分落后，解放后经几度改造，粮食亩产迅速上升，已经翻了几翻，农副产品也有很大发展。改革开放以后，更是万紫千红，欣欣向荣，一派繁荣景象。

松江的工业在解放前很少基础，但并不意味松江人没有工业意识。昔年黄道婆教人纺纱织布，农家都以手工织布为副业。我幼年时，家里并不买"洋布"，而买"枫泾布"为孩子们做衣服。"洋布"（大多是假饰的日本货）虽好看却不牢，孩子们顽皮，经常地上跌爬，"枫泾布"更实用。农村织布虽是原始的家庭工业，却也是工业的雏型。改革开放以后，不但乡镇工业纷起，松江更建立了开发区，开始各种现代化工业生产，松江的经济建设实型出现了飞跃。

松江的教育本居七县的中心，在我就读于

松江中学时，分为男中与女中，但两校合起来也只有五、六百学生。现在松江二中有很大发展，师资充实，教育有方，学生向来有良好的勤学风气，成绩高居全市前列。

松江本是邑人安居乐业的故乡，但展望来日，工农业齐飞，教育发达，城市建设猛进，松江将更美丽，故城焕发了新貌，前景更加灿烂。在我草这拙文时，正值松江解放五十周年前夕，我回忆过去，展望未来，心情万分激动，我爱松江，我将更热爱松江！

见微知著

——徐中玉老师二三事

二〇二二年六月二十五日，是徐中玉老师逝世三周年纪念日。

中玉老师为一代名师。为华东师大终身教授，又曾任上海作家协会主席，第六届上海文学艺术"终身成就奖"得主。除了拥有诸多职衔，他还担任过上海市中小学语文教材（H）的主编。

我作为一名业余作家，又曾为中学语文教材（H）的专职编撰，与他多有过往，对他心怀敬重。他的道德文章，他对后辈的言传身教，将永存我心中。

谨记下他的二三事，以寄思念。

编撰教材期间，他曾带领我们多次去宝钢。第一次去时，宝钢老总（为国务院冶金部副部长）闻徐教授来，连忙抽身亲自接待，并作长时间交流。中玉老师提出，教育可与企业"联姻"，老总甚为赞同。老总希望我们指导他们的企业文化建设（时为二十世纪八十年代末，对企业文化，还没有今天这样引起重视），接着问我们的需求。以后的几次，我们深入探

徐中玉老师（中）、王光祖老师（右）与作者在宝钢。

讨如何合作事宜。记得有一次，中玉老师带头戴上了安全帽，在烈日下带我们参观正在建设的工地。

上海第一期的课程教材改革设两个组，一为编写组，一为审查组，并属上海市中小学课程教材改革委员会领导。由于种种原因，审查组与编写组之间常产生矛盾，有时候争论甚是激烈。中玉老师常来编写组，

与执行主编徐振维老师商议，与我们编写人员交流。他耐心地听完我们的诉说，说："审查组的意见要尊重，但科学性一定要坚持。"振维老师与我们讨论后决定：一是审查组的正确意见，我们接受并改正；二是审查组的意见基本上是对的，但我们编的教材没有错，两者的区别在角度不同，碰到这种情况，我们尽可能地尊重审查组的意见；三是对审查组的不正确的意见或无理指责，我们据理力争，坚持教材的科学性。

这第三方面的事例很多，我已发文列举过一些，其中有一例，也许比较典型。

中玉与振维两主编有个共识：新编的教材，应是我国教材百花园中的一个新品种，应有自己的特色。在编入一些文质兼美、教学效果好的传统课文的同时，要增选相当数量的反映当代社会生活的上好文章，尤其是反映上海重大建设成就的上好文章。

时南浦大桥刚建成通车。我选了《南浦大桥上的全国之最》一文，与振维老师一起改过后编入教材。在一次碰头会（地点在上海教育出版社）上，审查组一成员严肃提出，这篇文章很粗糙，文中所写的钢索直径数据有误。"粗糙"的立论依据只提钢索直径数据有误，又未说明正确的数据。振维老师听完后面朝向我。我立刻言明，文章经大桥工程总指挥审核过。考虑到教材关乎千百万学生，振维老师让我马上与工程总指挥联系。拨通电话后，总指挥要我等一等，让他再看看文章。大概十分钟后，他郑重地告诉我，文中所有数据都准确无误。电话用的是免提，在场的都能听到，那位质疑的审查组成员涨红了脸，低下了头。

后向中玉老师谈及此事，他说，这篇文章我看过，写得不错，可以编入教材，以加深学生的爱国情怀，增强学生作为上海人的自豪感。

松江有个爱好文学创作的乡（镇）负责干部，想结识中玉先生，要我联系搭桥。考虑到中玉老师年事已高，犹豫了很久，我还是给他打了个电话，由他自己决定。没想到他一口应诺。我到他家接时，陈勤建教授（曾为华东师大对外汉语学院院长）正好也在（我与他也有交往），于是一同去松江乡下。在近三个小时的交谈中，中玉老师与勤建老师没有一点大家的架子，平易近人，和蔼可亲。

二十世纪末，松江区委宣传部负责同志让我创编一本内刊《松江文艺》。我确立了一个原则，文章尽可能是松江人写的，或是写松江的。施蛰存为松江籍大家，而中玉老师与他过从甚密，相交很深。由中玉老师写施蛰存，是最佳的。我于是对中玉老师说了我的愿望。他爽快地微笑着答应了，并很快把稿子给了我。其中写道，蛰存"无论创作小说、翻译、教学、编辑、科研……无不有其个性特色，新意迭出，决不随人脚跟"。稿子作为特稿刊发于《云间文艺》创刊号（文章附后）。我至今还保留着这份题为"云间人文传统好"的手写稿。在互联网、无纸化时代，这份手写稿尽管只有三页，但因为写的是位真正的大家，而他同样是位真正的大家，我以为弥足珍贵。

见微知著，于细微处可见中玉老师的为人为学与识见。

（本文曾刊发于 2022 年 12 月 24 日《新民晚报·夜光杯》）

附：

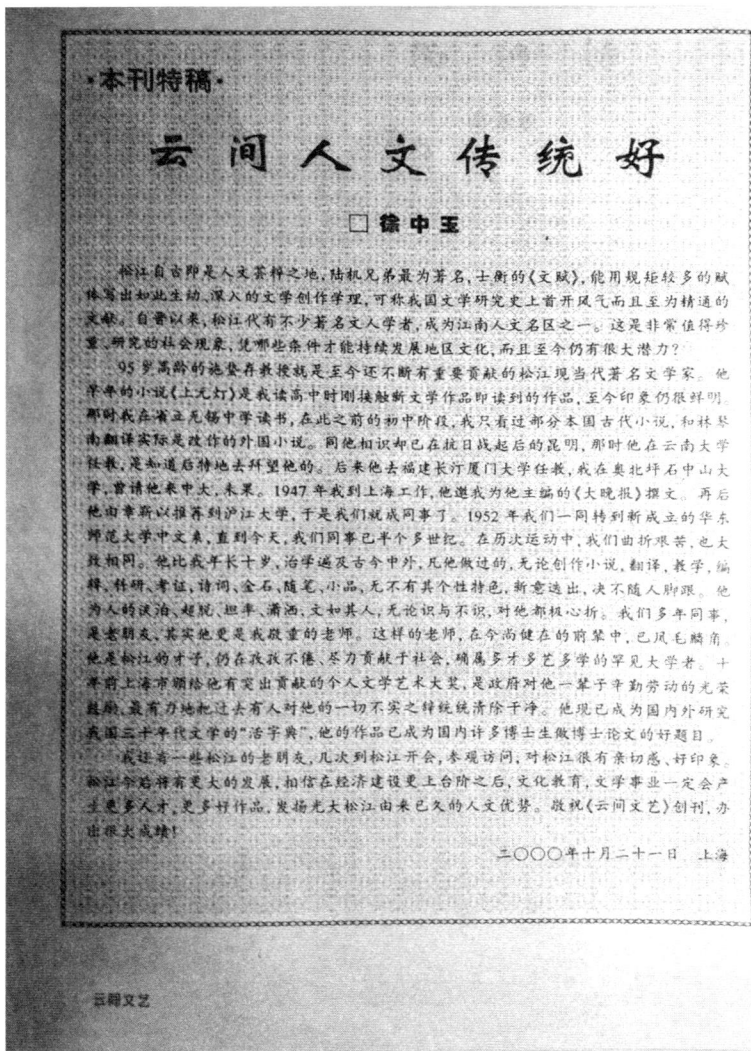

竹林：家世·道德文章

二十世纪下半叶，请竹林来松江二中讲学时，我曾言及想写一本关于她的生平与文学创作的书稿。后因区里下达的书稿写作任务不断，再后大病缠身。在未能一本初衷的情况下，想改书稿为文章，即写一篇关于竹林的短篇。

但就只是一短篇，也迟迟不敢动笔。一个重要原因是，虽与她相识已久，但见面的机会其实不多，对她的了解不深；而今已至奔九之年，采访也无现实可能。写不好而有损于她的形象，又于心不安。直至在今日时闻爆竹之声的除夕准备握笔时，心中仍惴惴不安。

且不管写得好还是写不好，也不想讲究结构章法，谨散记下我所知道的竹林的家世及一些往事。以往知今，见微知著，读者或许可以从中对她增加些了解。

家　世

一次与竹林闲聊，由徐迟聊到南浔。由南浔又聊到湖州，聊到菱湖。她告诉我，她的祖上也曾在菱湖居住过，如今还有他的故居状元厅。我说我曾三次去过南浔、菱湖，也踏访过许多名人名居，不知贵祖上是谁，故居何处。她说，老祖宗为王以衔，乾隆时状元，其故居在今菱湖镇上。我依稀记得叩访过一王姓状元厅，好像在一小弄内。她说，状元厅在菱湖镇东栅社区世德堂弄二十号。

其实，竹林的祖上可上溯到唐代。她后来给我发来了唐代诗人王希羽的一首诗。我在《全唐诗》里找到了这首诗——

赠杜荀鹤

唐·王希羽

金榜晓悬生世日，玉书潜记上升时。

九峰山色高千尺，未必高于第八枝。

　　王希羽，唐昭宗天复元年(901)，与曹松、刘象、柯崇、郑希颜同为进士，时号"五老榜"。授秘书省正字。

　　此诗中最难解之词语即第四句中的"第八枝"。这"第八枝"何意？与上句九华山有何关联？查杜荀鹤，原来，杜荀鹤所中进士，名列第八，这是很不容易的。

　　此诗主旨为祝贺杜荀鹤进士及第。后两句以九华山山势之高衬比杜荀鹤才华之高，地位之高。杜荀鹤自号"九华山人"，这一衬比，就极为自然、贴切。全诗明白如话。诗表现了与杜关系之亲近，友情之深厚。

　　再上推，王希羽的祖父王仲舒，韩愈曾为其写过《故江南西道观察使赠左散骑常侍太原王公墓志铭》。公讳仲舒，字弘中。少孤，奉其母居江南，游学有名。为官以"无愧于国家可"为准则。丞相闻问，语验，即除江南西道观察使，兼御史中丞。公为官为人，"气锐而坚，又刚以严，哲人之常，爱人尽己，不倦以止，乃吏之方"。"公所为文章，无世俗气，其所树立，殆不可学"。韩愈不仅为王仲舒作碑，又作志。姚鼐曰，此文已开荆公志铭文法。

　　再回到王以衔。

　　一篇题为"乾隆年间休宁状元王以衔"的文章，对其有较详细的介绍。文中云：王以衔（1761—1823），字署冰，号勿庵，安徽休宁县（今属黄山市）人，后寄籍浙江归安（今湖州市），为王希羽后裔。乾隆六十年（1795）状元，授翰林院修撰，官至礼部侍郎（二品）。曾三次参与顺天乡试组织工作，一典江西省试，一督江苏学政，以文章取士，深得学子敬仰，嘉庆帝器重。王以衔为人和蔼，与人友善，敦厚诚恳。《清碑传集》记载，王以衔为人坦荡，不言人过，众人无不尊敬他，皆称他为"长者"。上自达官贵人，下至内侍工役，无不称其具君子风范。

有一件事，虽为小事，但可见为品行。

嘉庆十八年（1813），王以衔丁忧期满，回京复职。途经淮河，一运粮大船争抢航道，篙手不小心将篙尖伤王以衔手腕，致鲜血直流。篙手惶恐，不知所措。王以衔反而好言相劝："失手误伤，无甚大碍，不必惊慌，只管撑船。"篙手感动得连连跪拜。王以衔连忙躬身制止。众人啧啧赞叹。

沈文泉《菱湖状元厅的前世今生》曾录王以衔《秋日晚眺有感》诗：

> 紫清城郭蠹高寒，登道飞廉接上兰。
> 山色万重连雁塞，河生终古落桑干。
> 东京礼乐张衡赋，北阁勤名贡禹冠。
> 十载春明缘底事，秋怀遥睇碧云端。

诗言志。全诗借"秋日晚眺"，表现出盛世秋色及诗人怀抱。诗人视野开阔，无古代诗人写秋诗词中的悲情。

竹林又寄我王以衔的另首一诗：

> 一床蒻竹卷风漪，
> 水色帘前露下迟。
> 多少诗情抛不得，
> 藕花香到欲眠时。

王以衔有个同父异母弟王以铻，也极有文才，曾夺会试第一，因和珅作梗，遇了些挫折，后被赐庶吉士。

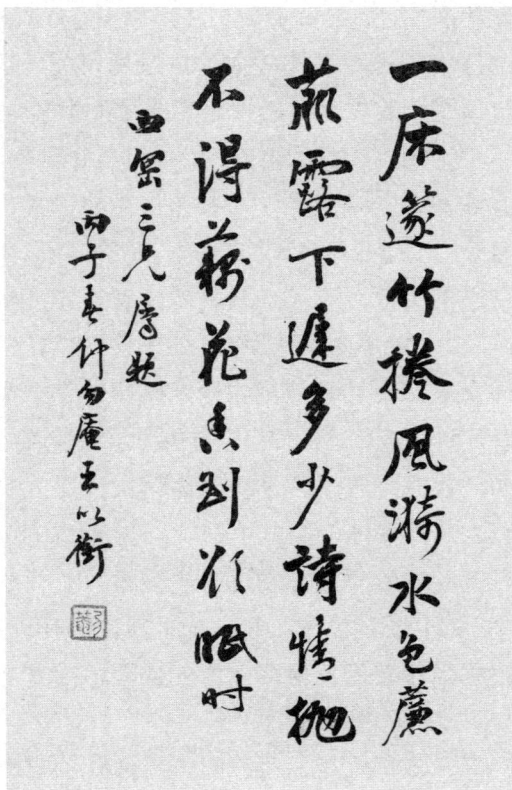

王以衔八世孙王思铮，是竹林的叔父，生于上海，毕业于圣约翰大学，后留学英国剑桥大学，成为剑桥大学教授。他在剑桥大学的学生王仁强（中文名），曾翻译王思铮侄女竹林的小说集《蛇枕头花及江南故事》。

竹林的父亲为王思铭，曾执教于上海教育学院，为《汉语大词典》第九册的主要编撰。

由上述可知，竹林祖上，不仅是官宦之家，更是书香门第。

道 德 文 章

一

我与竹林的第一次见面，是在二十世纪八十年代后半期。

其时，我正被聘为上海市中学语文教材（H）的专职编撰。我看中了她的散文《冰心与萧乾》。觉得该文有浓浓的人情美、人性美，细节生动，两位大家被写得栩栩如生，亲和可爱，语言又是十分规范的文学语言，可谓文质兼美，很适宜作为课文供中学生学习。

考虑到教材的特殊性，对相当一部分入选作品需要作些处理或改动。方法基本上是两种。一种是，由我们提出意见与作者商议，请作者亲自修改。一作家的《我与儿子一起学画》，用的就是这种方法。作家很支持，在回信中说，对入选教材的文章一定要慎之又慎。他在文章的六处作了修改，如将"勾画"改为"勾出"。"勾出"一词更精准，不仅包含"勾画"的意思，而且表现出勾画的结果。第二种方法是，由我们修改。这里又有两种情况。一是作者由于种种原因，交让我们处理，我们于是精心修改，如《我在南极发现了宝藏》等；二是入选课文无须多改动的。竹林的这篇文章，只涉及两三个词（字），主编就让我改一下。为了尊重作者，所有改动过的文章都得与作者商量，征得作者同意，或询问有否更好的修改。对竹林的文章，趁一次上海作协开会时，我就找到正坐对面的竹林。竹林当即表示，根据你们的需要，尽管改就是，让我感受到了她的谦逊与对我们的尊重。

二〇一五年八月六日，上海作协召开竹林创作研讨会。我在发言中曾提及，对入编教材的作品要求很严，严到近乎苛刻的程度。在众多要求中，有一条是：作品的语言必须是规范的，并尽可能是生动可读的。作品入选教材，关卡也很多。责编推荐后，在组内反复讨论，全员通过后，由主编拍板决定，然后交上海教材审查组审查。最后报送国家中小学教材审查委员会审批。教材初定后，还要在上海市四十多所学校试用，教学效果欠佳的作品仍得删除，而竹林的《冰心与萧乾》一路绿灯（发言稿收笔者《散步思絮》，中国文史出版社2017年6月版）。教材全面推开后，根据各区的教学实践，又对第一版教材做了大幅度的修订，不少课文被更优质的文章替换。而竹林的这篇文章，始终得以保留。

二

竹林的《冰心与萧乾》一直保留到上海一期课改结束，时间长达十年，影响广泛而深远，千百万学生受到教益。

竹林的贡献是巨大的，丰富的。她不仅为社会、为时代、为我们的民族大众创作出了大量优质作品；而且十分关爱我们的青少年，用她的文学观、美学观与人格魅力影响中小学生。

竹林对松江的中小学可谓情有独钟。只要有需求，每请必到。曾十多次前往松江的中小学，或作讲座，或与师生座谈。

竹林与贺宜合影于嘉定

在百年名校松江二中，一个年级三百多名师生，听竹林讲自己的文学之路。竹林讲与萧乾、冰心、韦君宜等的交往，关于他们的故事，以及他们对她的教诲，她所受到的为人为文的启示。一九七八年末，人民文学出版社召开全国中长篇小说创作座谈会。当时中国第一部长篇知青文学作品《生活的路》经过种种的艰难曲折终于问世（后被人民文学出版社列入"中国当代名家长篇小说代表作"系列）。文学大师茅盾在主席台上热情肯定了这部作品，并问作者竹林来了没有。年轻的竹林在台下竟不敢起立应声。没想到茅盾不久就去世了，竹林后悔永远失去了聆听大师教导的机会。诸如这等生动细节，深深吸引了在场的所有师生。整整两个小时，无一人走动，整个大型阶梯教室，静寂得只有她的讲话声。学生好动，这么长时间，能做到这点，实为罕见。

松江另有一所百年名校，叫立达中学。该校原名为"松江立达"（历史上有江湾立达、隆昌立达、松江立达之分），曾请鲁迅等大家前来讲学。为传承这一优秀传统，学校请来了竹林。竹林给师生讲述自己作品的创作缘由、创作过程与体会。在讲她的《今日出门昨夜归》（这部小说获中国第十届"五个一工程"奖）时，她说，一部有价值的小说，要做到的不是简单地追求时尚，而是引领时尚，开风气之先，尚诚信之真，颂道德之善，扬人格之美，要把真正美丽的内核挖掘出来高高举起，告诉读者，这是一朵金蔷薇，它现在很美，将来也会很美，它能经受时间的淘洗，永远是美丽的。事后，立达中学的校长凌卫民、一位研究匡互生的学者（近有 52 万字的《丰碑长存》出版）充满感激地对我说，竹林老师在我校学子心中播下了美的种子。

竹林的《女巫》，是一部从文化角度反映中国农村社会生活的鸿篇巨制。严家炎在"再版序言"中说，作品写了清末以来，尤其是最近半个世纪以来，中国农村的艰难蜕变，以及这一蜕变过程中经历的曲折与痛苦，写了中国农民的命运及他们从苦难中寻找出路的过程。在另一所学校，竹林讲到了这部长篇小说的创作。曾上哈佛讲台讲学、有着多部教育教学论著的专家型校长胡银弟高兴地说，师生们听了，不仅补上了这一历史认知上的空

白，而且听得热血沸腾，感受到了作品如同一幅厚重的历史画卷，波澜壮阔，气势恢宏。一名爱好文学的语文教师说，海外汉学家将竹林老师的这本书与世界名著哈代的《苔丝》相媲美。这评论是恰如其分的。

孩子是祖国的花朵，民族的未来。竹林还十分重视与关怀小学生。她曾先后去过松江的五所小学。在中山二小，校长曹伟珍全程陪同竹林老师，游览了校园，参观了文化走廊，与书法、心理指导老师亲切交谈。下午又在该校四楼宽敞的阅览室与师生进行了座谈。一篇报道中说，学校隆重邀请著名作家进校园；竹林在回答学生提问时，结合自身经历，联系自己作品，深入浅出地、娓娓动听地传读书经，授写作宝。师生们如沐春风，心灵激动，神情专注。"让这个平常的下午变得无比美好""认为这场文学饕餮盛宴，是自己人生中难得的经历"。松江区教育局局长闻讯，也特地发来贺信，信中说："与作家面对面交流，会点燃学生的梦想与激情，会在学生心中留下美好记忆。是一项值得提倡的很有意义的活动。"

三

我比竹林虚长十多岁，她一直将我作为长辈，尊称老师，每有赠作，在签名时还要加个"尊敬的"，让我汗颜。我则由衷地尊她为文学之路上的老师。

在与竹林三十多年的真诚交往中，她还一直鼓励我，用独立思考的精神与自由的良知、勤奋的修养影响我。

有两部长篇小说先后请她握笔作序。

一是《小镇上的爱》。在《大爱无痕》的序文中，她提到了佛教慈济基金会及亚洲最大的骨髓捐赠中心创建者证严法师，提到从每天多做一双婴儿鞋开始到如今恩泽遍布地球村的慈济事业。由证严法师与她的慈济事业所洋溢着的大爱精神，她联系到教育，认为教育是一种无私的付出与奉献。肯定《小镇上的爱》的主要形象同样具有这种宗教意识的大爱，进而夸我的这部稚嫩的作品"没有惊天动地的喧哗，却溢满了浓浓的、真挚的情与爱"。

尤让我感到不安与内疚的是，事后才得知，在收到我的小说清样时，她正患病，由于患的是病毒性感冒，又不想住院打点滴，高烧持续多天不退；就是在这样的情况下她读完了全稿，写就了序文。

在《云间柳如是》序文中，她说，"平心而论，我阅读长篇是比较挑剔的""这部《云间柳如是》，却给了我阅读的愉悦与美感；柳如是这位蕙心兰质、性格正直坚强、追求自主意识的女性形象，在我的心中久久不能拂去"。我清醒地意识到，这部小说其实存在着包括形象塑造等方面不少问题，她这样说，是在鼓励我，指导我朝着她所说的继续努力。

《云间柳如是》得到了时松江区档案局领导范田华、陆钱华的支持。书出版后，他们还组织了发布会。时任区委常委、区委宣传部部长张汝皋，离休干部、区教育局原党委书记朱献成出席并讲话，竹林特地从嘉定冒着大雨赶来，也说了不少好话。

能走近竹林老师并与之交往直至今天，能得以接受她的指导及人格濡染，是我人生中的一大幸运。谨以此文向竹林致敬。

小草培育家
——记贺宜

贺宜，中国著名儿童文学家，儿童文学理论家，为建立我国儿童文学作出贡献的代表性作家。

《中国作家协会会员辞典》（作家出版社2009年9月版）是这样介绍的——

贺 宜

贺宜（1914—1987），原名朱家振。上海市人。中共党员。曾任生生美术公司编辑，上海幼稚师范学校教师，1949年后历任上海团市委少年儿童部副部长，新少年报社社长、总编辑，《中国少年报》

副总编辑，上海文艺出版社副社长。1934 年开始发表作品。著有儿童长篇小说《野小鬼》，长篇童话《小公鸡历险记》，儿童诗集《重要的小事情》，评论集《散论儿童文学》等。

《金山县志》（上海人民出版社 1990 年 10 月版）将贺宜列入"人物"栏中，传文中云其为亭林镇人。许多关于贺宜的文章中都说他是上海市金山区（县）人。

贺宜确为亭林镇人，亭林镇今确属金山区。但亭林镇本属松江县。一九六六年十月，松江县的枫泾、亭林两镇，枫围、亭新、朱行、漕泾、山阳五个公社及张泽公社的两个大队划归金山县，金山县的泖港公社划归松江县。因此，贺宜可以说是金山人，也可以说是松江人，而他的籍贯应该是松江县。

二十世纪七十年代后半期，上海教育出版社拟出版一套"中小学教育工作丛书"，以展示上海几位有全国影响的优秀教师的形象及其先进事迹。该社编辑 Z 君拟了一个名单，名单中第一位是上海市实验小学的袁瑢（与霍懋征、斯霞并称为当代中国小学语文界的"三姐妹"）。Z 君了解到，我曾为该社组编过《忠诚党的教育事业》一书（1976 年 4 月出版），一九七七年春节过后，又被特约赴江西组编一本关于江西共产主义劳动大学的书，于是找到我，关于袁瑢的这本书希望由我撰写。对袁瑢老师，我只闻其名，并不相识。但诚意难却，我答应了。

我在校改完二十多万字的共大的书稿校样后，决定先对她进行采访。为此，在各方面的支持下，我请了三个月的假。上海市实验小学党支书记又为我在他的学校辟了一小间，既做工作室，又做卧室。其时，袁老师在出席全国人大并列席全国政协两会后，正在北京出席全国科学大会。我于是先阅读她的一些文章及有关资料。就在这段时间里，因我从未写过书，Z 君建议我去请教作家贺宜。

那次叩访，让我一开始就感到，他是一位质朴、谦和的长者，谈吐儒雅，丝毫没有大作家和领导的架子或派头，穿的也是那个年代平常人穿的中山装，一如普通人，因此一下子就感到亲切可近。听我说是松江人，他说："我老家在亭林，亭林现在属金山县，但过去一直属松江县，所以，我们都是松江人。"

我于是就写袁老师的事向他求教。

犹记得，接下去的时间，他说起了他的经历。

他自觉而有意识地开始练习儿童文学创作，是在做小学教师时，年龄大概在二十岁左右。他的第一篇作品《小山羊历险记》，是篇童话，发表在商务印书馆出版的《儿童世界》杂志上。后来，他到生生美术公司办一本叫"生生"的文艺刊物，为月刊。他一口气编了四期，创刊号于一九三五年二月出版，里面有茅盾、郁达夫、艾芜、叶紫及王任叔等人的小说、散文等作品。原来还有鲁迅的一篇题名为"脸谱臆测"的杂文，但被"审查老爷"砍掉了。《生生》月刊实际只出了创刊号，由于种种原因，未能继续。

他出版的第一本童话集是《小草》。集子题名《小草》，意思是他和同志们决心专事小草的培育工作。小草刚出土时是芽尖，是稚嫩的，虽然弱小，但有顽强的不可抗拒的生命力。《小草》后来印了第二版、第三版。《小草》出版后，他走上了儿童文学创作的道路。

在走上儿童文学创作道路前后，他认识了周建人（《小山羊历险记》就是在他关心下得以发表的）、孙雪泥（当时已是知名国画家，《生生》月刊就是他委托创办的）、叶紫（《小草》是在他的支持下出版的）、杜辉（当时为中共地下党员，鼓励他追求进步，积极参加抗日活动）、钟望阳等先生，得到他们的关心、帮助与鼓励，他对他们抱有感恩之心、知遇之感。

当我问及何以用"贺宜"这个笔名时，他说："贺宜"这个笔名首次用于《小草》，国民党控制了儿童读物的出版权，用或无聊或有政治色彩的书毒害广大少年儿童，同时排斥、禁印进步读物，用"贺宜"，就是对进步儿童文学事业和自己投身这个事业的决心与行动表示祝贺，认为是合宜的。

我省悟到，他讲自己的创作经历，其实在启示我，文学是项高尚的事业，要一以贯之地认真、负责、严谨地对待，要虚心求教，才有进步与发展，才能写好文章，写好书稿。

我告诉他，我正在阅读袁老师发表的文章等资料。他说：重要的是要认真、深入地进行采访，以尽可能地获取第一手材料，在这个基础上，才可开始写；而写前，还要搭个总的框架；表达方面，要注重事例，注重细节。

时间已过去两个多小时，我得让他休息了。告别时，他手书了自己的姓名及地址给我，希望保持联系（我至今仍保存着这张纸条）。

后来，我遵照他的指导，跟着袁老师，参加她的可以参加的所有活动，听她上的每一节课，希望她挤时间接受我的采访，还召开了一系列已经毕业和正在就读的学生与其家长的座谈会。几乎是日夜兼程，焚膏继晷，还真是忙得不亦乐乎。后期，学校又希望我尽早返校，所以再也没有去叩访贺老师。但其间打过几次电话。一次，我说我想以横断面即画面的描叙形式构成章节，串联成袁老师的生平。他说可以这样写，有可读性，比用论述的方法容易被读者接受。

匆匆回松江后，记得写过一封信给他。他后来有封复信，我记得保存着，这次把它找了出来。

在信中，他说：

你写了反映教师生活的小说，我觉得这是很有意义的。现在要搞四个现代化的建设，培养新的一代，教师起了关键作用，应该让教师中的英雄人物在文艺作品中占一席之地了。像你这样熟悉教师生活的同志是应该担负这个任务的，希望你不怕艰难，不怕失败，坚持搞下去，我相信一定能搞出一个比较像样的作品来的。

拳拳之枕，让我感动。在他热情鼓励下，后来我先后写了中篇小说《起航》《新竹》《星期六的课》等，先后刊发于《清明》《边塞》等大型文学期刊，出版了长篇小说《初吻人士》《小镇上的爱》等，都是以学校师生生活为题材的。当然这是后事。

我爱上文学创作，除了在读中学时有幸得以当面聆听著名作家巴金、靳以等的讲话而播下种子，除了受谢泉铭老师的影响，贺宣老师的鼓励与指导也是极为重要的因素。

在这封信中，贺老师还提及："写袁瑢同志的那本书，祝你早获成功。"（信附后）

写袁老师的这本书初题名为"为了未来"，后Z君改名为"崇高的岗位"，由上海教育出版社于一九七九年九月出版。不久，我又被借调至上海市教育局教学处，整日忙于会议及杂务，每日还要接听一二十个电话，终于与贺老师断了联系。至今写这篇文章时，仍十分后悔，后悔失去了聆听一位值得敬重的良师的教诲的机会，失去了一位大家的指导的机会。我坚信，要是我继续与他联系，向他求教，哪怕只有几年，我在文学创作方面定会有更好的发展。

附：

贺宜复信手稿

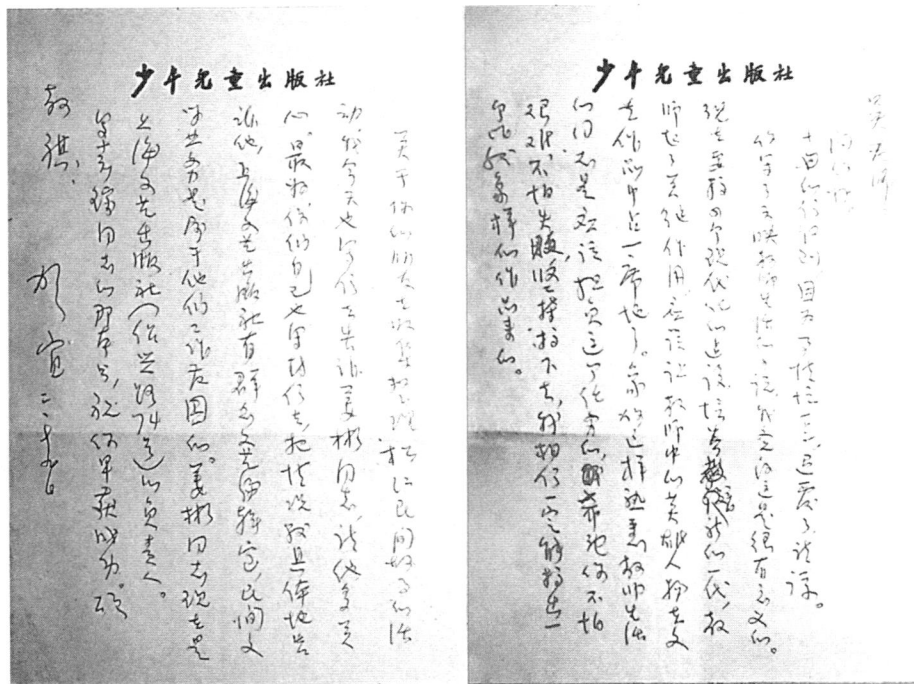

做"嫁衣"者的标杆
——记谢泉铭

谢泉铭（1927—），笔名晓野。浙江绍兴人。中共党员。1950 年毕业于上海大同大学文学院史地系。历任华东军政委员会文化部戏改处干部、文艺处秘书，上海市文艺工作委员会秘书、中共上海市委宣传部秘书、《新民晚报》副刊编辑、《解放日报》副刊编辑，上海文艺出版社文学编辑、编审。曾获 1987 年国家新闻出版总署荣誉证书、1988 年中国作家协会荣誉证书。1990 年加入中国作家协会。

——《中国作家大辞典》

（中国文联出版社 1999 年 12 月第 1 版）

在《我的业余爱好》（收《吴春荣文稿》第二卷）一文中写道，我萌生对文学的爱好，"主要是由于一本书，一封退稿信，以及一次座谈"。关于那次座谈，我写道："那是一次作家与文学青年的座谈活动。作家们分别坐在一间房间（应是会议室）里，文学青年想与哪位作家座谈，就到他的房间里。……听说巴金也来了，我们自然先到他的房间里。那里的文学青年就更多了。前面的还能坐着；稍后的，干脆站着；最后的几排则站在椅子上。""巴金始终认真地回答着每个青年的提问；尽管有点应接不暇，仍尽力满足每个人的愿望。当有人提到常收到退稿时，巴金告诫大家：不要只想着做作家，只想着是在写小说；当然也不要怕失败。"

那篇文章中称"那是一次作家与文学青年的座谈"是确实的，但我还不能算是"文学青年"，那时我还是中学生，最多是个文学爱好者。而拜见作家，聆听他们的教诲，"我的心中燃起了希望之火"。

我未能"开门见山"，意在表明，我喜欢上了文学创作，与作家，尤其是德才兼备的名作家密切相关。一个人的成长、成就，当离不开他人尤其是同一条路上的高人的教导与指引。

走上文学创作道路后，又曾有幸遇见几位高人，如贺宜、周嘉俊、竹林等，他们中，除竹林外，都比我年长。在我的创作生涯中，他们是标杆，是高山，我心仰望之，尊他们为老师。而谢泉铭也是其中的一位。

初识泉铭老师，是由于一篇小说稿。

在那个特殊时期里的一天，我被沈巧耕邀去他枫泾乡下的家做客。他其实不是我在松江二中执教班的学生，但爱好写作，常带了习作到我办公室问学并希望批阅他的习作。久而久之，也就成了我的爱徒。后考上了南京军事学院，毕业后，先在成都军区，后到西藏吉隆边防站。那时，老师被称"臭老九"，他却一如既往，尊我为师。做客的那天晚上，他给我讲边防地区的斗争生活，风土人情。我深为感动，决定与他合作一篇小说（他在南京、成都及吉隆时，我们之间多有诗词往来，有时还互相唱和）。我先写第一稿，他改了一稿，题名为"边防线上"。次日，就将长达近万字的稿子投给了《解放日报》文艺副刊。

当时正在主编该副刊的泉铭老师，在看了我们的稿件后，立即打电话给我，告诉我稿子"题材很好"，并表扬说，这稿子是最近一个时期收到的稿子中基础最好的一篇，但还需修改，希望我们到报社去一次。我告诉他，沈巧耕探亲假期结束，已回吉隆边防站。他说，那就你来。

我欣然前往。他在办公室接待了我。先问我之前都写过什么。我如实相告，在学雷锋的日子里曾写过一篇通讯，后《青年报》用了其中的一节。一九六五年六月二十八日在《文汇报·笔会》上发表过一篇散文《民兵图》。他说，是啊，文学创作的源泉是生活，这是无论什么时候都得坚持的真理。"你们的这篇小说，有些细节很生动，比如将情报塞在马耳朵里，这样的细节，没有生活经历，是'创作'不出来的。"接着，他提出了修改建议，并指出，篇幅要压缩至五千字内。在一个多小时里，他无一句虚言，修改建议也是具体而可操作的，但保留了相当的空间，让我思考，想象。他既有作为长辈的亲切，又有对年轻作者的一份尊重。

回松江后，我按建议改了一稿，寄出后不久，我收到了他的一封信。

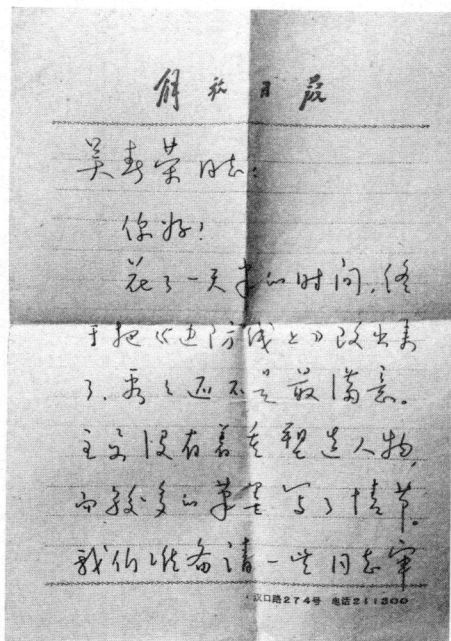

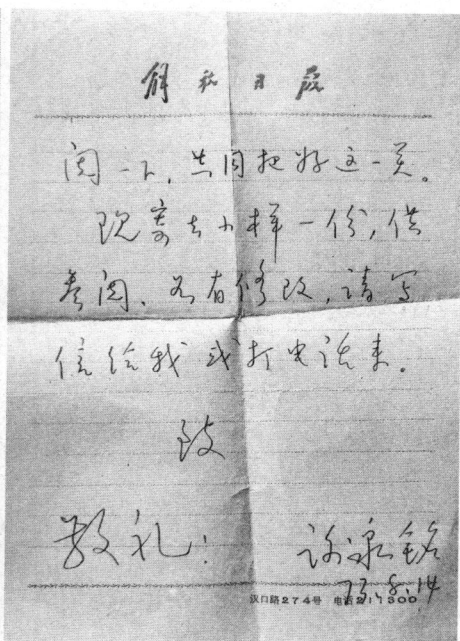

吴春荣同志：

　　你好！

　　花了一天半的时间，终于把《边防线上》改出来了，看看还不是最满意。主要没有着重塑造人物，而较多的笔墨写了情节。我们准备请一些同志审阅一下，共同把好这一关。

　　现寄去小样一份，供参阅。如有修改，请写信给我，或打电话来。

　　致

敬礼

谢泉铭

1973 年 8 月 14 日

　　接到此信，我很感动。直至今天，重读信件，忆及约见时的开导，依然十分感动。对一名素不相识的作者所投的稿子，如此重视，不仅拨冗约见，提出具体的修改建议，还对改稿"花了一天半的时间"亲自撰改，亲自改定后，"还准备请一些同志审阅一下，共同把好这一关"。如此作"嫁衣"，有多少编辑能做到！这不仅是为改好一篇作品，实际上是在培养一个作者；而作为一位编辑，工作如此负责，作风如此严谨，又有多少编辑能做到！

至于他改定的稿子"还不是最满意""主要没有着重塑造人物"，这体现了他对作品质量的要求，还要联系当时的大环境来理解。当时对文学创作，强调：在所有的人物中，突出正面人物；在正面人物中，突出主要人物；在主要人物中，突出一号人物。

不久，他告诉我，他已调至上海文艺出版社工作。大概在一年后，沈巧耕又回家探亲，我们想一起去看望他，拨通电话后，他立即表示欢迎，并约定了具体时间。

记得那次是在出版社的接待室见的面。态度依然那般亲切，言谈依然那般诚挚。交谈是随便的，气氛也很宽松。他告诉我们，他被批准参加了作协。据我所知，作为编辑而参加作协，当时极为罕见。交谈中，他还直言，他不满意当前的一些作品。他希望我与沈巧耕能合著一长篇，以反映边防地区的生活与斗争。我因不熟悉这类题材，不敢贸然表态，转过脸看着沈。沈会意，表态认可。他说，你们先搭个情节框架，确立几个主要人物的性格，然后与他一起商量，如基本可以，即可列入出版计划。

但沈随后发现家庭问题，实在无暇也无好心情顾及文学创作，我又做不了"无米之炊"，已经议定的部分也不得不中止而废弃，辜负了泉铭老师的一片好心。

为时十年之久的这个特殊时期终于结束。进入二十世纪八十年代后，我与泉铭老师联系，想写一部反映学校师生生活的小说。他回信说：

春荣同志：

你好！

来信和《中学文言实词手册》一并收到，谢谢！

我对《新竹》一稿内容，印象已模糊。反映中学教师的题材，来稿中并不多，可以写。同意你的初步构想，重点放在：写中学教师对人才成长所起的作用（包括道德、心灵美等），反映中年知识分子的作用与情操，同时，我觉得也应该写一些关于教育改革的内容（可

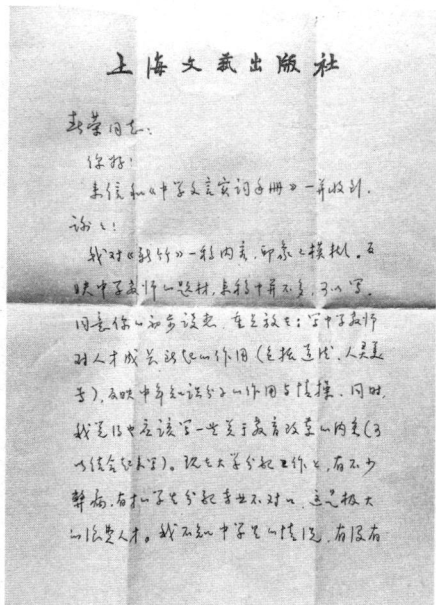

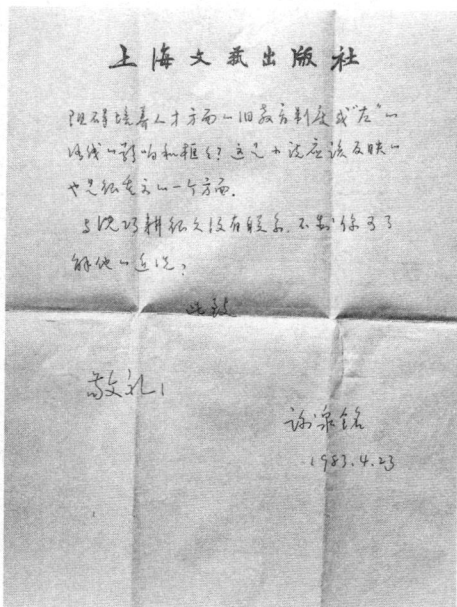

以结合起来写）。现在大学分配工作上，有不少弊病，有才的学生分配专业不对口，这是极大的浪费人才。我不知中学里的情况，有没有阻碍培养人才方面的旧教育制度或"左"的路线的影响和框框？这是小说应该反映的也是很重要的一个方面。

与沈巧耕久没有联系，不知你可了解他的近况？

　　此致

敬礼！

谢泉铭

1983 年 4 月 23 日

接信后，我想动笔创作。可当时的我毕竟还没有著作长篇的能力，想创作长篇，实际上是不自量力。后只是写了几个中篇。直至二十一世纪初，才著成《初吻人生》《小镇上的爱》两部，也只能算是小长篇。这两个小长篇和几个中篇，都是按泉铭老师的指导，写教师对学生的培养，写教育改革，写教师的心灵与情怀。但出版后拿到书时，他已驾鹤西去。

我会永远铭记他，并将永远珍藏他写给我的亲笔信。

谨以此文寄我的感恩之心，愿他的在天之灵安息。

斯人已去，音容犹在
——记汝皋二三事

1998 年，张汝皋同志担任区委常委、宣传部部长。他注重保护松江非物质文化遗产，致力于挖掘、整合松江的区域文化资源，为传承和弘扬松江历史文化作出了重要贡献。

——选自《悼词》

一

汝皋故去，已经八年。

二〇一三年七月里的一天，Y 生打电话告诉我，汝皋经检查确诊，患了肺癌，正住医院里准备接受手术治疗。我听闻吃了一惊，忙问住哪家医院，他告诉我后，我又一愣，问为何住这家医院。他一时无语，或许他知道内情，但不便说，或许……

就在接电话的前天清晨，我散步至新松江路沈泾荡大桥上时，汝皋从后面紧步上来招呼我，问他哪里去，他说去买些新鲜的鲫鱼。我指了指桥下河滩，告诉他那里常有人垂钓。"今天还没来，"我说，"要不我们一起等等他？"他说，即便垂钓者来，也不一定能马上钓到鱼，尤其是鲫鱼。说完，即向我告辞，匆匆前去。看着他的背影，我想，前方似无集市，哪有鱼卖？他如此匆匆，究欲何为，现在是无从得知了。当我向 Y 生告知这一情况时，他正告："汝皋让我千万不要告诉吴老师！"并再三叮嘱，"你务必当作不知，也不要让吴老师去医院探望！"

仅仅是一周以后，一天下午，我参加完市区的一个活动正在返回松江的路上，Y 生又来电告我，汝皋已于八月二日谢世，他此时正在汝皋家中。我让车直抵其家门前。

我非常熟悉的客厅里已是一派肃然，汝皋女儿张听见我来到，立即痛哭起来。

夫人小徐也含泪告诉我，他谋划过的好多事，还没来得及做……

从下午三时许直至晚上近十时，整整五个多小时，我一直坐在客厅里，一直面对着他的遗像。他微笑着看着我，眼神中流露出对世事的洞察感悟，对人情的解读。种种情景，重新出现在眼前。

自他迁居这里后，我曾无数次来到这里，与他品茗交谈。最近一个时期，他正为广富林遗址的开发利用出谋划策，并亲自撰写对联，所以更多的时间是在研讨每处景点的对联、介绍等。他深入考证，斟词酌句，透露出他的才智，他的严谨，他的执着，他的谦恭。

前来吊唁的人络绎不绝，匆匆进来，匆匆离去。偌大的客厅，始终拥挤。除了少数几位，我一概不予搭理。我只回忆着以往的种种，沉浸在深深的哀痛中。

此后，一直想写点文字。但鲁迅说过，长歌当哭，是必须在痛定之后的。只是在《庸者》（收《散步思絮》，中国文史出版社 2017 年 6 月版）一文中，仍忍不住写下了下面一段文字：

> G 君身体有恙，在 Y 医院动了手术，没想到没几天就昏迷，经专家抢救无效，终于不幸故去。有人问其故，答曰，手术是成功的，原因在大面积感染；又问何以感染，答曰，因人探望；有人仍存疑惑，既然有可能因人探望而受感染，为何不住监护室？答曰，病人要求住家庭病房。情况似乎有点扑朔迷离，即便如所答，仍有两个问题颇费解：一是因有人探望而导致感染而至于死亡，似乎有悖常情，据了解，探望者均为健康之人；二是为何不坚持医规，轻易同意患者要求。

二

说起来，他曾经是我的学生。一九七八年，华东师范大学决定招收中文函授生。受华东师大成人教育处董处长及中文系李令璞（李圃）教授之托，在教师进修学校钟居正校长的大力支持下，松江辅导站由我主持。学员计一百二十六名。汝皋就是其中之一，时在九亭中学任教，兼任九亭片学员的负责人。印象中，为一次考试试卷评分，两学员出现争执。事情不大，事态也并不严重。但他特地将两学员带到我办公室。我复查后做了详尽解释，两学员满意而去。一件小事，让我觉察到他的认真态度与领导艺术。历时四年半，松江计一百〇五名学员毕业，获盖有华师大及刘佛年校长签名章的本科毕业证书。之后不久，汝皋调入松江教师进修学校，但未见其上一天班，旋被调离，并从此开始了他的从政生涯，先后任县（区）古松乡党委书记、城厢镇党委书记、检察院检察长、宣传部部长、政协常务副主席。匆匆岁月，他屡屡升迁。但他初心不变，始终执弟子礼，尊我为老师。我脾气不好，也不想改变，但一直蒙受着他的知遇之恩。

三

在汝皋主掌松江宣传工作期间，为彰显、开发松江胜迹，曾仿照"西湖十景"选定十二处，分别命名，总名为"松江十二景"。

他先物色数人组成一个小组，言明只是奉献，无有报酬。整个过程，先是选址，要求既具湖山之胜，又有历史底蕴；然后命名，要求不掠美，不虚美，实事求是，富有文采。无论是选址还是命名，总的要求是经得起时间检验。为此，时间长达数月，可谓郑重其事。小组成员先自选地址，自命其名，然后汇总交流商议。讨论地点或在某家里，或在他办公室，或在不收费的公园里等。已记不清有过几次讨论。既数更其址，又屡易其名。我有幸全程参与，并保存着所有活动的记录。在写作本文时，曾想找出这些资料，但又想，过程似乎不再重要。但最后一次带审议性质的活动或许值得一提。

这次活动地点在方塔园临湖的一个亭子里，出席者为松江人大及政协主要负责人，还有如王尚德等社会贤达。讨论从上午八时正式开始，直到中午十二时还有继续之势。整整四个小时，只有一杯清茶。但大家倾情投入，讨论热烈。

小昆山一地，本拟名为"华亭鹤唳"。一领导认为，"这'唳'不好听，有点悲"；虽然有人说，此"唳"非那"泪"，为鹤之鸣叫声，而不是鹤之眼泪，但我见汝皋沉默许久，最后还是尊重他的意见，让大家再议。最后改成了"华亭鹤影"。说"唳"含有悲情，也不是没有一点道理。明代何景明《上祖茔》诗："松寒迷唳鹤，草暖集眠牛。"鹤唳与松寒并用，总让人感到有点寒意；《论衡》中也有"夜及半而鹤唳，晨将旦而鸡鸣"句，半夜听鹤唳，也总不如天亮听鸡叫让人愉悦。但将"唳"改成"影"，一字之易，意味少了不少。"华亭鹤唳"，是一典故，出自陆机。陆机与弟陆云，在此命名之地曾生活、读书十年，被害时又有"华亭鹤唳，岂可复闻乎"之叹。用"华亭鹤唳"命名小昆山，实在是非常贴切的，完全合乎当初命名要求，而"华亭鹤影"就非小昆山所仅有了。想到这些，我的臭脾气又上来了，提醒时间已是中午了。汝皋一看表，立即宣布结束讨论。获知王尚德老先生清晨六时就出发，步行两小时前来，我悄悄建议汝皋，招待大家吃碗面条，但未见其应允，也就不再坚持。大家于是各自东西散去。

四

一九九九年三月初，汝皋决定出一套书，作为新中国成立五十周年献礼书。这套书中的《松江当代散文选》责成我主编。接到正式通知时，已是月底了。时间紧迫，我确立老中青三代均选的原则并得到认可后，立即开始征稿。远在他乡的，如金坚范、范小青、徐亚君等，或发信或打电话；在本市市区的，如施蛰存、罗洪等，登门叩访；已作古的，如赵家璧等，则通过其家属或曾经的工作单位征集。尽量做到不漏掉名家。备受鼓舞的是，几乎接到通知的所有同志，尤其是几位大家，大力支持这项工作，作出了积极的回应。像嵇汝运、罗洪等的重视程度，让我深受感动（我已经写在了该书的编后记中）。我很快征集到了上百篇，于是马不停蹄地着手编辑。因为选收了一些青年的文稿，需要修改与润色；对有些文稿，还补撰了作者生平小传。各册定稿后，与S君共赴天津百花文艺出版社。我们俩与出版社的两位领导都是老朋友。我们希望尽快出版这套书。书稿终于赶在了国庆节前正式出版。在这个过程中，汝皋亲力亲为，尊重并指导各分册主编开展工作，并亲赴出版社进行协调与拍板，从总体及主要环节上保证了丛书的顺利选编及出版。

我主编的这本散文选，还有点尾声。

一个周六的晚上，我突然被通知立马去宣传部。

在办公室，汝皋神情严肃地质疑书中一篇题名为"人生语丝"的文章，让我再仔细研读。文章不长，我认真读了三遍，从内容到语言，都未发现有什么原则问题。

他告诉我，现在"××功"活动频繁猖獗，这篇文章会惹麻烦。我重阅了一遍，说："文章涉及佛学与佛教，但即使是佛教，国家法律与政策是允许与尊重的，'××功'是邪教，与佛教有质的区别。"他听后很生气，几乎像教训一个小学生教训我为"一介书生，不懂政治"。我自然不服。我不懂政治，但他忘了，我编了十年中学语文教材。"你先回去，再想想，"他接着说，口气缓和了些，"明天上午我们再商议如何补救。"我想，也好，回去问问君如他们再说。

一回家，我首先拨通了君如家的电话，小杜说他还未回家。我让其转告，君如一回家，即打电话给我。可半个小时过去，未有回电，于是隔几分钟打一个，直到打第六个时，终于听到了君如的声音，我感觉到他有点气急，可能刚进家门。他让我读一下文章，又让我重读一遍，然后告诉我："吴老师放心，没问题。"我终于松了口气。紧接着拨通了我师院老同学屠棠家的电话，他是上海市教育局负责政法工作的处长。第一次未接，再打时，终于接了，一听是我，忙问，这么晚了，什么事这么急。同样，他让我读了两遍，然后说："我看不出有什么问题。你放心，如有人质疑，我可以与之辩论。"

两次通话结束不久，曙光就抹上了窗玻璃。我即事洗漱，赶紧骑车到宣传部。没料到，汝皋已候在了办公室。他让我先坐下，替我沏了杯茶，然后说："你一定问了几个人。他们什么意见？"我扼要说了两个人的意见。他说，李君如说没问题，应该没有问题了。然后告诉我，昨夜他也一夜未眠，在我离开后，立刻驱车去了金山他中学老师龚某（时为金山教育局局长）家。两个人反复商议，龚也一再说应该没有问题，这才返回松江，直接到了办公室。他一再致歉，语意至诚。

无须再赘言。这个鲜为人知的小故事，反映出汝皋对书稿质量的重视程度。用而今的话来说，对政治方面的错误，必须持零容忍的态度。让我感动的还有他真诚的道歉；任何人都不是完人，都会有错，错了，就得反思，就得致歉，平民是如此，领导干部也当如此。

亲历的故事，还有许多，许多。但这篇文章已经写得够长了，我想收笔了。斯人已驾鹤西去，但往事历历。我后来也患了他同样性质的病，而且部位更要紧，恶性程度更高，但我比他幸运，还活着，还在阅读与写作，还能回忆。以后，我要陆续将一些尘封的往事写出来，尽量不带到另一个世界去。

有着文学素养的动物学家

——记徐亚君

认识徐亚君，是在一九九九年。那年的三月底，为了在炮声与火光中获得新生的中华人民共和国五十周年庆典，区委宣传部部长拟组编一套书，以作献礼与纪念。其中一本责成我主编（后取名为"岁月的歌"），要求作者必须是松江籍人。

时间紧迫，我立即在向松江作者约稿的同时，打电话或写信与散布全国各地的名人联系。亚君教授就是其中之一，其时他在安徽黄山的一所高校任教。

大概在接信一周后，他就屈驾光临敝舍，于是我们就相识了。

他个子高挑，衣着简朴、随意。虽长期生活在外地，但乡音丝毫未改，一口地道的松江话。

我给他沏了一杯茶，他接过杯子，捧在了手里。

这次见面，他询问了我对稿件写作的要求，并赠我名片。我双手接过，发觉名片上还手写了"我从不忘记我是松江人"。教授中，即使学识平平，也常见自视甚高、自以为是者，而他当时给我的感觉是，除了态度诚恳、谦恭，儒雅中表现出对人由衷的尊重，还怀有深深的家乡情怀。

大概是十日之后，他寄来了几篇文章，有的是已发表过的，但作了些修改、润色，让语言更有文采，有的是新撰的。附信中言明，寄多篇，只是为供选用，如可选用又有问题的，可再改；家乡的事，马虎不得。我从中选了三篇（除赵家璧、施蛰存，朱雯、罗洪夫妇，金坚范等外，一般作者只选一二篇）。《童趣》中说道，童趣是一篇优美的散文，写出了狂放恣肆的激情，超凡脱俗的意趣；《斜塔感怀》中写道，古朴的斜塔，经悠久岁月风化虽老而不颓，历几多风雨浸蚀斜而不倒，犹如耄耋老者的风骨……《情系跨塘桥》中，作者则想起松江才子陈子龙与柳如是执手相看、泪眼蒙眬的缠绵故事，想起十八岁那年五月十三日中国人民解放军威武地从桥上走过使松江得以新生的情景，作者思绪飞扬，在时空中不停地跨越。

选文需有作者简介，但只是"简介"，有字数限定。从他的生平简介中，我获悉，他在湖北巴东发现的球蛛世界新种，被命名为"徐氏球蛛"。一九九八年十二月二十九日《安徽日报》还刊发了题为"徐亚君姓氏被命名为球蛛新种"的报道。我产生了兴趣，想对他做全面而具体的了解。

再一次的见面后，我对他进一步有了敬畏之情。

亚君教授一九三一年一月生于上海松江跨塘桥南堍的陆氏家，姑父徐氏将其螟蛉为子。小学只读了两年半。辍学期间，他常"野"在广阔的田野，从而激发了对大自然的热爱，对野生动物的兴趣，为以后亲历野外研究动物打下了基础。

抗战胜利后，一度师从乡贤王子彝先生学习古诗文，成了文学爱好者。曾在松江《茸报》《松江商报》上刊发《雨中》等文；还与人创办《文联月刊》。曾在匡互生、丰子恺、陶载良等创办的立达学园就读，后考入华东师范大学生物系，为新中国成立后松江首届名牌大学本科毕业生。

后在高校执教的业余时间，曾研究新安江鱼类。他奔源头，访鱼市，顶着烈日，冒着大雨，不辞辛劳，采集到了一百一十一种鱼类，其中三十余种趋于灭种绝迹。一九八三年上海水产大学以高价收购他获取的若干珍稀鱼种，被婉拒。次年，他就将全部标本无偿赠送给学校。一九九一年杭州大学编的《浙江动物志》利用了他的二十九种标本。

谈及蜘蛛、蝙蝠等时，他动了感情，说，为采得珍稀品种，常要深入洞穴。许多开发、改造过的洞穴，成为旅游景点。游人们在洞中徜徉，见山岩奇异，闻泉水汩汩，导游小姐还可以讲出许多美丽动人的历史故事，可谓是绚丽多彩，光景无限，赏心悦目，叹为观止。可他钻的洞穴绝不是这样，往往是荆棘丛生，岩石嶙峋，动物的粪便堆积，稀薄的空气中，弥漫着不堪忍受的污浊；不少洞穴，不仅虫豸潜伏，而且漆黑得伸手不见五指，须用手电照明，人在里面，可谓危机四伏。在黟县的一个名为"车源洞"的，垂直十四米，他只能腰系绳索，只身沉下；在另一个名为"王村洞"的，他斗胆进洞，呼吸困难得难以坚持时，就回洞口换气。有一次突发心脏病，差点倒在洞穴中。他认为，只有在忘我的拼搏中，才能感受、认识到成功的喜悦和意义。

自一九八三年至二〇〇四年二十余年中，仅蜘蛛，就采集到二十七种。撰写的论文集凡五本。另有散文随笔《云间动物古今谈》《松江鲈鱼漫思曲》《黄山动物趣话》等先后出版发行。

为了研究，他在到达退休年龄时被多次挽留，推迟退休；由于研究，政府给了他诸多殊荣。

野生动物也是人类的朋友，是地球村的重要成员。他的研究，让人类了解它们，希望能与它们和谐共处；他的研究，也让野生动物感到欣慰与自豪。

我与亚君教授多有书信来往，有几封至今还保存着。在他一次回松探亲时，为了答谢他的两次登门，为了表示我的敬重，我特地造访了他在松江的老家，一个极其普通，甚至有点简陋的家。那天，我们彼此如同兄弟，畅谈甚欢。

而今他已驾鹤西去多年，我谨以此文表达我的追念，不知道他现处的世界，有没有蜘蛛、蝙蝠等，如有，他定会继续他的探索与研究；不知也办报刊否，如办，他定会在研究之余，撰写文学类文字刊发。

认识陶载良

认识陶载良，是在一九五九年，在松江三中（今立达中学），在春节后开学之际。

当时我还在上海师范学院就读，一个学期后即将毕业。一日，中文系主持常务工作的副主任覃英（著名作家王鲁彦的夫人，中文系主任为上海作协主席魏金枝）召我到她的办公室，同时被召的还有十一名应届毕业生。她告诉我们，上海市教育局在全市范围内抽调了十二名中学语文教师，集中编写中学语文教材，要我院派十二名学生前往被抽调教师的学校代教。随即她提了些要求，其中一点就是要求于下学期开学前到校报到。最后宣读了分配名单。我被分配到了松江三中。

我到松江三中报到时得知，该校被抽调编写教材的蒋锡康是高三的把关教师。我虽已经过实习，但自知不能胜任高三毕业班的教学。学校于是安排将原教高一语文的冯元常老师接替蒋老师，我则代教冯老师的两个班语文。

学校安排我住教师宿舍。在最初的几天里，常见一老人在校内走动，但不见其上课。出于好奇，向一老师打听。该老师先朝我竖起了大拇指，然后说他是校长。我已获知校长姓张，报到那天还找我谈过话。我复问，他是副校长？该老师说，不，他是三中前校长，陶载良。

这番简短的对话，激发了我更大的兴趣。我决定进一步了解这位老人。

他个子不高，衣着简朴。除了有师生打招呼，似从未见他主动与老师说话。他还有个习惯，每天早晨外出跑步锻炼。我于是决定，也每天早晨外出跑步。有几次紧随其后，从而得知他跑步的路线，一般是出校门后左转，沿大街（今中山西路）向东，在秀野桥上站立一会，眺望右边河面及两岸景色，然后往西跑，返回学校。来回路上，有时会有人叫他一声"陶校长"，他尊重地回应一声"早"，继续往前跑。

有一次在桥上，我终于鼓起勇气，想与他交谈。我先叫他一声"陶校长"。他面对着我，问："你是新分配来的老师？"我如实相告。他点点头，高兴地问现在哪所学校就读。我复如实相告后想问他，他马上转身面向南方，说："雾散了。"我当时理解为，好好欣赏远方晨景，于是不敢再与他交流。

雾确实散了。朝阳映照到南边的半条河面，还真如白居易写夕阳映照的河面，半江瑟瑟半江红。一艘货船从远处慢慢移来，船沿几乎贴近河面。两岸草木庄稼，在阳光下，显得鲜妍绚丽。不远处的村子里，缕缕炊烟，袅娜上升。身后，东来西往的人也渐次多了起来。

"我准备回去了，"他朝向我，"您随意。"

说完，他就朝学校方向跑去，步子是缓慢的，但很稳实。他大概已年过花甲，我边想边望着他的背影渐渐远去，最后消失在人群中，我也开始跑步返校。

后来接触的机会多了，我也多次恭敬而恳切地请教他，但他始终不谈他的经历。也曾向别的老师了解，但只了解到他与匡互生同是立达学园的创办者。

一学期很快就过去了，我得返回师院参加毕业分配。等我被分配到松江二中执教，再找他时，已见不到他，问三中的老师，回答说他已退休。我隐隐感觉到他是一本书，一本有着丰富内容的书。于是有心地查阅了一些资料，也反复向多人打听了解，但都得不到比较具体的内容。后来在编《松江人物》时，也曾想把他列入，由于没有具体内容，还是割爱了。

松江立达中学第一任校长凌卫民先生近几年来一直在研究匡互生，最近完成了五十二万字的专著。我有幸读其初稿，发现稿中有专章论及陶载良先生。这才具体得知他的生平及其为立达学园事业所作出的巨大贡献。

载良先生一八九八年生于无锡。一九一九年毕业于南京高等师范本科。先后在奉天省立第一师范、天津南开大学附中、上海吴淞公学、浙江上虞春晖中学任教。一九九五年于福建病逝，享年九十五岁。

载良先生从春晖中学辞职后，与匡互生等，在上海江湾创建立达学园。

在匡互生病故后，由载良先生接任立达学园主席（相当于今之校长）。时年仅三十四岁。一九三七年八月十三日淞沪抗战开始，他与周为群、裘梦痕等，艰难坚持办学；一九四〇年初，因遭汪伪政权通缉，他被迫离校（裘代理立达学园主席），取道香港至重庆，再抵四川，在隆昌县城西南一余姓大院组建上海市私立立达学园四川分校。

抗战胜利后，他几经周折，直到一九四七年，由于江湾立达学园已于一九四一年停办，原园址上已办起了江湾中学，他在松江包家桥，重新建校挂牌招生（史称"松江立达"）。

一九五三年，学园被政府接管，易名为松江第三中学，他仍任校长。在松江三中成立大会上，载良先生动情地说："过去，为了立达，忍辱负重，委曲求全，现在到三中，将鞠躬尽瘁，死而后已。"铿锵誓言，震撼全场。

但不知何故，他很快被卸去校长职务。我认识他时，已是一位闲人。

从江湾立达，到隆昌立达，到松江立达，一直任职主席，凡二十六年。

卫民先生在著作中深情地写道："二十六年校长，成就了立达的传奇。这传奇，是用钢铁和柔情、汗水和火焰、淡泊和弘扬铸成的。历史是有记忆的，是有感情的，是有温度的。我们将永远怀念这位德高望重的教育大家。"

但我至今仍不解，有如此不凡经历者，为何矢口不言自己的故事，对我一名代课教师、一个小青年，又只是才认识而已，或可理解；但他曾担任过"松江立达""松江三中"校长，总有几位可以推心置腹者，但他们对他似也了解不多；迄今为止的过往几十年中，流传几无，近乎被遗忘。是为人低调，抑或另有隐情？

但我这几十年来，一直持有一个不让人高兴的观点：将有几十年历史、令几代国人引以为豪、在中国教育史上无论如何也抹不去的名校，易名为一般中学名，如同一些历史名宅被推土机夷为平地而构建现代化大厦或商业区，或可视为"文化古城无文化"之举。

爱与美好的情怀

——记中山二小校长曹伟珍

一

这几年来，一直想为曹伟珍写点文字，可迟迟没有动笔。一是因为遵命书稿的写作一本接一本，未曾间断过；主要的是想让她多一点经历，并对她多一点了解。而今已入奔九之年，老病相侵，脑子也日趋迟钝，再不写，怕是写不成了。

认识她，还在二十世纪九十年代。其时，我正被聘为上海市中学语文教材的专职编撰。区（县）委宣传部主要领导一次找到我，责成我创编一份内刊《云间文艺》（季刊）。教材编写是一项综合工程，其实工作十分紧张，但我还是答应了。

编《云间文艺》初期，有人推荐了松江永丰小学的语文老师曹伟珍，说她散文、随笔写得好，为人也好。我于是约她写稿。

她很快就给了我一篇题为《女儿》的散文。其中写道：

> 二月的天气依然冰寒。呼呼的北风，吹到了人们的胸怀中，骨子里。可女儿，你知道吗，你发出"哇"的一声向世界报到的瞬间，立即让我们感受到了东风的浩荡，春日的温暖……正是你，给了我们父亲、母亲的桂冠。从此，你让我们忙碌着并用心地学做父亲，学做母亲，学着解读你的每一声啼哭，学着诠释你每一次的皱眉……

这初为人母的心语，是一种爱的歌唱，是一首抒情诗。这种用独特角度抒发的爱的深厚、真挚，不为人母的人，是很难理解的。

后来她又给了我几篇短文，是读了林清玄《可以预约的雪》后写下的。一篇用药山禅师的"云在青天水在瓶"为题的文章中，她写道："生命的旅途中有许多风景，哪怕是一缕清风，一钩斜月，都能让人品出其中的韵味。"她还引用了林氏的一段话：在岁月，我们走过了许多春夏秋冬；在人生，我们经历了许多冷暖炎凉。我总相信，在更深更广处，我们一定会持有美好的心，欣赏的心，就像是春天想到百合，秋天想到芒花，永远保持着愉悦的希望。

这引用，表明了她的认可，她的赞赏。

正是这种爱、这种美好的情怀，奠定了她后来作为学校领导的基础。

二

一九九三年七月，曹伟珍开始踏上三尺讲台，执教语文。她常常为自己成为一名语文老师而感到幸运，可以与学生一起徜徉唐诗宋词，领略中国文化的曼妙；可以去体验那种读着读着、写着写着、"为面前的这一个个方块字而动情的"的悸动。这一踏，就是三十年。

三十年，在历史的长河中，只是一瞬间，可对她来说，是一万零九百五十个日夜对语文之道的探寻与坚守。她可以为教学《别了，我爱的中国》一文，购买阅读《杰出校友郑振铎》一书，去走进他的生活，了解他的精神世界以及在那个"大时代"里"鹏化"的历程，只为可以深入浅出地让孩子理解那个时代，理解语言文字里的情感；她可以静静地坐上几个小时，在上百则公益广告中寻找一个适合学生实践练笔的习作素材，也可以带着孩子一起赏桂花、打雪仗，让作文课变得好玩、有意思。她会用心给家长写一封封书信，为孩子争取更好的读书资源；也会在夜深人静之时，记录对语文教学的思考。

她在一篇文章中曾写过：一直以来，语文课是饱受指责的学科，似乎谁都可以从任何一个角度介入发一通言论。也许就为此，在语文教学史上众说纷纭，莫衷一是。

她要学习，她要摸索，走出一条有效教学的道路。

她常常在忙完一天的教学工作之后，备课，设计练习，反思教学。

一学期上两三节大范围的公开教学课也是家常便饭。"教学功夫在教学之外""让每一次展示都督促自己深入思考"。她如是想，也便不觉得辛苦。

二〇一二年，她有幸成为第三期上海市"双名工程"名师后备人选，开始五年的培训。在导师的指导下，学习、实践：找到教育最经典的言论，阅读消化；梳理语文教育的历史沿革，回望中国语文教育发展的重大事件及理论，努力扎好语文教育之根；立足课堂实践改革，确立课题学、做、思、讲，以自己的方式解决语文学习付出与收效的问题，渐渐清晰自己的语文教学主张。

其间，她也作为语文骨干教师前往北师大参加"国培计划"培训，"一个老师再好，没有专业素养，只能是个好人，不是好老师"，这样的话如晨钟撞击，提醒她与时俱进，提升自己的专业能力。一批名特教师以他们深厚的功底、丰富的实践、有效的课堂让她感受到课堂务必要做到明确目标重落实、充满温暖重情趣、讲究科学重实效。

她时常庆幸，在教育的道路上，能遇到一位位良师，为她点拨迷津；能遇到一次次历练，让自己如卵石得到锤炼打磨；能把握一次次机会，在不断学习中打碎重塑。

二十三年一线教学的艰辛，也使她逐渐感悟到：语文教学应厚实底蕴，激趣启慧。为此，她觉得尤其要充分尊重学生学习的主体地位。

她曾引导学生学习过《苏武牧羊》。

《苏武牧羊》是沪教版四年级第二学期教材中的一篇课文。

课文写了三件事：以死抗辱，怒斥叛臣，北海牧羊。三件事都有同一个"魂"。这个"魂"就是"气节"。

曹伟珍反复研读文本，在理解内容的基础上，反复斟酌、咀嚼其中的关键语句。她认为，让"气节"成为学习的切入口，在学生心里埋下一颗种子，静待它的萌芽，是语文独具的诗意，让学生游弋其间而品味苏武掷地有声的话语，从而让"气节"变得具象，变得有温度，是语文教学的艺术。

她要使自己拥有"一桶水"。她要求学生拥有的只是一杯水，但为了让学生获取一杯水，她必须得有一桶水。

进入课堂后，她彻底放开，让学生自学课文，总体把握课文，然后让学生找出表现苏武形象的关键语句。她很少讲解，她不想越俎代庖。当然她不忘自己是引航人。她瞅准时机，让学生去想象、补白苏武十九年中在北海牧羊所忍受的折磨和始终不改心志的表现。这以后的课堂成了一片海，波涛汹涌。她被卷入了汹涌的浪潮。这真是她所期望的。她要改变以往的课堂教学方式，让课堂真正成为学生自主学习的课堂。

学生最后自然具体感悟到了"气节"一词。

三

教材的编撰日趋紧张。我一度与曹伟珍断了联系。但我对她，时在念中。听说她离开了永丰小学，到中山小学，几年后担任了教导主任，后又出任副校长。

听到这些消息，我在为她高兴的同时，多少有些担心，担心她可能不能像以前那样有时间写作了。有过不少先例，一些很有才气、喜欢写作的学生，一踏上领导岗位，就丢弃了写作，即使写，也只能写些公文、教科研文之类了。

大概是在上海市的一期课改结束、二期课改上马之际，一次被邀参加泗泾教委组织的一个活动，意外见到了曹伟珍。

我高兴地发现，多年的岁月似乎很照顾她，没给她留下印痕，她依然如过去那般青春。我问她，还写不写文章？她当然明白我所谓的文章

是指文学创作，就如散文随笔之类。她只是笑了笑。

我明白了，不回答就是一种回答。

大会马上就要开始，我被安排有个讲话，于是匆匆告别。

再次与曹伟珍见面，是在她调到中山第二小学以后。

中山二小始建于二〇一五年十二月。学校面积为两万七千五百三十六点三平方米，有五幢大楼。

与中山小学、实验小学等学校相比，中山二小几乎是一张白纸。

作为一名校长，她决心在区教育局的领导、支持下，在区教育学院的指导、帮助下，在这张白纸上，画出最新最美的图画。

四

她热爱这方土地，热爱这里一切的美好。她欣赏春花的热闹，夏草的生机，秋叶的静美，冬木的坚强。她决心用智慧的经营整个校园，用爱润泽校园里的一切生命。

她的性格属于内向型一类。但为工作，她把来到这里的教师、职工，不管是已认识的还是新来的，都当作朋友，逐一敞开胸怀作心之交流。

经过一段时间的思考与实践，她形成了自己的办学理念：

和融行远，启慧养正。

这一理念，简称"融慧"。

教育需要和融，需要方方面面的和融，各种关系的和融，各式人等的和融，不和融，就不能凝聚成一个强有力的整体。

人的成长需要主动融入集体，以美好的胸怀、善良与宽容，共同营造融合的氛围。而素养的提升，需要广闻博学融会知识，需要活学活用融通转化。

教育需要爱，教育还需要智慧。爱是教育的生命，智慧保证教育的生命永葆青春。

为践行这一办学理念，曹伟珍着重抓了以下几个方面。

保证领导班子成员和谐相处，齐心协力。

如果朋友之美在于真诚，生活之美在于品位；那么班子之美，应该在于和谐，在于和融。

为此，作为校长，要善于协调各种关系，妥善解决诸多问题。

比如，在深入了解班子每一位成员后，如何扬其所长，是一个必须处理好的问题。曹伟珍不是钢琴演奏家，但她必须学会弹钢琴。

她认为，教育管理者必须有专业的话语权，有指导老师的能力。她细心、耐心地与班子成员一起规划个人专业成长道路，为他们的发展提供平台与空间。

二〇二一年到二〇二三年，八名班子成员成为学科名师，三名被评为中学高级教师。

正确的决策，让班子成员的积极性汇聚，让班子的领导力汇聚。

美好需要汇聚。汇聚的美好会使美好更为绚烂。

短短几年，中山二小向其他学校输送了三四名干部，他们在这里受到了很好的锻炼，从曹校长身上学到了许多为人处世的品格与智慧，获得了长足的进步。

优质的教师队伍是教育教学质量的前提。

中山二小第一学年的教师，来自十一所学校及五所高校（应届毕业生）；学生中，百分之六十至七十来自外省市。曹伟珍面临的一项重要工作，就是引导教师的融合，并引导教师融合来自不同地区学生的文化差异。

在此后的几年中，她严把教师的录用关。她确立了一条招聘原则，即根据学校的需要招聘具有专业特长与实际工作能力的人员。

为招聘到优秀的书法教师，她耐心等了两年，考察每个应聘者；一旦发现优秀的，当机立断录用，并想方设法留住她。

根据学科特点，她特意招聘了生物、化学及物理的应届本科生，组成自然教学团队。她们自身的知识储备形成了互补。她们根据自己的专长确立发展目标，并在工作中体现了专业价值。

为了让年轻教师快速成长起来，她以身示范，在老师成长的关键事件中给予助力。明亮的灯光下，他们为每一位老师的赛课出谋划策，逐字逐句地磨教学环节、磨教学语言。晚归的路途上，他们送肩负任务的、参与研磨的年轻老师回家。她说：我校老师外省市的多，远离父母在外打拼不易。如果是我的孩子，我希望她在一天的辛劳之后，带着暖意回家。

渐渐地，一批老师快速成长起来。怎样让老师再上一个台阶？她想方设法请来各个学科的专家，定时为老师们指导。持续地引领，及时地解惑，学校的各个学科都蓬勃发展起来。

她帮助老师们发挥自己的优势，规划自己的发展方向。她曾建议一位语文老师从自己专业方向发展，另一位语文老师从德育方向发展。后来，前一位获上海市中青年教师教学评比一等奖，后一位获上海市班主任基本功竞赛二等奖、松江区先进德育工作者。二〇二三年年初，两个人同时被评为中学高级教师。

我曾办过一个小作家培训班，一个骨干教师的研训班，各为期一学期。小作家来自十一所学校。重点是帮助提高写作能力。骨干教师来自十所学校，重点是解读教师普遍感到难解难教的课文。两个班，除了实验二小始终关注，就只有她多次特地询问她选送的小作家及教师在培训时的表现，体现出她对学校师生的关爱。

她学校的一名青年教师想争取市里的评比课参赛机会，但这必须在区的评比中获一等奖，结果拿了二等奖，老师感到很遗憾。我找了些亲历的实例说明评比的复杂情况，她马上说，还得从自己的课堂教学中找原因，不断磨砺。

由一斑窥全豹。这些细节，让我进一步了解了曹伟珍。

亲切关怀与严格要求，就是曹伟珍建设教师队伍的一项重要原则。

课堂教学是主阵地。

课堂是课程与教材实施的载体。一天中，学校安排了六至七节课的现状，也说明了课堂是学生接受教育教学的主阵地。

三年前，曹伟珍开始搞一项语文教学实验，每个年级各选一个班试行。主要内容是，把课堂还给学生，把学习的主动权还给学生，真正让学生能自主学习，教师主要是引领、指导。这是要从根本上改变目前的教学方式。这样做会带来一个结果，学生可以在学校里完成作业，可以减轻学业负担。实验班的教师需要更深地钻研课文，把握课文，在课堂上更需要运用智慧，久而久之，教师的专业水平也相应得到了提升。

唐·韩愈曾说：师者，传道受业解惑也。在新时代，老师依然要传道授业解惑。但道，还要靠学生自己悟；业，如果离开了学生的学、思考、接受，老师的所授，将大打折扣；至于惑，也要靠集思广益。著名小学语文教育家袁瑢有句名言：几十个小朋友的脑袋合起来，要远远超过老师一个脑袋，老师要善于将每个小朋友的脑袋充分调动起来。所以，如果学生提出的问题关系教学重点、教学目标，她总是通过学生的讨论来解决。老一辈教育家敢峰也打过比方，自行车主要是由骑者自己"学"会的，游泳也主要是靠游者"学"会的，两者都不是"教"会的。教者可以授之以法，在学习者的实践中，进行必要的指导。

几年的实践，涌现了一批优质教师。在他们的引导下，学生如雨后春笋，茁壮成长。最近读到几篇学生的习作。三（1）班学生刘怡茜的一篇习作，可谓全豹之一斑。习作如下——

校园里的三色堇

靠近校门口的花坛里，三色堇开了。

三色堇千姿百态：白的是玉，黄的赛金，红的似火，紫的如霞……这绚丽明亮的颜色，在青草绿树的掩映下，显得更加美丽。微风拂过，一朵朵、一簇簇艳丽的三色堇微微颤动着丝绒般的花瓣，好像在朝同学们微笑。

传说，三色堇是个纯洁美丽的小精灵，因为容貌出众，遭到他人嫉妒，被打得伤痕累累。尽管如此，三色堇依然坚强乐观，尽情绽放。她身上的伤痕也变成了五彩缤纷的颜色，使她看起来更为动人。面对不幸，三色堇不悲观，不退缩。多么坚强的三色堇，多么有韧性的三色堇！

记得那天学校运动会，我拼尽全力也没拿到奖牌。看着同学们在为冠军热烈欢呼，我心里沮丧极了。

我垂头丧气地默默退出操场，想逃回到教室去。当我经过花坛边，一阵淡淡的幽香扑鼻而来。啊，是三色堇！我忍不住停住脚步，蹲下身来欣赏她、抚摸她。她那么矮小，花朵几乎贴着地面。阳光下，她张开灿烂的笑脸，快活地翩翩起舞，乐观而坚定，仿佛在对我说：同学，坚强点！

谢谢你，三色堇，你教会了我坚强和乐观，让我相信，无论遇到什么困难与失败，我就是最耀眼的存在。

作为一个老作家，我为小作家们能写出这样的习作感到欣慰。

只是三年级的学生，就能与大自然中的花木进行对话，并从中受到教育；语言表达又如此流畅。

加强劳动教育，使教学与劳动相结合。

劳动教育一度被忽视。不能再忽视下去了。她立马与班子成员决定，辟出一块一千平方米的土地，分包给各个班级，让学生种植草药与花果蔬菜。

她多次来到这块地前，进行精心的设计与规划。一个名为"丝瓜络"的课程，已经制订出了方案。

一次，她久久站立地边，不由得浮想联翩，想象不久将要出现的情景——

同学们在菜园里，一双双好奇的眼光注视着下面的一切。左边是应季的蔬菜瓜果，右边种植着中草药。这是一星期前由小朋友在老师的指导下亲自种下的，每棵苗的周边还撒了些颗粒肥料，又浇了水。他们想不到这么快不仅存活了，而且长得翠绿欲滴。菜地的前方，还有个水池。这是两月前挖的，他们同样没想到，水也活了，水池中的一切，也实现了和谐相处，实现了生态平衡，前天夜里的一场雨，使池水满满的，波光粼粼，而头顶上的花，灿灿的，显得生机盎然。菜地北面是一排亭亭如盖的香樟，树上挂着若干鸟巢，不时有鸟儿驻足，欢快地歌唱。菜地西面是大大小小、造型有趣的"昆虫旅馆"，蜂蝶嗡嗡，流连嬉戏。

阳光下，菜园里的一切，都在茁

壮成长。她似乎能听到蔬菜拔节的声音。她仿佛看到，这边的同学卷起了袖子，小心翼翼地踮起脚尖，踩在松软的土壤上，轻轻拨开叶子，清除其中的杂草，那边的同学一手提着水桶，一手拿着水瓢，给除过草的菜地浇水。那动作，说明他们有多专注与认真；而洋溢在小脸上的神情，又说明他们有多快乐与自豪……

她笑了，由衷地笑了。

美好的想象，使她充满了信心。

课堂外一片海，引导学生在游泳中学会游泳。

热爱校园，首先是认识校园的一切，包括花卉和树木。曹伟珍设计了一项"融慧校园草木志"活动。

她让每个班级分别关联校园中的某一种草木，照顾它们，阅读它们，记下自己的感悟与成长故事。在长年累月的过程中，感悟草木有情、草木有品、草木有格，从而与草木共成长。

一本由学生自己取书名、自己题字、自己画插图的《植物妙语》汇集成书。墨香中，记录的是孩子们在跨学科实践中的成长足迹，流淌的是儿童友好学校建设的理念，也是"人在中央，让校园万物成为教育资源"的办学思想体现。

她还创办了一张校报，刊发学生的习作。我曾有小诗一首：

松江中山二小在曹伟珍校长带领下，创办《驰笔融慧报》，欣作七绝以贺，期望培养出陆机、完淳般人才。

中山二小欣驰笔，朵朵新花让我怡。

雨露阳光春日好，将来定作满园奇。

手头有两本小册子。一本是《二小萌娃识特产》，介绍了松江的多种物产，其中有丁娘子（飞花布）、松江鲈鱼、水红菱、叶榭软糕等。还有一本是《二小萌娃访建筑》，介绍了松江的古建筑与文化遗迹，如方塔园中的照壁、清真寺、唐经幢、醉白池及广富林遗迹等。这是低年级学生期末主题实践活动的两项内容。活动还包含着"晓松江人文""知松江非遗"两项内容，共同组成了"二小萌娃探古城"综合活动。等他们进入三年级后，学校设"云间印象"项目引导学生进行实地考察。

在照壁前，有学生问，那上面雕刻的是什么动物？同学们面面相觑，显然都不知道。老师于是说了，那兽松江人叫它猤。它已经拥有世间所有珍稀之宝，还想吞服太阳，结果坠海而死。"这个故事，"老师问大家，"想告诉人们什么？"同学们七嘴八舌，最后归结到一点，做人不能贪！

这些活动是学校课堂的延伸。社会是个大课堂。学校不能封闭，必须与社会连接。在这一系列活动中，学生们兴致高昂、兴趣浓厚，了解了松江的人文历史、地理风貌，初步知道了松江是从哪里来的，要到哪里去；不仅增长了知识，了解了社会，受到了教育，更孕育了家乡情怀，确立了长大后要把家乡建设得更美好的雄心壮志。有学生在作文中写道："作为一个松江人，我感到自豪。我要努力学习，考上大学，毕业后回家乡，为家乡的进一步美好奉献我的一生。"

她还设有一室，置有各种文化学习用品，让学生用平时的奖励积分换取自己需要的。那天我参观时，看见不少学生高兴地在选换。这里也成为学生进行职业体验的场所。

曹伟珍的这些理念，如重视领导班子的和谐、团结，加强师资队伍的建设等，校长们都懂，可贵的是她与部分校长都能倾其身心、千方百计，认真落实了。她和一些校长一样，满怀忠诚，把办好学校当作一项事业，以身相许。

曹伟珍为教育呕心沥血，日夜操劳，无私奉献，几十年如一日。党和人民看在眼里，为褒奖她，为鼓励她，先后给了她多项荣誉：

2005 年，获得区"大江园丁奖"的称号；

2009 年，获得区"中国人寿杯"园丁奖的称号；

2011 年，被评为 2009—2011 松江区"强师兴教"优秀教师；

2009 年，被评为中国中小学幼儿教师奖励基金会"构建教师幸福团队的研究"研究工作先进工作者；

同年，被评为 2008 年推动经典诵读百佳人物（《小学语文教师》编辑部评选）；

2009 年，被评为 2006—2010 中国教育学会小学语文教学研究会先进工作者；

为 2012—2017 第三期上海市"双名工程"名师后备人选；

2016 年，被上海市教育学会小学语文教学专业委员会评为学会优秀工作者；

2021 年，被评为松江区第十三届教育科研先进个人。

二十一世纪初，著名作家竹林在我的一部长篇小说的序言中说：教育是一种无私的付出，是最纯最美的大爱。它承载了人类良知的光波、文明的光波，于无声处让世界辉煌起来。竹林的这些话，是在读了我小说中塑造的一位教师形象后写下的。

但应该直面，当前的教育还存在着不少问题，需要进一步深化改革。

作为一名老教育工作者，作为一个老人，我以敬畏后生之心写下此文，向曹伟珍致敬，向类似于曹伟珍这样的校长、书记致敬。

卷 六

JUAN LIU

虹一样独立，玉一般温润。

虹一样独立，玉一般温润

——读《美人如玉剑如虹》剳记

蒙陈歆耕先生垂顾，获其所赠大著两部，一为《美人如玉剑如虹》（作家出版社 2018 年 1 月第 1 版），一为《剑魂箫韵——龚自珍传》（作家出版社 2016 年 1 月第 1 版）。

陈歆耕，曾任《解放军报》记者部副主任，《文学报》社长、主编，上海大学客座教授。作品被收入新中国成立以来军事文学大系，获《解放军文艺》优秀作品奖、全军文艺新作品奖、公安部金盾文学奖等。

日前，我读完了《美人如玉剑如虹》。边读边写下随想。兹选几则，算是剳记。

一

歆耕先生在自序中说："我读书是很喜欢读序言和后记的，而且是先读。"我非"英雄"，但"所见略同"。

在自序中他提及文学竞技场上的"垃圾"，说："如果以史为鉴，百分之九十九点九的写作都将归入文史的垃圾堆中，很难被持久阅读，更甭说成为经典的文字了。"以此为标尺，先生希望"尽可能地少制造有毒的垃圾"，如能这样，"那么吾辈就已经心满意足"。先生对自己的创作要求如此之高，让人钦敬。

我则由此想到一件往事。在一次座谈会上，一位作者给每个与会者赠送了一部新出版的长篇小说。大概十分钟后，坐在我旁边的竹林先生让我看看小说的开头一节。我即开始捧读，立即发觉短短的七八行文字，竟不知所云，再读一遍，发现语病有五六处之多，而且逻辑混乱。再翻版权页，发现还是一家品牌出版社出的。而今假书号多，我不知书号真假。因为作者正在谈"创作体会"，我与竹林只能相视而笑。回到家中，想再读，可再怎么耐心，实在无法读下去，于是不禁感慨系之。这类所谓作品，无疑是真正的垃圾了。

二

如果书中有一文题作了书名，那么读了序言与后记，接下来就读该文。《美人如玉剑如虹》一文，言及对何英"印象很深"又"印象很浅"。歆耕先生与何英只有"一面之交"，之后，也只是在餐桌上、电梯里"点点头或三言两语地说些不咸不淡的问候语"。如此之交往，只能算是浅表层面上的，先生说"印象很浅"是对的。但先生在读了她的文学评论集《深处的秘密》及随笔集《阁楼上的疯女人》后，感知到她的批评文字"总是充满质疑、批评的精神和力量"，这点在当今的文学批评界实属"难能可贵"，她实在是"让须眉赧颜的女性批评家"；而她又擅在理性思辨支撑下叙事，这种叙事，又"充满感觉之弹性、柔美、质感、张力……"认知到了这层，也就知道了"文本背后的那个人"（陈平原《读书的"风景"》），自然可以说"印象很深"，自然可以让人信服，至少在我是如此。

有人提倡意在消闲的阅读，或曰"悦读"。这自然是一种阅读。但"阅读"又不仅仅限于"悦读"。这就是先生读书给我的启示。读书可读人，所谓"读其书知其人矣"。

三

歆耕先生认可"哲学与文学紧密交融，甚至'联姻'""伟大的文学家也是伟大的哲学家"的立论，认为"现代小说的内在驱动力，靠的是对生活的感悟和思想穿透力"。先生的观点自然是对的。问题在，作家对生活的感悟和思想穿透力，在小说这一文学样式中如何表现？我的观念比较传统，以为还是要靠艺术形象。一位伟人说过："宋人多数不懂诗是要用形象思维的，一反唐人规律，所以味同嚼蜡。"诗是如此，小说亦然。陆机《文赋》云："精骛八极，心游万仞。其致也，情曈昽而弥鲜，物昭晰而互进。"强调的是艺术想象，唯其如此，才能渐次鲜明地形成艺术形象。某些作品尽管被炒得很热，深刻则深刻矣，但仍让人不能卒读。其根本原因，恐怕还是忽视了艺术形象的塑造。

四

为匡正文艺批评的时弊，歆耕先生及时、勇敢、积极地倡导真诚、善意、锐利的文学批评，认为"这个世界大概也不能全部由'聪明人'组成，也需要几个'傻子'和'疯子'。唯有这样，这个世界才完整"。他主编的《文学报·新批评》，刊发了不少用先生的话来说"挣脱了人情的商业的羁绊"后写出的锐评文字。

读先生对当今的一位"三品"以上的政府大员的文章的评论，发现不仅持有不同于其他评论文章的独到见解（在我看来深以为然）；而且敢于指出其"局限"："如果在正面强攻时，有点迂回；在'高言大句'时，抹些许'闲笔'；在阳光明媚后，洒几缕斜风细雨，那就犹如咀嚼橄榄，更有余味了。"（对此，我不完全赞同。是否"高言大句"，大半是由文章所写的对象决定的；他的另一名篇《晋祠》则完全是另一种风格）仅此一例，深感到先生在躬自践行自己倡导的"真诚、善意、锐利"的六字原则。

五

先生一文提及有大学教授透露，现在很多文科学生，习惯于把各种二手研究专著找来，看看别人是怎么说的，然后进行综合，批量炮制出论文。歆耕先生因之感叹说：他们嚼的大多是别人嚼过的馒头，他们倒卖的"二手货"，再往前一步，则成了近乎抄袭的"贴牌货"，而鲜有采众家之长而成一己之言者。这种情况其实岂止出现在大学生中？不过话又说回来，真要成一家之言者，又谈何容易！

但读先生的文章，发觉其中总有"我"。这"我"，或是一种感知，一种体验，一种情怀，或是一种识见。歆耕先生之文，让我颇受启发并尤为激赏的，是他总有真知灼见。一般旅者去同里游退思园，关注的是园景的特色，享受的是园景之美。先生则"别具一格"，着重关注园主任兰生。钱锺书先生曾云，你喜欢吃鸡蛋，那就享用鸡蛋的味道和营养就是了，不必非要看看鸡长什么样。锺书先生此语是托词，以此婉拒记者的采访。歆耕先生较真了，认为细细推敲这话，"是有问题的，吃鸡蛋的人不可能不关心下蛋的是什么样的鸡。是圈养鸡？还是散养鸡，抑或是山鸡？是乌骨鸡，还是狼山鸡？鸡的品种关乎鸡蛋的味道和营养价值"。以此为据，先生认为关注园主是十分必要的。游园时，顺便关注询问一下园主是可能的；但作为一种见解，以此为重点，做一番深入的考查，则不是如我等常人所能做到的。

六

通读全书，还有一点很深的印象。先生文笔犀利而冲和。犀利需要眼光与勇气，冲和又往往基于阅历与学养。两者都是智慧，而且是大智慧。在《人格'攻击'与人格批评》一文中，先生认为，"缺少足够事实依据的人格'攻击'不可有，但对无良文人、艺术家的人格批评也不能缺席"。先生对曾发生的一场笔墨之争，观点是明确的，但行文曲折、委婉，议论是辩证的。就龚自珍儿子龚橙是否为卖国贼事，先生一方面毫不留情地评议当代某著名作家，另一方面又款款陈事，有理有据。这两例或可见犀利而冲和之一斑。

（此文刊发于 2020 年 8 月 29 日《解放日报·书评》）

北宋晚期政坛人物群雕

——陈歆耕新著《蔡京沉浮》阅读随想

继《何谈风雅》后，歆耕先生的又一部著作《蔡京沉浮》（下简称《沉浮》）出版了。由于年届昏耄，视力不济，这几年来很少看大部头作品。但该书我是必须要认真阅读的。于是正襟危坐，不停地移动着放大镜，逐字逐句地读，终于读完了全书的三十多万字，并断断续续写了些随想。

一、还原一个历史人物的真相

《宋史》将蔡京列入"奸臣"类，"天下罪京为六贼之首"。蔡京一直被钉在历史的耻辱柱上。但世上任何事，任何人，都是矛盾的组合体。歆耕在对大量的史料进行爬梳剔抉、深入剖析后认为，"蔡京的人生，由黑、红、白三色构成""蔡京的复杂性在于他既'奸'又'雄'"；"他能将'奸'体现到极致，超越普通之'奸'；也能将'雄'挥洒到极致，超越寻常之'雄'。"不仅如此。"他的'奸'或许只是加速一个王朝的覆灭。在岁月的长河中，其为害之烈很短暂；他的'雄'也许泽被后人，绵延不绝，至今我们还在享用他的智慧和创造。"（《沉浮》自序）在完稿时，作者又写道："写完蔡京，我倒是觉得蔡京的某些贡献，或许真的大过与徽宗联手埋葬北宋的罪恶。"

这里所谓的"功"与"过"，或许主要是该书腰封上的几行字：

> 王安石变法的助推者；
> "元祐党人碑"的书写者；
> "靖康之难"的制造者；

《千里江山图》的传世者；

一代书风的开拓者；

……

作者在这里，不仅写了蔡京人性的主要矛盾，而且写了这主要矛盾的主要方面，从而还原了蔡京的真实面貌。

列宁在《青年团的任务》中提到马克思。列宁说，凡是人类思想所建树的一切，马克思"都重新探讨过、批判过"。马克思这一做法启示我们，对浩繁的史料是如此，对已形成共识的历史人物或许尤当如此。

但要做到这点，绝非易事。在我看来，至少两种人是难以做到的。一是即便有深厚学养但没有独立思想的人，难以做到。歆耕的可贵之处，就在于不为"共识"所桎梏，独立思考，科学剖析。二是"华威先生"类的人物也是做不到的。这类人活动频繁，没有时间与精力搜集并探讨、批判地研读浩繁的史料。歆耕在当今这个快节奏的社会里，不急功近利，有着一种"板凳要坐十年冷"的精神和定力。

作者曾经写道，由于众多史料真伪难辨，在爬梳有关史实时，常常犹如在高速公路上行车遭遇特大浓雾，只能艰难地蜗行。可见其难度之大。《蔡京沉浮》初稿是用水笔一个字一个字写下来的，请注意，这是一部厚达四百多页的书稿，而这只是一个"斑"，但由此我们可见其全"豹"。所有这些，没有独立的思想，没有科学的研判，不坐冷板凳，没有相当的定力，能行吗！

二、有些"奸"事其实是"官场人格"的表现

史书中所记的蔡京的有些"奸"事，似可再斟酌。

元祐元年（1086），司马光秉政，恢复差役法，并且要求于五日内实施，大臣们认为时间有点紧迫，可"京独如约，悉改畿县雇役，无一违者"（《宋史》）。蔡京时知开封府。用作者的话来说，下手"狠"，是蔡京的行事风格之一。干任何事，要么不干，干就干到"极致"，绝不"温吞水"。为此，司马光为争取政治盟友，还高兴地说："假如人人如君，有什么不

可行之？"而至绍圣元年（1094），主张废除新法的高太皇太后驾崩，哲宗亲政，又起用蔡京推行新政，复行雇役法。时不到十年，蔡京"成于反掌"。这种变脸行为，就成蔡京之"奸"一例，《宋史》载："识者有以见其奸。"这里且不谈两法之优劣，就蔡京的所谓变脸而言，如果放在当时的政治环境，甚至放在整个中国封建社会官场中来看，虽欠许多士子一生所追求持有的人格操守，有政治投机之嫌，但不是绝无仅有。这就是作者所说的"官场人格"。这几年我的阅读量显著减少，在极有限的阅读中，未看到过"官场人格"这个词组，觉得是一个新的词组，至少对我是如此。什么是"官场人格"？作者认为，在合格线以上的"官场人格"，起码应该根据层级不同，具备一定的行政能力和管理能力；作者强调，如果认为解剖这种人格意在否定这种人格，则是错误的。"在官场长袖善舞，正是'官场人格'的标识之一。"由此来看，将蔡京对役法的这一变脸，谓之为"奸"，似重了些。如戏曲中海瑞抬着棺材上朝"死谏"的事，在漫长的封建社会的官场上，毕竟为数极少。用作者的话来说，类似范仲淹、范纯仁这样的不唯上、持正、尊道的能臣和良臣，在中国历史上也是屈指可数的。

三、依据史实评判蔡京的从政风格

读《沉浮》，加深了我的、也是众所具有的理念，这就是，任何事物，都是在发展变化的。人也是如此。"性本善"也好，"性本恶"也罢，生下来后，不可能一成不变。看一个人，如果能总观其人生之路的全程，而不是只局限于其中的一段，或许对其的评论会更公正、更客观。《沉浮》对蔡京的评判的说服力，正是来自作者对蔡京宦海浮沉的全过程、全方位的考察与研判。

《沉浮》提到一则旧闻：蔡京曾因吴伯举"援旧例"而怒，立即降其职，让其知扬州。不久，有人前来说情，称伯举有才，且原为相公所好，不当久弃其外，言外之意，让他回京作朝官廷臣。蔡京曰："既作好官，又要作好人，两者岂可得兼耶！"（《曲洧旧闻》，见丁传靖辑《宋人辑事汇编》，中华书局1981年9月第1版）歆耕认为这就是蔡京的从政理念、为官之道；

是蔡京关于"做官"与"做人"的经典之论；是耶，非耶，可以探讨。在我看来，吴伯举"援旧例"，坚持不提拔这几个人，应该说在理。但蔡京认为，你这是"援旧例"以博取清誉，充当好人，但你要做"好官"，就得听我的，不应该做这样的好人。蔡京的骨子里是，"顺我者昌，逆我者亡"。这说明，蔡京上台后，变了（或者说，权力欲进一步膨胀了，彻底暴露了），用权全凭个人意志，肆无忌惮，把违背自己任命官员意旨的吴伯举"一巴掌打回原形"，手段霹雳，毫不含糊，这就是蔡京的从政风格，如作者所言，要么不做，要做就做到极致。

胡适之曾言，杂记与小说皆无意于伪造历史，故其言最有史料价值，远胜于官书（见陈东原《中国妇女生活史》所引）。这"杂记与小说"，而今统称为古代笔记小说。而无论对待古代笔记小说，还是对待"官书"，都得进行科学分析，如马克思，重新探讨与批判。但胡适之此言肯定了古代笔记小说的价值，则是毋庸置疑的。

四、《沉浮》的显著特色

作为一部非虚构作品，一部历史人物的传记，在我看来，《沉浮》在表述上有这样几个特点——

首先，作者以蔡京仕宦沉浮为线索，以北宋晚期政坛生态为背景，描述众多人物，堪称北宋晚期政坛人物群雕。他们中有宋神宗、宋哲宗、宋徽宗，有高太皇太后、刘婕妤（先为哲宗专宠，后为皇后）、向太后，有王安石、司马光，有范仲淹、范纯仁父子，蔡确（支持王安石变法时间最长的领军人物）与蔡京、蔡卞兄弟，苏轼、苏辙兄弟，有章惇（先为枢密院大臣，后任宰相）、吕公著（尚书左丞加门下侍郎）、王珪（宰相）、吴处厚（"车盖亭诗案"始作俑者）、曾布（曾巩弟，王安石变法的重要支持者）、常安民（监察御史）、陈次升（监察御史）、陈了翁（太学博士，《资治通鉴》守护者）、赵挺之（李清照夫赵明诚之父）、张商英（两次登相位）、韩忠彦（宰相）等。还涉及米芾、李清照、蔡襄等。个个有形象，有性格。作者通过各种史料，运用各种手法，重彩浓墨，着力在争斗中具象地而不是抽象地表现他们的理念与能力，为人与才学，智慧与权术。这种争斗，主要为党派争斗。今天我们在台上，就得把你们搞下去；明天被搞下去的上台了，对当年台上的你们斗得更狠；后天，被斗的一方又上台了，更是重拳出击。如此循环往复，一次比一次狠，手段一次比一次有过之而无不及。作者如一位高明的摄影家，登高望远，全方位地摄下了这一场场无硝烟但极为残酷的政坛斗争，以及争斗中的各色人等。

其次，与作者以前的著述一样，"我"，即作者自己，不时地出现在行文中。《沉浮》用的是第一人称的手法。这与一般的人物传记有别。比如，在向太后垂帘听政的第一个月，就批复三省，与枢密院议，推荐以往有执政经历的各个不同层级的大臣入朝。以往的经历已经证明，这是一批犀兕般凶猛的官员。写到这里时，作者"跳"了出来，说："并非他们天生具有犀兕的凶猛特性，而是长期在新、旧党交替倾轧漫泡中，滋养成了攻击型的人格。笔者觉得常常很难用正直或邪恶、君子或小人、能臣或庸官来界定他们。但有一点是共同的，他们是在腹中蓄满了仇报的汁液，又被重新起用的。"这样的议论，起到了人物性格的复杂、丰富性的客观、真实表述的作用，加深了对历史人物的深层了解。又如，当曾布等大臣力主贬逐蔡京而太后不准时，作者又有一段议论。"向太后也不愿意将蔡京移放京外。笔者的理解是，向太后虽然主张调和新、旧党，为此引入元祐旧臣，形成'建中靖国'的新格局，但也不希望朝堂之上，又都成了清一色的元祐人士，让政坛再来一次翻烧饼式的大震荡。"这一次不是"很难"，而是"理解"、直白，但作用不变，加深了读者对人物（这回是向太后）的理解。类似这样的情况，在《沉浮》中可谓屡处可见。

再次，作者写的是一部历史人物的传记，而用的是散文的笔法。这一笔法表现在——

一是收放自如。

作者重点写的自然是蔡京，但又不孤立地写蔡京，而是把蔡京放在与众多人物的关系中来写。这众多人物，或与之敌对，或成为陪衬。这就让作者的笔触，不时地伸展开去。如写宋徽宗让在开封府任职的蔡京入朝为官时，作者写到了韩忠彦遣子到郊外恭迎，曾布则遣子到更远的二十里外恭迎，由此写到徽宗对曾布的看法，再写到曾布被《宋史》列入"奸臣"及"后人多有为之鸣不平者"事，又写到徽宗早就对蔡京有好感，引出蔡京在开封府时为两位门人在扇上题字，门人因卖扇而富贵，原来买者正是当今皇上，证皇上对蔡京有好感的由来。如此曲径通幽，收到了引人入胜的效果。

二是画面式的描写。

画面描写，即在同一地点、在一段连续的时间里，场景的变化、人物的活动、事情的发生发展的描写。这是作家创作时常用的方法。《沉浮》中写到官奴苏琼姑娘。作者是这样写的：

> 某次蔡京途经苏州，太守宴请。为宴席助兴的是一位名苏琼的"官奴"，擅长作词。蔡京闻其善词，命即席为之。苏琼姑娘果然厉害，嫣然一笑，稍加思索，便轻启红唇脱口唱道："韩愈文章盖世，谢安情性风流。良辰美景在西楼，敢劝一卮芳酒。记得南宫高选，弟兄争占鳌头。金炉玉殿烟浮，名占甲科第九。"苏小姐不仅年轻貌美，且词才横溢，巧妙地将蔡京奏名第九的骄人考绩嵌入词中。

人美，才美，词美。这样的画面，让读者获得了美的享受。

三是语言生动。

歆耕不仅是一位学者，对历史，尤其是宋史，有深入的研究。他治学严谨，史识基于史实。他还是一位作家，尤擅报告文学、散文随笔创作，随性写来，情真感人。曾读过他的不少作品，无论是文学作品，还是史学论文，他的语言总有一种魅力。

《沉浮》同样如此。他善将古代笔记小说中所记的遗闻逸事翻译、敷演为优美的白话，但保留了原文中的某些词句，所以他的语言多文白相间，富有文采，生动可读。而在"白"中，有时会

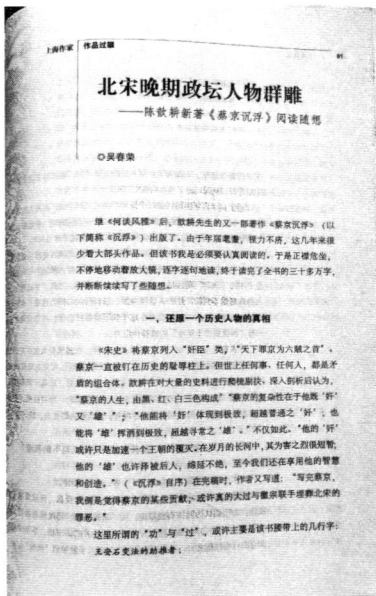

间插一些形象的比喻，坊间的俚语，如："用肚皮开道""看人的目光赛过今日之核磁共振了""一直想把蔡京的头摁到河浜水下去""赵佶不想与这个糟老头子'玩'了""童贯也绝对不敢轻瞧了此类'潜力股'"，等等不赘。他的语言的另一个特点是，优美、流畅的行文中，常有哲理蕴含其中。下面再引一段文字，愿与大家共享：

　　　　那些写于困厄、磨难乃至绝望的精美绝伦的诗文，犹如冰雪中绽放的花朵。读宋词，常常让我联想到川藏边境铺满山坡的雪莲花。迎风颤悠的柔嫩花瓣上托着雪粒。当然，也常让我联想到铁匠铺里，经过烈火冶炼的铁段，在重锤敲击下喷溅的火星。
　　　　'失之东隅，收之桑榆。'此之谓也。

向《向经典致敬》致敬

　　在央视节目中，我对几个台的有些节目特别偏爱，如四台的《海峡两岸》，十一台的京剧与其他地方经典剧，尤其喜欢四台的《向经典致敬》，除了一期，因被致敬人物的一个我目睹的细节，深深影响了其在我心中原有的形象，所以未看；其余的每期节目，都看，而最近播放的关于词作家克明的节目，更让我感动得多次老泪纵横。

这档节目，重点推介了克明的几首歌词：《呼伦贝尔大草原》《往日时光》《回家吧》《草原在哪里》等。嘉宾有作曲家乌兰托嘎，评论家李女士等，还有三名歌手。

与其他的《致敬》一样，被致敬者的叙说、嘉宾的评论、艺术家的演唱、被主持人有机组合在了一起，成了一份精神大餐，给人以一种愉悦而感人的艺术享受。

盛楠引用观众的评论说，克明的歌词让人闻到草原的气息，看到湖泊的清澈；他的歌词简洁而洗练，但能让人感受到那种博大而浓浓的情谊。这开场白抓住了作者歌词的特点，说得平白而形象，朴实而得体。

在精心组织后，在串联各位讲述时，自然地插入一些既简要又让人感到亲切的评论，这或许是她的主持风格，也是我这个老人喜欢看她主持的这档节目的原因之一。

《呼伦贝尔大草原》勾勒出了风和日丽、绿草如茵的草原风光，抒发了草原人民对家乡的热爱与赞美。李女士说，这首歌有一种超越性，无论是谁唱的，在何时何处唱，都有一种文化自信。她有两句诗形容："天地呼吸云走马，山河滋润壮草原。"可谓恰如其分。

《往日时光》，不仅歌词优美，旋律舒缓，还让我感悟到了一种哲理。克明说，生命中最美丽的珍藏，还是那些往日时光。"如今变了模样，但生命依然充满渴望。"人们可以有各种收藏，收藏书画，收藏孤本，收藏古玩等，但真情与青春，当是最珍贵的收藏。

在介绍《回家吧》时，作者哽咽了。我也被再一次感动。作者把对母亲的情，世界上最博大无私的母爱，熔铸在了歌词里。李女士又谈及"超越"。她认为这首歌超越了从草原走出来的人。海外华人，托回归祖国者一定要找到作者，给作者一个亲吻。这绝不可能只是个例。它打动了每个听、唱者。

《草原在哪里》，草原在你的目光里，在远离者的梦里。作者说，在我的眼里，草原是母亲。草原上的牧草，是母亲的皮肤，是不可以开垦的；草原上的河流，是母亲的脉搏，是不可以切断的；草原上的湖泊，是母亲的眼睛，没有人有资格让其变瞎；草原上的森林，是母亲的长发，没有人有权利让其成为秃子。所以要善待草原。作者就是带着这种对草原深沉的爱写下这首歌词的。

李女士说，把克明老师的这几首歌串联起来，《呼伦贝尔大草原》是一个空间的概念，《往日时光》是一个时间概念，《回家吧》突破了空间与时间，《草原在哪里》是一种灵魂的升华，他作为草原真诚的儿子，唱出了草原人的心声。

克明的歌词，可谓字字珠玑。看起来，文质兼美；读起来，朗朗上口；唱起来，优美动听。

盛楠主持从克明温暖的眼神中，读出了他作为草原儿子对母亲的那种誓死要与其在一起的生命般的挚爱与守护。

克明说，我有两条命：一条是生理上的命，一条是艺术上的命。我离世后，我的歌就是我生命的另一种样态。我在天堂听到有人唱我的歌时，我将感觉我似乎获得了永恒。

无论是盛楠，还是克明，说得真好！

冬夜读诗

睡眠一直很差。常常彻夜难眠。尤其是冬夜。冬夜漫长。

几十年前，从睡前读枯燥乏味的理论文章催眠，到服安眠药；药从最轻微的，到安定；从一粒到两粒。医生最近提醒我，安定不能超过两粒。可服两粒安定，依然有几次，几乎是数着秒针的脚步直熬到曙色抹上窗帘。

久而久之，对晚上有些许恐惧。

这几年，视力每况愈下。尤其是年少时受过伤的左眼，几近于瞎。另一只，也只有零点三。

而且总是流泪，还流个没完没了；这流泪当然不是因为感动。滴过不少瓶"玻璃酸钠滴眼液"，不见效果。

这流泪，直折腾着我，让我不安。

我一直问自己，怎么办？

有学生说，你就躺在床上闭目养神。能"养"得了"神"吗？我试过，十多个小时，慢慢地，桩桩往事，本来如烟般过去了，但回忆的钥匙一旦有机会、有可能开启记忆的仓库，那些曾经是美好的，还是痛苦的，会接踵而至。美好的，因不再而感伤；痛苦的，因重现而再一次体验。这简直是伤神。不信，你不妨试试。

还有学生劝我，去动个眼科手术吧，至少可以解决流泪的问题。倒是也想过，但听说要换掉眼珠（晶体），我犹豫了。两个学生已换过，成功了，那名高度近视的换了后，发现年轻了。但我仍不敢。这一大半生中，曾五次住院，开刀开怕了。

还有位信佛的学生让我念佛。也试过几回，可念一夜佛，我还做不到，不是不虔诚，实在是不能为，如"挟泰山而过北海"，我的修炼还没到达这般境界，还没这觉悟。

看来，还是得继续读与写。

于是，桌上放一块湿巾，再用一放大镜。边流泪，边轻轻贴擦，边移动着放大镜读。着重读隽永短文与古诗词。一棵红梅，在"七十三，八十四，阎王不喊自己去"的八十四那年（这一年又是我的本命年），早已代我去了天国，因此，所读之古诗词，多咏梅的。

读时，有所感受时，觉得不写点下来，过些时候可能忘记，岂不可惜？加上手又痒了。于是写下了一些，慢慢地积了不少。

兹先整理几则。

咏　梅
柳如是[1]

色也凄凉影也孤，墨痕浅晕一枝枯[2]。
千秋知己何人在？还赚师雄入梦无[3]？

1. 柳如是（1618—1664），本姓杨，浙江嘉兴人（一说吴江人）。幼时入归家院，为徐佛弟子。后购"雪篷浮居"，浮家泛宅。崇祯五年（1632），往松江为陈继儒贺寿，之后留住松江，凡三年，与陈子龙、宋徵舆、李待问等才子交往。崇祯十三年（1640），遇钱谦益，为钱侧室。能诗文，工书画。著有《湖上草》《河东君集》等。

2. 此句连上句是说，一枝梅花，枝干枯瘦，色凄影孤。晕，这里指画中之梅四周模糊的部分。

3. 此句连上句是说，千秋知己是谁？在哪里？这位可作为自己的师长、又为自己敬爱的人，能否进入我的梦境？千秋，意为时间之长，为伴侣通常指百年。赚，获利，这里意为能获取师雄入梦的机遇。师雄，既为师长，又是英雄。

这是在看了一幅梅之画作（也可能是自己画的）而写下的诗。诗人借咏梅，抒情寄意，期望能得到既为师长又是英雄的人作为知己，以成百年好合。言白意深。

临江仙[1]·题红梅
吴承恩[2]

春气着花如醉酒，寒枝吹出秾芳[3]。罗浮仙子素霓裳。丹砂先换骨，朱粉旋凝妆[4]。　　颜色虽殊风格在，一痕水月黄昏[5]。百花头上占排场。问他桃与李，谁敢雪中香[6]？

1. 临江仙：词牌名。分上下两阕。后阕可以换韵。有多格。其中一格，上下阕倒数第二句为四字。

2. 吴承恩（约1500—约1582）：字汝忠，号射阳山人，江苏淮安人。以长篇神话小说《西游记》闻名于世。

3. 此句连上句意为，春气使花如喝醉了酒，在寒冷的树枝上散发出浓郁的芬芳。着（zhuó），附。画家设色叫"着色"。秾（nóng）芳，很浓的香气。两句中，一个"吹"，让人想到北风；"寒枝吹出"，实为寒枝上绽放的红梅散发出芬芳，用"吹"，表示梅香传播之远，衬出梅香之"秾"。

4. 此句连上两句意为，罗浮仙子穿着白色的衣裳，让丹砂先换了骨，随后用红粉改为盛妆。罗浮仙子，指传说中的梅花仙女。明·高启《梅花》诗中称为"罗浮客"。霓裳，以霓为裳，后泛指衣服。丹砂，一种红色矿物，可作颜料、药剂。方士炼丹用的主要材料。换骨，道教说人经过修炼，可以将俗骨换为仙骨。旋，不久。凝妆，盛妆。

5. 此句连上句意为，颜色虽然不同，但风骨依旧，黄昏时映在水面上，那倩影真是美极了。殊，不同。水月黄昏，用宋·林逋"疏影横斜水清浅，暗香浮动月黄昏"诗句的意境。

6. 此句连上两句意为，百花中，红梅在百花之前绽放，报春天的来临，试问桃花与李花，谁敢与这雪中的红梅相争？占尽了排场，占尽了风光。

词上阕着重写红梅之色与香，下阕着重写红梅之风骨。

农 耕 好

乾隆帝有《农耕好》诗曰：

> 催耕布谷鸣林曲，辰吉[1]相将事力田。
> 井井鳞塍[2]来馌女[3]，子牵童抱[4]绕身边。

1. 辰吉：吉辰，美好的时光。这里可理解为大好时节。辰，为十二时辰之一，指午前七时到九时。
2. 鳞塍：密集的田垄。清·冯桂芬《怿园记》："墙外鳞塍雉堞，一目数里。"
3. 馌女：往田野送饭的妇女。意同"馌妇"。馌，往田野送饭。
4. 子牵童抱：牵子抱童。

诗大意为，从树林里传来"布谷，布谷"的布谷鸟的鸣叫声，催促人们抓紧耕播；在这春回大地的大好时节，农夫们相伴共同在田里从事劳作。从众多的井然有序的田间小路上，走来了送饭的妇女，她们有的牵着孩子，有的抱着婴童，陪绕在农夫身边。

诗描绘出一幅在春日里充满亲情的江南地区的农耕图，富有生活气息；因为作者是皇上，诗中隐含着由太平盛世、国泰民安而引发的欣喜、自豪之情。

相传乾隆曾七次下江南，又常微服私访，查检官吏，体察民情，所以能写出这样的诗。

有意思的是：诗第一句末字"曲"，与第二句首字"辰"，合起来就是"农"（农的繁体字即"農"）；第二句末字"田"，与第三句首字"井"，合起来就是"畊"，这"畊"字为"耕"的异体字；第三句末字"女"，与第四句首字"子"，合起来就是"好"，而"农耕好"就是诗题。

听　雨

宋诗人蒋捷"流光容易把人抛。红了樱桃，绿了芭蕉"（《一剪梅·舟过吴江》）的词句，历来脍炙人口。他另有《虞美人·听雨》词，也很有特色，备受读者喜爱。

　　少年听雨歌楼上，红烛昏罗帐。壮年听雨客舟中，江阔云低、断雁叫西风。　　而今听雨僧庐下，鬓已星星也。悲欢离合总无情，一任阶前、点滴到天明。

全词大意为——

少年时听雨，是在歌楼里，红烛朦胧，罗帐温暖。壮年时听雨，是在客舟上，放眼望去，江面开阔，云层低垂，离群的孤雁在西风中哀鸣。如今在僧房屋檐下听雨时，两鬓已被霜染。时间无情，悲欢离合的经历，让我心如死水，任凭雨点在阶前下到黎明。

上下两阕，写了三个画面。第一个画面，写了他青年时期无所忧虑、欢怡缠绵的情景。这是以愉悦的心情听雨。第二个画面，反映了他的漂泊生活。此时，南宋已亡，他虽曾被人荐举，但绝不入仕新朝。这是以凄凉的心情听雨。第三个画面，占了词的整个下阕，当是全词的重点。画面中的他，孤独苦寂，神情木然。他隐居在太湖中的竹山，心已如井水般平静。这是以顺其自然的心情听雨。

全词被誉为以跨越时空的艺术手法表现人生历程的名篇。

此词以"听雨"为题，少年听雨，是在歌楼上；壮年听雨，是在客舟中；而今（填此词时）听雨，是在僧庐下。分别用了"上""中""下"三字。他原是南宋度宗咸淳十年(1274)进士，被举不从，最后遁迹，从政治生涯看，是由上至中而下。但从气节操守看，我们不妨倒过来，表现了词家全节以终的思想感情。

是"不及，比不上"
——对部新编语文教材一个注释的质疑

新部编语文教材小学四年级上册中，收《雪梅》诗一首：

梅雪争春未肯降，骚人阁笔费评章。
梅须逊雪三分白，雪却输梅一段香。

诗第三句中之"逊"，课本有个注释：不及，比不上。
这个注释有待商榷。

"逊"的义项中，确有"不及，比不上"。如按此解，整句意为：梅之白，不及（或比不上）雪白的三分。

读全诗，我以为重点应该是通过雪、梅的比较，突出梅的品格，梅的风骨。如梅之白，连雪的三分白都不及（或比不上），显然不符合诗的主旨。

查《汉语大词典》（汉语大词典出版社1994年第1版），"逊"有"辞让"义项。《书·尧典》："昔在帝尧，聪明文思，光宅天下，将逊于位，让于虞舜。"又查《故训汇纂》（商务印书馆2007年9月第1版），"逊"也有"让"的义项。《后汉书·献帝纪》："皇帝逊位。"

如果"梅须逊雪三分白"中的"逊"，作"辞让、让"解，此诗句意可解为：在洁白方面，梅让了雪三分。这或许更能体现诗的主旨；在表达上，也增添了些趣味或可读性。

另，此诗首句说"梅雪争春未肯降"，其实，梅当开在春之前。毛泽东《卜算子·咏梅》诗中有"俏也不争春，只把春来报"诗句可证之。

乞丐之诗

翻阅史料，发现乞丐所作之诗，颇有意思。

明清易代鼎革之际，"王师自克维扬南下，势如破竹，军声所至，无不望风纳款"（叶梦珠《阅世编》）。清兵至南京，南明政权举朝迎附。此后，列城官吏大多望风而逃。一乞丐为之大为悲叹，作诗曰：

> 三百年来养士朝，如何文武尽皆逃。
> 纲常留在卑田院，乞丐羞存命一条。

诗中，"卑田院"为"悲田院"语之讹，原为寺庙救济贫民的场所，后泛称收容乞丐的地方。

此诗见《明季南略》。

乞丐还真有各种各样的。

我二十世纪编撰上海市中学语文教材时，几乎每天奔波于松沪之间。当时尚未有高速公路，更无地铁，只能挤公交车。在松江汽车站（时还在人民路上），每见一乞丐，为残疾人，双膝以下之腿，均已切除，盘坐于一有轮的木板上，贴着地面，靠双手行动而乞讨。出于怜悯，我常给他一些小钱。久之，得以相识，见面就打起招呼来。

教材编撰组同事一次来松江小住。在一饭店门口，我竟与那乞丐邂逅。但见他直立行走，西装革履，还手持一拐杖，俨然一绅士。惊奇之余，我指指他的腿，他笑着说，假肢，装的。我说，花了不少钱吧！他说，我不能老像你在车站看到的那样，我得像个人，像现在这样。我点头称是，便与之告别。席间谈及，振维老师说，春荣你真是书生一个，而今一些乞丐，收入比我们还高呢！

史料中这个写诗的乞丐，显然有点文化，否则写不出这样的诗，发不出如此悲叹。历史上，其实不乏有文化的乞讨者。明季华亭才子李雯，《府志》称其与陈子龙、夏允彝齐名。其父李逢申死于闯（李自成）难后，竟也"行乞于市"，后入仕新朝，官中书舍人。

近读喻血轮《绮情楼杂记》（九州出版社2017年9月第1版），见其中《诗丐》一文，其中提到，北京一丐徜徉街市，或歌或哭，一日登陶然亭，援笔题诗于壁，诗云："为感浮生亦太劳，可怜无地处英豪。伤心未是中原事，犹向狂流着一篙。""此衷苦况向谁说，欲说还歌泪几行。为问诸公心丧否，狂人犹是笑狂人。"喻文又提及一丐毙于道路，遗绝命诗一律云："身世浑如水上鸥，又携竹杖过南州。饭囊傍晚盛残月，歌板临风唱晓秋。两脚踏翻尘世界，一肩挑尽古今愁。而今不食嗟来食，黄犬何须吠不休。"喻氏说"此诗不惟隽雅，且有禅机，是亦伤心别有怀抱也"。

在《〈南村诗集〉笺注》发布会上的发言

尊敬的君如、赵部长、秋萍院长、雪峰书记，
尊敬的各位领导，佩丽主持，

大家下午好！

在两年多前的《松江人物》首发式上，我说过一句话：编撰《松江人物》，犹如攀登一座高山，十分艰辛，但一路上风光无限，而关于笺注《南村诗集》，要说的，都写在了"后记"中，趁这个机会，补充一点：笺注《南村诗集》的过程，于我来说，也是疗养身心的过程。

元明之际的陶宗仪，是一位著名的学者与诗人。他淡泊名利，厌恶趋竞，但遵道守常，坚持着儒家入世的积极态度。与他交往的许多人，终其一生，都是大家。其中有松江本土的，如孙道明、义门夏氏等，也有寓居松江的，如杨维桢、倪瓒等。宗仪与他们，共同为泗泾构建了一道无比亮丽的风景。

在笺注的一年多时间里，我阅读宗仪与他的文友的著作，聆听他们的教诲，触摸他们的灵魂，感受他们的情怀与人格魅力。有时还与他们一起游览，我看到，九峰凝翠，烟雾缭绕，莺飞草长，杂花生树，河水映碧，常常是，夕阳在山、渔舟唱晚的时分，他们还在品茗，还在观赏。这种人文之美、风物之胜，让我心胸如洗，枯肠得润。

台湾教授、作家张晓风说过，人在情有所专、心有所系的时候，小小的心胸中，哪里还有空间去点收人间的褒贬？曾经的攘争，种种的烦恼，丝丝缕缕的恩怨，还有那些长短、是非等等，都烟消云散，也无暇他顾。

所以在此，我要感谢泗泾镇党委、政府，感谢雪峰书记，给了我这个机会，不仅让我为泗泾奉献了一份心意，而且让我的身体得以渐渐趋于康复。

谢谢大家。

（君如即李君如，中共中央党校原副校长，第十一届全国政协常委；赵部长，即上海市松江区委常委，宣传部部长；秋萍即钱秋萍，松江区人大常委会副主任，松江区教育学院正高级院长；雪峰即沈雪峰，时为泗泾镇党委书记，现为上海市崇明区纪委书记；佩丽即沈佩丽，时为泗泾镇党委副书记）

二〇一九年七月二十五日

脆弱的是最美的

购得一本《书籍秘史》，西班牙伊莲内·巴列霍著，李静译，湖南文艺出版社出版。该书曾荣获二〇二〇西班牙国家散文奖。

在该书的四百九十八页上，引了西班牙诗人、翻译家、编辑胡安·F·里韦罗的一段话：

> 在温柔而深邃的未来，
> 你们重新学习读书、写字。
> 请永远记住：
> 无尽的世界里，
> 脆弱的是最美的。

这"脆弱的"是什么？公元前三千年，埃及人发现一种生长于尼罗河畔的莎草可以做纸。而当文字终于在经过制作与打磨的莎草上找到安身之处时，书就诞生了。如此，这"脆弱的"是不是指书？

西班牙这位作者的这一说法，可以存疑。造纸术是中国汉代蔡伦发明的，是中国的四大发明之一，这已是国际共识。

纸既可以指书，说它是脆弱的，除了纸本身是不是还因为它受到了当今互联网与电子书的强势冲击？

当今社会上很多人都在议论，纸质书籍将被互联网及电子书所取代。

该书作者在"序章"中也说道："最危言耸听的言论是，我们正面临着一个时代的结束，书店和图书馆将迎来真正的末日——书店纷纷关门，图书馆无人问津。"

二〇一一年八月，我在我的十卷本《文稿》的"全文稿后记"中曾说过："有人说，随着社会的发展，多媒体、互联网和数字化，正在逐渐改变人们的阅读习惯，出版社及传统意义上的书籍（即所谓的纸质出版物）将会消亡。"我说"我不相信"。

十多年过去，书店营销确实不景气。有不少民营书店甚至因无力忍受亏损而不得不关闭。少量民营书店靠政府救助还撑着。为什么会这样，需要做具体的分析。在我看来，网上购书是一个重要原因。网上的书价格便宜，而且可以足不出户，购买方便。还有一个原因是，靠粗制滥造的教辅读物维持生命的书店，随着教育改革的逐步深入，这些教辅读物将面临被逐出学生书包的下场。民营书店的式微，第三个原因是，为降低成本的压力，书店老板引入了不少盗版书。

但书籍尤其是经典著作的整理出版，似乎比任何一个时期都要多。最近两三年，我所购的最新出版的古籍，就近百种。而且纸质与装帧都让人喜爱不已。

纸质书为读书人提供的方便是多方面的。

首先，读书人可以在书页中勾勾画画，可以在某些你所认为的佳词旁加圈加点，可以对某些你不理解的典故，将词典上的解释抄录在该页的空白处，再用简单的符号将它们勾连起来。在书的天地头，可以写些属于自己的批语。五十年前买的胡云翼的《宋词选》中的一首词旁，我的几行批语，曾在反复研读后一字不改地引入了我的新作。而电子书对大众来说，这些却难以做到。

其次，无论是有电还是无电，无论在万里高空的机舱里还是飞速奔驰的高铁内，对纸质书的阅读都不受影响，而电脑则面对诸多限制，而如遇停电或断电，电脑则如"死蟹一只"。躺在浴缸里，你在享受温水抚摸的同时，可以继续进行你舍不得释手的阅读（这一点手机可以做到，只是手机上不一定有这样的好书），但你不能把电脑搬放在浴缸上。

再次，对爱书者来说，抚摸或观览你钟爱的书，即使不看其中的文字，也是一种难得的享受。我曾无数次、长时间地站立在书橱前，观赏我购藏的书籍，有时看到某本书，还会想起购书时的情景与曾发生的故事，尤其是那些泛黄的甚至是破损的民国出版物与木刻的线装书，常使我忆及购买时的艰难情形及取回时的愉悦。而电脑与手机却无法提供如此这般的可能，除非脑子进水，不会有人会如此多次且长时间地"观赏"未打开的一部电脑与一款手机。

在本文开头的引诗中，诗人说到了"未来"。这个"未来"，该有多长时间？五十年？一百年？而"未来"，人们还在"重新学习读书、写字"，说明还有未来。退一万步，当纸质的书籍不再出版的那一天真的到来的时候，你不必悲伤，不仅不必悲伤，还应感到高兴，甚至幸运，因为你所拥有的这些书籍，就成了无价之宝，成了最珍贵的收藏。为索要一部宋版书，明华亭人朱吉士，可以献出自己十分宠爱的美姜。再宠爱的人甚至及不上一部书！"未来"之未来的书，其价值由此而可知。

请珍爱书。

所以，书籍是最美的。

感恩·欣慰

拙著《松江历代作家作品选注》由上海教育出版社出版后，可能是由于地区历史上代表作家代表作品的综合（各类样式）选注本前所未有等原因，备受各方关注。

《解放日报》曾以头条显著版面，刊发了我的长文《古典文学里，有松江最美的风景》，上海教育出版社也在微信平台上刊发配图长文推介，松江一些学校购书赠本校每位语文教师……

松江区还专门召开发布会，会议由时任区委常委、副区长兼区委宣传部部长赵勇主持，中央党校原副校长、第十一届全国政协常委李君如从北京赶来与会并作讲话，区人大常委会副主任、区教育学院院长（正高级特级教师）钱秋萍等也作了发言。区发改委时主任沈雪峰，区文旅局时任党委书记、泗泾镇时任党委书记及宣传委员，区教育局局长，还有部分区中小学校长及教师代表等出席了会议。

会后，《松江报》还发了通讯稿，稿中写道：

松江人文底蕴丰厚，松江文学更是源远流长，尤其是在明末，有着"天下文章在云间"的美誉。昨天，《松江历代作家作品选注》新书发布会举行，该书通过撷取古典文学中的松江风景，串联起一部属于松江的文化自信故事。中央党校原副校长李君如出席发布会。

李君如对《松江历代作家作品选注》的出版表示祝贺，他指出，这部新著是吴春荣老师为松江历代作家作品作的选注，是一项基础性的文化建设工程，也是一项传承和弘扬中华优秀传统文化的文化建设工程，意义重大。通过这本书可以让今天的松江人更好地了解松江，了解松江的历史文化，继承和弘扬中华优秀传统文化，进一步增强和坚定文化自信，为当代松江发展注入精气神。他强调，要注重推动传统文化资源的创造性转化与创新性发展，提升松江文化的气质，增强文化的吸引力和凝聚力。

《松江历代作家作品选注》由上海市特级教师、沪上著名文史专家吴春荣选注，收录了从西晋陆机开始一直到清末历代松江籍名家的名作，其中既有诗词曲赋，又有散文小说，辑成一册，并加以注释与简析，还添了十几篇附文，让这些名人不只有平平仄仄的诗词，更有生动的故事穿梭在松江的山水间。发布会上，吴春荣介绍了该书的创作历程与心得。还向区教育局、泗泾镇赠送了新书。

在发布会上，区教育学院研训员郑艳老师代表区教师也作了发言（发言稿附后）。

选注松江历代代表作家的代表作品，是我的一个夙愿。在该书稿的前言中，我写到，松江历史上，先有姚宏绪的《松风余韵》，收上自魏晋下迄明代的诗作；后有姜兆翀的《国朝松江诗钞》，收清顺治至嘉庆初年的诗作，又有严昌堉的《海藻》，收自唐代以后诗作。上述三种，仅为作品汇编，汇编的又都是诗作；而每一种，或迄于明代，或限于清代，或始于唐代，都未能反映松江古典文学之始终；又，所选宏富浩繁，无标点，无注释，且为繁体字直排，今天的青少年阅读，甚是艰难。如果能精选自晋至清历朝各代的代表作家的代表作品，既有诗词曲赋，又有散文小说，辑成一册，详加注释及简析，绝非毫无价值。

而今，这一夙愿，在我耄耋之年，在君如的关心下，在区委的支持下，终于得以实现，而出版后，又受到方方面面的关注与欢迎，我在感恩的同时，倍感欣慰。

附：

风景，因你而美丽

敬爱的吴老师，尊敬的各位领导，各位来宾：

下午好！

很荣幸作为一名教师代表，一名读者代表，一名新松江人代表，在这里向各位汇报读吴老师新作的体会。

一本书折射出的是作者的专业水平、文化涵养、价值取向，展现出的是作者视域的广度与宽度，是作者精神追求的深度与厚度。在汇报读这本书的体会之前，先和各位分享在《立德树人铸辉煌——松江教育界七十位名师小传》一书中，编者对吴老师的介绍：

> 吴老师从读书、教书到编书、写书，再到藏书，一生都与书有着不解之缘。
>
> 吴老师出生在松江，毕业后回到松江工作。在人事关系一直在松江的，他拥有多个第一——
>
> 第一个被评为上海市中学语文高级教师；
>
> 也是迄今为止唯一一个参与上海市中学语文高级教师职称评审的评委；
>
> 第一个也是迄今为止唯一一个被聘为上海市中学语文教材的专职编撰；
>
> 普教系统中第一个被上海市人民政府授予"上海市中学语文特级教师"称号
>
> 第一个参加上海市作家协会；
>
> 第一个参加中国作家协会。

下面我也想用几个第一，向大家汇报我读吴老师的新作《松江历代作家作品选注》一书的体会。

我第一次读到，一部选注本里包括的文体如此之多，有诗、词、曲、赋以及各类文字（包括书信）。

我第一次读到，在古诗文选注文中会插入十四篇历史散文，这在其他古诗文选注本中是没有的，至少我没有读到过。

我第一次读到，在一部选注中对作者的介绍如此详尽。比如说对元朝赵孟頫的介绍，从九十三页到九十八页，近三千五百字，细到"赵孟頫被赵氏宗族视为逆子，其族兄赵孟坚只准他从后门入，对他冷嘲热讽，他走后竟洗其坐具"这样的细节。这些详细的资料背后，我不知道吴老师花了多少的心血。所有辛苦的付出，只为读者可以更多了解作品的背景，可以更加真切地体会作者的内心。

我第一次读到，在古诗文选注中，居然有近二十篇作品是出自古代女子之手，占整本书的三分之一左右，而这恰恰说明了吴老师对历史的了解，对历史的尊重。因为在明清时期，松江的经济开始发展，松江女性中出现了有个性、有才华的女诗人。夏淑吉，夏允彝的长女，夏完淳的姐姐，就是一位非常优秀的女诗人。她写的《先考功忌日》，其中一句"丘山零落无人过，夜月乌啼自断魂"，表达了女诗人的丧父之痛，叹世道的不公，读来难免让人潸然泪下，这是女诗人独有的魅力。

年逾八旬，在精气神每况愈下的情况下，还出版了四部著作，最薄的一本三十万字。几乎每年一本。这在松江，恐怕找不出第二人。

我也是在这部选注里第一次读到，原来《青玉案·三年枕上吴中路》这首词是由华亭的姚晋道所作，而非人们一直认为是苏东坡的作品。

以上这些第一次，让我深深被这本书所震撼，所吸引。文末的《雅聚》一文，同样也十分吸引我。吴老师穿越时空，与松江历史上的一些名人相聚对话，二陆兄弟、夏完淳、陈子龙、柳如是相继登场，大家谈笑风生。这虽是吴老师所说的"南柯一梦"，却让我感受到吴老师对这些名人了解之深，更是体会到吴老师与历代名人如朋友般熟识。很多人可能并不知道，吴老师是在耄耋之年，在老病相侵的体况下坚持完成此著作的。

我在想，是什么在支撑着吴老师？一定是那一道美丽的风景：在风光如画的华亭，历代名人，跨越千年，话生活，话文化，话历史，话家国；一定是吴老师对松江的热爱，对教育的情怀，对未来的期待。

读这本书，我感觉自己仿佛也看到了那一道美丽的风景，触碰到了松江这座城市的灵魂。

谢谢松江，谢谢敬爱的吴老师！风景，因你而美丽！

松江区教育学院　郑艳

2021 年 6 月 12 日

在一次研讨活动中的发言

尊敬的各位领导，老师们：

区教育局、教育学院着力推进"人文松江"的建设，作为一个子项目"经典诗文的诵读"，正在全区范围的小学的部分年级中试行。这方面，松江第二实验小学起步早，《解放日报》头版已作过报道。

最近我听过两节试教课，多次参与学校领导、执教老师的研讨活动。今天这个活动，在现场的，有许多学校的校长与书记，其中还有王晓岚老师，在二十世纪九十年代她就是上海市的特级教师，特级校长胡银弟上过哈佛讲台。他们是真正的专家，或是专家型的领导，都十分重视今天的活动，从教材、教法等方面，提出了很有见地的意见与建议。我由此认识到，这是一项有效提升教育、教学质量的实践。

今天活动的主题是对学生进行正确、有效的课外诵读的指导。主持人希望我谈些意见。

我首先想到的一个问题是，学生课外诵读的指导与课堂教学，有什么共同之处，又有什么区别。

我以为，两者之间的共同点，一是都姓"语"，即都属语文学科，而且是"小语"即小学语文学科。既姓"小语"，当然得针对小学的实际，注重学科的人文性及基础性（即让学生在学习中受到思想道德教育，理解并逐步学会字、词、句、篇的运用，提升阅读与写作能力）。

二是两者都切忌过多地分析，将课文分析得支离破碎，而要注重整体的把握。在基础性方面，可突出重点。采取"伤其十指，不如断其一指"的方法。

三是两者都得尊重学生学习的主体地位。须知，任何知识、能力，都是学习者"学"会的，而不是"教"会的。在学生的学习过程中，教师应起到引领、指导的作用，但绝不能越俎代庖。

刚才小田老师的课，上得很有层次感。第一层次，要求学生读准生字音。这是一种积累，逐步达到一定的识字量，是课标的要求。第二层次，在她的引领下，读懂关键词的词义与句意。词义与句意，是文章这座房子的砖瓦，理解文章、理解词义与句意是基础。这些词义及句意，都放在相关的语境中进行指导与学习。第三层次，读懂文意即文章主旨。主旨是文章的魂，不理解主旨，很难说是理解了文章的。第四层次，在此基础上，让学生熟读能背。小田老师这堂课，指导"诵读"的这首诗，在经过几轮的诵读后，是可以做到这一点的。小田老师要求学生的几轮诵读，每一轮都有具体、明确的要求，这些要求，也是逐步深入的，而在反复并逐层深入诵读的过程中，学生逐渐加深了对整篇课文的理解。这几个层次，尤其是后三个层次，都能让学生受到人文教育。

　　顺便说一句，二十世纪八九十年代，上海市教育行政部门个别领导曾一度强调"渗透"德育。渗透者，从外到里，从此及彼。其实，凡人文学科，本身就具有人文性，就语文学科而言，本身就蕴含着思想性，把字、词、句、主旨解读透，德育也同时在进行中。

　　两者之间的区别，主要是深浅度及要求上的区别。

　　一是课外阅读更加强调学生主动、自觉地学习。一般地说，学生的课外阅读，自学的色彩更重。教师可以推荐书目。只要不是反动、淫秽、宣扬暴力的书，学生都可以自主选择自己喜欢读的书。对所印发的《经典诵读》，学生也可以有所侧重，并拓展开去，读一些其他的书。学生课外阅读的量，仅限于这一两本小册子是远远不够的。二是课堂教学，所教学的课文，只能限于课本。但在理解课文内容的基础上，还须继续前进一步，即要理解课文作者在表达上的准确性，形象性。比如今天的《明日歌》中，诸如"明日何其多"与"明日能几何"是否矛盾，万事怎么成蹉跎？等等问题，在课堂教学中，教师必须在理解的基础上引导学生理解。在引导学生理解时，还得理解作者为什么做这样的表达，教师可以设计、可以选择一些内容类似的句子进行比较阅读。而学生的课外诵读只初知或知其大概就可以了。这有点如牛吃草，稍作咀嚼先吞下，以后再慢慢反刍。如果要对学生的课外阅读进行评估，评估的标准可以适当降低。

在学生的课外阅读指导中，有两种倾向必须避免。

一是如"小和尚念经，有口无心"。课外诵读不能"有口无心"。陶渊明云"不求甚解"，注意这里说的是"甚解"，而不是"理解"。这里有个程度上的差别。课外诵读对一般学生应该有个基本要求，即要有所得，哪怕一点一滴。有了获得感，也就渐渐会产生兴趣，有了兴趣，诵读才能更主动，更自觉、更积极。教师对学生课外阅读指导及学生的课外阅读，一个关键问题是"兴趣"。兴趣当是最好的老师。

二是把课外诵读指导当成课堂教学。这样势必加重师生负担，同样不可取。有些学生在课外阅读中，如能圈圈点点，勾勾画画，或者摘录一些美词佳句以作积累，甚至进而写读后感，教师当有鼓励。教师可以提倡，但不强求每个学生都这么做，一般也无须布置作业。教师在学生的课外阅读指导中，更多地可以指导一些阅读方法，比如选择不同作家写同一题材的文章作比较阅读，也可以让住在同一个小区或邻近小区的小朋友，读同一本书，读完后，进行心得交流。

我想到的第二个问题，是关于大家手头的这本《经典诵读》。

编选这本区域读物，本意当是毋庸置疑的。读物中，有些单元编得较好，但有单元问题不少。由于个别编选者缺少应有的功底，没有金刚钻，却揽了这瓷器活，加上没有经过严格的审核，尤其是几篇古文，错误多多。执教者已改正了旧教课文中的几处错误。听说在未经试用的情况下，一下子印了几万册。我以为这种做法是欠妥的。

为免以讹传讹，贻误我们的小学生，这里郑重地指出一些错误，有不同意见者，我们可以辩论。

一、有一篇名为"曹冲称象"的古文，我查了《三国志·魏书》，发现该史书中的这一段，原有的句子被《诵读》本删除了，而《诵读》本中的有些句子，却不见于该志书。怎么会出现这种状况，有人告诉我，编者是从粗制滥造的"一课一练"中抄来的。另一篇《明日歌》，注明作者为钱福，但所选的课文则是文嘉（文徵明之子）的改写诗。如此等等，还有一些。

二、有些注释尚需斟酌。如《明日歌》中，"万事成蹉跎"的"蹉跎"一词，被注为"虚度光阴"。"蹉跎"一词确有此义项。但"万事"与"虚度光阴"组合，该让小学生如何理解呢？课前，就有学生问过我，说对照注释，我们还是理解不了。匆忙之间，我随口回答说，这一句的意思大概是，万事随时间白白过去，意万事无成。另，"世人若被明日累"中的"若"，被注曰"也作苦"。还有一篇"揠苗助长"的选文，对"揠"的注释不精准。执教者在试教中，右手似抓住苗，举到头顶以上。如此大幅度的这一肢体语言，表明他对"揠苗"之"揠"，并非真正理解。他这是把苗拔离了土壤。

我曾专职编撰过上海市中学语文教材（H），也编过《上海市初中补充教材·语文》及《上海市高中文学作品读本》，均由上海教育出版社出版发行。教材编纂是一项系统工程。我深知其艰辛程度。我以为有几点是必须注意的。

第一，选文不能有错。入编教材的课文首先要准确无误，而且必须文质兼美。现代文与古文均须如此。对思想内容及语言上的"硬伤"，必须持零容忍的态度。如《明日歌》，我们在部分学校试用时，也曾把文嘉的改写诗当作钱福的诗，后发现错了，加上其他原因，就在正式推开使用的教材中，把它删除了。

第二，所选课文中的语言必须是规范的。语文教学的一个目标，就是热爱并正确运用祖国的语言文字。我们的教材曾选过《我与儿子一起学画》。在编入教材时，我们请作家重新审读，他说，编入教材确实要持严谨的态度，他在六处作了修改。如入选古文，对一些词如果要作注释，也务必慎重再慎重。《诵读》中，若，"也作苦"的注释，其实可以删除。这属于古文考校，教师备课时，可以钻研一下。但我们交给小学生的，应该是最权威的，达成普遍共识的。

既然已印制了，并发到了学生手上，就是说已既成事实了，那怎么办？收回？怕有点难。我建议，引导学生质疑。我认为，质疑与想象能力，是诸多能力中尤为重要的。现在不是在倡导创新吗？质疑与想象就是创新的基础与前提。学生将来无论从事什么工作，科学研究、文艺创作，都离不开质疑与想象。引导学生对读物进行质疑，可以渐渐提升学生的质疑能力。

好了，讲得太长了，就此打住。谢谢大家。

（发言稿编入本书时略作了整理）

一部艺术长卷：霞一般绚烂，玉一般珍贵

——意公子的《大话中国艺术史》推介暨阅读随想

当前的中小学生，需要初步知道中国是从哪里来的。

中国是从哪里来的，是个大课题，包含诸多方面，而中国的艺术发展史，是一个重要方面。

就我所读，似乎很少有关于中国艺术史的科普性的著作。

米寿之年，在体衰日甚难支又几近于瞽的状况下，断断续续地读完了意公子的《大话中国艺术史》（以下简称"大话"，海南出版社 2022 年 3 月第 1 版，2023 年 10 月第 4 次印刷，执行编辑徐雁晖），觉得该书与其他艺术史著不同，深入浅出，生动可读，比较适宜于中小学生阅读，于是决定择其要进行推介。因为属推介性质，只能做一回"文抄公"。所以，这篇文章，与其说是我写的，不如说是《大话》的缩编，好在还有些随想。

从全书目录看，意公子将中国艺术史分为九个时期。

中国艺术的婴儿期

这一时期，她着重介绍了陶器及玉器艺术。陶器的产生，开启了人类开发自然、利用自然的第一页，在中国艺术史上具有里程碑意义。后人在挖掘马家浜文化遗址中发现，陶器是主要的随葬品。马家浜文化遗址，距今有六千多年，陶器的制作应该在此之前。上海青浦的崧泽文化遗址（距今约五千年）中，也挖掘出了陶器器具。意公子合理地想象，为了储存多余的粮食，先民们想是不是可以把泥土捏成一种器具，再用火烧烤一下使其坚硬。陶器于是就诞生了。因用途等不同而制作的陶器的不同形状，与陶器上面的图案，就成了人类的原始艺术。

先民们在劳动生活中，后又发现了玉石。

中国玉器发展史上的两大高峰，一是红山文化（距今五六千年），二是

良渚文化（距今四五千年）。红山文化中有两大神兽（玉猪龙、碧玉龙），良渚文化中最引人注目的是玉琮王。

这些玉器的出现，表明先民们在继陶器之后跨上了一个新的台阶，中国艺术有了进一步的发展。

中华民族的先民，在从事劳作的过程中或劳作之余，为了减轻疲劳，常歌咏之，舞蹈之。中国的原始艺术，还应当包含这些。只是音调、节奏、舞技之类，未能真实、完整地记载下来。

中国艺术的孩童期

青铜器的发现，开启了一个全新的世界。青铜时代是人类物质进化史上一个重要的分期。人类社会的孩童时期，展示出了真正的技术。而青铜艺术，正是这个时期的最高文化。意公子引用考古学家的研究如是说。

一九七八年出土了曾侯乙编钟。凡六十五件乐器组成的有五吨之重的"编钟"，奏出的还真是"此曲只应天上有，人间能得几回闻"。"编钟"是中国乃至世界范围内无双的乐器，称得上集音乐、美学、科技为一体的艺术品。

一九六五年出土的被称为"天下第一剑"的越王勾践剑，即使经历了两千五百年，剑上的花纹、蓝色琉璃和由绿松石镶嵌的纹饰，依然清晰如初。这简直是神话。

一九八六年在四川广汉三星堆（在上古时代由蚕丛氏创建的古蜀国境内）遗址出土的大型青铜立人像，刷新了世界纪录。算上底座，像约一层楼高，其艺术水平之高，在同时代是最为罕见的"铜像之王"。

意公子在叙述这些物件时，洋溢着作为中华民族一员的无比自豪与喜悦。她说，是青铜艺术让我们得以欣赏并享受到了中国古代劳动人民创造的无比灿烂的艺术文化。

中国艺术青春期的成熟

时代的车轮前进到了秦汉时代。

秦陵的兵马俑，一展"扫平六国，带甲百万"的秦军雄姿，是陶瓷工艺史上的不朽传奇。这个庞大的军团雕像，至今仍令世界各国参观者啧啧称赞，叹为观止。秦陵兵马俑成了中国第一批世界遗产。

如果秦陵兵马俑侧重于重形，那么，汉代霍去病墓前所立的气定神闲的主雕马，踏着须发散乱、垂死挣扎的匈奴人的雕像，是彩绘的，而且既重形，又重意。这是一种突破。

西汉楚墓中还出土了大量的漆器随葬品。意公子还说，漆器在汉代进入了"黄金时代"，尤其是漆耳环的制作，盛况空前。

书法在秦汉朝也不示弱。秦·李斯的小篆虽细长，但浑厚，意公子说，同样是小篆，刻在金石上与后来写在宣纸上，呈现出的韵味是不一样的。秦之小篆到西汉末被隶书取代。汉隶被认为是隶书的典范。东汉末，已出现书法论著及书法家。

一九七二年四月，考古人员在湖南长沙马王堆辛追墓里发现了一幅丁形帛画。我在二十世纪后半叶，曾目睹过辛追这具女尸。这具两千多年前的女尸，竟保存得近乎栩栩如生。而所谓的丁形帛画，实际上是四层棺木最后盖上的一幅"铭旌"，又称"非衣"，它的作用在引渡死者之魂升天。意公子云，这幅"铭旌"，成了顾恺之的"春蚕吐丝"画法借鉴的摹本。

中国艺术青春期的失落

这"失落"一词，可不可以做这样的理解：青春期的种种已经不再或正在不再，中国的艺术正在"过渡"，即由青春期过渡到壮年期。也就是说，青春期已接近到了最后阶段。

时为魏晋南北朝时期。

在叙述这一时期的艺术时，意公子首先引了一位专家的观点。这位专家认为"竹林七贤"的"风度"，是中国文化史上一次"人的觉醒"。

何谓"人的觉醒"？是自己个性的放纵？是所谓的"高逸"与"人"的尊严？还是"非汤、武而薄周、孔"的宣示？抑或是对自己生命、意义、命运的重新发现、思索、把握和追求？

这显然是一个重大的课题。笔者想到了成语"百家争鸣"，找出了早先读过的蔡尚思先生的《中国文化的优良传统》。蔡先生在该书中说道，先秦诸子不仅在中国思想史上处于突出的地位，而且在世界上也是名列前茅的。如儒家的祖师孔子、墨家的祖师墨子、道家的集大成者庄子、农家的代表许行，等等，都是大思想家。笔者认为，他们的思想理念，他们的学说，至今仍闪耀着各自的光辉。他们算不算觉醒者？

好在意公子没有深入展开论述。她要讲的是艺术史。

她把重点放在了"竹林七贤"的画像砖上。

魏晋南北朝四百年的战火，还"烧"出了敦煌石窟里中华文明史上的伟大的艺术宝库，"烧"出了王羲之及其子王献之的书法，"烧"出了顾恺之《女史箴图》里的"春蚕吐丝"、《洛神赋图》里宓妃的三步一回头、"翩若惊鸿，婉若游龙"的形象，还有"画龙点睛"的张僧繇、"曹衣出水"的曹仲达等等不一。青春期的中国艺术，出现了惊人的辉煌。

意公子随兴所至，娓娓道来。她如东坡说的，笔由心转，无拘无束。她对《兰亭集序》等的介绍是典型例子。既有对原文的诠释，又抓住原文中的改笔做出了精辟的分析。"当心境融于技法，书法才有了神韵"之类的画龙点睛之笔，比比可见。在介绍《洛神赋图》时，她甚至说，这是一部爱情电影，要是魏晋时有票房纪录，这部"电影"绝对是票房第一，大众评分破九。这种非考证式的深入浅出手法，通俗之至，也生动可读之至。她的介绍与论述，用的是散文笔法。

中国艺术的壮年期

这个时期正值隋唐。

意公子重点介绍了唐代的艺术。

艺术在盛世之下开始腾飞。这使唐代艺术成为中国艺术史上的一个高峰。它门类的全面与丰富，所达到的水准及对后世的影响，是空前的。

在人物画里，她重点介绍了阎立本。阎还是朝廷大臣，他的画也得到了李世民的赏识。他绘制了《昭陵六骏》《步辇图》等。其中的《步辇图》，画的是大唐皇帝李世民与吐蕃使臣议亲（文成公主与松赞干布联姻）的场景。其画风已从汉代的粗犷、魏晋的淡雅转向为精致与臻丽。在叙述这幅位列十大名画榜单的传神画作时，意公子有着自己的见解与分析。她说，史书上也许找不回的场子，或许可以用艺术把它找回来；画作意味深长的是画面上各人物的表情。对此，她有详细的描述。

与阎立本画风不同的是吴道子。"同样是走路，你觉得阎立本画的走路，步履稳重而优雅，展现的是大国气象；而吴道子画的走路，衣袂飘飘，神采飞扬，展现的是柔中带刚的力量。"这种形象的叙述，是意公子介绍的又一特色。她的《大话》之所以受到欢迎，一印再印，这恐怕是一个重要原因。

唐代宗教画，最具风采的是龙门石窟的卢舍那大佛，堪称历代石雕精品，被誉为东方的蒙娜丽莎。

从盛唐开始，山水画诞生了。她重点介绍了画家王维，这位一半在朝为官（官至右丞）一半在家乡吟诗作画并信奉禅学的居士。王维的画，被称之为"画中有诗"。

继王维之后，山水画成了绘画中的主题，也成了后世文人的精神救赎。而展子虔的《游春图》是目前发现的最早的山水画。意公子如是说。除了山水画，唐代花鸟画、畜兽与昆虫画，既写实，又托物言志。她提到韩干的马和韩滉的牛。韩滉的《五牛图》，是黄作财遵老一辈革命家周恩来"不惜代价，抢救国宝"指示抢救到的，是目前发现的最早的纸质画作。

清·梁巘云，"晋尚韵、唐尚法、宋尚意、元明尚态"，讲的是书法。

讲到书法，意公子有专节介绍了颜真卿及其以楷书著称的《祭侄文稿》。一专家甚至认为它超越了王《序》，是"天下第一行书"。

唐代书法遵循法度，或严谨端庄，或流动飘逸。书，心画也。她介绍了创造颜体的颜真卿，创造欧体的欧阳询，创造柳体的柳公权。唐代的著名书家颇多。她说，颜真卿的中正，褚遂良的疏朗，欧阳询的严谨，虞世南的凝练，各有各的特点。这种抓住特点的高度概括与凝练，也是意公子叙述的专长。

国人都知道李白是诗仙，却很少有人知道他还是位书家。公子用专章重点介绍了李白的《上阳台帖》（正文仅"山高水长，物象千万，非有老笔，清壮可穷"十六字）。当然，被后人津津乐道的狂书家张旭、怀素是不能不提的。

在唐代艺术中，意公子没有忘记备受推崇的另一"顶流"唐三彩，它既是艺术品，又可谓是唐代的百科全书。

中国艺术的"不惑之年"

如果说隋唐时期是中国艺术的"而立"时期，那么五代及宋代，是中国艺术的"不惑之年"。这个时期迎来了中国艺术的黄金时代。

这一时期的人物画，体貌审美从唐代的丰腴婀娜转变为纤细温婉；内容由帝王和神走向民间，主题也渐渐市井化，反映城市居民生活的大篇幅的《清明上河图》就这样诞生了；技法与风格方面，出现了大写意的梁楷的《泼墨仙人图》《李白行吟图》。

意公子用专节介绍了李煜主政时画家顾闳中的《韩熙载夜宴图》。关于这幅图，有个生动的故事。究竟是个怎样生动的故事，画作为什么被誉为中国古代人物画的巅峰之作，读者去看意公子的大著。

这一时期的山水画有两大体系：青绿山水、水墨山水。根据地域的不同，山水也出现了不同的风貌。北方画家荆浩及其学生关仝的画作展示了北方山水的雄奇；南方山水画代表人物董源及其学生巨然的画作展示的则是南方山水的旖旎秀美。画中的"皴法"（有了"皴法"，山水就有了立体感），南、北两派也迥然不同。而有些画家还在一幅画里运用不同的皴法，如人称"马一角"的马远、称"夏半天"的夏圭。

这一时期的花鸟画也走上了巅峰。意公子提到了五代十国的宫廷画家黄筌、布衣画家徐熙，提到了北宋画家崔白与宋徽宗赵佶。

宋徽宗是个蹩脚的皇帝，他与蔡京一起葬送了北宋王朝；但他是个高明而有极大成就的画家。他的《瑞鹤图》，意公子认为是一幅兼具了神性光辉和帝王华贵的画作。

他在绘画方面的故事很多。他用科举的办法选拔画家。一次用唐人诗句"竹锁桥边卖酒家"为题进行考试。许多画家在"酒家"上下功夫，独有一名李唐的，只在桥头竹外挂一酒帘，深得赵佶赏识，认为画出了"锁"的意思。清·厉鹗《南宋院画录》记载了此事。南宋·邓椿的《画继》又记有一事。一次，一孔雀飞落在荔枝树下，赵佶赶紧召集画师，让他们把孔雀画下来。画师们"各极其思，华彩烂然"；当画到孔雀攀登藤树时，都画成先抬右脚。赵佶说："未也。"但没有具体点明。几天后，"再呼问之"，众画师仍"不知所对"。赵佶才说，孔雀登高，必先举左。众画师折服于皇上的专注投入与观察的细致入微。

赵佶开创了一种名为"瘦金体"的字体。他的《瘦金体千字文》颠覆了前人书法的规则。

意公子说，赵佶在绘画、山水、花鸟、人物方面的成就，前无古人。

邓椿甚至说，徽宗皇帝，天纵将圣，艺极于神。

赵佶还创办了宣和画院。《清明上河图》（中国十大传世名画之一，国家级文物）作者张择端、《千里江山图》（中国古代青绿山水画的巅峰之作）作者王希孟（宋徽宗亲自教学而成就的人才，作此画时年仅十八）、《万壑松风图》作者李唐，都属他的门下。

赵佶组织编辑的《宣和书谱》《宣和画谱》《宣和博古图》等，"都是后世美术史研究的珍贵典籍"。

意公子对上述诸多画家画作都作了具体介绍与独到分析。这本《大话》，实在是值得一读的。

说到这个时期的书法，意公子自然想到苏轼。他的《黄州寒食帖》，仅次于王羲之的《兰亭集序》、颜真卿的《祭侄文稿》，成为"天下第三行书"。该书被他的弟子黄庭坚称为"石压蛤蟆体"，有着被石头压死的癞蛤蟆风格。她在介绍这些艺术大家及作品时，总是将其放在特定的时代背景或艺术家的生活背景中解读，如同语文教师引导学生阅读课文时强调字不离句、句不离段、段不离文、文不离作者及其写作背景。这一点也是《大话》的一大特色。苏轼的这幅字帖，是在他人生落寞的时候写下的。只有落寞了，才写得出"此心安处是吾乡"的随遇而安，"人生如逆旅，我亦是行人"的洒脱，《赤壁赋》的天人合一，"也无风雨也无晴"的旷达，才写得出《寒食帖》这样的大作。

说意公子浅出，这就是浅出。她的行文如同她的短视频，用最平白的话与你交流。说她深入，这就是深入。他常信手拈来古代大家的名言警句，用以论证，用以点睛。从她的行文中可以看出，她博览群书，又有着深厚的古文功底。

中国艺术的中年期

这个时期的艺术，意公子喻之为危机中开出的花。

《大话》在结构上有个特点，即每个时期的开头部分先作综述，然后择名人名作，分别作专章介绍。

短暂的王朝，艺术却走向了两个极端。

一是文人的避世，在林泉中寻求精神的寄托，寻求人生的意味。

文人画在元代达到了顶峰。

众所周知，元代有四大家：吴镇、黄公望、倪瓒、王蒙。其中，吴镇终生不仕。他擅长画渔父、梅花、竹石，尤其是渔父。这些物象，在屈原与庄子的笔下，是清高孤洁的象征。黄公望一生很长时间里在游历山水，自称大痴道人。倪瓒所居有阁曰清閟，幽回绝尘。他家固富饶，但至元初散尽家财，长期与渔夫野叟混迹五湖三泖间。

二是世俗化。

北方的杂剧和散曲及元后期的南戏作为文化的重要组成部分，得到高速的发展。它们的创作，无论在内容或美学形式方面，直接受到读者或观众（主要是市民）的制约。它们既作为文学又作为艺术，开始面向大众。社会地位低的民众成为主要的正面形象，而演出时的观众中，又少不了市井民众。

说元代艺术，不能不说赵孟頫。

他是宋太祖儿子秦王赵德芳（相传为戏曲中之八贤王）的后代。后入仕元朝，历仕世祖、成宗、武宗、仁宗及英宗五朝。在赵氏宗族中，他被视为逆子。其族兄赵孟坚只准其从后门入，又对他冷嘲热讽，他走后竟洗其坐具；而在某些蒙古贵族看来，他是贰臣，由于受恩宠，常招致人怨。所以，他在诗（尤其是《岳鄂王墓》）中，仍怀有故国之思。我不谙艺术，不知意公子在研究赵孟頫的书画中，有否发现他的这种情思。

赵孟頫文采风流冠绝当时，诗文书画开一代之风。

他工书。篆书、籀书、八分书、隶书、真书、行书、草书，种种皆妙，而真、行尤为当时第一，小楷尤为诸书第一。其书凡三变，初临思陵，中学钟繇及羲、献诸家，晚学李邕，落笔如风雨，一日能书万字，遂以书名当时而法后世。天竺国一僧人，远涉数万里来求其书作，带回去后，天竺国视之为国宝。他往来本一禅院，多有手题，而亭林宝禅寺，尤为世所重。

他善画。画入逸品，高者诣神。擅释像、山水、木石、花竹，尤精人马。悉造其微，穷其天趣。能以飞白作石，金错刀作墨竹，古人之鲜能者。

他的《鹊华秋色图》画出了人心中的山水。他主张返璞归真。他认为"书画本来同"。

他的刻印则与丘衍齐名，一洗唐、宋陋习。

意公子说，赵孟頫对中国艺术史的贡献，在于他承前启后，上接晋唐和两宋的光辉，下启元明清三代艺术的审美。

说元代艺术，又不能不说黄公望。

他五十岁后始画山水，师法董源、巨然，晚变其法，自成一家。他常携带纸笔描绘自然胜景。有时整日坐于荒山乱石、树木深篦中，意态忽忽；每往泖中通海处，看激流轰浪，即使风雨突至、水怪悲咤也不顾。"所画千丘万壑，愈出愈奇，重峦叠嶂，越深越妙。其画格有两种。一种作浅绛色者，山头多矾石，笔势雄伟。一种作水墨者，皴纹极少，笔意尤为简远，惟所作较少耳。"（《图绘宝鉴》）

他的代表作当推《富春山居图》，为其七十九岁那年始作，七年后成就。图笔墨洗练，意境高远，气清质实，骨苍神腴。恽南田云："凡十数峰，一峰一状；数百树，一树一态。雄秀苍莽，变化极矣。"（《瓯香馆画跋》）其真迹之部分，今藏浙江省博物馆；另幸存的部分，藏台北故宫博物院。

意公子觉得，不管你在人生的哪个阶段读此图，都会有不同的感受，而在《大话》中写到它的这一刻，可能会说，人生若觉无用时，不如读读黄公望。她认为这是一部经典之作。"他在山水的月夜里释放他的孤独，然后把这凝结了他心绪的自然之景诉诸笔端。""黄公望在画的，是一个漫长的千年的山水。他在画的，是'回首向来萧瑟处，也无风雨也无晴'的人生。"她如是说。

他的另一幅画作《九峰雪霁图》，画的是上海松江的九峰。画面高岭竞立，层岩峰起，丘壑峣峥，冻树萧瑟，是隆冬腊月的山区景象。"是图大痴极经营之作，无平日本色一笔，洵属神化，可直夺右丞、营丘之席。以其纯用空勾，不加点缀，非具绝大神通不能也。"（清·张庚《图画精意识》）

意公子还有专节十分生动地介绍了倪瓒。

作为元代画坛四大家之一的倪瓒，曾画《六君子图》。六君子，实际上是六棵树。黄公望曾为此图题了一首诗："远望云山隔秋水，近看古木拥坡陀。居然相对六君子，正直特立无偏颇。"黄公望这首诗不像他的画那么出挑，但作为"元四家"之首的他，能为倪瓒这幅画题诗这件事本身，也许可以说明倪画的出挑。意公子说："有人说元代山水画画得最好，开创了整个中国山水画在意境上面的一个高峰，而倪瓒，就是那高峰上面的一座丰碑。"在我看来，这"丰碑"的评论有点过，但倪瓒是元代的一位大家，当是毋庸置疑的。

中国古典艺术最后的辉煌

这是中国艺术的暮年期，也是中国古典艺术最后的辉煌期。

在这个时期中，意公子重点推介了五个人。

第一个是唐伯虎。

唐伯虎大名唐寅。

意公子用生动的故事颠覆了戏曲及影视中的唐伯虎，说他和徐祯卿、祝枝山、文徵明并称"江南四大才子"，说他诗书画三绝，说他的人物、花鸟、山水画"统统擅长"。她介绍他的《王蜀官妓图》时，说他画女人的同时也在画他自己，他们都是一样的，都是在孤独中等待。等待什么？等待"一个翻盘的机会"。她介绍他的《落霞孤鹜图》时，形象地描述说，高山峻岭，水榭楼台，江岸柳风，一位高人坐在亭子里看"落霞与孤鹜齐飞，秋水共长天一色"。她说此画意境旷阔优美。他要像王勃，借着龙王东风，乘势高飞。她还说，在最失意时，他画出了对人生的最美期盼。

第二个是徐渭即徐文长。

她说徐文长是中国"泼墨大写意画派"创始人。他几次自尽未遂。她说，在人生最绝望时，他奏出他的"命运交响曲"，用诗词和书画，疗愈了他那颗千疮百孔的心。中国古代文人的"狂放用笔"正是被他发展、完善，乃至到达巅峰的。她引用明·张岱的话："青藤之书，书中有画。青藤之画，画中有书。"

第三个是八大山人即朱耷，一个明皇室的后裔，一个出家人。

有种解释，他把"朱"字去掉"牛"，把"耷"字去掉"耳"，于是他成了"八大"。而去"牛耳"者，含意深远。

他的一幅《孤禽图》，当年在拍卖市场上竟拍出六千二百七十二万元的天价。

他画的动物，有个特点：翻白眼。她说，他的这些画，承载了无数个他无处安放的对命运的白眼。

在我看来，朝代的更换，是历史的必然。朱耷可以如老庄哲学所言，顺其自然。历史上许多人都这样做了，有人甚至入仕新朝。

问题在于，朱耷全家九十多人被害。这口气他咽不下去，他于是成了"八大山人"。所以，他的一些画作，就如意公子说的，承载了无数个他无处安放的对命运的白眼。

他所画的，无固定章法，但都意气横生，每一个白眼，都在无声地诉说着他对命运的抗争。你可以把它读作"气节"。五十七岁那年，他画了《古梅图》，图上他题写："南山之南北山北，老得焚鱼扫房尘。"

意公子在这一节的最后这样写道：诗人泰戈尔说："世界以痛吻我，要我报之以歌。"而八大山人说：世界以痛吻我，给他一个白眼又如何？

第四个是郑板桥，康熙秀才，雍正举人，乾隆进士。

他以画竹著称于世。意公子介绍了他的《墨竹图》，图上的题诗："乌纱掷去不为官，囊橐萧萧两袖寒。写取一枝清瘦竹，秋风江上作鱼竿。"她以为，那清瘦的竹子就是他。另一幅竹子画是他临死之前创作的，上面的题画诗为大家所熟知并广泛引用："咬定青山不放松，立根原在破岩中。千磨万击还坚劲，任尔东西南北风。"

他家有茅屋两间，南面种竹。夏日新篁初放，绿阴照人，置一小榻其中，甚凉适也。秋冬之际，取围屏骨子，断去两头，横按以为窗棂；用匀薄洁白之纸糊之。风和日暖，冻蝇触窗纸上，冬冬作小鼓声。于是一片竹影散乱，岂非天然图画乎？凡吾画竹，无所师承，多得于纸窗粉壁日光月影中耳。

郑板桥用自己的实践与感受，证明了艺术得之于自然，来源于生活。

他还说，江馆清秋，晨起看竹，烟光日影露气，皆浮动于疏枝密叶之间。胸中勃勃遂有画意。其实胸中之竹，并不是眼中之竹也。因而磨墨展纸，落笔倏作变相，手中之竹又不是胸中之竹也。意公子将此视为"画竹三段式"。

他说，他画的是"四时不谢之兰，百节长青之竹，万古不败之石，千秋不变之人"。

他的书被誉为"板桥体"，以六分半的隶书为骨架，加入楷、行、篆、草等字体，从而形成了既古拙又有动态的字体。有人说，他的字的笔画，犹如竹枝。

他的"难得糊涂"，已成为警句而被许多人接受。

第五个是郎世宁，是个洋画家，清代鼎盛时期三个帝王的御用画师。

康有为视他为现代绘画的鼻祖。圆明园的十二兽首铜像是他设计的，圆明园的西洋楼也是他设计及指导施工的。

乾隆帝甚至夸说"写真无过其右者"。

意公子说，清档案中记载的他的第一件作品，是为庆祝雍正登基而进献的《聚瑞图》。在雍正的垂顾下，他又献上了《百骏图》。

历史上把马画好并留存史册的，唐代有韩干（杜甫有诗称赞），近代有徐悲鸿，再有就是郎世宁了。

意公子引《牛津艺术辞典》的评论，郎世宁"根据皇帝的命令学习中国绘画，在山水画、动物画和风俗画中，首次将中国的笔法与西方的写实画风结合起来。他是第一位被中国人了解并欣赏的西方画家"。

意公子评论说，明清两朝的艺术，有两个特色。一是更市井化和平民化；二是涌现出许多宫廷画家为皇室服务，郎世宁就是其中的最有影响者。

讲中国的艺术，尤其是明清的艺术，不少学者总绕不开一个人，这个人就是董其昌。有人甚至把他捧上了天花板。但我惊服意公子。她除了在前面写了几句，并不设专节介绍。

中国历史上出现过一眚掩大德的现象，也出现过大才掩眚的现象。

董其昌在书画方面是有成就的，但他人品很差。施蛰存在《云间语小录》里说："董文敏显宦豪绅，教子弟无义方，纵奴仆为奸非，鱼肉乡里，凌侮士夫，卒召毁家之祸。……当时乡评，殊恶劣也。"《辞海》（1999年版）有"民抄董宦"条目，云：明代万历年间上海人民反对乡宦的斗争。华亭董其昌，曾官至礼部尚书。其子祖常仗势横行乡里，无恶不作。万历四十四年（1616）因殴辱生员范启宋家妇女，引起公愤，松江、上海、青浦等地人民万余人不期而集，焚烧董氏房屋，张贴揭纸，声讨"兽宦董其昌，枭孽董祖常"。妇女儿童传唱"若要柴米强（吴语方言，意价廉），先杀董其昌"的歌谣。当时号为"民抄董宦"。

至于盛传的山水画南北分宗说，画界也有质疑。画史研究者根据张彦远、郭若虚的论述，再旁征其他文献，否定了山水画南北分宗之说。

中国的近代艺术

一八四〇年，中国的国门被英国的大炮炸开；一九一一年的辛亥革命推翻了清王朝。

在中国的艺术舞台上，出现了中西方的抗争。

京津派里，意公子提到了三个人，即陈师曾、齐白石及其学生李苦禅。梁启超惊称陈师曾是"中国现代美术第一人"。齐白石是人民艺术家，创造了"瓜果蔬菜皆可入画"的风俗画。李苦禅尤其擅长画鹰。

潘天寿属于海派，与李苦禅并称"北李南潘"。吴昌硕是海派后期的代表人物，被称为"金石、诗、书、画融于一炉"的一代宗师，与齐白石并称"南吴北齐"。

高剑父是岭南派的创立者与代表人物。第二代传承者有关山月等。他们在中国画中融入西洋画法，注重写生。关山月被称为"当今画梅第一人"。

还有黄宾虹、张大千、傅抱石等等，都是大师。

艺术家中也有走出国门者，如林风眠、潘玉良。也都是著名的艺术家。

李叔同创作了木版画，刘海粟把人体写生引入教室，徐悲鸿被尊称为中国现代美术教育的奠基者。

在专节里，意公子重点介绍了齐白石、徐悲鸿、潘玉良。

真正是大师林立，精彩纷呈。欲知其详，请看《大话》。

整部《大话》还配有大量图片。认真品其叙述之生动，赏其配图之精美，定为收获满满。

有个人在自媒体上说，意公子的视频是"心灵鸡汤"。心灵鸡汤好啊。喝了可以滋养身心。意公子也说，艺术最大的作用，是抚慰人心。

（本文是为一所学校推介《大话》的讲稿）

附 宋词佳句解读

但愿人长久，千里共婵娟

——北宋·苏轼

青山遮不住，毕竟东流去。

——南宋·辛弃疾

黄蜂频扑秋千索，有当时、纤手香凝。

——南宋·吴文英

写在前面

二十世纪中后期，曾为一手册写过一条目，兹录其下。

词

也称"诗余""长短句"。指按谱填写、可和乐歌唱的一种诗体。

词产生于唐代，最初是民间创作，称"曲子词"，即为曲子（乐曲）填写的歌词（如《敦煌曲子词》）。"由乐以定词，非选词以配乐"（元稹《乐府古题序》）。

到中唐时，一些文人也开始创作词。现存最早的文人词，是李白的《菩萨蛮》《忆秦娥》，曾尊其为"百代词曲之祖"。

经过五代到宋，词发展到极盛时期，成为继唐诗之后出现的另一种诗歌发展高峰。中国文学史上，唐诗、宋词、元曲是相提并论的。

词有词调（即词牌）和词谱。词调如《西江月》《采桑子》。早先的有些词调，与词的内容有关，如《忆江南》，就是写对江南的回忆。后来，词调与词的内容无关；有些作者就在词调后另写词题，如苏轼的《江城子·密州出猎》。词谱指填词时所依据的乐谱。

词根据字数多少，有小令、中调、长调之分。旧说，58字以内的为小令，59字到90字的为中调，91字以上的为长调。这是就一般而论。如《七娘子》（58字），《雪狮儿》（89字）等，就很难界定。

根据分段的情况，词又有单调、双调、三叠、四叠之分。不分段的叫单调，如《忆江南》。分两段的，叫双调，如《西江月》；

双调的上下段，称上阕和下阕，或上片和下片。三段的叫三叠，如《兰陵王》。四段的叫四叠，现存的只有吴文英的《莺啼序》，240字，是现存最长的词。以双调最为常见。

词的用韵、平仄、对仗等，都有一定的要求与规定。

在宋词的发展史上，有几位词家可以载入词史册。

晏、欧时期的词作，大多为小令，而且词的内容大多表现一种闲适生活、小园芳径、春怨秋愁、伤离思远等。他们持"诗庄词媚"之说。而到柳永时，宋词有了第一次的重大转折。柳永首先把词的题材扩展到市民阶层，并提高了词体的表现能力。其次，他长期处于底层，为举子时，教坊乐工每得新腔，必求为辞，他的词于是流行于世。宋词被民众所接受并在民众中广泛流行，"凡有井水处，即能歌柳词"，柳永功不可没。再次，柳永词多为慢词长调，风格上由含蓄转向铺叙。北宋词的发展，在柳永手里有了极大的突破与转变。柳永对词史发展作出了一大贡献。

但柳永的词，虽也有《望海潮·东南形胜》等歌咏杭州的繁华与西湖的美丽；但多半是倚翠偎红，离愁别恨，格调不高。之后范仲淹的《渔家傲》，虽有改变；但大大开拓词的境界、用词反映广阔的现实生活和历史人物、打破词柔婉的风格而创豪放风格、加强词的思想性的，则是苏轼。他的《念奴娇·赤壁怀古》气势磅礴，描写了壮丽的江山，缅怀了千古英才，表现了积极奋发的进取情怀，诚前无古人。苏词是词史发展上的第二次重大突破。苏词证明，词可以脱离音乐而成为一种独立文体。

苏轼之后的周邦彦也不容小觑。他被誉为婉约词派的集大成者；他精通音律，是格律词派的创始人。"他通过自己的创作使宋词进入规范化与标准化的新时期。"（陶尔夫《宋词百首译释》，黑龙江人民出版社1984年3月版）

历史的车轮前进到南宋，大片国土沦陷，阶级矛盾尤其是民族矛盾加剧。这一社会现实，造就了辛弃疾等一批词家。他们慷慨悲歌，而辛弃疾是他们的代表。辛词所表现的爱国主义精神，是宋词中的最高成就。在苏词的基础上，辛词进一步开拓了境界。如果苏词"以诗为词"，辛词则进一步打破了词与文的界限，"以文为词"。在词史上，辛词成为豪放派的代表。

执手相看泪眼，竟无语凝噎。

语见柳永《雨霖铃·寒蝉凄切》词上片，上片为——

　　寒蝉凄切，对长亭晚，骤雨初歇。都门帐饮无绪，留恋处，兰舟催发。执手相看泪眼，竟无语凝噎。念去去千里烟波，暮霭沉沉楚天阔。

　　柳永（987？—1055后），初名三变，字景庄、行七、耆卿，人称"柳七"。崇安（今福建武夷山）人。父柳宜，有三子。三变与兄三复、三接，皆负盛名，时称"柳氏三绝"。柳永景祐元年（1034）进士。官至屯田员外郎，世称"柳屯田"。长期处于社会下层，与歌妓乐工为友，创作了大量慢词，在词的发展史上作出了巨大贡献，具有重要的地位。著有《乐章集》，存词近两百首。

　　该词是宋词中的名篇。整首词，写了一对恋人在冷落清秋分手时的情状。词上片叙离别之事。

　　两句意为，在"兰舟催发"的情况下，彼此紧拉着对方的手，互相深情对视，眼中充满泪水，哽咽得一句话都说不出来。

　　作者把这对恋人泪眼相对、欲语又咽的依依不舍情态，描绘得淋漓尽致。

　　虽然只是一个细节，一个个例，但具有普遍性。热恋着的双方，不得不分离时，可以有各种情状。但柳之所写，却是一种普遍现象。我们可以由此联想开去，接下去的情状是：一人目送对方远去，直至消失；离去者往往是三步一回头，最后是含泪地艰难前行，带着可以称之为诗一般的情意走向远方。

陈匪石云："执手"两句，"留恋"情状。"相看""无语"，形容极妙。（《宋词举》）

唐圭璋云："执手"两句，写临别之情事，更是传神之笔。

四库馆臣引叶梦得《避暑录话》云：柳永为举子时，多游狭斜，善为歌词。教坊乐工，每得新腔，必求永为词，始行于世。余仕丹徒，尝见一西夏归朝官云："凡有井水饮处，即能歌柳词。"言其传之广也。

今宵酒醒何处？杨柳岸晓风残月。

语见柳永《雨霖铃·寒蝉凄切》词下片。下片为——

多情自古伤离别，更那堪，冷落清秋节！今宵酒醒何处？杨柳岸晓风残月。此去经年，应是良辰好景虚设。便纵有千种风情，更与何人说。

此下片，抒与恋人别后之情。

两句意为，今夜，酒醒时会在何处？该是在杨柳岸边，而那时，怕只有拂晓的风与西斜的月做伴了。

这是在与恋人分手后、难忍受冷落清秋的境况下的想象。既是无绪畅饮，且行将别离，只能以酒浇愁，应该是喝醉了。想到酒醒之时，身处野外荒郊，身边又没有了恋人，这般情景，更增添了一份愁绪。一个"晓"字，使"风"有了一股凉意。一个"残"字，使本为美好明亮的玉轮，增添了一分暗淡、一分悲怆。这般想象，也就进一步加强了艺术感染力。

据传，有幕士善歌，苏东坡问：我的词与柳七的词比较，如何？对曰：柳郎中词，只合十七八女郎，执红牙板歌"杨柳岸、晓风残月"；学士词，

须关西大汉铜琵琶，铁绰板，唱"大江东去"。东坡为之绝倒。（见俞文豹《吹剑录》）

此传说，说明柳、苏两家词风迥异，一婉约，一豪放。

一首词，能有一句，已属不易。柳永这首词，能有此两佳句，更为难能可贵。两佳句中，历史上，对后一句评价似更高。

贺裳认为这两句"自是古今俊句"。（《皱水轩词筌》）俞陛云说：客情之凄凉，风景之清幽，怀人之绵邈，皆在"杨柳岸"七字中……此七字已探得骊珠。（《唐五代两宋词选释》）刘永济云，"今宵"两句，传诵一时，盖所写之景与别情相契合。今宵别酒醒时恰是明早舟行已远之处，而"杨柳岸、晓风残月"又恰是最凄凉之景，读之自然使人感到一种难堪之情，故一时传诵以为名句。（《唐五代两宋词简析》）

有三秋桂子，十里荷花。

语见柳永《望海潮·东南形胜》。全词为——

> 东南形胜，三吴都会，钱塘自古繁华。烟柳画桥，风帘翠幕，参差十万人家。云树绕堤沙，怒涛卷霜雪，天堑无涯。市列珠玑，户盈罗绮，竞豪奢。　　重湖叠巘清嘉，有三秋桂子，十里荷花。羌管弄晴，菱歌泛夜，嬉嬉钓叟莲娃。千骑拥高牙，乘醉听箫鼓，吟赏烟霞。异日图将好景，归去凤池夸。

刘永济《唐五代两宋词简析》：柳永初与孙何为布衣交。及孙守杭州，门禁森严，柳不得入见，乃作此词令名妓楚楚于孙宴会时歌之。孙问知系柳作，遂延与共宴。

词上片写杭州形胜及钱塘江潮的壮观，下片重点写西湖。全词主要咏叹杭州湖山的美丽，城市的繁华。词在当时极负盛名。

"有三秋"两句，无非是说，秋天有桂花飘香，夏天有荷花盛开。词句给读者以想象的空间。夏天时，那十里之广的各色荷花，红白互衬，与日相映，娇姿可人得无以名状。而到中秋时，山上的成林桂树也开花了。小黄花缀满在翠绿的枝叶间，黄碧争妍，而阵阵的浓郁之香不仅散布四方，而且沁人心扉。那种持续不断袭来的美感，那种视觉、嗅觉及心灵的享受，极致得难以言述。三秋，秋天；秋分初秋、中秋、晚秋。桂子，桂花。十里，言面积之广。十里与三秋，荷花与桂子，隐含的夏季与秋天，参错交织，极见匠心。

"有三秋"两句，可谓平白如话，但影响极大。罗大经《鹤林玉露》云：此词流传，金主亮闻歌，欣然有慕于"三秋桂子，十里荷花"，遂起投鞭渡江之志。近时谢处厚诗云："'谁把杭州曲子讴？荷花十里桂三秋。那知草木无情物，牵动长江万里愁！'余谓此词虽牵动长江之愁，然卒为金主送死之媒，未足恨也。至于荷艳桂香，装点湖山之清丽，使士大夫流连于歌舞嬉游之乐，遂忘中原，是则深可恨耳！"

四面边声连角起。千嶂里，长烟落日孤城闭。

语见范仲淹《渔家傲·秋思》。全词为——

　　塞下秋来风景异，衡阳雁去无留意。四面边声连角起。千嶂里，长烟落日孤城闭。　　浊酒一杯家万里，燕然未勒归无计。羌管悠悠霜满地。人不寐，将军白发征夫泪。

范仲淹（989—1052），字希文。先世邠（今属陕西）人，迁居吴县（今江苏苏州）。大中祥符八年（1015）进士。官至参知政事。主持庆历新政。在

《岳阳楼记》中，曾写下"不以物喜，不以己悲；居庙堂之高则忧其民，处江湖之远则忧其君。是进亦忧，退也忧。然则何时而乐耶？其必曰先天下之忧而忧，后天下之乐而乐乎"的名句。年六十四。谥文正。存词六首。今有中华书局《范仲淹全集》辑本。

仁宗时，西夏不断侵犯、扰乱我边境，致民不聊生。一〇四〇年，朝廷命范仲淹任陕西经略副使，兼知延州（今陕西延安），负责防御西夏。当时民歌中称他为"西贼闻之惊破胆"的英雄。词就作于此期间。全词上片写西北边地秋来风景之异，下片抒作者壮志未酬及官兵思家的矛盾之情。词一扫花间派柔靡词风，突破词限于男女与风月的内容，为苏、辛豪放词导开先路。

"四面"三句为词首句"寒下秋来风景异"的具体内容。"异"字领起全篇。风景之异，异在哪里？一是大雁急于离开西北边地的荒凉，向衡阳飞去。二就是"四面"三句内容。

这三句意为，军中号角吹响，边地四方之声随之而来，不绝于耳（李陵《答苏武书》中也写到边声："侧耳远听，胡笳互动，牧马悲鸣，吟啸成群，边声四起。"）；层层叠叠的山如同屏障，日暮时分，城门紧闭，浓烟笼罩。边声，边地之声，如马鸣声等。角，军中乐器。嶂，屏障般的山脉。

三句一是实写"塞下"景象，苍茫无际，悲凉艰苦，令人百感交集；二是为下片抒壮志未酬及思乡之情伏笔。

冯金伯引《古今词话》云，词旨苍凉，多道边镇之苦。欧阳修每呼为穷塞主，诗非穷不工，乃于词亦云。（《词苑粹编》）先著、程洪《词洁》："一幅绝塞图，已包括于'长烟落日'十字中。"

沙上并禽池上暝，云破月来花弄影。

语见张先《天仙子·水调数声持酒听》，全词为——

水调数声持酒听，午醉醒来愁未醒。送春春去几时回？临晚镜，伤流景，往事后期空记省。　　沙上并禽池上暝，云破月来花弄影。重重帘幕密遮灯，风不定，人初静，明日落红应满径。

词牌后有小序：时为嘉禾（宋时为府名，今浙江嘉兴市）小倅，以病眠，不赴府会。小倅，副职，时张先为嘉禾通判。词首句中"水调"，曲调名，相传为隋炀帝所制。

张先（990—1078），字子野，乌程（今浙江湖州）人。天圣八年（1030），与欧阳修同榜进士。官至尚书都官郎中。性格疏放，生活浪漫。"善戏谑，有风味"。（《东坡题跋》中语）八十九岁卒。著有《张子野词》两卷，《补选》两卷。

此词为广泛传诵的名篇，是张先词的代表作。伤春诗词，一般先写景后抒情。此词不然，上片抒伤春之情，下片描夜晚景色（以烘托伤春复自伤心情）。

"沙上"两句，意为成双的禽鸟在沙滩上栖息，暮色笼罩池面；云移月出，月光让花的身影为池中增添一份妩媚。

因为月亮出现，才有月光下泻，才见沙上并禽。一个"并"，象征爱；一个"暝"（暮色），象征静美。这是一幅画。

因为月亮出现，才有月光下泻，才照亮池面，使花有了身影。明明是云散月现，说成是月破云而出。明明是月光使花有了影，说成是花在弄姿。这是第二幅画。

两幅画显示出的是一种意境。这意境又为读者获得了美学享受。尤其是第二幅画中，一个"弄"，生动、贴切地描绘出了花影的动态。王国维在《人间词话》中说，著一"弄"字，而境界全出矣。唐圭璋在《宋词简释》中说，"云破"句，写景灵动，古今绝唱。

《高斋诗话》云，子野尝有诗云，"浮萍断处见山影"，又长短句云，"云破月来花弄影"，又云，"隔墙送过秋千影"，并脍炙人口，世谓"张三影"。由此可见，作者描写精工。

陈廷焯曰：张子野词，古今一大转移。（《白雨斋词话》）这话有些过。但"张

先在由小令到长调方面起了一些过渡的作用"。（胡云翼《宋词选》，中华书局上海编辑所 1962 年 2 月第 1 版）

无可奈何花落去，似曾相识燕归来。

语见晏殊的《浣溪沙·一曲新词酒一杯》。全词为——

　　一曲新词酒一杯，去年天气旧亭台。夕阳西下几时回？　　无可奈何花落去，似曾相识燕归来。小园香径独徘徊。

晏殊（991—1055），字同叔，临川（今属江西）人。幼以神童称，十五岁时，召试，赐同进士出身。仁宗时，官至宰相。享年六十五。谥元献。著有《珠玉词》。

《浣溪沙·一曲新词酒一杯》是晏殊的名篇。全词主要抒发对光阴流逝的惆怅，春天过去的惋惜。

两句中，上句写了词家的感受，繁花凋零，是自然规律，任何人都不能改变，作者有"无可奈何"之感是很自然的。下可写燕子。燕子秋来南去，春至归来，也从不违时节。由于燕子体态无甚差别，难以辨认今之来者是否昔之见者，作者用了"似曾相识"。

两句看似平白，但工巧、自然，无雕琢之痕；又蕴含哲理，无论是花，还是鸟，都遵循规律，存者终必消逝，而在消逝中，必将有新者生成。

俞陛云曰：春不能留，花亦随之落去，花既无情，惜花者空付"奈何"一叹。"归燕"句承"旧亭台"之意，虽梁燕寻巢，似曾相识，若有情而实无情。（《唐五代两宋词选释》）

唐圭璋《唐宋词简释》曰："无可"两句，虚对工整，最为昔人所称。盖既丧花落，又喜燕归，燕归而人不归，终令人抑郁不欢。

相传，晏元献赴杭州，道过维扬，憩大明寺……时春晚已有落花。晏云："每得句，书墙壁间，或弥年未尝强对，且如'无可奈何花落去'，至今未能对也。"王（时江都尉王琪）应声曰："似曾相识燕归来。"（吴曾《能改斋漫录》卷十一引）

绿杨烟外晓寒轻，红杏枝头春意闹。

语见宋祁《玉楼春·春景》（别名《木兰花》）。全词为——

> 东城渐觉风光好，縠皱波纹迎客棹。绿杨烟外晓寒轻，红杏枝头春意闹。　　浮生长恨欢娱少，肯爱千金轻一笑。为君持酒劝斜阳，且向花间留晚照。

宋祁（998—1061），字子京，安州安陆（今属湖北）人。迁居开封雍丘（今河南杞县）。仁宗朝进士。历官工部尚书、翰林学士承旨、史馆修撰等。与欧阳修同修《新唐书》。谥景文。清人辑有《宋景文集》。今存词六首。

全词主旨，表现文人士大夫的游春雅趣及惜春感慨。

"绿杨"两句，意为，绿杨枝叶如烟，把早晨的寒气驱散了；红杏缀满枝头，如春意在喧闹着。

绿杨如烟，说明绿杨在远处，是远景；既见红杏在枝头喧闹，说明红杏就在眼前，是近景。晓寒渐轻，意味着春意来袭。春意来袭，红杏在枝头就纷纷破苞绽放。两句中，"绿杨"与"红杏"相对，"烟外"与"枝头"相对。对仗工整，色彩秾丽。再着一"闹"字，就把春光中的勃勃生机生动地点染出来了。

词作者因"红杏"句，而著称词坛，被称为"红杏枝头春意闹"尚书。唐圭璋云，两句实写景物之丽。绿杨红杏，相映成趣，而"闹"字尤能撮出花繁之神，宜其擅名千古也。（《唐宋词简释》）刘体仁云，"红杏枝头春意闹"，一"闹"字，卓绝千古。（《七颂堂词绎》）王国维云，着一"闹"字，而境界全出。（《人间词话》）

词牌后，有词题"春景"。

月上柳梢头，人约黄昏后。

语见《生查子·元夕》。词作者，一直有异见。一说为北宋欧阳修，一说为南宋朱淑真。但两个人都是宋代人，《生查子》为宋词无疑。现据纪昀、俞平伯等见，（方回《瀛奎律髓》引纪昀曰："月上柳梢头"一阕，乃欧公小词。后人窜入朱淑真，已为冤抑。）将该词作欧阳词。词为——

去年元夜时，花市灯如昼。月上柳梢头，人约黄昏后。　　今年元夜时，月与灯依旧。不见去年人，泪湿春衫袖。

欧阳修（1007—1072），字永叔，号醉翁，晚年又号六一居士。庐陵（今江西吉安）人。官至兵部尚书、参知政事。极力推动庆历（1041年始，凡8年）新政。以太子少师致仕。年六十六。谥文忠。与宋祁合修《新唐书》，独立撰修《新五代史》。北宋诗文革新运动的领袖。无论诗、词、文，都有极高的成就。著有《欧阳文忠公集》，词集有《六一词》《近体乐府》《醉翁琴趣外编》等多种，二百余首。

全词写元宵节日引起的物是人非之感。让人想起了唐诗人崔护的《题都城南庄》：去年今日此门中，人面桃花相映红。人面不知何处去，桃花依旧笑春风。两首一写桃花前，一写花灯下（或花灯边），同样缠绵悱恻，同样景同人不见。

元夜，农历正月十五夜，即元宵。也称上元节。隋唐始，有元夜观灯风情。灯山上彩，金碧相射，锦绣交辉。少男少女，浪漫偶傥。

"月上"两句意为，在月上柳梢头的黄昏时刻，两人相约见面。

见面的情状，作者并未具体描述，这就给读者留下了想象空间。或曰，人约黄昏后，是在人员密集处共观花灯，还是在灯火阑珊处秘密私语？在我看来，后者的可能性较大；抑或先观灯，再觅一隐秘处互诉衷肠。总之，他们应是乘元夜，借观灯，去共同享受爱情的美好与甜蜜，共同享受人生的幸福。

黄昏是情人约会的最佳时候。那个晚上，灯光与月色相融，意味着两人情感的相融。

但美好到极致，必走向事物的另一端，所谓物极必反。黄昏之后是黑夜。黄昏，暗示着会朝着悲剧的方向发展。词末"泪满春衫袖"句，即表现了这一发展。

千里澄江似练，翠峰如簇。
归帆去棹残阳里，背西风、酒旗斜矗。

语见王安石《桂枝香·金陵怀古》。全词为——

登临送目，正故国晚秋，天气初肃。千里澄江似练，翠峰如簇。归帆去棹残阳里，背西风、酒旗斜矗。彩舟云淡，星河鹭起，画图难足。　　念往昔，繁华竞逐。叹门外楼头，悲恨相续。千古凭高对此，谩嗟荣辱。六朝旧事随流水，但寒烟衰草凝绿。至今商女，时时犹唱，后庭遗曲。

王安石（1021—1086），字介甫，晚号半山。临川（今江西抚州）人。仁宗庆历二年（1042）进士。神宗时宰相，创新法，改革旧政。后新法迭遭攻击，辞相位。第二年复相，复辞。元丰元年（1078）封舒国公，后改封荆。卒后赠太傅。绍圣（1094 年始，凡五年）中谥文。世称王荆文公。文学上的主要成就在诗文方面，词作不多，但能"一洗五代旧习"。（见刘熙载《艺概》）著有《临川集》等。存词二十余首。今有高克勤《王荆文公诗笺注》（宋李壁笺注）点校本，上海古籍出版社出版。

此词黄昇《唐宋诸贤绝妙词选》在词牌下有"金陵怀古"。上片描写金陵的壮丽景色，下片通过怀古揭露六朝统治者"繁华竞逐"的生活。

《古今词话》云：金陵怀古，诸公寄调《桂枝香》者三十余家，唯王介甫为绝唱。苏轼对此词也大为叹赏。余吟诵再三，深为之所感，但粗翻"诗词名句"类书，未见有句选录，故特选录几句，权作写景佳句。

"千里"几句中，澄江似练，用谢朓《晚登三山还望京邑》诗中的"澄江静如练"句。澄江，澄清的江水。这里的"江"，指长江。练，白绸。簇，同镞，即箭镞，也可解为聚集。棹，船桨，这里指船。斜矗，斜斜地竖立着。

几句意为，因登临远眺，宽阔而澄清的长江，如一条白色的绸带，苍翠的群山，山峰似箭头凌云直上。夕阳下，船只来往于江波之上，而下面斜插着的酒旗，因西风而飘舞。关于"归帆"几句，周汝昌说：帆樯为广景，为"宏观"；酒旗为细景，为"微象"；而皆江上水边之人事也。故词人之领受，自以风物为导引，而以人事为着落。……一个"背"字，一个"矗"字，又是何等神采，何等警策！（见《唐宋词鉴赏辞典》，上海辞书出版社 1988 年 4 月第 1 版）字里行间，在清空中有意趣。

作为一位政治家，眼中的景色壮丽，反映出他胸中有江山，有江山之爱。至少从词作中看是如此。

人有悲欢离合，月有阴晴圆缺，此事古难全。但愿人长久，千里共婵娟。

语见苏轼《水调歌头·明月几时有》词下片。下片为——

转朱阁，低绮户，照无眠。不应有恨，何事长向别时圆。人有悲欢离合，月有阴晴圆缺，此事古难全。但愿人长久，千里共婵娟。

苏轼（1036—1101，一说 1037—1101），字子瞻，一字和仲，号东坡居士。眉州眉山（今属四川）人。苏洵长子。嘉祐二年（1057），与弟辙同登进士第。仁宗时，曾上书要求改革政治。王安石变法时，却持反对态度，自请外调。先后知密州、徐州、湖州。元丰（1078 年始，凡 8 年）年间，"乌台诗案"狱起，贬黄州（今湖北黄冈）团练副使。元祐（1086 年始，凡 9 年）年间，高太后执政，被召回，迁翰林学士，龙图阁学士。又不满司马光执政，再次外调，历任杭州、颍州、扬州等地知州。哲宗亲政，又贬放惠州（今属广东省惠州市）、儋州（今海南省儋州市）。徽宗即位，赦还，提举玉局观。卒于常州。谥文忠。北宋杰出的词家、诗人、散文家、书法家。其词于题材、风格方面均有开创性，享有盛誉，在词的发展史上有很重要的地位。词有《东坡乐府》两卷，存词三百五十余首。南宋时，傅幹为苏轼词作注，为《注坡词》十二卷。

词牌后有小序：丙辰（神宗熙宁九年即 1076 年）中秋，欢饮达旦，大醉，作此篇，兼怀子由（弟苏辙字子由）。

全词为中秋词中的千古绝唱。胡仔云：中秋词自东坡《水调歌头》一出，余词尽废。（《苕溪渔隐丛话》）

下片，写对月怀人。

"人有""但愿"句意为，人生难免悲欢离合，月亮也会有阴晴圆缺，无论人与月，自古以来总是难以圆满。我们只愿尽可能长久健康地活着，即使相隔千里，也能共同享有这美好的月色，并托月传思，长毋相忘。

"人有"句中，婵娟，形态美好的样子，这里指月亮。人长久，既有年寿的长久，又有感情的长久。此句由与弟之分离，拓展到整个"人"；由眼前之圆月，拓展到月的变化。两者互相印证。人之悲欢离合，是常事；月之阴晴圆缺，也是规律。此句写了人与月、古与今、人间与天上，提出了一个具有普遍意义的问题，并把它放在时、空、人这一大范畴中，对整个宇宙与人类进行了思考，具有深刻的哲理和人生感慨，从而加深

了词的意蕴。为此，王闿运说："人有"句，大开大阖之笔，他人所不能。（《湘绮楼词选》）

"但愿"句，紧接上句，是美好的祝福。人既有悲欢离合，月既有阴晴圆缺，那就唯望长久共婵娟。既自慰其思念亲人之情，又对普天下不能团圆的离别之人发出诚挚的劝慰，表现出一种人情美。黄蓼圆曰：缠绵悱恻之思，愈转愈曲，愈曲愈深，令人玩味不尽。（见《蓼圆词选》）

苏轼一生，仕途坎坷，但在词中表现出积极的态度及达观的胸怀，诚难能可贵。

大江东去，浪淘尽、千古风流人物。

语见苏轼《念奴娇·赤壁怀古》。全词为——

> 大江东去，浪淘尽、千古风流人物。故垒西边，人道是：三国周郎赤壁。乱石穿空，惊涛拍岸，卷起千堆雪。江山如画，一时多少豪杰。　　遥想公瑾当年，小乔初嫁了，雄姿英发。羽扇纶巾，谈笑间，樯橹灰飞烟灭。故国神游，多情应笑我，早生华发。人生如梦，一尊还酹江月。

这是苏轼贬官黄州（今湖北黄冈）时游赤壁所作。苏轼所游的赤壁，在黄冈城外的赤鼻矶；三国古战场的赤壁，一般认为在今湖北嘉鱼东北，一说湖北蒲圻西北位处长江南岸的赤壁山，因山岩石壁呈赭红色而得名。苏轼因地名同而起怀古之思。

全词吊古伤怀，抒发了对古代英雄业绩的向往和自己不能建功立业、施展抱负的忧愤心情。

"大江"两句中：大江，指长江，长江的流水。淘，冲洗、冲刷。

风流人物，指历史上有影响的杰出人物。

两句意为，岁月流逝，无数英雄人物，被长江滚滚东流水冲刷掉一样，无影无踪了。

此两句，一是境界壮阔，大气磅礴。二是把江山、历史、英雄人物尽收笔端，起到了笼罩全词的作用。三是隐含着宇宙永恒、人生短暂的感叹。

唐圭璋云：起笔，点江流浩荡，高唱入云，无穷兴亡之感，已先揭出。（《唐宋词选释》）胡仔云：苏轼佳词最多，如"大江东去，浪淘尽、千古风流人物"等，皆绝去笔墨畦径间，直造古人不到处，真可使人一唱而三叹。（《苕溪渔隐丛话后集》）刘永济云：此词首韵二句，笼罩全首，而"浪淘尽"句，将南朝人物一齐包括其中，以便下文独提出赤壁中之豪杰，使主题更为分明。（《唐五代两宋词简析》）

落花人独立，微雨燕双飞。

语见晏几道《临江仙·梦后楼台高锁》。词为——

梦后楼台高锁，酒醒帘幕低垂。去年春恨却来时，落花人独立，微雨燕双飞。　记得小蘋初见，两重心字罗衣。琵琶弦上说相思。当时明月在，曾照彩云归。

晏几道（1038—1110），字叔原，号小山。临川（今属江西）人。晏殊第七子，一说第八子。聪明过人。虽出身宦门，由于性格孤傲，不与世苟合，仕途塞仄，只任过颖昌府许田镇监官、开封府推官等微职。善小令，与其父合称"二晏"。卒年七十三。著有《小山词》，存词二百六十首。

此词是小晏词的代表作。作者追忆了与小蘋（歌妓）的一段情事，抒发了今日人去楼空的惆怅。

"落花"两句意为，落花纷纷，我则独自久久站立；细雨绵绵，双燕剪雨飞翔。

　　两句工丽缠绵。花落人立，人独立而燕双飞，微雨又与落花相对。好色而不淫。俞陛云曰："落花"两句，正春色恼人，紫燕犹解"双飞"，而愁人反成"独立"。论风韵如微风过箫，论词采如红蕖照水。（见《唐五代两宋词选释》）真可谓"雅绝，韵绝，厚绝，深绝"（陈匪石《宋词举》），从而被誉为"名句千古，不能有二，所谓柔原在此"。（谭献《复堂词话》）

　　这两句其实为五代翁宏原创，但在他的《春残》诗中并不起眼。而用在此词中，衬副得宜，与作者对小蘋的思念完全吻合，恰同己出。唐圭璋说：落花、微雨，境极美；人独立，燕双飞，情极苦。（《唐宋词简释》）两句十分含蓄、贴切、优美地反映出作者怀念那名姑娘时的孤独与惆怅。

　　此词中，还有两佳句：

　　　　当时明月在，曾照彩云归。

　　两句意为，当时的明月依然在，但那明月已然照着小蘋离去了。彩云，喻指小蘋。沈祖棻说：小蘋本是家妓……她可能属甲家，而到乙家"侑酒"，宴毕仍回甲家，这"归"字，当作如此理解。这是回想她宴罢踏着月色归去的情景。当时明月，曾经照着她回去，如今明月仍在，而人呢，却已"流转于人间"，不知所终了。（《宋词赏析》）

　　陈廷焯曰："当时"两句，既娴婉，又沉着，当时更无敌手。（《白雨斋词话》）

舞低杨柳楼心月，歌尽桃花扇底风。

　　语见晏几道《鹧鸪天·佳会》。全词为——

彩袖殷勤捧玉钟。当年拼却醉颜红。舞低杨柳楼心月，歌尽桃花扇底风。　　从别后，忆相逢。几回魂梦与君同。今宵賸把银釭照，犹恐相逢是梦中。

此词《唐宋诸贤绝妙词选》题作"佳会"。词上片忆以前在与歌女相聚时的欢乐；下片写别后的思念及重逢之惊喜。賸，同"剩"，尽管。全词写与一名恋爱的歌女久别重逢的欢欣之情。这是晏几道爱情词的代表作，历来脍炙人口。

"舞低"两句意为，你翩翩起舞，月上柳梢头，原是要照到楼中的，现在已经西沉；你歌唱时的感情投入，使歌舞时用的桃花扇也停止了扇动。两句着重写歌女倾情歌舞，且时间久长。

两句中，楼心，犹楼中。元萨都剌《和马昂夫赏心亭怀古》："一自朝云归寺里，几回明月到楼心。"上句有"拼却"（拼却，意为豁出去、不顾一切），歌尽，也有"拼却"之意，语气承上句。桃花扇，歌舞时用的画着桃花的扇子。

词家不说月亮按时西沉，而说"舞低杨柳"；不说扇子因歌唱尽情而停止挥动，而说是由于风停了，似乎扇子不是随舞蹈而挥动，而是因风而舞。作为词上片的收尾句，别具一格地表现了往日欢会的时间之长及彼此的欢娱之情深。就表现手法而言，词情婉丽，给人以美感，历来受到喜欢工丽词语的文人的称颂。

宋·赵令畤《侯鲭录》引晁无咎言：晏元献不蹈袭人语，风度娴雅，自是一家。如"舞低杨柳楼心月，歌尽桃花扇底风"，可知此人不生在三家村中也。按：晏殊卒后谥元献，为晏几道父，此应为晏几道。三家村，指偏僻的小乡村。

陈匪石《宋词举》："舞低"两句，既工致，又韶秀，且饶雍容华贵之气。

清·黄苏《蓼园词评》引《雪浪斋日记》云；"舞低"两句，比白香山"笙歌归院落，灯火下楼台"更觉浓至。唯愈浓情愈深。今昔之感，更觉凄然。

春归何处？寂寞无行路。
若有人知春去处，唤取归来同住。

语见黄庭坚《清平乐·春归何处》。全词为——

> 春归何处？寂寞无行路。若有人知春去处，唤取归来同住。　　春无踪迹谁知？除非问取黄鹂。百啭无人能解，因风飞过蔷薇。

黄庭坚（1045—1105），字鲁直，曾游潜水山谷寺，乐其林泉之胜，自号山谷道人，晚号涪翁。洪州分宁（今江西修水）人。治平四年（1067）进士。历任北京（今河北大名）国子监教授、校书郎、《神宗实录》检讨官、起居舍人、秘书丞等职。晚年两次被贬，并卒于西南荒野贬所，年六十一。私谥文节先生。为苏门四学士之一。著有《豫章黄先生文集》三十卷，《山谷琴趣外编》三卷（又名《山谷词》）等。

全词活泼、清新地抒发了对春的惆怅。

这几句是词的上片，主要写作者在春天离去时的心绪。大意为，春天去哪里了？她悄悄地离去了，没留下行踪。如果有人知道她去处，唤其回来，让她与我们同处。寂寞，无声。

黄庭坚是北宋江西诗派的开山大师，提倡诗"无一字无来处""脱胎换骨，点铁成金"，讲究修辞造句，爱用僻典与拗律。

黄庭坚也善词。他的词风格不一，对他的词，各家也褒贬不一。唯对《清平乐》词，多以为语言平白，清丽蕴藉，与他的一些诗词的风格迥异。作者运用拟人手法，细腻地将美好的季节之春喻作具体的可爱之人，春天像人一样"归""行""住""寂寞"。词句反映出作者热切的爱春、恋春情怀。春天是美好的，爱春、恋春，也反映了作者对美好事物的执着与追求。再细细体会，词句又岂不是对诗般的青春年华的无尽依恋？

刘熙载云：黄山谷词，用意深至，自非小才所能辨。（《艺概》卷四）

王逐客（王观自号逐客）《卜算子·送鲍浩然之浙东》中，有"若到江南赶上春，千万和春住"句。沈际飞云："赶上和春往""唤取归同住"，千古一对情痴，可思而不可解。（见《草堂诗余四集·别集》）

两情若是久长时，又岂在朝朝暮暮。

语句见秦观《鹊桥仙·纤云弄巧》。全词为——

纤云弄巧，飞星传恨，银汉迢迢暗度。金风玉露一相逢，便胜却、人间无数。　柔情似水，佳期如梦，忍顾鹊桥归路。两情若是久长时，又岂在、朝朝暮暮。

秦观（1049—1100），字少游，一字太虚，号淮海居士、邗沟居士。高邮（今属江苏）人。元丰八年（1085）进士，历任太学博士、秘书省正字、国史院编修。年五十二卒。为苏门学士。著有《淮海集》四十卷，《后集》六卷，《淮海词》（又名《淮海居士长短句》）三卷。

乡先贤浦江清先生认为，他的词婉约柔和近似柳永，但比柳永高雅，近似晏（殊）欧（阳修），是词的"正宗"。（见《中国文学史讲义》，天津古籍出版社 2007 年 1 月）

《鹊桥仙》词，围绕民间的神话传说，表现了被银河（即词中的银汉）所隔的牛郎与织女真挚的爱情。

"两情"两句，历来脍炙人口。其意为，只要双方心心相印，纯真、坚定如大海高山般长久，即使一年相会一次，也胜过朝夕相处。

两句是全词的结尾句，是在上面极写柔情离恨的基础上的突转。突转又不突兀，因为紧接住了似水"柔情"、如梦"佳期"。突转十分自然地提升了全词的格调。这是一。其二，夫妇也好，情侣也好，总希望日日相处，热恋中，尤以时刻相处为盼，而以分离为恨，此两句可谓别出心裁。其三，如果前面主要写的是神话故事，那么这两句所表达的，显然是作者的观点，是作者的爱情观，是作者的劝慰。尽管有人说，这是夫妇双方相隔无奈的自慰之词，但这种自慰，即使在今天，仍有着积极意义。

李攀龙曰：两情不在朝暮，破格之谈。七夕歌以双星会少别多为恨，独少游此词谓"两情若是久长"一句，最能醒人心目。（《草堂诗余隽》）

沈际飞曰：七夕以双星会少别多为恨，独谓情长不在朝暮，化臭腐为神奇。（《草堂诗余四集·正集》）

夏闰庵云：七夕词最难作，宋人赋此者，唯少游一词可观。

此词中，"柔情似水，佳期如梦"，也是佳句。其意为，情爱水般温柔，佳期恍如梦中。

当年不肯嫁春风，无端却被秋风误。

语见贺铸《踏莎行·杨柳回塘》（一作《芳心苦》），全词为——

　　杨柳回塘，鸳鸯别浦，绿萍涨断莲舟路。断无蜂蝶慕幽香，红衣脱尽芳心苦。　　返照迎潮，行云带雨，依依似与骚人语：当年不肯嫁春风，无端却被秋风误。

贺铸（1052—1125，胡云翼认为是1063—1120），字方回，号庆湖遗老。祖籍山阴（今浙江绍兴），生于卫州（今河南省卫辉市）。曾任武职，元祐七年

（1092），由苏轼等举荐，改官为承直郎，监鄂州，后通判泗州（今安徽泗县）。大观三年（1109），以承议郎致仕。政和元年（1111），因荐复官，管勾杭州洞霄宫。宣和元年（1119）再致仕。晚年居苏州。有《贺方回词》《东山词》《东山词补》三种校刻本。存词二百八十余首。

全词咏荷花。

"当年"两句，意为荷花不想在春风中与万紫千红的百花争艳而开在夏天，结果被秋风耽误，致衰残凋零。

张先《一丛花令》词："沉恨细思，不如桃杏，犹解嫁春风。"方回这里显然是反用张先的词句。

明清之际的李渔曾说，"荷钱"（初生的小荷叶）出水之日，便"点缀绿波"；其茎叶既生，则又"日高日上，日上日妍（妍，容色美好）"，有风时作"飘摇之态"，无风时也呈"袅娜之姿"，花之未开，让人"先享无穷逸致"；等到花苞绽放，"娇姿欲滴"，自夏至秋。"荷叶之清香，荷花之异馥（馥，香气）；避暑而暑为之退，纳凉而凉逐之生（逐，跟随）"。如此"可人""可目""可鼻"之荷花，与春之百花相比，有过之而无不及，完全可与百花相争，可荷花不。（见《李笠翁一家言·笠翁偶集》）

古人很少单纯咏物，而常常托物言志，索物言情。方回前，周敦颐（1017—1073）有《爱莲说》文专咏荷花，云其"出淤泥而不染，濯清涟而不妖"，喻君子不为世俗所污，不媚于世。方回"此词必有所指，特借荷寓言耳"。（陈廷焯《云韶集》）"当年"两句，所咏的荷花，如同梅花，梅花早于春之百花，而荷花晚于春之百花，但它们的共同点是，不与百花在春风中争奇斗艳。方回讲荷花不肯"嫁"春风，从另一角度体现了荷花的品格，同样有所寄托。方回才兼文武，为人耿直，但一生沉于下僚，郁郁不得志，人称"狂客"。"不肯嫁春风"正寄托了自己的思想、性格和品德。刘永济说：此词表面系咏荷花，实则以荷花自比。……结二句，不慕富贵，故"不肯嫁东（春）风"，今则不开于春而开于秋（夏），故曰"无端却被秋风误"。（《唐五代两宋词简析》）

新笋已成堂下竹，落花都上燕巢泥。

语见周邦彦的《浣溪沙·楼上晴天碧四垂》。全词为——

楼上晴天碧四垂，楼前芳草接天涯。劝君莫上最高梯。　　新笋已成堂下竹，落花都上燕巢泥。忍听林表杜鹃啼。

周邦彦（1057—1121，一说 1056—1121），字美成，自号清真居士。钱塘（今浙江杭州）人。其叔周邠为进士，曾任钱塘令，与苏轼是知交。邦彦早年"疏隽少检，不为州里推重，而博涉百家之学"。（《宋史》本传）宋神宗时，献《汴都赋》，受到赏识，为太学正。后长期于州县间任职。徽宗时，召邦彦提举大晟府（大晟府为教坊音乐机构），负责审检古乐府等。邦彦精通音律，家有顾曲堂，作曲谱词，多创新调，享有盛誉，对后世影响深远。著有《清真词》（又名《片玉集》）。存词一百八十余首。

"新笋"两句意为，堂下新笋已生长为翠绿的竹子，落花成泥，被新来的燕子衔筑新巢了。

胡云翼先生认为，邦彦擅长写景和咏物。他举了一些名句，如《玉楼春》中的"烟中列岫青无数，雁背夕阳红欲暮"（写的是傍晚景色，意远方烟雾中排列着无数青山，红色的晚霞映照着正在飞行的大雁）。如《苏幕遮》中的"叶上初阳干宿雨，水面清圆，一一风荷举"（写的是荷花，意朝阳将昨夜留在荷叶的水珠吸干了，水面上圆圆的荷叶因此而轻盈地在风中挺起了绿盖）。如《六丑》中的"长条故惹行客，似牵衣待话，别情无极"（写的是蔷薇，意长长的枝条，有意拉住我的衣服似有话要对我说，依依不舍的神情诚挚无限）。这些词句"都描绘得很出色"。"他的词绝大部分都是即景抒情。字句雕琢的精工……特别是结构的曲折和前后呼应，把许多层次组成一片，使全词具有完整性而灵活自如。"（《宋词选》，中华书局 1962 年 2 月第 1 版）《浣溪沙》

词也是如此。俞陛云曰："新笋"两句，写景即言情，有手挥目送之妙。（《宋词选释》）"新笋"两句，还有一个特点。新笋成竹，新燕筑巢，而花已凋落，春事阑珊，在写法上，将新生与迟暮互见糅合，"极醒豁又极蕴藉"。（俞平伯《清真词释》）六朝诗人孙光宪亦有"粉箨半开新竹径，红苞尽落旧桃蹊"等句。

莫道不销魂，帘卷西风，人比黄花瘦。

语见李清照《醉花阴·薄雾浓云愁永昼》。全词为——

薄雾浓云愁永昼，瑞脑消金兽。佳节又重阳，玉枕纱厨，半夜凉初透。　　东篱把酒黄昏后，有暗香盈袖。莫道不销魂，帘卷西风，人比黄花瘦。

李清照（1084—1155？），号易安居士。济南章丘明水镇（今属山东）人。李格非之女，赵明诚之妻。靖康之难后南渡建康，丈夫不久病故。金兵南下，她避难浙江一带，晚年来往于金华、临安间。善属诗文，诗尤工；词为南渡大家，创为"易安体"。人谓千古才女。今有《李清照集》辑本。存词四十余首。所著《词论》，历评唐宋诸名家之长短，颇中肯綮。

此词为作者早期与丈夫别后所作，通过伤秋悲别抒发寂寞相思之情。

"莫道"三句意为，在这伤秋悲别时候，不要说不失魂落魄，晚来风急，把帘子都卷起来了，面对秋菊，我感到自己比菊花消瘦、憔悴。

句中，销魂，灵魂离开肉体，形容极度哀愁伤神。"黯然销魂者，唯别而已矣。"（江淹《别赋》）婚后不久，逢重阳佳节，当夫妇俩共把酒赏菊，而今自己却独守空房，不免孤寂，加上这清秋悲凉时节，能不伤心欲绝吗？帘卷西风，帘被西风卷。人消瘦、憔悴，是因为伤离别。

易安词中，爱用"瘦"字。"知否、知否？应是绿肥红瘦。"（《如梦令·昨夜雨疏风骤》）"新来瘦，非干病酒，不是悲秋。"（《凤凰台上忆吹箫·香冷

《金猊》）前人评曰：妙。

易安善把人与花木相比，让物著"我"之色彩，取譬新颖。古诗词中，以花喻人的，也有一些，如无名氏《如梦令》"人与绿杨俱瘦"，程垓《摊破江城子》"人瘦也，比梅花、瘦几分？"等。但对花木，今人一般言其茂盛、枯萎等，不用"胖""瘦"形容，而她却说自己"比黄花瘦"，岂不言菊花亦有胖瘦乎？真可谓别出心裁。

伊士珍《琅嬛记》引：易安以重阳《醉花阴》词函致赵明诚。明诚叹赏，自愧弗逮，务欲胜之。一切谢客，忌食忘寝者三日夜，得五十阕，杂易安作，以示友人陆德夫。德夫玩之再三，曰："只三句绝佳。"明诚诘之。答曰："莫道不销魂，帘卷西风，人比黄花瘦。"正易安作也。不过有人说《琅嬛记》为伪书，不足据，录此仅供参考。

茅暎《艺苑后言》："瘦"字妙。

唐圭璋曰：尤妙在"莫道"二字唤起，与方回之"试问闲愁都几许"句，正同妙也。（《唐宋词简释》）

陈廷焯云：无一字不秀雅。深情苦调，元人词曲往往宗之。（《云韶集》）

寻寻觅觅，冷冷清清，凄凄惨惨戚戚。

语见李清照《声声慢·寻寻觅觅》。全词为——

寻寻觅觅，冷冷清清，凄凄惨惨戚戚。乍暖还寒时候，最难将息。三杯两盏淡酒，怎敌他、晚来风急。雁过也，正伤心，却是旧时相识。　　满地黄花堆积，憔悴损，如今有谁堪摘？守着窗儿，独自怎生得黑！梧桐更兼细雨，到黄昏、点点滴滴。这次第，怎一个、愁字了得！

这是李清照所有现存词中，最负盛名、广泛传诵的名篇。诸如"乍暖还寒时候，最难将息（将息，古称护理自己为将息）""梧桐更兼细雨，到黄昏、点点滴滴""这次第（这光景），怎一个、愁字了得"（这番光景，怎能用一个愁字形容得了）等等，都是佳句。

全词几乎写尽了亡国破家后的痛楚与愁苦。这里只解读"寻寻觅觅"三句。

第一句，寻觅又寻觅。她在寻觅什么？寻觅过去的时光？寻觅与夫君的幸福美满？寻觅原来那安定的社会环境？抑或寻觅精神上能得以寄托的慰藉？作者没有明说，这就给读者留下了想象的空间。

第二句写寻觅时的境况，这就是，冷清又冷清。秋天的景色，周边的环境，依然这么冷落，自己也依然孤单只影，就在这境况下，她寻觅又寻觅。

第三句写寻觅又寻觅的结果。这结果是什么也寻觅不到，反而让自己的心绪更差了：又凄又惨又悲戚！

李清照在南渡过程中及南渡后，从一个上层妇女的优渥地位，一下子跌落到一介难民。她和丈夫千辛万苦、不惜巨金搜集到的金石书画，在逃难中陆续丢失。她孑然一身，无所依靠，颠沛流离，孤苦不堪，备受煎熬。在这般窘困下，她的至哀至愁，至悲至苦，至伤至痛，是一种真情流露，是战争动乱中广大民众生活的写照。"寻寻"三句，就不仅是词句，而是字字血泪。

"寻寻"三句，层次分明，确切自然。"本朝非无能词之士，未曾有一下十四叠字者"。（见张端义《贵耳集》）如此叠字的艺术手法的运用，加强了情感的感染力度。吴承恩《花草新编》曰：易安此词首起十四叠字，超然笔墨蹊径之外。岂特闺帏，士林中不多见也。徐釚《词苑丛谈》：连下十四个叠字，真如大珠小珠落玉盘也。

凉生岸柳催残暑，耿斜河，疏星淡月，断云微度。万里江山知何处？

语见张元干《贺新郎·送胡邦衡待制赴新州》。全词为——

梦绕神州路，怅秋风、连营画角，故宫离黍。底事昆仑倾砥柱，九地黄流乱注，聚万落、千村狐兔？天意从来高难问，况人情老易悲如许。更南浦，送君去。　　凉生岸柳催残暑，耿斜河、疏星淡月，断云微度。万里江山知何处？回首对床夜语。雁不到、书成谁与？目尽青天怀今古，肯儿曹、恩怨相尔汝！举大白，听金缕。

张元干（1091—约1161），字仲宗，自号芦川居士，芦川老隐，真隐山人。永福（今福建永泰）人。南渡后，秦桧当政，他不愿与奸佞同朝，弃官南归福州。因作词送主战派李纲、胡铨，遭迫害，被削为草民。著有《芦川词》，存词一百八十余首。

胡铨字邦衡。待制，官名，胡铨于乾道七年（1171）"除宝谟阁待制"。

张元干词多抒发抗金之情，慷慨激昂；也有少量清丽、婉约之作。在宋词史上，是一位承前启后的词家。

这是一首送别词。上片感叹时局，下片再写送别情景。整首词被四库馆臣认为"有深意。其词慷慨悲凉，数百年后，尚思其抑塞磊落之气"。"凉生"几句，似未见名句类集子。但情景交融，所以选在这里供读者品读。

几句意为，岸边之柳已有秋凉，夏之残暑正被催促着离去。银河明亮，星疏月淡，几片浮云正在缓慢地移动。江山万里，你此刻到了哪里？耿，明亮，照耀。

几句中，有河，有岸柳，有银河，有疏星，有淡月，有浮云，组合成了一幅图画。岸柳生凉，暑气消退，说明秋已到来。一个"催"字，不仅化物为人，而且说明了秋凉已重。下句中，一个"斜"字，说明银河偏移，夜已深沉。月明星稀，因银河明亮照耀，不但星稀，月亮也失去了原有的光辉。云而"断"，说明云是一片一片的。一个"微"字，说明片云的飘移是缓慢的。这是一幅画，一幅河边秋夜的动态画。画面中还有一位词家，他正思念着已送走、已远去的朋友。王国维说，一切景语皆情语。胡铨是抗金名将。宋孝宗曾以和议征询十四个朝臣的意见，言不可和者唯胡铨一人。而张元干也是力主抗战的，他冒着风险填词以送，说明两个人政见一致。而伫立良久，思念深远，也足以说明他对胡铨的感情深挚。所以周汝昌说，盏饯别在水畔，征帆既远，犹不忍离去，伫立以至岸柳凉生，夜空星见。"耿斜河"三句，……在芦川，悲愤激昂之怀，如以"闲笔"视之，即如只知大嚼为食，而不晓细品为饮者，浅人难得深味矣。（见《唐宋词鉴赏辞典》）这几句，正是词家两种风格融合的佳句，豪放与婉约兼具，而在景色之中，暗含着激昂与悲凉，视野阔大又情深义重，而以豪放为主。

三十功名尘与土，八千里路云和月。

语见岳飞《满江红·写怀》。全词为——

怒发冲冠，凭栏处、潇潇雨歇。抬望眼，仰天长啸，壮怀激烈。三十功名尘与土，八千里路云和月。莫等闲、白了少年头，空悲切。　　靖康耻，犹未雪；臣子恨，何时灭！驾长车，踏破贺兰山缺。壮志饥餐胡虏肉，笑谈渴饮匈奴血。待从头、收拾旧山河，朝天阙。

岳飞（1101—1141，一说1103—1141），字鹏举。相州汤阴（今河南汤阴）人。少年从军。历官枢密副使等。南宋初抗金名将，以恢复中原为己任，屡败金兵。战功卓著。绍兴十一年（1141），大败金兀术，进军至朱仙镇。高宗赵构听从主和派秦桧计，以一天十二道金牌将他召回，并诬陷杀之。孝宗淳熙六年（1179）赐谥武穆。宁宗嘉定四年（1211）追封他为鄂王。

词上片写国耻未雪的憾恨，下片写洗雪国耻的决心。全词表现了岳飞报仇雪耻、收复中原的壮志决心。《宋史·岳飞传》：飞大喜语其下曰："直抵黄龙府，与诸君痛饮耳。"

对"三十功名尘与土"句，学界有不同理解。

一种理解为，年已三十，虽然建立了一些功名，但如尘土一样微不足道。（胡云翼《宋词选》）

第二种理解为，三十多岁了，为了建立功名，总是四处奔波，一身尘土。（蔡义江《宋词精选全解》）

笔者倾向于第一种理解。"三十"两句意为，年已三十，所取之功名尘土般微小；转战数千里，可谓披星戴月。上句为自谦语，下句言作战行军之艰苦。

有学者认为，这首词是明人托名岳飞所作。余嘉锡《四库提要辨正》首先提出这个问题。其恩师夏承焘（瞿禅）作《岳飞〈满江红〉考辨》更详其说。主要理由有两条：一、岳飞之孙岳珂编集《金陀萃编》及《经进家集》，遍录岳飞之诗文奏章，并无《满江红》词；二、词中"'踏破贺兰山缺'与史实不符"。（见蔡义江《宋词精选全解》）蔡先生补充说，"饥食虏肉，渴饮其血"之语，本是韩威助长篡位的奸雄王莽政权威风的话，"精忠报国"刺背的岳飞，是否会借取这些话来填词，实在也大成问题。

且不论此词是否为拟作，就作品而言，这是一首向来以忠愤著称的"壮怀激烈"的好词（胡云翼语）。一腔忠义奋发之气，运行于字里行间。陈廷焯曰：千载后读之，凛凛有生气焉。（《白雨斋词话》）

无意苦争春，一任群芳妒。
零落成泥碾作尘，只有香如故。

语见陆游《卜算子·咏梅》。全词为——

　　驿外断桥边，寂寞开无主。已是黄昏独自愁，更著风和雨。　　无意苦争春，一任群芳妒。零落成泥碾作尘，只有香如故。

陆游（1125—1210，一说1125—1209），字务观，号放翁。山阴（今浙江绍兴）人。陆游出生第二年，金兵攻宋，他随家南渡。高宗绍兴二十三年（1153），两浙转运使锁厅试第一，被秦桧抑置为末。第二年参加礼部考试，主司复置前列，又被秦桧黜名。始终坚持抗金主张，仕途上屡屡受挫。孝宗即位，才赐进士出身。中年入蜀，在军中任职。八十五岁时，怀着"但悲不见九州同"的憾恨与世长辞。一生注重诗歌创作，为南宋最杰出的爱国诗人。著有《剑南诗稿》八十五卷，存诗九千余首。词作今存《放翁词》，约一百三十首。

这是一首歌咏梅花的词，是咏梅诗词中的名篇。陆游一生爱梅，仅咏梅诗词就有一百多首。在《落梅》诗中，认为梅花在"花中气节最高洁"；在《梅花绝句》中，赞梅花"高标逸韵君知否"；他甚至想"何方可化身千亿，一树梅花一放翁"，希望自己能化成千万个，以尽情观赏天下所有梅花。

这首词，上片着重写梅的环境及遭遇，下片写梅的品格。

"无意"几句，是词的下片。无意，不想。争春，在春天里与百花争妍。一任，完全听凭。零落，指花瓣的凋谢、脱落。碾，磨，压，这里指被驿车压碎。故，本来貌。几句意为，梅花不想也不愿与群花争妍，抢占春光，群花要妒忌，就由它们吧。梅花花瓣脱落到地上，即使被碾作尘土，也保持着自己原有的清香，而这"岂群芳所能妒乎"。（《类编笺释续选草堂诗余》）

这就是梅花。

传统的咏物诗词，从艺术表现看，常采用比拟和象征的手法，所谓托物言志。陆游从小到大，始终处于民族矛盾尖锐、国势危急的时期。曾力主抗金以收复沦陷的中原领土，却得不到支持；不仅如此，还时时受到统治集团的排挤、打击。"无意"几句，就借梅花的孤高与劲节自喻、自励，无意争宠，即使被妒忌与排斥、打击，也不改自己的抗金主张及一腔报国热情。

唐圭璋曰："此首咏梅，取神不取貌，梅之高格劲节，皆能显志。""零落"两句，更揭示出梅之真性，深刻无匹，咏梅即以自喻。（《唐宋词简释》）

东厢月，一天风露，杏花如雪

语见范成大《忆秦娥·楼阴缺》。全词为——

楼阴缺，栏杆影卧东厢月。东厢月，一天风露，杏花如雪。

隔烟催漏金虬咽，罗帏暗淡灯花结。灯花结，片时春梦，江南天阔。

范成大（1126—1193），字致能，号石湖居士。吴郡（今江苏苏州）人。高宗绍兴二十四年（1154）进士。曾充赴金使节。累官吏部尚书，参知政事，资政殿学士。与陆游、杨万里、尤袤并称"南宋四大家"。著有《石湖集》《石湖词》等。今存词一百零三首。

此词也名"秦楼月"。

词写闺中少妇春夜情思。上片言室外之景（上片首两句意为，月色之下，栏杆的影子穿过高楼背光部分的空缺处投射下来），下片言室内之人。

"东厢月"三句意为，空中皓月映照东厢，满天风清露寒，杏花洁白如雪。厢，厢房，向南正屋前两旁的房屋。一天，满天。

下片中之"灯花结，片时春梦，江南天阔"，也是佳句。上两句言室内灯烛结花，少妇在灯昏下欹枕入梦。"片时"两字，感叹美梦易醒。下一句极言与所怀之人隔离之远。"春梦"，化用岑参"枕上片时春梦中，行尽江南数千里"之诗意。

范成大词多写自己闲居生活。语言精美，音节谐婉，境极幽俏。

范成大"善用空露之笔，不言愁而愁随梦远矣"（俞陛云《唐五代两宋词选释》），作为一说，兹录供考。

尽挹西江，细斟北斗，万象为宾客。

语见张孝祥《念奴娇·过洞庭》。全词为——

洞庭青草，近中秋、更无一点风色。玉鉴琼田三万顷，着我扁舟一叶。素月分辉，明河共影，表里俱澄澈。悠然心会，妙处难与君说。　　应念岭表经年，孤光自照，肝胆皆冰雪。短发萧骚襟袖冷，稳泛沧浪空阔。尽挹西江，细斟北斗，万象为宾客。扣舷独啸，不知今夕何夕。

张孝祥（1132—1170年，一说1132—1169年），字安国，号于湖居士。历阳乌江（今安徽和县）人。绍兴二十四年（1154）廷试第一。官中书舍人、直学士院。领建康留守任内，极力赞助张浚北伐，遭主和派排斥。后任荆南、荆湖北路（今湖北西南部和湖南北部一带）安抚使，以显谟阁直学士致仕。与张元干为南宋初期词坛双璧，为辛弃疾的先行者。诗文外，有《于湖词》传世。词风豪放。

词上片写中秋之夜洞庭湖上美景，下片咏怀抒情。全词情景交融，表现出词家的豪迈秉性。

"尽吸"三句意为，要把西江之水作为酒，把北斗（星）作为酒具，让天地万物作为客人，一起尽情共饮。挹，吸。西江，西来之江，指长江。北斗，由七颗星组成，形似舀酒之斗。三句运用了浪漫的夸张手法，想象奇特，境界宽阔。胡云翼先生说，词家用"吸江酌斗，宾客万象"的豪迈气概来回答小人的谗言。（见《宋词选》）元·谢应芳以天地为巢，称此巢自开辟以来，历数千亿载不坏，与万物同居其间。其襟怀之超逸，与此三句，有异曲同工之妙。

南宋·魏了翁曰；"洞庭"所赋，在集中最为奇特。方其吸江斟斗、宾客万象时，讵世间有紫微青琐哉！（见查为仁、厉鹗《绝妙好词笺》。句意为，在其眼中，世间哪里还有富丽堂皇的皇家宫殿呢！）

查礼曰：集内《念奴娇·过洞庭》一解，最为世所称颂……神来之句，非思议所能及也。（见《铜鼓书堂词话》）

众里寻他千百度，蓦然回首，那人却在、灯火阑珊处。

语见辛弃疾《青玉案·元夕》。全词为——

东风夜放花千树，更吹落、星如雨。宝马雕车香满路。风箫声动，玉壶光转，一夜鱼龙舞。　　娥儿雪柳黄金缕，笑语盈盈暗香去。

众里寻他千百度。蓦然回首，那人却在、灯火阑珊处。

辛弃疾（1140—1207），字幼安，号稼轩。历城（今山东济南）人。南渡后先后任湖南、江西、福建安抚使。两次上书朝廷，力陈复国方略，未受采纳而遭排斥。四十二岁后，被迫退隐江西农村二十年。后被起用，出任浙东安抚使、镇江知府，积极从事抗金准备工作，不久又被落职，忧愤成疾而卒。一生力主抗战，发而为词。词多慷慨悲愤之音，为南宋伟大的爱国词家。词题材宽广，风格多样而以豪放雄浑著称，是宋词史上的一座丰碑。与苏轼并称"苏辛"。有《稼轩长短句》，存词六百余首。

词上片渲染元夕灯节的热闹场面，下片写观灯之人。全词以灯火、观灯人之盛，反衬词人自己寻求意中之人的孤寂，寓有深意。

"众里"几句意为，我千百次地向观灯人群中寻找一位姑娘而未能找到，突然回首，所要寻找的姑娘却独自站在那灯火暗淡、零落的地方。千百度，泛指，形容次数极多。阑珊，暗淡，零落。唐·曹唐《小游仙诗》："南斗阑珊北斗稀，茅君夜著紫霞衣。"

"众里"几句，借"那人"不同凡俗、孤高幽独、自甘寂寞、不与"众"热闹的形象自况，表现自己的抗战抱负不能实现后宁愿闲居以诗词抒怀、不愿同流合污的情操。梁启超评曰："自怜幽独，伤心人别有怀抱。"（《艺蘅馆词选》引）俞陛云也曰："结末三句别有会心。"（《唐五代两宋词选释》）梁氏、俞氏所说，盖也谓之有所寄托。

王国维在《人间词话》里云，古今之成大事业、大学问者，必经过三种之境界："昨夜西风凋碧树。独上高楼，望尽天涯路。"此第一境也。"衣带渐宽终不悔，为伊消得人憔悴。"此第二境也。"众里寻他千百度，蓦然回首，那人正（"却"之误）在、灯火阑珊处。"此第三境也。（其中，第一境之语，引自晏殊《蝶恋花·槛菊愁烟兰泣露》词，但王氏之引，着重在"望"字，以此"望"表示对高远境界的追求和期待。第二境之语，引自柳永《蝶恋花·伫倚危楼风细细》词，王氏之引，着意在"不悔"两字，以"不悔"表示对艰苦的固执追求，矢志不渝。）

王国维将"众里"几句，作为"三境界"中之"第三境"，意在终于发现，终于成就。

叶嘉莹说：如果说第一境界是写追求理想时的向往的心情，第二境界是写追求理想时的艰苦的经历，那么第三境界所写的则是理想实现后的满足的喜乐。（《谈诗歌的欣赏与〈人间词话〉的三种境界》）叶嘉莹的理解可能与王国维的原意不尽相同，姑作为另说录于此。

青山遮不住，毕竟东流去。

语见辛弃疾《菩萨蛮·郁孤台下清江水》。全词为——

> 郁孤台下清江水，中间多少行人泪。西北望长安，可怜无数山。 青山遮不住，毕竟东流去。江晚正愁予，山深闻鹧鸪。

词牌下有小序：书江西造口壁。造口，即皂口，在今江西万安县西南六十里处。有皂口溪由皂口流入赣江。由小序可知，此词是题在壁上的。淳熙二年（1175）七月，辛弃疾由叶衡推荐，出任江西提点刑狱使（掌刑法狱讼）。官署在赣州，造口是其常经之地。

高宗建炎三、四年（1129—1130）间，金兵南下，分两路过江。其中一路从湖北进军江西。隆裕太后避金兵自造口至虔州（今赣县）郁孤台（唐宋时郁孤台为郡之名胜）。

词上片由郁孤台下清江水中饱含流亡者血泪起笔，然后写向西北望故都长安而被山所阻。下片写青山能挡人的视线却挡不住赣江水之奔流向前；在正感到忧愁时，又听到深山里传来的鹧鸪叫声。

"青山"两句，平白如话，但其含义，众家理解不一。

第一种理解为，"羡江流勇决，不受群山遮拦，叹人不如水，难以北去。或谓以江水奔逝喻国势陵夷，难以收拾。"（朱德才《辛弃疾词选》，人民文学出版社 1988 年 7 月第 1 版）

第二种理解为，"江水冲破重叠山峰的阻碍，胜利地向前奔流，使人向往。"（胡云翼《宋词选》，中华书局 1962 年 2 月第 1 版）

第三种理解为，借山水为说，国势日见衰危，虽志士英雄亦难挽其颓败，犹"青山遮不住"江水东流，昔日之全盛，一去难回。"毕竟"两字，想见其无可奈何之情。（蔡义江《宋词精选全解》，龙门书局 2013 年 3 月第 1 版）这种理解，接近于陈匪石的解读："毕竟东流"，与望中之西北有"南辕而北其辙"之叹，且亦逝水不回之痛。（《宋词举》）

第四种理解为，作者把大江东去比作不可抗拒的历史潮流，来说明抗战的意志不可阻挡。（《唐宋词鉴赏辞典》，江苏古籍出版社 1986 年 12 月第 1 版）

笔者基本倾向于如下理解："青山"两句，用青山遮不住东流水的壮观，表现作者对收复沦陷国土的信心。从这两句，我们可以感受到作者跳跃着的爱国之心。卓人月曰："忠愤之气，拂拂指端。"（《古今词统》）邓广铭说，稼轩一生奋发有为，其恢复素志、胜利信心，由壮及老，不曾稍改。（《稼轩词编年笺注》）今人引用这两句，也常意在表示，正义的潮流是阻挡不了的。毕竟，到底，终归，也表示其信心。

想当年，金戈铁马，气吞万里如虎。

语见辛弃疾《永遇乐·京口北固亭怀古》。

北固亭，在北固山上。"北固山在镇江城北一里，下临长江，三面滨水，回岭斗绝，势最险固。晋蔡谟起楼其上，以贮军实，谢安复营葺之，即所谓北固楼，亦曰北固亭。"（《读史方舆纪要》）

全词为——

千古江山，英雄无觅孙仲谋处。舞榭歌台，风流总被雨打风吹去。斜阳草树，寻常巷陌，人道寄奴曾住。想当年，金戈铁马，气吞万里如虎。　　元嘉草草，封狼居胥，赢得仓皇北顾。四十三年，望中犹记，烽火扬州路。可堪回首，佛狸祠下，一片神鸦社鼓！凭谁问：廉颇老矣，尚能饭否？

全词题为"怀古"。怀念历史上的孙权、刘裕，表达对英雄业绩的向往；借刘义隆草草北伐失败，其实是对韩侂胄的警告；借廉颇的故事，抒发对南宋王朝的愤懑。总的来说，全词借怀古表明自己积极抗金的主张及收复中原的热切愿望。"悲壮苍凉，极咏古能事"。（李佳《左庵词话》）

"想当年"三句与上面"斜阳"三句，写的是一个关于刘裕的故事。南北朝南朝宋武帝刘裕小名寄奴。刘裕早年在京口起兵，为了收复中原，大举北伐，平定叛乱。

"斜阳草树，寻常巷陌，人道寄奴曾住。想当年，金戈铁马，气吞万里如虎"几句意为，夕阳照在荒草古树、普通街巷上，人们传说，这里从前曾是宋武帝刘裕居住过的地方。想当年，他带领勇猛如虎的兵马，以气吞山河、所向披靡之势北征，收复万里中原。几句中，寻常，古长度单位，八尺为一寻，十六尺为一常，这里意为普通、平常。唐·刘禹锡《乌衣巷》诗："旧时王谢堂前燕，飞入寻常百姓家。"金戈，用金属制成的长枪。铁马，披着铁甲的战马。金戈与铁马，为当时精良的军事装备，这里指代精锐的部队。万里，指被占据的广大中原地区。

几句在表达上有两个特点。一是借古喻今。二是从"寻常巷陌"处引出英雄刘裕，将故事融于具体、生动的描绘之中。辛词用词贴切、自然、隽壮，又以爱国热情贯穿，这几句可谓全豹一斑。

杨慎曰：辛词当以《永遇乐·京口北固亭怀古》为第一（《词品》）。是否第一，当待斟酌，但属名篇毋庸置疑，而此几句可为例证之一。

恨芳菲世界，游人未赏，都付与莺和燕。

语见陈亮《水龙吟·春恨》。全词为——

　　闹花深处楼台（胡云翼等作"层楼"），画帘半卷东风软。春归翠陌，平莎茸嫩，垂杨金浅。迟日催花，淡云阁雨，轻寒轻暖。恨芳菲世界，游人未赏，都付与莺和燕。　　寂寞凭高念远，向南楼、一声归雁。金钗斗草，青丝勒马，风流云散。罗绶分香，翠绡封泪，几多幽怨？正销魂，又是疏烟淡月，子规声断。

陈亮（1143—1194），字同甫，号龙川。婺州永康（今属浙江）人。《宋史》本传称他："为人才气超迈，喜谈兵，议论风生，下笔数千言立就。"力主北伐抗战。绍熙四年（1193）进士，擢第一，第二年卒，一生未仕。谥文毅。浙东学派代表人物。世称龙川先生。著有《龙川文集》三十卷。

词上片写春光妩媚，花草芬芳，恨无人欣赏；下片写风流云散，触物伤感，难消幽恨。全词如词题，写春恨。而此春恨，似有怀远之意。

"恨芳菲"三句意为，春天草木生长，美盛芬芳，可惜这一片大好春光，竟无人欣赏而只能将之交给黄莺与燕子去歌唱了。

"都付与莺和燕"一句，贴切形象，别出心裁，"都"而不是"多"，说明无一人欣赏；莺和燕，皆春天常见动物。诚可谓妙极。

这几句是上片的收尾句。上面几句，极尽铺陈之能。"春归翠陌，平沙茸嫩（平沙，平原上的莎草；茸嫩，十分柔嫩），垂杨金浅（金浅，淡黄色）。迟日（春日迟迟）催花，淡云阁雨（阁雨，雨停；阁同"搁"），轻寒轻暖。"这既是登楼所见及所见之联想，又是心之所感。而"恨芳菲"几句，在词意上是个大转折，是上片的重点，这大转折又十分自然。

沈祥龙《论词随笔》：感时之作，必借景以形之。陈亮填词，一般为寄托其"平生经济之怀"，这里的"经济"，意为经世（治理国事）济民。联系词的下片，这几句中的"芳菲世界"，不仅指词家登楼所见，并非只指江南地区之美景，而由此美景联想到了北方。为何如此之美景而无人欣赏？在江南，定然是游人如织。而在北方，占领者忙于兵事而无暇欣赏也不懂得欣赏，被占领者则无心欣赏。大好河山尽付于异族之手，这就可能是陈亮的寄托，陈亮的"恨"即遗憾。所以，这几句可谓言近旨远。

自胡马窥江去后，废池乔木，犹厌言兵。

语见姜夔《扬州慢·淮左名都》。全词为——

淮左名都，竹西佳处，解鞍少驻初程。过春风十里，尽荠麦青青。自胡马窥江去后，废池乔木，犹厌言兵。渐黄昏、清角吹寒，都在空城。　　杜郎俊赏，算而今、重到须惊。纵豆蔻词工，青楼梦好，难赋深情。二十四桥仍在，波心荡、冷月无声。念桥边红药，年年知为谁生？

姜夔（1155？—1221），字尧章，号白石道人。饶州鄱阳（今江西波阳）人。父为进士。少年时流寓两湖的汉阳、长沙一带。一生未仕，以唐·陆龟蒙自比，实际上为名公巨卿的清客。与杨万里、范成大、辛弃疾等都有交往。喜爱风雅，怡情山水，但不忘情事。擅长诗词及书法，精通乐律，注重词法，能自度曲。词的成就尤高，自成一派，对后期词坛影响很大。卒于西湖。著有《白石道人诗集》《白石诗说》等。今存词八十余首。

该词前有序，言淳熙三年（1176），过维扬，夜雪初霁，荠麦弥望。入城则四顾萧条，寒水自碧，暮色渐起，戍角悲吟，予怀怆然，感慨今昔，自度此曲。

该词为姜词的名篇。上片写兵乱后扬州的景色萧条，下片写自己的感慨。全词主要抒思念故国之情及抚时之悲。

"自胡马"三句中，胡马窥江，指的是高宗建炎三年（1129）和绍兴三十一年（1161），金兵两次南侵，扬州被残忍践踏，破坏严重。这里主要指第二次，金兵南犯至长江边。江，指长江。厌，厌恶，痛恨。兵，战争，兵乱。三句意为，自从南侵金兵践踏、掠劫后，剩下的只有被废的城池和古老的大树，虽已过去十六年，民众谈及，还是切齿痛恨。

陈廷焯《白雨斋词话》认为"写兵燹情景逼真"，"犹厌言兵"四字，包括无限伤乱语，他人累千万言，亦无此韵味。

俞陛云《唐五代两宋词选释》："胡马"句言坏垣曾经，追思犹恸。

此词下片中的"二十四桥仍在，波心荡、冷月无声"三句，也是佳句。

二十四桥，杜牧有"二十四桥明月夜，玉人何处教吹箫"诗句。二十四桥，旧址在今扬州西郊，相传曾有二十四名美人在此吹箫，故名；另说，指二十四座桥（后其实多座被废）。

此三句意为，二十四桥依然还在，桥下波光荡漾，倒映水中的一轮冷月则寂静无声。

先著《词洁辑评》："荡"字着力，所谓一字得力，通首光彩。

俞陛云说："冷月"两句，诵之若商声激楚，令人心倒肠回。（《唐五代两宋词选释》）

刘永济《唐五代两宋词简析》："二十四桥"遗迹虽存，而波心冷月，景象凄凉。

陈匪石《宋词举》：今日"仍在"者，唯是二十四桥，一丸"冷月"摇荡波心，不复有箫声可听。

写不成书，只寄得、相思一点。

语见张炎《解连环·孤雁》。全词为——

楚江空晚。怅离群万里，恍然惊散。自顾影、欲下寒塘，正沙净草枯，水平天远。写不成书，只寄得、相思一点。料因循误了，残毡拥雪，故人心眼。　　谁怜旅愁荏苒？谩长门夜悄，锦筝弹怨。想伴侣、犹宿芦花，也曾念春前，去程应转。暮雨相呼，怕蓦地、玉关重见。未羞他、双燕归来，画帘半卷。

张炎（1248—1320），字叔夏，号玉田，晚号乐笑翁。以《春水》词著名，时人号为"张春水"。祖籍凤翔（今属陕西）人，寓居临安（今浙江杭州）。南宋名将张俊六世孙。宋亡前，过着贵公子的生活，宋亡后，漂泊江湖，以卖卜为生。晚年在浙东、金陵、苏州一带游旅作客，以布衣终生。以词著称。今传《山中白云》八卷，《词源》（词学著作）。存词三百首。

词上片写离群孤雁的遭遇，用了苏武系帛书于雁足以寄传事；下片写孤雁之愁，化用了陈皇后的典故。全词以孤雁寄家国之痛及身世之感。

"写不成"两句未见名句集之类书收录，但历来脍炙人口。

两句意为，孤雁排不成字，写不成书，只能寄一点相思。群雁在空中飞行时，由领头雁带领布阵，或成"一"字，或成"人"字。离群孤雁，即使飞行，也只能是一个点（一个圆点或顿号）。孤雁寄相思，表面上是写孤雁的神态，但联系上下词句，实际上将自己喻作为一只孤雁。句虽纤巧，但反映了词家羁旅漂泊、孤单悲苦的身世。

孔齐《至正直记》：张叔夏尝赋孤雁词，有"写不成书，只寄得相思一点"，人皆称之曰张孤雁。

沈祖棻《宋词赏析》："写不"两句，刻画孤雁，用雁飞成字及雁足传书两事，融化为一，不惟精巧绝伦，亦自情思婉转。然玉田词不徒以巧见长……

陈匪石《宋词举》："写不成书"两句，开纤巧之端，学者宜审此中分寸。刘永济《微睇室说词》："写不成书"两句，更着重摹绘"孤"字，而以"相思"两字关乎人情。

两句妙在有情。

黄蜂频扑秋千索，有当时、纤手香凝。

语见吴文英《风入松·听风听雨过清明》。全词为——

听风听雨过清明，愁草瘗花铭。楼前绿暗分携路，一丝柳、一寸柔情。料峭春寒中酒，交加晓梦啼莺。　　西园日日扫林亭。依旧赏新晴。黄蜂频扑秋千索，有当时、纤手香凝。惆怅双鸳不到，幽阶一夜苔生。

吴文英（生卒年不详），字君特，号梦窗，晚年又号觉翁。四明（今浙江宁波）人。一生未仕，沉沦下僚。依人游幕，以清客的身份往来于苏州、杭州、绍兴一带。南宋著名词家。但由于他的生平资料欠缺等原因，因而对他的词作抑扬不一，毁誉并存。好友沈义父认为他的词"用词下语太晦"，张炎竟说"梦窗如七宝楼台，眩人眼目，拆碎下来，不成片段"；而到清代，《四库全书提要·梦窗词》甚至认为"词家之有文英，如诗家之有李商隐"。今人吴蓓有《梦窗词汇校笺释集评》，浙江古籍出版社 2012 年 6 月第 1 版。

这是一首清明怀人词。词上片写离别之伤痛，下片写人去园空之惆怅。全词表达的怀人之思，几近痴情。属"收拾光芒"于小词之作。夏承焘《梦窗词集后笺》：卷中……凡清明、西湖、伤春词，皆悼杭州亡妾之作。

"黄蜂"两句意为，黄蜂成群而不断地扑向园内的秋千，原来当时美人在荡秋千时双手沾染在绳索上的香气犹存。秋千，一种传统的体育游戏，两手分握两绳，前后往返摆动。纤手，女子细嫩的手。两句将无作有，历来脍炙人口。

刘永济曰：盖黄蜂惯寻香，今见其"频扑秋千索"，故疑有旧"香凝"索上也。（《微睇室说词》）

俞陛云曰：两句于无情处见多情，幽香妙辞。（《唐五代两宋词选释》）

唐圭璋曰：因园中秋千，而思纤手，因黄蜂频扑，而思其香凝，情深语痴。（《唐宋词简释》）

钱锺书说："黄蜂"两句，不道"犹闻"，而以寻花之蜂"频探"示手香之"凝""留"，蜂即"当对"闻香之"事物"矣。（《管锥编》）

吴蓓《梦窗词汇校笺释集评》笺释：见园中秋千悬置，恍惚之见其人其事其景一一眼前。……三句艳极痴极。亦为全篇压阵，使不陷入无病呻吟之浮薄。

江上舟摇，楼上帘招。
秋娘渡与泰娘桥。风又飘飘，雨又萧萧。

语见蒋捷《一剪梅·舟过吴江》。全词为——

　　一片春愁待酒浇。江上舟摇，楼上帘招。秋娘渡与泰娘桥。风又飘飘，雨又萧萧。　　　何日归家洗客袍？银字笙调，心字香烧。流光容易把人抛。红了樱桃，绿了芭蕉。

蒋捷（生卒年不详），字胜欲。阳羡（今江苏宜兴）人。祖兀蒋氏在南宋绍兴（1132 始，凡 32 年）年间曾任户部侍郎、敷文阁待制、扬州知府及临安知府，为巨族。蒋捷咸淳十年（1274）进士。宋亡入元不仕，隐居太湖中之竹山。学者称竹山先生。著有《竹山词》。

词上片写客愁，下片抒寓情。全词寄倦游思归之怀。

词题中之"吴江"为地名，位苏州南，太湖东，即今之江苏省吴江市。

"江上"几句意为，船在吴江水面上浮行，两岸酒楼二的酒帘在迎风招展。船过了秋娘渡，又过了泰娘桥。风呼啸着，雨淅沥着。

句中，江，吴江，这里指水名，即吴淞江。"帘招"，以酒旗被风吹动，想象为酒家在招揽客人，词家有"春愁待酒浇"而不能。"帘招"又为后句"风又飘飘"铺垫。"舟摇""帘招"，后面的"渡"与"桥"，都是江南地区常见之物象，具有独特的江南韵味。秋娘渡与泰娘桥，用唐代著名歌女命名的渡口与石桥。《全宋词》将其作"秋娘度与泰娘娇"，文理不顺，似误，《御选历代诗余》作"秋娘渡与泰娘桥"，就顺了。秋娘，即杜秋娘，唐代镇海军节度使李锜侍妾，杜牧有《杜秋娘诗并序》；泰娘，也是人名，唐·刘禹锡有《泰娘诗并引》记其事。渡口与石桥以某"娘"命名，为江南地区所常见。江南一带，多秦楼楚馆，乃风情温柔之乡，这与"楼上帘招"同样起着反衬作用。（蔡义江语意）词家在乱离客旅途中，过这渡又过那桥，还遭风吹雨淋，满溢着种种苦情。

下片中，"流光容易把人抛。红了樱桃，绿了芭蕉"几句，也是佳句，本书稿卷一首篇已作简述，这里不赘。

词史上，蒋捷的人品获一致好评，但对其词作则有不同意见。四库馆臣认为"捷词炼字精深，音词谐畅"，刘熙载甚至称其词为"长短句之长城"。（《艺概》）仅就此词而言，词句清丽，音韵浏亮，佳句迭出，平白自然而语多创获。

悲欢离合总无情，一任阶前、点滴到天明。

语见蒋捷《虞美人·听雨》。全词为——

　　少年听雨歌楼上，红烛昏罗帐。壮年听雨客舟中，江阔云低、断雁叫西风。　　而今听雨僧庐下，鬓已星星也。悲欢离合总无情，一任阶前、点滴到天明。

词上片写"少年听雨"与"壮年听雨"；下片写"而今听雨"即晚年听雨。全词运用时空转换的手法，写了一生中的三个片段，反映出词家少年、壮年及晚年的不同生活与感受。

名句类集子收录了"少年听雨歌楼上，红烛昏罗帐"两句。这两句反映的是少年时代沉醉于美酒佳人、风流浪漫的生活。在我看来，至少在内容方面不如"壮年听雨"两句。"壮年"两句，通过在离乱中的江湖漂泊，反映出词家的国破家亡之痛。江阔云低，雨声淅沥，西风吹刮，孤雁悲鸣，情境也极凄苦。

而"悲欢"三句尤为深刻、独到。取此三句，还因为下片为全词重点，而此三句正是下片收尾句。

三句中，悲欢离合，苏轼有"人有悲欢离合"句。无情，通常理解为没有情义，没有感情。学者杨景龙理解为"无知觉"，并引《刘子·去情》"网无心而鸟有情，剑无情而人有心也"句证之。我以为这样理解更为确切。三句既有议论，又有雨声及心情描述。在经历了世事沧桑后，词家对悲欢离合，对盛衰兴亡，对人生、世事有了深刻的感悟。对人世间的一切，他已经麻木了，都已经无动于衷了。今夜阶前的雨，耳边心头，已无感知，自然也就一任它点点滴滴，直到天明。有意思的是，这次听雨，是在"僧庐下"，看来他已寄身僧舍。而释家持有"一切皆空"的理念。

但词家依然彻夜不眠地听雨，可见他并未真正忘情。许昂霄《词综偶评》："悲欢离合总无情"，此种襟怀，固不易到，然亦不愿到也。

唐·温庭筠《更漏子》："梧桐树，三更雨，不道离情正苦。一叶叶，一声声，空阶滴到明。"写秋雨毫不理会闺中少妇夜不能寐而怀人的苦情。而此三句，用意与温氏用意完全不同，这也正是他的独到之处。

谢章铤《赌棋山庄词话》：《虞美人·听雨》，历数诸景，挥洒而出，比之稼轩《贺新凉》"绿树听鹈鴂"阕，尽集许多恨事，同一机杼，而用笔尤为崭新。

写在后面

刘体仁云：惟片言而居要，乃一篇之警策，词有警句，则全首俱动。
（《七颂堂词绎》）

在职时，为培训中学语文骨干教师，应要求，拟编撰三本读物，一为《唐诗一百名句赏析》，一为《宋词一百名句赏析》，一为《元曲一百名句赏析》。

第一本已由上海教育出版社于二〇〇八年九月出版，由于加进了一首词的名句，书名改为《唐人100名句赏析》。书稿受到了培训班学员及读者的欢迎。一位擅作格律诗的读者在外地书店里买下该书后回沪还打来了电话。这给了我动力，决定立即启动第二本。

但正写就若干时，区里接连下达了编写与著作书稿的任务，又为那个谈起就色变的字折腾了许久，之后还是忙于区、镇、学校交托的事，于是只得中断。

收在此书稿里的，有的是原来写的，有的是去年新写的；由于老病相侵，体力日衰，视力不济等原因，怕是解读不了一百佳句了。许多大家的佳句无奈割爱。现将已解读的，作为《银发萤光》书稿的附录。

除了将"名句"改为"佳句",体例一如《唐人》本。先列佳句;在选句时,既考虑词句之佳,还考虑佳句内容及风格的多样性,又顾及作者在词史中的影响与地位。本着字不离句、句不连篇的原则,再列全词,让读者有个整体的了解,并知道佳句所处的语境。又本着读作品得了解作者的原则,然后介绍作者,不仅介绍生平,有时还介绍其整个词作的风格特点,或介绍写作该词的背景,以有助于理解佳句。最后进行解读。对全词只概括上、下片意,概括全词主旨;而重点解读佳句。解读佳句时,除了疏通句意,注释字词,尽可能分析为何为佳;为了印证其佳,尽可能地引用了前人的评述、赏析。

在编读过程中,参考并吸收了一些大家如胡云翼、蔡义江、陶尔夫等的著作及研究成果,吴熊和主编的《唐宋词汇评·两宋卷》。当然也有笔者自己的思考与解读,以恭请方家与读者教正。

后　记

　　《银发萤光》是我八十岁以后出版的第六本书。书中不少文章是在早些年写的。整部书稿已经搁了几年。这次为了出版，增补了一些文字。增补的最后一篇编入时，春晚的热烈持续到了凌晨，之后，庭院里的树枝间，鸣声上下，一时兴起，曾口占七绝一首：

　　　　举步维艰一岁除，南窗桂树跃新雏。
　　　　相侵老病犹寻乐，米寿之年草就书。

　　为什么这次拿出来出版？因为它或许是我此生的最后一本书。这最后一本书面世，是为了向一直以来蒙受眷顾的我所敬重的领导，已故的引领、教导过我的老师，做个最后的汇报，向长期以来支持我阅读与写作的拙荆喻小鸣，我的儿孙，我的同学与朋友，向我钟爱的曾经的学生做个交代，做个告别。

　　互联网时代，许多自媒体人制作视频，从饮食、运动等各个方面，用形式多样的活动推销服用各种保健品等各种方式，强调养生，强调人的健康，甚至云，健康为人生第一。打开手机，无论是百度，还是视频号，各种养生之法、之议，接踵而至，源源不断，一名校教授甚至说，健康不是第一，而是唯一。

　　从事各项工作，进行各种活动，做有利于社会、有益于他人的事，身体健康是基础，是前提，这是毋庸置疑的。

但如果有人认为此"健康"仅指生理上的健康，又强调其为人生第一，为此而只重于养生，我总觉得多少有点偏颇。

且不说在职者。即使是退休的，甚至是耄耋老人，如果一味注重养生，一味追求生理上的健康，追求年寿，追求生命的长度，而忽视了生活质量，生命的厚度，那么这样的"活着"，还有多大的意义？

积极的养生，生理上的健康不是唯一的目的。不是还有个"老有所为"？在身体状况允许的情况下，做些感兴趣又力所能及的有益的事，既可获得一种愉悦感，又能为社会尽一些绵薄之力，不是更有利于健康？

本着这种想法，八十岁以来，我主要做了三件事。

一

一是帮所在区国企等单位做些文化建设工作，如助编、审校内刊，在重大的节庆日前策划、助编纪念册，策划、编校职工文集，为通讯员做些辅导等。先是三家，后是两家，去年开始，由于视力不济，又减去一家。在助编、审校与辅导过程中，与青年人在一起，从他们身上了解到不少新事物，学到了不少新理念，得到了真诚的尊重。满满的收获使我感到很高兴，反而增添了活力。

区供销社（一家集团公司）有一份内刊，执编徐卓琰在一篇题为"曾这样走过"的文章中，写过这样一段话：

> 这一路走来，特别是得到了季刊特约顾问吴春荣老师的全程指导，我心中更踏实了，增添了办好刊物的信心，也让我迅速适应了这个全新的领域。季刊整个流程时间节点的把控、栏目的设置、文章排序的惯例、设计排版的方式和注意点、样稿校对的要领等等环节，吴老师事无巨细地从专业角度给予指导，遇到疑难时，总能为我解惑。在卷首语、热点栏目等的选择、确定上，吴老师总会给我很多启发和指引，让季刊更有深度、更具可读性、更紧贴时下热点。在每次通讯员写作交流会上，吴老师用丰富经验和生动事例进行写作辅导，拓宽写作思路，并不断鼓励我们要多读书，大胆写。吴老师是我走

上并走好这一程的领路人。有这么强大的后盾，我无惧失败。遇到这样一位良师，我是幸福的。

看来，老人也需要鼓励。

区供销社另一位中层干部小陈与这位小徐，常约我去喝茶。每次换一个新的环境。冬天在草地上，暖阳和煦，周边有花草；夏天在包房里，空调的丝丝凉风，让人神清气爽，墙上的书架中还有各类图书。每次，总有一种可人的氛围。她们没有功利，随意自然，唯一的愿望是让我愉悦。我意识到，这每一回，其实是一份心意，一次陪伴，一种尊重。她们是两束春天的阳光，照得我心里暖暖的。

在我看来，这是养生的最佳"保健品"。

<h2 style="text-align:center">二</h2>

二是被邀去学校走走看看，听听课，作些点评，有时还做个讲座什么的。

春天到来的时候，区教育行政部门的领导发来微信说："春暖花开了，您可以去中小学指导工作，感受阴霾散尽后师生们的蓬勃朝气。""指导工作"云云，自然是客气话，尊重一个老教师的鼓励话，但接下去的一句话，让我倍感欣慰。

学校里的一切，校园里美丽的风景，清新的空气，无论是暖阳还是细雨，总让我赏心悦目。学生与青年教师们身上散发的蓬勃朝气与求知渴望，让我联想到我在松江二中教学时的那十八年岁月，想起那些与学生们朝夕相处时的许多生动的还留在记忆仓库里的细节；而这些回忆往往让我感到亲切而美好。校园的一切，让我不断地领悟"看山是山，看山不是山，看山还是山"的哲理。

在学校观摩的过程中，如发现一些亮点，我常用微信同区教育行政部门领导反映，领导很忙，但总是能得到及时的回复和鼓励。一次中山二小校长曹伟珍邀请著名作家竹林进校园并让我全程陪同。活动结束前，我给区教育局局长发了条微信：

作家在参观走廊、校园过程中，戏称如"刘姥姥进大观园"；在与书法指导老师、心理指导老师等交谈后，动情地说，松江的教育行政部门、校长与书记，这么关注学生成长，让人敬佩，学生真幸福；在与师生座谈后，认为学生提的问题很有质量，透视出平时训练有素。学生反响热烈，情绪激昂，认为与如此著名的作家面对面接触，是人生中难得的经历；作家的回答，给他们很多的教益。

驻校督导胡银弟校长也参与了，认为"今天的活动很有创意，很精彩"。唐健康、李军、沈君等校长，闻讯后也派了学生代表参加了座谈会。

微信发出后，几乎是第一时间，局长回复说：

　　谢谢吴老师！感谢您安排了这么好的活动。与作家面对面交流，会点燃学生的梦想与激情，会在学生心中留下美好的记忆。再次感谢您，您多多保重！

我将微信给校长看了，校长又给在场的人读了。师生受到极大的鼓励，孙嘉利老师在后来的关于这次活动的通讯中写道："整场活动，使这个平常的一天变得如此美好！"

荀子云，积土成山，风雨兴焉；积水成渊，蛟龙生焉；积善成德，圣心备焉。参与一个活动，自然不可能具备"圣心"。但参与好的活动，享受活动的美好，绝对有利于养心，养心则有利于养生。

三

三是继续我的读写。

这几年来，已不像过去那样在需要时能焚膏继晷，日夜兼程。但读写已成为我的生活方式。就像悬挂于墙上的一只老式的"自鸣钟"，突然听不到钟摆左右摆动而发出的"嘀嗒嘀嗒"声，反而会觉得不习惯而难以适应，总觉得生活中似乎缺了点什么。这是其一。

清·袁枚有诗云："寒夜读书忘却眠，锦衾香尽炉无烟。美人含怒夺灯去，问郎知是几更天。"拙荆倒是从未曾"夺灯"，但"寒夜读书忘却眠"是常有的事。写作也是如此。而今两眼昏花，且不断流泪，读写甚是艰难。尽管如此，我还是尽力为之。人老睡眠少，不读写，其实也睡不着。这是其二。

其三是放慢节奏。晚上十时，必须服药躺下，且不管能否入睡，不接不回所有微信电话。

而当读完一篇佳作，写完一篇文章，一种收获感、成就感就油然而生。

近十年来，我一般并不为刊发而写文章，写成的书也不急着拿出去出版（遵命作品例外）。我所注重的，是过程，是积累，是成果。我把它们看作是我的一笔精神财富。文发不发表，书是否公开出版，我其实并不太在乎。我患神经衰弱症几十年，常夜不能寐，而每当此时，就翻阅自己写的文章，即使只是一份打印稿，也会觉得是一种享受。孤芳自赏？是否为"芳"，难说；但倒是有点"自赏"的意味，不是有人说"文章是自己的好"？

四

书稿已经寄出版社。我已经踏上八十八的年岁路程。八十八岁，古人称米寿。如果天假以年，还想做一件事。我一生中，曾写过千余万字的文章。曾为学生写过几十万字（不包括很多为其修改增补的）。当时是心甘情愿的，现在也不后悔，也决不收回著作权。我想要做的，就是将已经发表的署我姓名的文字（主要是文学方面的），还有从由于种种原因不想拿出去的文章中抽出一部分、或发表时由于版面等原因被删的文字，做个整理。八十岁前，已经有十卷本《吴春荣文稿》出版，想作些调整与增补，与此后写的书稿做个组合。不是为了重新出版，而是作为一份遗产留给我的儿孙。为此，在最后的日子里，可能找个依山傍水的僻静处，或杜门谢客并放弃其他的所有活动，来做这最后一件事。期望在弥留的那一刻，能将整理好的一整套，亲手交给他们，并对他们说："我够了。"

二〇二四年二月二十二日